KB116336

검은 꽃

문 학 동 네
한국문학전집

0 1 7

김영하
장편소설

검은 꽃

문학동네

죽음이 그저 죽음에 불과하다면
시인은 어떻게 될까?
아무도 기억하지 못하는
잠든 사물은 어떻게 될까?
_페데리코 가르시아 로르카, 「가을 노래」 중에서

해설 | 서희원(문학평론가)
유랑하는 인간, 세계의 개인 _391

제1부

1

물풀들로 흐느적거리는 늪에 고개를 처박은 이정의 눈앞엔 너무나 많은 것들이 한꺼번에 몰려들었다. 오래전에 잊었다고 생각한 제물포의 풍경이었다. 사라진 것은 없었다. 피리 부는 내시와 도망중인 신부, 옥니박이 박수무당, 몰락한 황족 소녀와 굶주린 제대군인, 혁명가의 이발사까지, 모든 이들이 환한 얼굴로 제물포 언덕의 일본식 건물 앞에 모여 이정을 기다리고 있었다.

눈을 감았는데 어떻게 이 모든 것들이 이토록 선명할까. 이정은 의아해하며 눈을 떴다. 그러자 모든 것이 사라졌다. 그의 폐 속으로 더러운 물과 플랑크톤이 밀려들어왔다. 군홧발이 목덜미를 눌러 그의 머리를 늪 바닥 깊숙이 처박았다.

2

그들은 아주 멀리에서 왔다. 입속에서 굵은 모래가 서걱거렸다. 벽이 없는 천막으로 마른바람이 불어왔다. 떠나온 나라에선 전쟁이 계속되고 있었다. 1904년 2월. 일본은 러시아에 선전포고했다. 전쟁이 시작되자마자 일본군은 조선에 상륙하여 서울을 장악하고 뤼순의 러시아함대를 공격했다. 이듬해 3월, 이와오大山巖가 이끄는 일본 육군 이십오만은 3월에 만주 평톈奉天에서 회전, 칠만을 잃었으나 승리하였다.

도고 헤이하치로東鄕平八郎 제독의 일본 연합함대는 숨을 죽이고 로제스트벤스키 휘하의 발틱함대를 기다렸다. 전멸됨으로써 역사에 이름을 길이 남길 발틱함대는 제 운명을 모른 채 희망봉을 돌아 극동으로 향하고 있었다.

그해 봄, 제물포항으로 사람들이 모여들었다. 구걸하는 거지들, 단발의 사내들, 치마저고리를 입은 여자와 코흘리개 아이들까지 총망라된 군중이었다. 구 년 전 고종이 자신의 머리를 자르고 단발령을 공포한 이래 짧은 머리가 유행하고 있었다. 일본의 압력으로 상투를 자른 왕은 그해 일본과 아버지가 보낸 자객에게 왕후까지 잃었다. 난자당한 그녀의 시체에 일본 낭인들은 불을 질렀다. 어려서부터 기른 머리와 오래도록 함께 지낸 아내를 한꺼번에 잃은 왕은 러시아 공사관으로 옮겨 재기를 도모했지만 무위에 그쳤다. 몇 년 후, 왕국은 제국이 되고 왕은 황제가 되었으나 그에겐 힘이 없었다. 다음해 미국은 스페인과의 전쟁에서 승리하여 필리핀을 얻었다. 아시아를 향해 몰려오는 열강들의 욕망은 끝이 없었다. 힘없는 황제는 불면증에 시달렸다.

개항 이후 제물포는 서양과 일본, 중국의 새로운 문물이 밀려들어오는 분주한 항구로 변모하였다. 영어와 중국어, 일본어로 된 간판들이 이곳이 조선 제일의 국제항임을 보여주고 있었다. 경사진 언덕 위로 일본인 거류지와 르네상스풍의 일본 영사관이 자리를 잡고 있었다. 그러나 연해의 섬과 내륙의 산에는 나무가 없어 마치 토탄을 쌓아놓은 야적지처럼 보였다. 민가는 적지 않았다. 그러나 짚으로 엮은 지붕은 낮고 둥글게 지표 가까이 엎드려 있어 눈에 잘 띄지 않았다. 흰 무명 띠를 머리에 두른 조선인 지게꾼들이 열을 지어 걸어가면 맨발의 아이들이 뒤를 따라 뛰어다녔다. 일본 영사관 근처에선 다리를 부지런히 놀리며 걸어가는 일본 여자들이 보였다. 봄 햇살이 눈부셨지만 여인들은 땅을 보고 걸었다. 착검한 소총을 들고 경계를 서는 검은 제복의 일본 군인들이 곁눈으로 여인들의 행진을 훔쳐보았다. 기모노 행렬은 유럽풍의 목조건물 앞을 지났다. 건물 정면에는 '영국 영사관'이라고 쓰인 작은 목간판이 걸려 있었다. 한 서양인이 그곳에서 나와 부두로 내려갔다.

멀리 뤼순항 포위공격에 가담했던 일본 제국의 함대가 욱일승천기를 높이 걸고 남쪽으로 항진하고 있는 모습이 보였다. 뱃전의 검은 함포가 기름으로 번들거렸다.

3

소년은 배 밑창의 선실에 자리를 잡았다. 다행히 구석에 맞춤한 공간이 있었다. 몸을 한껏 웅크린 후 가져온 옷가지를 이불 삼아 덮었다. 그러고는 동굴처럼 침침한 선실 내부를 둘러보았다. 가족 단위로 승선한 사람들은 둥그런 원을 만들어 모여 있었다. 가슴이 봉긋한 딸을 거느린 사내들의 신경은 날카로웠다. 핏발이 흰자위를 어지럽게 가로질렀다. 얼핏 보기에도 남자의 수효가 여자보다 다섯 배는 많아 보였다. 그런 만큼 여자들이 어딘가로 움직이기라도 하면 남자들의 시선은 은밀하고도 집요하게 그들을 좇았다. 사년이다. 그동안을 함께할 사람들이고 여자들인 것이다. 어떤 소녀는 혼기에 다다를 것이요, 그렇다면 자신의 짝이 될 수도 있지 않겠는가. 혼자인 남자들은 생각했다. 소년은 그렇게까지 치밀하지는 않았으나 피가 뜨거운 나이였으니 모든 것에 민감하였다. 벌써 며칠째 소년의 꿈은 뒤숭숭하였다. 한 소녀가 이렇게도 또 저렇게도 나타나 소년의 마음을 어지럽혔다. 그의 귓불과 더벅머리를 섬섬옥수로 쓰다듬어주는 것은 양반이었고 때론 온통 벗은 몸으로 그에게 달려들어 그의 선잠을 깨우곤 하였다. 그런 새벽이면 생시에도 가슴이 벌떡벌떡 뛰어 그는 잠든 사람들 사이를 헤집고 갑판으로 나가 찬 바닷바람이라도 쐬어야 했다. 일포드호는 작은 섬처럼 항구에 붙박여 있었다. 도대체 얼마나 가야 그 따뜻한 나라에 이르게 되는 것일까. 누구도 제대로 알고 있는 사람이 없었다. 물경 반년은 가야 한다는 이도 있었고, 늦어도 열흘이면 당도하리라는 이도 있었다. 가본 사람이 아무도 없었으므로 그런 혼란은 당연했다. 모두들 막연한 기대와 불안 사이에서 시계추처럼 왔다갔다 하고 있었다.

뱃전에 기대어 서서 소년은 참나무 난간에 김이정이라는 세 글자를 주머니에 들어 있던 끌로 새겨나갔다. 그는 제물포, 바로 이 부두에서 그 이름 석 자를 얻었다. 기골이 장대하고 팔뚝에 기름한 상처가 있는 남자였다. 네 성씨가 무어냐. 그는 머뭇거렸다. 다 알겠다는 듯 그가 고개를 끄덕였다. 이름은? 사람들이 그저 장쇠라 부른다고, 소년은 말했다. 부모는 어디에 갔느냐고 그가 또 물어왔다. 소년도 자세히는 알지 못한다. 임오년의 군란이었는지 아니면 동학의 난이었는지 모르나 아비는 그중 하나에 휩쓸려 죽었다고 했고, 어미는 아비가 죽자 어디론가 떠나버렸다. 그는 성도 받지 못한 채 보부상에게 덜미를 채여 자라났다. 보부상은 그에게 장쇠라는 이름 말고는 아무것도 주지 않았다. 서울에 다다랐을 때, 소년은 보부상이 잠든 틈을 타 달아났다.

멕시코는 어떤 땅입니까? 종로의 황성기독교청년회에서였다.

검은 수염이 목울대를 가린 미국인 선교사가 말했다. 멕시코는 멀다. 아주 멀다. 소년은 눈을 가늘게 뜬다. 그럼 어디에서 가깝습니까? 선교사는 웃는다. 미국 바로 아래다. 그리고 아주 덥다. 그런데 멕시코에 대해서 왜 묻지? 소년은 황성신문의 광고를 보여주었다. 그러나 한자를 모르는 선교사는 신문광고를 읽을 수가 없다. 대신 옆에 서 있던 젊은 조선인이 광고에 대하여 영어로 설명하여준다. 그제야 선교사는 고개를 끄덕인다. 소년은 묻는다. 만약 내가 당신 자식이라면 가라고 하겠습니까? 선교사가 한 번에 알아듣지 못하자 그는 다시 똑같이 물었다. 선교사는 심각한 얼굴이 되어 천천히 고개를 저었다. 그럼 당신이 나라면 가겠습니까? 선교사는 진지하게 생각에 잠겼다. 학교에 들어온 지는 얼마 되지 않았지만 남달리 이해력이 좋은 영민한 아이였다. 고아로 자랐으나 주눅 들지 않았고 비슷한 처지의 학생들 중에서 단연 도드라졌다.

수염 난 선교사는 커피와 머핀을 주었다. 소년은 침을 꿀꺽 삼켰다. 그를 데리고 전국을 주유하던 보부상은 그렇게 가르쳤다. 누가 먹을 것을 주거든 백을 세고 먹어라. 그리고 누가 네가 가진 것을 사려고 하거든 네 머릿속에 떠오른 값의 두 배를 말해라. 그러면 누구도 너를 멸시하지 않는다. 소년은 그렇게 하려고 했지만 그럴 일이 별로 없었다. 먹을 것을 주는 이도 없었고 가진 것을 사겠다는 자도 없었다. 선교사가 눈을 크게 떴다. 배고프지 않으냐? 소년의 입이 달싹거렸다. 여든둘, 여든셋, 여든넷. 더이상은 무리였

다. 소년은 향긋한 건포도 머핀을 집어들고 입안에 쑤셔넣기 시작
했다. 머핀과 커피를 다 먹어치우자 선교사는 그를 책이 많은 방으
로 데리고 가 세계지도를 보여주었다. 주린 배의 모양을 닮은 나라
가 있었다. 멕시코였다. 선교사는 물었다. 정말 가고 싶으냐? 학교
에 다닌 지 석 달밖에 안 됐는데, 더 배우고 가는 게 어떠냐? 소년
은 고개를 가로저었다. 사람들이 말하기를 이런 기회는 흔치 않답
니다. 저처럼 부모가 없는 소년들을 환영한다고 들었습니다. 선교
사는 그의 뜻이 굳음을 알았다. 그는 소년에게 영어로 된 성경책을
주었다. 언젠가는 읽을 수 있게 될 것이다. 멕시코에서 돈을 벌면
미국으로 가거라. 주님께서 널 인도해주실 것이다. 그리고 소년을
포옹했다. 소년도 선교사를 굳게 껴안았다. 그의 수염이 소년의 목
덜미를 스쳤다.

　소년은 제물포에 가서 긴 줄의 끄트머리에 섰다. 기골이 장대한
사내를 그 줄에서 만났다. 그가 소년의 머리를 쓰다듬었다. 사람
은 이름이 있어야 한다. 장쇠 같은 아명은 잊어라. 성은 김가로 하
고 이름은 이정으로 해라. 두 이二자에 바를 정正자다. 그게 쓰기에
쉽다. 줄이 줄어드는 동안에 그가 한자로 이름을 써 보였다. 모두
7획이었다. 사내의 이름은 조장윤이라 했다. 대한제국 신식 군대
의 공병 하사였던 그는 러일전쟁이 발발하자 군복을 벗었다. 그와
같은 처지가 적지 않았다. 함께 각반을 차고 신식 장총으로 러시아
고문단에게 훈련을 받던 이들 중 이백여 명이 제물포로 몰려들었

다. 그들만으로도 족히 하나의 대대를 창설할 수 있을 정도였다. 부쳐먹을 땅도 없고 뒤를 봐줄 친척도 없는 자들이었다. 어느 나라 보다도 절실하게 군대가 필요했던 허약한 제국, 그러나 제국의 곳 간에는 그들을 먹여살릴 쌀이 없었다. 무엇보다 일본측이 군비 삭 감과 병력 감축을 강력하게 요구해왔다. 변방의 군인들은 병영을 떠나 흘러다녔다. 그들 중 상당수가 훗날 일본군의 배후를 교란하 게 되겠으나, 1905년 2월의 제대병들은 황성신문에 난 대륙식민 회사의 광고를 보고 앞다투어 제물포로 달려왔다. 그들은 먼저 일 터와 돈과 따뜻한 밥이 기다리고 있다는 멕시코로 떠나기를 갈망 했다. 조장윤도 그중의 하나였다. 황해도의 포수였던 아비는 중국 으로 떠난 뒤 종적이 묘연했다. 상하이에서 중국 여자와 살림을 차 리고 사는 것을 보았다는 사람이 있었다. 그러나 그는 상하이로 가 지 않았다. 대신 사시사철 태양이 뜨겁다는 멕시코를 선택했다. 어 디든 어떠랴. 게다가 군대 봉급의 수십 배를 준다지 않는가. 주저 할 것이 없었다. 고생이야 어디 군대만하겠는가.

소년은 다시 바다로 시선을 던진다. 부리가 검은 갈매기 세 마 리가 소년의 머리 위를 맴돌고 있었다. 누군가는 멕시코에 금이 있 다고 했다. 누런 금이 쏟아져나와 벼락부자가 된 사람이 많다고 했 다. 아니다, 거기는 미국이다, 라고 또 어떤 이가 주장하였지만 그 것도 확실치는 않았다. 소년은 자신의 이름을 되뇌었다. 김이정. 나는 김이정이다. 먼 나라로 간다. 그리고 어른 김이정이 되어 돌아온다. 이름과 돈을 갖고 돌아와 땅을 사고 거기에 벼를 심을 것이다. 땅을 가진 자는 존경을 받는다. 그것이 소년이 길에서 배운 단순한 진실이었다. 멕시코의 땅이어서는 안 된다. 조선의 땅, 그것도 논이어야 한다. 소년의 마음속에 또다른 생각이 조심스럽게 고개를 든다. 그것은 미국이라는 미지의 나라를 향한 것이었다.

갈매기들이 해수면 위에서 춤을 추듯 너울거린다. 재빠른 몇 놈은 제법 큼직한 물고기를 입에 물고 날아간다. 갈매기의 날개가 붉은빛으로 물든다. 어느새 낙조였다. 소년은 배 밑창의 선실로 내려가 다시 구석에 처박힌다. 어린아이의 울음소리 사이로 굵고 낮은 남자들의 음성이 들려온다. 앞날을 알지 못하는 사내들의 목소리엔 찰기가 없다. 말들은 뱃머리에 부딪쳐오는 물거품처럼 흩어져버리고 어떤 의논을 형성하지 못한다. 소년은 눈을 감는다. 그의 소망은 아침밥이 나올 때까지 깨어나지 않는 것이었다.

4

다음날 존 G. 마이어스는 갑판 위에 사람들을 모아놓고 네덜란드 억양이 강한 영어로 말했다. 키가 작고 눈매가 처진 젊은 남자 하나가 통역을 맡았다.

출항이 연기되었다. 주한 영국 공사 고든 경께서 이 일포드호의 출항을 허가하지 않고 있다. 이 배는 영국 영토이기 때문에 고든 경의 허가를 받아야만 출항이 가능하다. 수두에 걸린 어린아이는 격리시켰으나 추가 발병자가 있을 수도 있으니 이곳에서 이 주 동안 정박하라는 명령이다. 조금만 기다려라. 멕시코에만 가면 멋진 집과 뜨거운 밥이 기다리고 있다.

통역을 마친 권용준은 존 마이어스와 함께 부두로 건너갔다. 남은 사람들이 모여 투덜거렸다. 여권인가 뭔가가 있어야 되네 어쩌네 하면서 부산까지 갔다가 되돌아왔는데, 다시 이 주라니. 이러다가 올해 안에 가기는 다 틀렸군.

5

낮은 초가지붕이 줄줄이 이어진 당진읍 어귀의 한 마을에 이른 아침부터 사람들이 모여들었다. 장죽을 문 촌로부터 콧물을 훌쩍거리는 어린아이까지, 남녀노소 가리지 않고, 아마도 마을의 다리 성한 사람들은 모두 모인 성싶었다. 그들은 모두 한 그루의 나무를 바라보고 있었다. 수령이 삼백 년은 넘었다는 당목에는 붉은색, 푸른색 천들이 가지마다 주렁주렁 걸려 있었다. 해마다 마을에서 상을 차려놓고 제사를 올리는 나무였다. 아이가 없거나 남편이 멀리 떠나 있는 여자들도 이곳에 제물을 바쳤다. 사람들은 여전히 나무를 바라보고 있었다. 그들이 보고 있는 건, 마치 열매처럼 매달려 있는 여자의 시체였다. 흰 저고리 아래로 푸른 치마가 바람에 너풀거렸다. 발아래 땅바닥에는 그녀의 머리에서 빠진 듯한 비녀가 뒹굴고 있었다. 가지 위로 올라간 남자들이 칼로 광목 줄을 베어내자 시체가 떨어졌다. 마른 먼지가 일었다. 젊은 여자들이 달려가 여자의 목에 감긴 천을 풀어내려 애썼지만 쉽지 않다. 나무에서 내려온 남자들은 손을 털며 시체에서 멀찍이 떨어졌다. 마침내 여자의 목에서 천이 풀어졌다. 누군가 몇 발자국 걸어가 천을 불에 던졌다.

가마니가 날라져오고 여자의 주검이 그 위에 뉘어졌다. 남자들이 익숙한 동작으로 가마니를 묶었다. 목, 허리, 발목쯤으로 짐작되는 곳을 짚새기로 단단히 묶은 후 소달구지에 실었다. 이럇, 소는 제가 싣고 가는 게 무엇인지도 모른 채 걸어갔다. 소의 등을 후려치는 채찍소리가 멀어지자 남아 있는 사내들이 모두 한곳으로 걸어갔다. 발걸음은 느렸지만 힘이 있었다. 행진이 계속되는 동안 행렬 속으로 농기구들, 이를테면 지겟작대기나 쇠스랑 같은 것들이 전해졌다. 이윽고 남자들은 어딘가에서 멈추었다. 그 모습은 마치 농민반란의 시작을 묘사한 한 폭의 역사화처럼 보였다.

마을의 낮은 초가지붕들과는 전혀 어울리지 않는 흰 벽과 종탑이 그들 앞에 서 있었다. 종탑의 나무 십자가는 제 주위로 몰려든 날 선 쇠붙이들과 기묘한 대조를 이루었다. 한 사내가 팔을 걷어붙이고 성당 입구를 향해 걸어갔다. 검고 어두운 입구로 들어서려다 잠시 멈칫거린 사내는 오른손에 들고 있던 쇠스랑을 성당의 흰 벽에 기대어놓고는 빈손으로 주춤주춤 성당 안으로 사라졌다. 한참후 그가 다시 모습을 드러내자 사내들은 앞다투어 성당 안으로 달려들어갔다.

놈이 달아났다! 누군가 외쳤다. 아무도 없다! 장정 셋이 빗자루를 든 절름발이를 성당 뒤 움막에서 잡아왔다. 이곳의 잡일을 도맡아 하는 불목하니였다. 그가 손을 들어 바다를 가리켰다. 패랭이를 쓴 자가 화풀이 삼아 지겟작대기로 그의 등짝을 후려쳤다. 수염이 길고 갓을 쓴 사내가 헛기침으로 제지했다. 불목하니는 불에 던져진 송충이처럼 몸을 웅크렸다. 그에겐 죄가 없다. 갓 쓴 사내가 힘없이 말했다. 확 불을 질러버리자구! 덩치 큰 사내가 성당을 가리켰다. 갓 쓴 남자는 자기 말에 위엄을 더하려는 듯 한참을 망설이더니 고개를 가로저었다. 그만 됐다. 오랑캐의 도덕이 본래 그러하다. 조상의 제사도 지내지 아니하고 부모가 죽어도 울지 않는데 부인의 정조야 말해 무엇하겠느냐. 오랑캐의 교당엔 못을 쳐 뭇사람의 출입을 막으라. 성난 사내들이 달려들어 성당의 문에 막대를 가로지르고 못을 쳤다. 막대가 모자라자 지붕의 십자가를 끌어내려 두 조각을 낸 후 창문을 가로막는 데 썼다.

사내들은 밥을 먹고 동네 뒷산에 올라 얕은 구덩이를 파고 가마니에 싸인 여인의 시체를 던져넣었다. 흙으로 구덩이를 덮고 다들 말없이 산을 내려왔다. 마을과 뒷산 사이의 호박밭에선 바다가 보였다. 아지랑이 아슴거리는 희멀금한 바다를 향해 남자들은 카악, 진득한 침을 길게 뱉었다.

6

박광수 바오로 신부는 시몬 블랑쉬 주교 앞에 무릎을 꿇었다. 고개를 들자 하얀 로만칼라가 보였다. 주교는 고통스런 표정으로 젊은 신부의 눈을 바라보았다. 돌아가야 합니다. 그것이 바오로의 소명입니다. 가서 돌을 맞고 멍석에 말리는 한이 있어도 밝힐 것을 밝히고 교회의 입장을 알려야 합니다. 모든 것을 주관하시는 우리 주님께서 끝내 모든 것을 가려주실 것입니다.

주교는 1880년 중국 텐진을 떠나 백령도에 상륙, 선교활동을 벌이다 황해도 백천에서 체포되었으나 민씨 정권의 개국책으로 석방된 사람이었다. 그리고 제8대 조선교구장에 임명되었다. 선배들이 서소문 밖 형장에서 참수된 것에 비하면 그는 정말 운이 좋은 편이었다. 소년 박광수를 말레이시아 페낭의 신학교로 보내 사제로 만든 것도 바로 시몬 블랑쉬 주교였다. 그는 조선에서의 선교가 얼마나 힘든지 누구보다 잘 알고 있었다. 바오로 신부가 당면한 토착민들과의 갈등은 당연히 겪어야 할 통과의례였다. 그것도 모르면서 사제가 되었단 말인가?

젊은이는 다시 고개를 떨구었다. 주교는 다시 한번 다짐을 두었다. 어렵다는 것 압니다. 그러나 그렇게 한다고 말하십시오. 그곳은 우리 교회가 피로써 지켜낸 성지입니다. 주님은 십자가에 못박으라고 외치는 군중과 로마 총독 빌라도를 용서하셨습니다. 바오로도 그렇게 하십시오.

그는 성호를 긋고 자리에서 일어났다. 늙은 주교가 그를 안아주었다. 바오로 신부는 무거운 발걸음으로 주교관을 나섰다. 태양이 눈부셨다. 그는 눈을 찡그렸다. 나무에 매달린 여자의 주검이 환영처럼 보였다. 바오로 신부는 손을 들어 눈을 가렸다. 그리고 중얼거렸다. 나는 죄가 없다. 우리 주님은 끝내 아시리라. 미친 여자의 자살의 죄까지 떠맡는 것이, 그래서 광포한 백성들에게 제 육신을 바치는 것까지 사제의 소임이란 말인가? 배교의 강압에 맞서 장렬히 순교한다면 모를까. 이것은 아니다.

그는 눈을 가렸던 손을 내렸다. 그리고 세차게 고개를 저었다. 그곳으로는 못 갑니다. 당신이 무어라 하셔도 주여, 저는 그 맹목의 땅으로는 가지 않겠나이다. 그것은 아무 의미 없는 죽음일 뿐입니다. 그런 데 쓰라고 주께서 저를 이리로 보내시지는 않았을 것입니다.

그럼 어쩔 셈이냐? 그의 내면에서 물음이 들려왔다. 주교의 명을 어길 셈이냐? 너는 장상께 순종을 서약한 사제가 아니냐. 바오로 신부는 머리를 감싸쥐었다. 아, 모르겠습니다. 저는 어찌 이토록 나약한 것일까요. 애초에 사제가 되지 말았어야 했던 걸까요?

그는 허둥대며 걸었다. 한참을 그렇게 걷다가 누군가의 집 문턱에 쪼그려앉았다. 낮은 곳에서 보는 세상은 달랐다. 사람들의 발과 다리만 보였다. 그렇게 인격이 사라진 육체만을 바라보다 그는 까무룩 잠이 들었다. 그리고 꿈을 꾸었다. 처음 보는 나무와 꽃, 새들로 가득한 곳을 걸어가고 있었다. 나뭇잎이 너무도 무성하여 낮인데도 밤처럼 어두웠다. 땀이 비 오듯 쏟아졌다. 그곳을 지나 가파른 언덕을 올라가자 사방 수십 리가 동산 하나 없이 훤하게 트여 있었다. 사람이라곤 없는 그 이상한 언덕은 신과 인간이 곧바로 소통하는 곳 같았다. 기이한 문자와 조각으로 가득한 그곳으로 백마 한 마리가 하늘에서 내려와 그를 삼켜버릴 듯 입을 쩍 벌렸다.

7

조선은 오백 년을 버틴 왕국이었다. 건국 초기엔 주변의 어느 민족도 북방에서 단련된 강력한 군사력과 성리학적 정치질서 아래 새롭게 등장한 이 나라를 함부로 여기지 못했다. 그러나 도요토미 히데요시의 군대가 바다를 건너오자 왕국은 휘청거렸다. 사무라이들을 격퇴한 지 얼마 지나지 않아 여진족의 군대가 들이닥쳤고 왕은 머리를 땅에 찧으며 용서를 빌었다. 이마에서 흐른 피가 포석을 적셨다.

그 세월 동안 왕가가 생산한 것은 실록만이 아니었다. 왕족들이 태어나 자라나고 자손을 남겼다. 안동 김씨와 민씨의 세도에 눌려 과거의 영화를 기대하기는 어려운 상황이었으나 여전히 그들은 왕족이었다. 들판에서 모내기를 할 수도, 시전에 나가 장사를 할 수도 없는 신분이었다. 광무 연간 이래 그들은 왕족에서 황족으로 격상되었으나 일부는 여전히 배가 고팠다. 황제의 후궁들도 옷을 기워 입는 형편이었다. 주는 것은 없었으나 걸리는 것은 많은 혈통이었다. 고귀한 피는 영광이 아니라 저주가 되어가고 있었다. 장차 대한제국을 집어삼킬 일본에게 황족들은 눈엣가시였다. 일본 공사는 사람을 풀어 황제의 근친들, 그중에서도 훗날 보위를 계승할 가능성이 있는 이들에 대한 감시를 게을리하지 않았다. 러시아와 중국이 세력을 잃고 패퇴하고 난 지금 일본이 고귀한 혈통에게 무슨 짓을 할지 아무도 모를 일이었다. 황제의 비마저 난자당하는 판이었다.

이종도는 가족들을 불러모아 짧게 자신의 결정을 전했다. 일본의 승리가 임박했다. 황제폐하께옵서는 잠을 이루지 못하신다. 그가 존엄한 자의 호칭을 입에 올리자 가족들 모두가 엎드려 절했다. 우리는 떠난다. 그는 눈물을 흘렸다. 아직 성례를 치르지 않은 그의 아들과 딸은 고개를 들지 않았다. 아내 파평 윤씨만이 바짝 다가앉았다. 어디로 가려 하시오? 아내와 가족의 머릿속에 떠오른 건 고작해야 호남의 몇몇 지명들이었다. 오백 년간 조선의 선비들이 그래왔듯이 정치적 위기가 오면 낙향하여 후진을 양성하며 때를 기다리리라 생각했던 것이다. 그러다보면 중앙의 정치적 상황이 달라지고 한때의 역적이 충신이 되어 당당히 다시 돌아오는 것이 조선의 정치사 아니었던가. 그러나 황제의 육촌인 이종도의 입에서는 처음 듣는 세 음절의 지명이 튀어나왔다. 묵서가墨西哥라니? 그곳이 어디요? 아내가 묻자 그는 미국의 아래에 있는 아주 먼 나라라고 했다. 그리고 비통한 어조로 덧붙였다. 제국은 오래가지 못할 것이다. 일본으로 끌려가 생을 마칠 수는 없는 일 아니냐. 우리는 어서 서양의 문물을 배워야 한다. 거기서 힘을 길러야 한다. 우리는 날이 밝기 전에 종묘로 나아가 사직에 절하고 위패를 챙겨 제물포로 떠난다. 아비의 결정을 따라주기 바란다. 그는 낮은 목소리로 외쳤다. 황제폐하 만세. 가족들 모두가 따라 외쳤다. 만세, 만세, 만만세. 하지만 그들의 만세소리는 문지방을 넘지 못했다. 어린 아들은 눈물을 흘렸다. 소학과 논어를 읽던 열네 살의 어린 황족에게는 감당하기 어려운 일이었다. 혼기가 다 찬 그의 누이는 남동생과 달리 별 표정이 없었다. 그녀, 이연수는 이미 시대의 조류가 바뀌고 있다는 것을 적어도 다른 가족들보다는 잘 알고 있었다. 여자들도 머리를 자르고 신학문을 배우고 있었다. 영어와 지리, 수학과 법을 배워 남자들과 어깨를 나란히 하는 시대가 오고 있었다. 물론 여염집 여자들 얘기는 아니었다. 선교사들은 사회적 연결고리가 끊어진 여자들부터 학교로 끌어들였다. 그럴 수밖에 없었다. 백정과 기생의 딸, 사고무친의 고아 들이 한 반이 되었다. 학교는 그들에게 옷과 책, 잠자리를 주었다. 천한 것들, 이라고 그녀의 어머니는 짧은 치마를 입고 거리를 활보하는 여학생들에게 욕을 했지만 장옷을 두른 연수는 그들이 부러웠다. 묵서가라는 나라는 몰랐지만 미국은 익히 들어 알고 있었다. 미국의 이웃이라면 그곳도 어느 정도는 발전된 문명이 아니겠는가. 여자도 남자처럼 배우고 일하고 제 의견을 펼치는 곳일 테고, 무엇보다 여기서와 같이 황족이라는, 허울만 그럴듯한 굴레에 사람을 묶어두지도 않을 것이다. 무엇보다 그곳은 개명한 곳이 아닌가. 그녀는 입을 꾹 다물고 아무 말도 하지 않았다. 가족들도 그녀의 침묵을 긍정으로 받아들였다.

그들은 집을 버리고 조상의 위패를 짊어지고 제물포로 떠났다. 이틀 후의 일이었다.

8

바오로 신부는 자신을 더듬어오는 손길을 느끼고 눈을 떴다. 코앞에 웬 사내의 얼굴이 있었다. 무슨 일이오? 외치는 순간 사내가 신부의 멱살을 잡더니 이마로 얼굴을 들이받았다. 이어 주먹으로 신부의 얼굴을 수차례 때렸다. 바오로 신부는 짚단처럼 풀썩 쓰러졌다. 사내는 신부의 품에서 물건과 돈을 챙겨 유유히 달아났다. 미친놈이 아닌가. 경칩도 안 지난 시절에 길바닥에 쓰러져 잠을 자다니.

　사내는 훔쳐온 비단주머니를 풀었다. 쥐어보니 묵직했다. 그는 손을 집어넣어 하나씩 물건을 꺼내놓았다. 이런저런 잡다한 것들이 나왔지만 그중에서도 가장 희한한 것은 은으로 만든 십자가였다. 알 수 없는 문자가 음각되어 있고 표면도 섬세한 문양으로 뒤덮여 있었다. 조선의 솜씨는 아니었다. 청이나 양이 들의 물건임에 분명했다. 은으로 무엇하러 이런 모양을 만들었을까. 그는 고개를 갸웃거렸다. 반지도 아니고 그렇다고 노리개도 아닌 것을. 십자가의 고리에는 가죽으로 만든 줄이 연결되어 있어 목걸이로 쓰였음을 보여주고 있었다. 그래도 은붙이니 녹여서 팔면 되리라. 도둑은 십자가 목걸이를 챙겨넣었다. 시몬 블랑쉬 주교가 사제 서품의 기념으로 조선의 바오로 신부에게 준 십자가는 그렇게 한낱 거리의 좀도둑에게로 넘어갔다. 그 밖에도 주머니 속에서는 몇 푼의 돈과 그가 이해할 수 없는 글자로 쓰인 몇 장의 문서, 그리고 작은 책 한 권이 나왔다. 그는 돈만 챙기고 나머지는 모두 길가의 도랑에 던져버렸다. 그는 얼얼해진 주먹을 슬슬 흔들며 거리로 나섰다. 며칠간의 밥과 잠자리는 이것으로 해결된 것이었다. 콧노래를 흥얼거리며 골목을 돌아나가는데 그만 누군가와 딱 마주쳐버렸다. 어깨를 부딪친 그는 습관처럼 상대방을 노려보았다. 상대방은 딱히 자기 잘못도 아니면서 고개를 숙여 사과를 해왔다. 둘의 눈빛이 잠깐 마주쳤으나 그것으로 전부였다. 신부는 도둑을 알아보지 못했고, 거리의 좀도둑은 가슴을 쓸어내렸다. 그는 어두운 얼굴로 어디론가 터덜터덜 걸어가는 신부의 뒷모습을 한참이나 지켜보았다. 덜떨어진 양반이로군. 도둑은 멀찍이서 신부의 뒤를 따라갔다. 신부는 사람들에게 무언가를 묻기도 하고 얻어맞은 얼굴을 어루만지기도 하면서 언덕을 올라갔다. 그는 중국인과 일본인의 거류지를 지나 번듯한 2층 건물 앞에 섰다. 건물 정면엔 한자로 '대륙식민회사'라고 적혀 있었다. 그 앞엔 수백은 되어 보이는 사람들이 줄을 서 차례를 기다리고 있었다. 도둑은 사람들에게 이 줄이 무슨 줄이냐고 물었다. 사람들의 대답을 듣고 나서 도둑은 근처의 장바닥에 가서 뜨거운 국과 밥을 먹었다. 그리고 다시 대륙식민회사로 되돌아갔다. 그에게 모든 것을 털린 이상한 남자가 줄 끄트머리에 앉아 있었다. 그 사람, 한때 바오로 신부라 불렸던 그 남자 뒤에 도둑은 자리를 잡았다. 몇 번이나 눈이 마주쳤지만 역시나 신부가 자신을 알아보지 못하자 비로소 도둑은 신부에게 말을 걸었다. 신부는 충청도에서 글공부를 하던 사람이라고 자기를 소개했다. 얼굴에 난 상처를 가리키자 신부는 도둑을 맞았다고 했다. 어이쿠! 도둑은 제 무릎을 쳤다. 그리고 신부에게 제물포 같은 개항지엔 손버릇 나쁜

놈들이 많으니 조심하라고 충고했다. 신부는 그러나 잃어버린 물건에는 별 관심이 없는 듯했다. 그저 무릎 사이에 얼굴을 묻고 줄이 줄어들기만을 기다렸다. 대륙식민회사 사람들은 부지런히 일했다. 제국 정부와 일본 공사의 마음이 변하기 전에 사람들을 잔뜩 싣고 닻을 올려야 했던 것이다. 그들은 사람들의 이름과 가족의 수와 고향을 적었다. 뱃삯과 식비, 옷값은 멕시코의 농장주들이 지불하니 걱정 마시오. 그들은 그렇게 말하고 있었다. 그것은 사실이었다. 당장은 한푼도 낼 필요가 없었다.

도둑, 훗날 최선길이라 불리게 될 그 인물은 그날 밤에만 두 사람의 재물을 털었다. 도시라고는 처음 나와본 사람들, 먼 곳으로 떠날 생각에 마음이 들떠 있는 사람들은 물건을 잘 간수하지 못했다. 신이 난 최선길은 아예 이들과 함께 멕시코로 떠나버릴까 생각했다. 한번 그렇게 생각하기 시작하자 그러지 못할 이유가 없었다. 한 번을 훔쳐도 여기보단 나으리라. 까짓, 안 되면 돌아오지 뭐.

최선길은 장물도 미처 처분하지 못한 채 신부와 함께 일포드호에 오르게 되었다. 그가 몸을 실은 거대한 배는 여객선이라기보다는 말로만 듣던 군함 같았다. 이것이 일본에 나타났다는 그 검은 배, 도쿠가와 막부의 콧대를 꺾은 구로후네가 아니겠는가. 최선길은 입을 딱 벌렸다. 거대한 기선에서 풍겨나오는 서양의 힘과 권위, 위세가 마음에 들었다. 그 모든 것들이 자신을 일체의 악운과 위협으로부터 보호해줄 것 같은 막연한 느낌이 들었다. 처음 맡아

보는 콜타르냄새마저 향기로웠다. 마치 벌써 서구의 일원이라도 된 것처럼 최선길은 당당하게 배 안으로 걸어들어갔다. 배에는 독일인과 일본인, 영국인 선원들이 부지런히 움직이고 있었다. 그곳은 이미 하나의 세계였고 영국 공사 고든의 공언대로 바다 위에 떠 있는 영국의 영토였다.

최는 가족 단위로 움직이느라 동작이 굼뜬 사람들을 제치고 일찌감치 좋은 자리를 잡아 몸을 뉘었다. 옆자리엔 아직 여드름 자국이 남아 있는 소년 하나가 퀭한 눈으로 어두운 선실을 구석구석 쏘아보며 누워 있었다. 얼굴에 피어 있는 버짐이 그의 가난을 대변하고 있었다. 동작 빠른 놈이 여기 또 있었군. 신화 속 괴물의 내장 같은 선실이 처음부터 집처럼 아늑했던 도둑은 독일인 선원들이 나누어준 담요를 눈썹까지 끌어올리고 잠을 청했다.

9

이종도는 식솔들을 거느리고 일포드호에 올라타자 언제나 그랬듯이 지체 높은 사람을 찾았다. 그러나 억센 서양말을 쓰는 선원들만 마주쳤을 뿐이었다. 눈치 빠른 이들은 일찍부터 좋은 자리를 찾아 갑판 아래로 내려갔지만 그는 바닷바람이 불어오는 차가운 갑판에 꼿꼿이 서서 자기 말을 알아들을 사람이 오기를 기다렸다. 이

옥고 존 마이어스와 통역 권용준이 나타났다. 권용준이 물었다. 당신은 왜 내려가지 않는 거요? 이종도의 미간이 좁아졌다. 그는 자신이 무슨무슨 대군의 몇대손으로 현재 주상의 혈연임을 밝히려 하였으나 통역의 곁에 대륙식민회사의 제물포 파견원인 일본인 오바 간이치가 서 있는 것을 보고는 말을 삼갔다. 대신 말을 돌려 사대부의 신분에 걸맞은 선실을 요구하였다. 저들과 같은 곳에 있을 수는 없지 않겠는가? 이종도는 손가락으로 사람들이 내려간 곳을 가리켰다. 통역 권용준이 귓속말로 그의 의사를 전하는 동안 몇몇 조선인들이 그의 뒤에 모여들었다. 그들은 그와 같은 황족은 아니었으나 입성이나 갓의 모양으로 보아 양반임에는 분명해 보였다. 그들은 그의 요청이 받아들여지면 자신들도 비슷한 대우를 받으리라 기대하고 있는 듯했다. 이종도의 아내와 아들이 상민, 심지어 걸인 들과 같은 곳에서 기거하게 된다는 것에 대해 극심한 공포를 느끼고 있었던 반면 딸인 연수만은 주변의 사람과 풍경을 남몰래 구경하고 있었다. 하지만 조금만 떨어져서 보면 구경거리는 오히려 이종도의 가족 쪽이었다. 장옷을 둘러쓴 두 여자와 허세를 부리는 갓 쓴 양반의 모습은 마스트에서 나부끼는 유니언잭과 기묘한 대비를 이루었다.

마침내 마이어스가 말했다. 이 배는 본래 여객선이 아니라 화물선이다. 선원들도 좁디좁은 이층침대를 쓰고 있는 판에 이렇게 많은 조선인들에게 모두 선실을 배정할 수는 없다. 이종도는 자기 말을 제대로 이해하지 못하는 마이어스가 답답하였다. 모두에게 방을 달라는 말이 아니지 않은가. 지체와 신분에 따라 그에 걸맞은 대우를 해달라는 것이다. 마이어스의 최종적인 의사가 권용준을 통해 전달되었다. 미안하지만 그럴 만한 자리가 없다. 싫다면 하선하라. 떠나려는 사람은 많다. 그로서는 너무도 당연한 이 요구가 받아들여지지 않자 이종도는 자존심에 상처를 입었다. 배워먹지 못한 놈 같으니라고. 그는 선교로 올라가는 마이어스를 향해 욕을 했다. 그러고는 가족들에게 말했다. 멕시코에는 내 말을 알아들을 사람이 있을 것이다. 그곳에도 땅을 가진 지주와 권세를 누리는 귀족이 있다고 들었다. 사람을 부려본 자들이라면 인간이 모두 같지 않다는 것을 알고 있을 것이다. 우리는 일을 하러 가는 것이 아니라 대한인의 대표로서 가는 것이다. 이를 잊으면 안 된다. 지금은 왜놈들의 눈도 있으니 일단 참고 배가 닻을 올리면 선장을 만나 다시 말해보겠다.

연수가 말했다. 그러시지 않는 것이 좋겠어요. 일단 멕시코까지 가서 거기에서 지체 높은 사람을 만나 우리의 처지를 이야기하는 것이 순리일 듯싶어요. 말을 하면서도 그녀는 그런 일이 가능하리라 생각하지 않았다. 그러나 다른 가족들은 재빨리 그 말에 동의했다. 이종도의 고집이 가져올 결과를 다들 잘 알고 있었기 때문이었다. 이종도는 못 이기는 척 선실로 쓰이는 화물칸으로 내려갔다. 선실은 이미 사람들로 가득차 있었다. 이종도가 헛기침을 해댔지만 자리를 마련해주는 사람은 아무도 없었다. 다들 담요를 뒤집어 쓰고 다리를 내뻗었다. 이럴 줄 알았으면 명식이라도 데리고 올 것을 그랬다. 그는 두고 온 하인을 아쉬워했다. 결국 이종도네는 체면 때문에 어디 비집고 들어가지도 못하고 한참을 선실 구석에 엉거주춤 서 있어야만 했다. 윤씨 부인은 울상이 되어 눈을 내리깔고 있었고, 이종도는 천장만 쳐다볼 뿐이었다. 그렇게 서 있은 지 한 시간, 갑자기 선실 한쪽에서 곡소리가 들렸다. 아이고, 아이고. 한 사내가 대륙식민회사의 직원이 가져다준 흰 종이를 들고 있었다. 그것을 앞에 두고 가족들이 일제히 엎드려 곡을 하고 있는 것이었다. 친족 중의 누가, 그것도 윗사람이 죽은 것이었다. 눈물 없는 마른 곡이 의례처럼 진행되더니 일행은 짐보따리를 챙기기 시작했다. 전갈을 받았으니 어쩔 도리가 없었다. 그들은 침통한 얼굴로 배를 떠났다. 가장 어린 진우가 재빨리 달려가 빈 자리를 차지했다. 이종도는 못마땅한 듯 헛기침을 한 번 하고는 천천히 그쪽으로 걸어갔다. 몇 걸음도 안 되는 그 거리를 이동하는 사이에 벌써 야금야금 면적이 줄어들었지만 다섯 명이 떠난 자리라 네 가족이 앉기에 부족하진 않았다. 물론 주자의 예절이 지켜지기에 충분한 공간은 아니었으나 그들은 일단 만족하기로 했다. 어쨌든 멕시코로 가야만 했다.

출항이 자꾸 지연되면서 일포드호는 아예 처음부터 제물포 풍
경의 일부였던 것처럼 자연스러워 보였다. 떠나는 친지들을 배웅
하기 위해 나왔던 사람들 사이에서 흉흉한 소문이 돌기 시작했다.
전염병으로 전멸 직전이라는 소문은 존 마이어스가 승객들의 갑
판 외출을 허용하면서 사그라들었다. 그러나 곧 이들이 모두 노예
로 팔려간다는 소문이 퍼져나가기 시작했다. 그들이 서명한 것은
노예문서요, 그들이 갈 곳은 흑인들이 일하는 목화농장이라는 것
이었다. 일포드호가 제물포항을 떠나지 못하는 이유도 바로 그것
이라 했다. 대한제국의 외부外部에서 국민들이 노예로 팔려간다는
사실을 뒤늦게 알게 되어 존 마이어스와 대륙식민회사 관계자를
불러 조사하고 있기 때문이라는 것이었다. 항구에 몰려든 구경꾼
들 사이에 흉흉한 공기가 형성되고 있는 것과는 상관없이 미처 멕
시코행 허가를 받지 못한 사람들 중에는 뒤늦게나마 그 대열에 합
류하려는 자들이 있었다. 그들은 관리를 가장하여 태연하게 걸어
들어오거나 밤에 헤엄을 쳐 배에 올라탔다. 개중 많은 이들이 적발
되어 다시 항구로 돌려보내졌으나 그들은 미련을 버리지 못하고
항구 주변을 얼쩡거렸다.

이들이 노예로 팔려간다는 소문이 과연 제국 관리들의 귀에 들
어갔을까. 그랬다 하더라도 정부는 1033명의 운명에, 적어도 출항

당시에는 관심이 없었다. 이들이 여권과 전염병 문제로 부산과 제물포를 오가던 3월 25일, 고종 황제는 러시아의 차르에게 일본을 견제해줄 것을 간절히 청했으나 러시아에선 답변이 없었다. 차르의 운명 역시 풍전등화였다. 러시아는 1월 22일, 이른바 '피의 일요일' 사건 이후 혁명의 소용돌이 속에 있었다. 니콜라이 2세의 철부지 삼촌 블라디미르 대공이 상트페테르부르크에서 평화적인 시위 대열에 발포, 백여 명을 사살하는 참사를 일으킨 것이다. 경제투쟁의 시대는 종막을 고하고 정치적 파업과 동맹휴업, 농민봉기가 잇따랐다. 군대에서마저도 폭동이 일어났다. 일본과의 전쟁도 승산이 없었다. 말라카해협을 지나 아시아로 향하는 발틱함대만이 전세를 반전시킬 수 있는 유일한 희망이었다. 함대가 일본 해군을 격멸하고 용암포와 뤼순에서 러시아의 우위를 지켜낸다면 차르와 고종의 당면 문제도 쉽게 해결될 수 있을 것이었다. 차르에게는 러시아인의 민족적 자존심을 높일 기회였고 고종에게는 목을 조르고 들어오는 일본의 우악스런 손아귀에서 잠시 벗어날 수 있는 계기였다. 물론 니콜라이 2세는 고종에게 자신의 마지막 카드를 보여주지 않았다. 고종이 알고 있는 것은 친서를 보내기 보름 전, 일본이 지루한 참호전 끝에 러시아 육군을 격파하고 만주 펑톈을 점령했다는 것과 2월 말, 일본이 독도를 강점하고 다케시마로 명명했다는 소식뿐이었다.

열강의 세력균형 속에서 아슬아슬하게 생존을 모색하던 황제는 윤병구와 이승만을 밀사로 보내 미국의 루스벨트 대통령에게 독립선언서를 제출하였으나 이 역시 답변을 받지 못했다. 우울한 소식만 계속 이어졌다. 5월, 주영 공사 서리 이한응은 자신이 대표하는 나라의 주권이 다른 나라에서는 전혀 인정받지 못한다는 사실에 놀라고 또한 슬퍼 영국 현지에서 자살했다. 자신이 파견한 외교관이 신임장도 받지 못한 채 스스로 목숨을 끊는 나라의 황제는 침울했다. 그로부터 보름 후인 5월 27일, 황제는 더욱 놀라운 소식을 듣게 되었다. 그날을 며칠 앞두고부터 숨가쁜 보고들이 궁정으로 날아들기 시작했다. 우선 충무 앞바다를 지나는 정체불명의 대선단이 목포의 어부들에 의해 목격되었다. 여수 앞바다를 지나던 함대(보고는 점점 정확해지고 있었다)가 멸치잡이 선단과 조우하였다. 5월 26일이 되자 그 먼 곳을 돌아온 러시아의 발틱함대가 대한해협을 통과했다. 그러나 러시아가 일본에 승리하기를 결코 바라지 않았던 영국은 러시아 발틱함대의 진로를 시시각각 일본으로 타전하고 있었다. 1902년에 체결된 영일동맹의 위력이었다. 그뿐이 아니었다. 영국 소유 항만의 석탄공급 거부 때문에 발틱함대는 마다가스카르 등지에서 수개월간 발이 묶이기도 하였다. 보급 한번 변변하게 받지 못한, 지치고 피로한 차르의 함대는 그들의 움직임을 손바닥 보듯 들여다보며 기다린 천황의 해군에게 힘 한번 제대로 못 써보고 손을 들었다. 1905년 5월 27일 새벽 네시 사십오분, 일본 연합함대의 선제공격으로 거의 스물네 시간 동안 지속된 동해 해전에서 발틱함대는 궤멸적 타격을 입고 손을 들었다. 로제스트벤스키 제독은 포로가 되었다. 일본 연합함대의 승전 소식은 고종 황제의 막연한 기대에 찬물을 끼얹었다. 역사엔 요행이 없었다. 동시에 차르 체제에도 조종이 울리고 있었다. 차르의 적은 이제 일본이 아니라 소리 없이 자신의 명줄을 노리는 혁명아 레닌과 트로츠키, 스탈린이었다.

주변의 열강들이 동아시아의 운명을 놓고 사생결단의 한판 승부를 벌이고 있는 줄도 모른 채 일포드호의 1033명은 멕시코라는 나라에 대한 단꿈에 사로잡혀 있었다. 남중국해에서 불어오는 봄바람이 갑판 위를 넘실거리던 4월의 어느 봄날. 일포드호는 요란한 소리와 함께 닻을 올렸다. 드디어 1033명의 여권이 발급된 것이었다. 존 마이어스는 영국 공사 고든의 협조를 얻지 못하자 프랑스 공사 플랑시를 찾아가 대한제국 정부에 힘을 써줄 것을 부탁하였다. 멕시코와 대한제국 사이에는 국교도 없었고 하와이 이민을 위해 제국 정부가 설립한 수민원은 계약 노동을 목적으로 한 이민 자체를 금지하고 있었으므로 마이어스의 요구는 불법적이고 부당한 것이었다. 그러나 플랑시의 노력에 힘입어 여권은 발급되었고, 1033명의 조선인들은 외교관은커녕 교민 하나 없는 멕시코를 향해 출발하였다. 1905년 4월 4일의 일이었다.

11

닻이 올라갔다. 갑판 위에는 마지막으로 제물포를 보려는 사람들로 계단까지 북적거렸다. 너무 오래 기다려온 출항이었다. 수두에 걸린 어린아이 때문에, 여권 때문에, 영국 공관의 까다로운 검사 때문에 거의 두 달이나 배와 항구를 오가야 했던 것이다. 그 순간만큼은 반상과 남녀, 노소와 장청의 구별도 없이 하나같이 밝은 얼굴이었다. 정박중인 배보다는 바닷바람을 가르며 망망대해로 나아가는 배가 보기에도 좋은 법이다. 이종도의 식솔과 김이정, 최선길 등도 모두 갑판으로 올라가 만감에 젖었다. 날은 맑았다. 바람이 다소 강하긴 했지만 파란 하늘에 흰 구름이 적당히 흘러가는 멋진 날씨였다. 일포드호 옆에서 얼쩡거리던 작은 거룻배들이 물살에 휩쓸리지 않으려 일제히 노를 저으며 물러났다. 몸을 흔들어 물기를 털어내는 덩치 큰 개처럼 일포드호는 주변의 모든 것들을 밀어내며 황해로 나아가기 시작했다. 머리에 수건을 두른 조선인 노무자들이 갑판 위의 이민자들을 향해 손을 흔들었다. 그중에는 최후까지 일포드호에 타보려고 애쓰던 사람들도 있었다.

영국 기선의 고동소리는 우렁찼다. 쿨럭거리며 굴뚝을 빠져나온 검은 연기가 바닷바람과 섞여들며 파란 하늘에 긴 흔적을 남겼다. 줄무늬 셔츠를 입은 독일 선원들은 무심한 얼굴로 제 할일들을 하고 있었다. 그들에겐 바다에서 삶을 시작하고 끝마치는 자들 특유의 냉소적 활력이 있었다. 자신이 하는 일의 사회적 의미 같은 것에는 아무 관심도 없으나 그것의 실용적 가치에는 거의 주술적이라 할 정도의 가치를 부여하고 언제나 힘차게 일했다. 닻을 올리고 찬거리로 쓸 물고기를 낚기 위해 낚싯대를 드리우고 갑판을 청소하고 로프를 점검하는 모든 일들이 바로 그런 영역에 속했다.

잠시 후, 제물포항의 모습이 서서히 멀어져가자 승객들도 하나둘 주변의 풍경에 흥미를 잃고 선실로 돌아가기 시작했다. 이종도는 오래 남아 바다와 들쭉날쭉한 경기도 서부의 해안선을 눈으로 좇았다. 그의 조상들인 조선의 왕 중에는 바다를 한 번도 보지 못한 이들도 많았다. 통신사로 임명되어 일본을 다녀온 신하가 왕을 배알하면 왕은 물었다. 그대는 어떻게 일본에 갔는가? 전하의 함선을 타고 갔나이다. 배에는 몇 사람이나 탔는가. 각 배에는 군졸과 선원을 합하여 삼십여 명이 탔습니다. 그제야 왕은 조용히 물었다. 짐은 아직도 궁금하다. 그 많은 사람이 탄 무거운 배가 어찌 물에 가라앉지 않고 뜰 수 있단 말인가. 왕궁으로부터 사 킬로미터밖에 떨어지지 않은 한강에도 나와보지 않은 왕이 부지기수였다. 신하는 왕의 무지를 공격하지 않으면서도 그를 충분히 이해시킬 방법을 찾는다. 소신도 아직 그 이치를 충분히 알지 못하오나 전하의 어부와 수군 들은 일찍이 그 이치를 깨달아 잘 운용하고 있었습니다. 아마도 가벼운 나무와 기름으로 그 도움을 삼는 것이 아닌가 추측할 따름입니다. 그들은 문신文臣이었다. 사물과 도구의 원리를 이해하지 못하는 것이 결코 부끄러운 일이 아니었다. 왕과 신하는 묘한 표정을 교환하고 바다와 배에 대해서 잊어버렸다. 이종도는 그들의 후손이었다. 그의 뱃속은 벌써 울렁거리기 시작했다. 가마를 타고 험한 길을 갈 때와 비슷한 기분이었다. 이종도는 숨을 깊이 들이마셨다. 조선의 공기가 그의 폐를 가득 채웠다. 그 와중에도 이종도는 두보를 빌려 고향과 이별하는 슬픔의 정한을 노래했다. 하늘가 봄빛은 저물기를 재촉하는데, 이별 눈물 아득히 비단 물결에 더해지누나. 그렇게 읊고 보니 마치 왕조의 운명에 빗댄 시구 같아 더욱 마음이 좋질 않았다. 점점 더 속이 울렁거렸다.

멀미도 멀미였지만 그는 선실로 돌아가고 싶지 않았다. 양반과 걸인과 농민과 천민이 날카로운 긴장 속에서 서로를 벼르고 있었다. 존 마이어스의 말대로 이곳은 대한제국이 아니라 바다에 떠 있는 영국의 영토였다. 하층민들이 고개를 빳빳이 쳐들고 그와 그의 가족을 구경 삼아 쳐다보는 일은 이제 일상사가 되었다. 만나도 고개를 숙이는 자가 없었고 복도에서 마주쳐도 옆으로 물러나는 자가 없었다. 암묵적으로 남아 있던 조선의 신분제는 일포드호의 선상에서 그 흔적도 찾을 수 없었다. 이종도는 비통한 심정으로 하늘을 우러렀다. 조상께 지은 죄가 많은 것이다. 그 업을 치르는 것이다. 양반들은 갓을 숨기고 농민들은 가슴을 폈다. 쓰는 말과 문자가 달라 몇 마디만 나누어도 그 출신을 알 수 있었지만 그들은 천연덕스럽게 시치미를 뗐다. 얼마 지나지 않아 이종도는 배에서 자신의 특권적 지위를 주장하는 것이 얼마나 무모한 일인가를 깨달았다. 그러면서도 멕시코에선 결코 그렇지 않으리라 굳게 믿고 있었다. 일이 잘 풀리지 않을 수도 있다. 그럼 서울의 황제께 청을 드릴 것이다. 황제는 베이징에서 수입한 먹을 갈아 멋들어진 필체로 멕시코의 통치자에게 편지를 보내실 것이다. 자신의 불행한 육촌과 그의 가족을 잘 거두어주기를, 정중하게 요청하실 것이다. 그렇게 생각하자 이종도의 마음은 조금 밝아졌다. 그리고 이 배의 백성들도 곧 자신과 같은 존재의 필요성을 절감하게 될 것이다. 농장주와 관리 들로부터 핍박받을 때 누가 조선인들을 대신하여 준엄한 말과 글로 그들을 꾸짖겠는가. 어리석은 백성들을 대표할 만한 고귀한 혈통과 학식을 겸비한 자가 자기 말고 또 누가 있을 것인가. 두 눈을 부릅뜨고 승객들을 살폈으나 이종도가 얼굴을 아는 자는 아무도 없었다. 아, 백성들의 우매함은 그 깊이를 모른다. 한탄하며 선실로 내려가다가 세 번이나 누군가와 어깨를 부딪쳤다. 서울에서라면 결코 일어날 수 없는 일이었다. 그와 가장 마지막으로 불쾌한 접촉을 가진 사람은 바로 최선길이었다. 그는 대수롭지 않게 주변을 둘러보며 전진했다. 도둑이 할 일 중 그 첫번째는 주위를 살피는 것이다. 도둑은 그 어떤 범죄자보다도 예민하고 부지런해야 한다. 훔칠 곳과 물건을 정하고 그 주변을 정탐하고 도주로와 인마의 운행시각과 그 빈도를 파악하고 마지막으로 자신의 몸가짐을 점검해야 하는 것이다. 최선길에게는 그런 태도가 몸에 배어 있었다. 그건 누가 가르쳐주지 않아도 저절로 알게 되는 성질의 것이었다.

그는 선실 안을 돌아다니며 먼저 사람들을 살피기 시작했다. 승객들의 전직과 신분을 그만큼 잘 알아낼 수 있는 사람은 없을 것이었다. 심지어 승객들이 지니고 있을 현금과 금붙이 들의 양까지도 그는 대체로 큰 오차 없이 짐작하고 있었다. 단지 그를 이곳으로 이끈, 십자가를 지니고 있던 남자만이 수수께끼였다. 그렇지만 그의 물건은 이미 다 털어먹었으므로 그에겐 더이상 관심이 없었다. 벌써 말고기가 썩는 듯한 냄새를 풍기기 시작한 선실을 어슬렁거리다보니 자신과 비슷한 종자들도 여럿 발견하게 되었다. 오줌냄새만으로 동족을 알아보는 짐승들처럼 그들은 서로의 존재를 재빨리 알아채고는 눈길을 교환하며 일종의 불가침조약을 맺고 있었다. 그리고 느슨하게나마 서로의 영역을 구분하기도 하였다. 단한 마디의 말도 없이.

제물포에서 새로 승선한 사람들은 뱃멀미에 시달리고 있었다. 그들은 허옇게 뜬 얼굴로 바닥에 누워 난생처음 겪는 이 요동에 어찌할 바를 몰랐다. 그러나 이상하게도 최선길은 멀미를 하지 않았다. 전생에 선원이나 물고기였던 것일까. 흘수선 아래 어두운 선실에서 파도에 흔들리면서도 최는 아무렇지도 않았다. 오히려 휘파람을 불며 그것을 즐기고 있었다. 그는 태연하게 사람들 구경을 하고 다녔다.

그가 보기에 승객들은 크게 몇 부류로 나눌 수 있었다. 우선, 몰락한 양반들. 개항 이후 몰아닥친 격변기 속에서 토지나 관직을 잃고 이제는 조상의 제사조차 지내기 어려운 형편이 되어버린 자들이었다. 그들은 배 안에서도 틈틈이 서책을 꺼내 읽으며 무료함을 달랬다. 그들의 손은 희고 부드러웠으며 대체로 상투를 틀고 망건을 쓰고 있었다. 이들은 선실 속의 다른 계급과 융화할 의사가 전혀 없는 듯 보였으며 따라서 아무 말 없이 그저 상황을 감내하고 있었다. 말라비틀어진 배추에 소금을 친 김치와 멀건 일본식 된장국, 거친 밥이 전부인 식사시간이 되면 이 계급은 가장 심각한 고뇌에 빠졌다. 당연히 순서를 양보받으리라 생각하고 점잖게 기다려도 보았으나 돌아오는 것은 비웃음뿐이었다. 그렇다고 식사 때마다 돼지들처럼 우당탕탕 아귀다툼을 벌일 수도 없는 노릇이었다. 참다못한 청주 출신의 한 양반이 순번제를 제안했다. 순번을 주어 한 번은 앞에서부터 그다음은 뒤에서부터 밥을 타먹도록 하면 공평할 것이라는 안을 내놓았지만 아무 메아리가 없었다. 제안 자체는 합리적이었지만 양반들의 말을 들어주기 시작하면 끝내는 그들이 주도권을 쥐게 되리라는 것을 평민들은 잘 알고 있었다. 다소 불편하더라도 끼니마다 줄을 서는 것이 그 꼴사나운 양반들을 골탕먹이는 길이었다. 하는 수 없이 양반들도 줄을 서기 시작했다. 거들먹거리는 팔자걸음은 저절로 고쳐졌으며 움직임도 빨라졌다.

숫자로는 농민들이 가장 많았다. 거친 손과 검게 그을린 얼굴, 강인하게 단련된 근육과 골격이 그들의 특징이었다. 이들은 다른 어떤 계층보다 선상생활에 불만이 없었다. 일을 하지 않아도 때가 되면 밥이 나오는 생활은 그들로서는 꿈같은 것이었다. 일 년 내내 일을 해도 가뭄이 들거나 홍수라도 나면 그대로 허탕이었다. 보리를 거두는 봄까지는 굶주릴밖에 달리 도리가 없었다. 그 다음해가 풍년이어도 지주에게 빚을 갚고 나면 남는 것이 없었다. 겨울이 없는 나라, 땅은 넓은데 사람이 없어 그 값이 금과 다를 바 없다는 멕시코는 그들에게 꿈의 나라였다. 어차피 농사의 고단함이야 다를 바가 없을 것이었다.

농민들 못잖게 많은 사람들이 조장윤과 같은 대한제국의 군인들이었다. 이백여 명이나 되는 이 젊고 건장한 자들은 대륙식민회사가 가장 자랑하는 인력들이었다. 얼핏 보면 농민들과 비슷하게 생겼지만 이들은 대부분 농사 경험이 없는 도시생활자였다. 무질서가 몸에 밴 농민들과 달리 이들은 질서와 규율을 사랑하는 조직에서 자라났다. 이들은 무의미한 기다림과 배고픔, 엄혹한 환경에 익숙했으며 정치적 문제에 민감하였다. 이들 중 몇은 임오군란 당시 궁궐을 습격하여 살육전을 벌인 구식 군대의 일원이었으나 그 정체를 드러내지 않았다. 대원군과 그의 쇄국정책을 지지하고 일본과 서구 세력에 대한 분노에 불타는 이들은 바로 그 때문에 직업을 잃고 나라 밖으로 밀려나고 있었다.

그리고 나머지는 최선길이나 김이정과 같은 부랑자들이었다. 혼자 몸으로 승선한 여자는 없었다. 식민회사가 그것을 허용하지 않기도 했지만 당시 사회적 분위기에서 여자 혼자 그 먼 곳으로 떠난다는 것은 용납하기 어려운 일이었다. 여자들은 가족의 일원으로 배에 올랐다. 독신 남자들만 송출되어 결국 성비의 엄청난 불균형 때문에 물의를 빚었던 하와이의 경험을 대륙식민회사는 잊지 않고 있었다. 그래서 이번에는 가족 중심으로 모집하였고 그에 호응하여 상당수의 부녀자가 남편과 아버지에게 자신의 운명을 맡겼다.

12

항해는 길었다. 애초부터 여객을 위한 시설이 전무한 일포드호에서 승객들은 짐짝처럼 취급되었고, 그나마도 적정 수용인원을 세 배나 초과하였기 때문에 밀폐된 실내생활을 해본 적이 없는 조선인들의 고통은 더욱 심했다. 그들이 건너야 할 바다의 이름을 듣고 조선인들은 제멋대로 크고 평탄한 호수 같은 바다를 연상하고 있었다. 일찍이 마테오 리치는 마젤란의 작명을 좇아 클 태太, 평평할 평平, 바다 해海, '태평해'라 불렀다. 그러나 그 바다의 성질은 명명한 자의 소망과는 달라 거칠고 예측불가능하였다. 거대한 파도가 배의 옆구리를 밀어젖힐 때마다 흘수선 아래의 화물칸에 수

용된 조선인들은 예의와 범절, 삼강과 오륜을 잊고 서로 엉켜버렸다. 남자와 여자가, 양반과 천민이 한쪽 구석으로 밀려가 서로의 몸을 맞대고 민망한 장면을 연출하는 일이 계속되었다. 요강이 엎어지거나 깨지면서 그 안에 담겨 있던 토사물과 오물이 바닥으로 쏟아졌다. 욕설과 한탄, 비난과 주먹다짐이 일상사였고 고약한 냄새들은 가시지 않았다. 빨래나 목욕 같은 사치스런 일은 아무도 꿈꾸지 않았다. 그저 배가 빨리 도착하여 단단한 땅에 서는 것만이 승객들의 소망이었다.

선원들은 선실까지 내려오지 않고 계단 위에서 지시를 내렸으며 통역인 권용준이 그것을 알렸다. 그는 1033명 중에서 유일한 권력자였다. 그의 아버지는 중인 출신으로 청나라와 조선을 오가는 역관이었다. 부자와 권력자 들은 딸을 결혼시키거나 첩을 어르는 데 필요한 사치품의 대부분을 청나라에서 사들였다. 비단과 보석, 담배와 술이 그 경로를 통해 들어왔고 역관들은 그 거래를 중개하면서 엄청난 이익을 남겼다. 선비들은 중국의 책을 탐했다. 고전들은 물론이거니와 서양의 사상을 소개한 책들이, 비록 조선에서는 버젓이 금서 목록에 올라 있었지만, 오히려 그랬기 때문에 선비들 사이에서 대단한 인기를 끌었다. 신 앞에 만인이 평등하다는 천주교와 지구는 둥글며 그 둥근 지구가 태양의 주위를 돌고 있다는 지동설, 대영제국과 프랑스와 독일, 미국의 역사를 기록한 책들은 배에 실려 도착하는 족족 눈 깜짝할 새에 팔려나갔다.

조선의 인삼, 특히 홍삼이 중국에서 큰 인기가 있었다. 여자의 거래는 활발하지 않았는데, 중국은 전족을 한 여자를 높이 치는 반면 조선에는 그런 풍습이 전혀 없었기 때문이었다. 권용준의 아버지는 역관의 집안에서 태어나 어려서부터 중국어를 배우며 자랐다. 별로 어렵지 않게 역관시험에 합격한 그는 중국을 오가며 많은 부를 쌓았으나 한편으론 중국이 아편전쟁을 겪으며 현저히 쇠퇴해간다는 것도 잘 알고 있었다. 그는 베이징에서 서양 세력들의 동양 진출이 심상치 않으며, 얼마 지나지 않아 그들이 동양 전부를 집어삼킬지도 모른다는 것을 직접 확인하게 되었다.

　그는 세 아들 중에서 첫째와 둘째에게는 중국어를 가르쳤지만 막내에게는 영어선생을 붙여주었다. 막내는 어려서부터 말이 늦되어 부모의 걱정을 샀다. 특히나 한자에 약하여 소학 이상으로 그 배움이 늘지 않았다. 그럴 바에야 아예 새로운 언어를 가르치는 게 낫겠다고 그의 아버지는 생각했다. 유서 깊은 역관의 집에서조차 수백 년간 들을 수 없었던 언어가 울려퍼졌다. 나는 소년입니다. 영어를 배웁니다. 나는 학생입니다. 런던에 삽니다. 막내의 영어 실력이 탁월한 것은 아니었으나 당시 조선에선 영어를 하는 자가 거의 없었다. 미국과 영국이 공사관을 세우자 아버지의 선견지명이 빛났다. 막내 용준은 미국 공사관을 찾아가 통역으로 일하고 싶다고 말했다. 몇 달간을 반벙어리로 지내던 미국 외교관들은 그 자리에서 바로 그의 채용을 결정하였다. 그가 미국 공사관으로 출근하기 시작한 지 얼마 되지 않은 어느 날, 그의 아버지와 형제들은 비단을 가득 실은 배를 타고 중국 톈진에서 출항했다. 잔잔한 물결과 부드러운 햇살이 그들의 항해에 축복을 내려주는 것 같았다. 중국과 조선, 미국, 영국을 잇는 루트가 만들어진다면 그들 가문은 조선의 어느 명문가와도 어깨를 나란히 할 수 있을 것이라고 아버지는 말했다. 신분제는 곧 사라질 것이다. 갓의 크기로 우열을 가르던 시대는 지났다. 너희들의 머리를 보라. 이젠 너희들이 역관의 자식이라는 걸 아무도 모르는 날이 온 것이다. 두 아들은 쑥스러운 듯 기름 발라 넘긴 머리를 양손으로 슬쩍 만져보았다. 아직도 뭔가가 비어 있는 듯 허전한 느낌이었다. 상투가 있어야 할 자리엔 아무것도 없었다. 평생을 길러온 머리는 고종의 단발령에 이은 아버지의 말 한마디에 싹둑 잘려나갔다. 우리야 잘된 일이다. 어차피 이만 들끓지 않았느냐. 실리적인 사람 특유의 과단성으로 그는 어떤 역관보다도 먼저 단발령에 따랐다. 머리꼭지가 좀 허전하긴 했으나 두 아들 역시 그런 아버지의 결정에 따르기를 잘했다고 생각하고 있었다. 그후로 그들의 장사도 번창했고 대청마루엔 기름이 번질거렸다. 이번 연행燕行만 끝나면 장가를 보내주리라. 아버지는 큰아들에게 넌지시 언질도 주어놓았다. 그래서인지 장남은 자꾸만 옹진반도 쪽을 보며 히벌쭉 웃고 있었는데, 그런 그의 눈에 상당히 빠른 속도로 접근하는 배 한 척이 들어왔다. 선교가 낮고 바닥이 넓어 황해와 같이 수심이 낮은 바다를 항행하기에 적합한 배였다. 그물이 없는 것으로 보아 어선은 아니었고 관리들이 타고 다니는 사령선도 아니었다.

어느덧 정체를 알기 어려운 배는 그들의 배 옆으로 바짝 다가와 눈 깜짝할 새에 밧줄을 던져 두 배를 묶었다. 이쪽에서 누군가, 무슨 짓이냐며 소리를 쳤지만 그는 곧 몇 발의 총탄을 맞고 바다로 굴러떨어졌다. 밧줄을 밟고 십여 명의 건장한 남자들이 소리를 지르며 비단이 가득 실린 역관의 배로 넘어왔다. 이쪽에서도 무기를 든 십여 명의 호위병들이 맞섰으나 이미 기선을 빼앗긴 상황이었다. 광둥어를 쓰는 그 사내들은 능란하게 칼을 휘두르며 배를 장악하기 시작했다. 역관은 침착하게 주변을 살폈으나 상황은 절망적이었다. 채 오 분도 지나지 않아 상처입거나 죽은 군졸들은 고기밥이 되었다. 숙련된 생선장수처럼 그들은 무표정하게 그 모든 일을 착착착 진행하였다. 역관과 두 아들이 끌려와 무릎을 꿇었고, 베이징을 다녀오던 대한제국의 관리는 머리에 피를 흘린 채 쓰러져 있었다. 해적들은 히죽거리며 그를 배의 이물로 데려가 세운 후 칼끝으로 등을 밀었다. 역관은 눈을 감은 채 바다로 떨어졌다. 나머지 두 아들은 해적들의 배로 넘겨져 어창에 던져졌다. 자상을 입은 관리 역시 역관과 비슷한 운명이 되었다. 두 척의 배는 방향을 틀어 남쪽으로 달아났다.

권용준은 며칠 후 그 소식을 들었지만 크게 슬퍼하지는 않았다. 집안 어른들과 함께 성대한 장례를 치르고 찾아온 손님들을 맞았다. 조선 후기로 올수록 점점 더 강고해진 장자 세습의 원칙에 따라 유산이라고는 구경도 못 할 줄 알았던 그는 갑자기 부자가 되었다. 그의 나이 고작 스물이었다. 광문을 열어보니 비단과 쌀이 어른 키를 넘고 있었다. 한자로 쓰인 이해하기 어려운 서적들은 제일 먼저 팔아치웠다. 그리고 나머지 돈 되는 것들도 착착 시장에 내놓았다. 그가 하지 않으려 해도 장사치들이 어떻게 알았는지 찾아와 거래를 제안했다. 어느 날은 높고 멋들어진 갓을 쓰고 철릭을 입은 별감이 찾아왔다. 장안에서 제일가는 기생 서넛을 거느렸다는 그는 공자께 술을 대접할 영광을 달라고 했다. 그러지 않을 이유가 없었다. 다음날 별감은 가마를 보내왔다. 보란듯이 가마에 앉아 그는 남산 기슭의 기생집까지 실려갔다. 백사로 담근 술과 중국산 담배, 여덟 살 때부터 기방에서 훈련받은 평양 기생의 춤, 서로의 눈빛만으로도 다음 가락을 능히 짐작하는 삼현육각의 악사들, 잠시 서울 구경을 하러 왔다는 전라도 익산의 늙은 소리꾼, 마이센 자기 접시에 담긴 산과 바다의 진미까지, 그는 그야말로 중국 황제가 부럽지 않을 호사를 누렸다. 그것도 지치자 기생은 상하이의 아편을 권했다. 몽롱한 가운데 세월이 흘러갔다. 나중엔 아예 집으로 돌아가지도 않고 기생집에 그대로 머물렀다. 하인들은 광에서 쌀과 비단을 야금야금 빼내어 팔았고 능란한 별감은 이 장기투숙자의 숙박비와 음식값을 오히려 올려 받기 시작했다. 온 천지에 서리가 내리니 그전에 모든 작물을 거두어야 한다는 절기에 이르러 비로소 권용준은 올 때 타고 왔던 가마에 실려 집으로 보내졌다. 별감의 마지막 배려였다. 다시 기생집을 찾았을 때 별감은 문조차 열어주지 않았다. 오랜만에 돌아온 집은 썰렁했다. 아버지가 구축해놓은 판로와 인맥은 그 유산을 기생집에 모두 털어넣은 자식에겐 냉정했다. 아편의 금단증상과 추위, 미래에 대한 불안과 싸우던 젊은 한량은 마침내 자신이 알거지가 되었다는 것을 인정하지 않을 수 없었다. 기생과 별감과 노복 들이 가져가지 못한 유일한 재산은 영어 실력뿐이었다. 그렇다고 호기롭게 그만둔 미국 공사관을 다시 찾아가고 싶지는 않았다. 그는 황성신문에 실린 광고를 보고 대륙식민회사로 찾아갔다. 황금의 땅이라는 멕시코에서, 아무도 자기를 모르는 곳에서 새로운 인생을 시작해볼 작정이었다. 더러운 몰골의 사람들이 줄을 서 있는 회사에서 그는 존 마이어스를 만났다. 영어는 그만하면 됐고 스페인어를 배워야 할 거요. 마이어스는 충고해주었다. 그러곤 자기가 쓰던 스페인어 교본을 그에게 넘겨주었다. 스페인어 사용자가 전무한 나라에서 마이어스로서도 선택의 여지가 없었다.

13

김이정은 눈을 떴다. 배는 모처럼 별 요동 없이 항해하고 있었

다. 지난 며칠간 계속된 폭풍으로 일포드호는 심하게 기우뚱거렸
고, 선실은 온통 시큼한 냄새로 가득했었다. 가져온 인삼즙을 마시
며 버텨보는 사람, 이마와 손바닥에 침을 맞는 사람도 있었고 아
예 열 손가락 끝을 바늘로 찔러 피를 내는 사람도 있었다. 다들 자
기만의 비방으로 이 힘겨운 바다생활을 견뎌내고 있었다. 김이정
이라고 해서 그 고통에서 자유로울 수는 없었다. 그는 침술 지식도
인삼즙도 갖고 있지 않았다. 그는 갑판으로 올라갔다. 그리고 거기
에서 독일 선원들이 움직이는 모습을 보았다. 날카로운 콧날과 각
진 턱, 커다란 키 때문에 도저히 그들이 자신과 같은 인간이라고
생각되지 않았다. 말조차 붙여보기 어려운 그들을 멀찍이서 지켜
보다가 그는 다시 선실로 내려왔다. 그러다 미로처럼 뻗어 있는 복
도를 따라가게 되었다. 독일 선원들의 선실, 그리고 선장과 항해사
들의 방으로 이어지는 길이었다. 거기서 누군가와 부딪치기라도
했다간 불쾌한 일을 당할 수도 있었다. 그러나 모두들 선교에 올라
가 있는지 복도에는 아무도 없었다. 그는 다시 계단을 타고 고소한
음식냄새가 풍겨오는 쪽으로 내려갔다. 열린 문틈으로 사람들이
일하는 모습이 보였다. 그곳은, 그의 예상대로 주방이었다. 기독교
에서 말하는 지옥이 있다면 바로 그런 모습일 것 같았다. 이글거리
는 불, 천장에 매달려 요란하게 달그락거리는 조리기구들, 기관실
의 소음에 지지 않으려 소리를 지르는 요리사들, 그들의 옷은 더러
웠고 머리는 웃자라 눈을 가렸다. 밑바닥은 버려진 음식물과 기름

으로 번들거렸다. 그런데도 아무도 넘어지지 않았다. 그곳에서 승객 1033명과 선장, 항해사, 선원, 그리고 자신 들이 먹을 음식을 모두 요리해야 하는 것이었다.

　배가 다시 한쪽으로 기울었고 이정의 몸도 한쪽으로 쏠려 쿵 소리를 내며 벽에 부딪쳤다. 그러나 다른 요란한 소리에 묻혀 아직 아무도 그의 존재를 눈치채지 못하고 있었다. 그는 넘어지면서도 요리사들을 보았다. 그들은 한 손으로 능숙하게 손잡이를 잡으며 균형을 유지하고 있었다. 팬 위의 야채들은 한 조각도 아래로 떨어지지 않았다.

　누군가 이정을 발견하고 일본말로 소리를 질렀다. 그가 식칼을 든 채로 다가왔으므로 이정은 몸을 움츠렸다. 얼굴에 수염을 잔뜩 기른 뚱뚱한 일본인은 불쾌한 호기심으로 가득한 두 눈을 번득이고 있었다. 그는 다시 똑같은 소리로 외쳤다. 그러나 이정은 그 말을 알아듣지 못했다. 대신, 옆에 있던 빗자루를 들어 바닥에 떨어진 배추와 감자 껍질을 쓸어담는 시늉을 했다. 수염 난 일본인은 고개를 가로저었다. 필요 없다는 표시였다. 그의 얼굴을 더이상 쳐다보지 않으며 이정은 계속 일했다. 일본인이 고래고래 소리를 지르더니 포기한 듯 동료들에게 돌아갔다. 그러곤 일본말로 떠들어댔다. 이정은 그 말도 알아듣지 못했다. 보부상을 따라 개항장의 일본인 거류지에 들른 적은 있었지만 일본말을 배운 적은 없었다. 어쨌든 이정은 식당 주위에서 시키지도 않은 청소를 거들며 그들과 안면을 익혀나갔다. 처음엔 거들떠보지도 않고 욕만 해대던 요리사들도 조금씩 허드렛일을 시키기 시작했다. 창고에서 양파자루를 가져오기도 하고 조리가 끝난 식당에서 청소를 하기도 하였다. 짧은 휴식시간이 되면 일본인 요리사들은 일제히 갑판으로 올라가 궐련을 피워댔다. 그중에 일본인치고는 키가 큰 요리사가 하나 있었다. 머리는 군인처럼 짧았고 몸은 호리호리했다. 그는 청소를 끝낸 이정에게 일본어를 가르쳤다. 자기 이름이 요시다라고 했다. 요시다는 우선 부려먹기 좋도록 양파, 감자, 쌀, 물 같은 요리 재료의 이름들부터 알려주었다. 이정이 단어를 잊어버리거나 헷갈릴 때마다 그가 머리를 쥐어박았지만 점점 그 횟수가 줄어들었다. 이정은 빨리 배우는 편이었다. 사흘쯤 지나자 적어도 식품 이름만큼은 헷갈리지 않게 되었다. 그렇게 되자 이정의 일은 훨씬 많아졌다. 요리사들은 시장의 장사꾼들처럼 숨가쁘게 그를 불러댔다. 그는 창고와 갑판, 식당을 오가다 밤이 오면 파김치가 되어 나가떨어졌다. 하지만 이제 더이상 밥 한 그릇을 타먹기 위해 그 긴 줄의 끄트머리에 서지 않아도 되었다. 그는 날마다 기름냄새에 전 채 선실로 돌아와 잠이 들었다. 옆자리의 최선길이 코를 싸쥐었다. 평양 출신의 한 젊은 농부는 왜놈의 개라며 그에게 침을 뱉었다. 이정은 그가 잠들기를 기다려 몽둥이로 그를 두들겼다. 어이쿠, 젊은 농부가 머리를 감싸쥐고 몸을 웅크렸지만 이정은 말없이 그의 몸뚱이를 내리찍었다. 가장 먼저 상황을 알아차린 것은 최선길이었다. 그는 눈을 뜨자마자 이정의 허리를 붙잡아 벽 쪽으로 밀어붙였다. 그들의 발에 밟힌 사람들 몇이 더 깨어나 이정을 말렸다. 얻어맞은 농부는 제정신이 아니었다. 왜놈의 개한테 맞으니 기분이 어떠냐. 이정이 소리를 질렀다. 왜놈의 개가 해준 밥은 넙죽넙죽 잘도 받아먹지 않았더냐. 사람들이 그를 진정시켰다. 머리에서 피를 흘리던 평양의 농부는 이불을 싸들고 이정으로부터 멀리 달아났다.

벌인 일에 비하면 소란은 쉽게 사그라든 셈이었다. 좁은 선실에서 생활하다보면 시비들이 잦았다. 아직 칼부림이 일어나지 않은 것이 신기할 지경이었다. 사내들은 자리 때문에, 밥 한 숟가락 때문에, 고운 여자 때문에, 곱지 않은 눈길 때문에 주먹을 휘둘렀다. 죽일 놈, 바다에 던져버리겠다! 그것이 가장 흔한 위협이었지만 그런 일은 쉽게 일어나지 않았다. 김이정은 똑바로 누워 분을 삭이고 있었다. 거리에서 뼈가 굵은 그에게 이 정도는 대수롭지 않은 일이었다. 그러나 이상하게 분노가 쉽게 사그라들지 않았다. 갑자기 세상과 세상의 모든 수컷들이 자신의 적인 것처럼 느껴졌다. 근원을 알 수 없는 적의에 사로잡혀 그는 주먹을 불끈 쥐었다. 그리고 그 주먹으로 눈꼬리에서 솟는 눈물 한 방울을 훔쳤다.

다음날 새벽 그는 누구보다 먼저 일어났다. 주방으로 가기 위해 조심스레 선실을 나섰다. 혹시 평양 농부가 어딘가에 숨어서 뒤통수를 노리고 있지는 않을까 신경을 곤두세우며 복도를 걸었다. 주방으로 내려가는 계단이 있는 모퉁이를 돌 때였다. 거기 누군가가 있었다. 임시로 마련한 여자 화장실이 있는 쪽이었다. 그쪽에서도 놀랐는지 나지막이 소리를 냈다. 소녀는 미처 장옷으로 눈을 가리지 못하여 이정과 정면으로 눈이 마주쳤다. 그것은 아주 짧은 순간이었으나 열여섯의 두 남녀가 서로의 존재를 알아채기에는 충분한 시간이었다. 소녀는 옆으로 비켜 이정이 지나가기를 기다렸다. 이정은 연수를 지나쳐갔다. 그리고 멈춰서서 모퉁이를 돌아가는 그녀의 뒷모습을 흘긋 보았다. 뒤꿈치를 살짝 들고 걷는 그녀의 걸음걸이와 긴 치마 때문에 그녀는 마치 허공에 뜬 채 그대로 흘러가는 것처럼 보였다.

주방에는 아무도 없었다. 그는 청소도구를 챙기다가 도마 위에 꽂혀 있는 식칼을 보았다. 평소라면 그냥 지나쳤을 이정은 무엇에 씌기라도 했는지 그 칼을 들어 손에 쥐었다. 일본인들의 칼은 조선의 칼보다 훨씬 가늘고 길었다. 생선을 다루는 칼이었다. 비린내가 풍겼다. 그리고 고기를 토막내는 네모난 칼도 보였다. 자루엔 붉은 피가 덕지덕지 묻어 있었다. 그것도 들어보았다. 묵직한 느낌이 좋았다. 뭔가 예리한 것이 저 깊은 곳에서부터 치받아 올라오는 듯했다. 여자에 대한 갈망과 날카로운 쇠붙이의 원초적 매력 사이에서 어쩔 줄 모르고 있을 때 뒤에서 천둥 같은 음성이 들렸다. 그는 칼을 내려놓았다. 요시다였다. 그가 달려와 욕을 하며 이정의 뺨을 후려쳤다. 한 대로 그치는 것이 아니라 수십 대를 돌려가며 때렸다. 정신이 아찔해져 이정은 풀썩 무릎을 꿇었다. 다른 요리사들이 달려와 무슨 일이냐고 물었다. 그들은 요시다가 들고 있는 칼만 보고도 상황을 이해했다. 요리사들에게 칼은 가장 신성한 것이었다. 비록 외국 화물선에서 돼지죽 같은 음식을 만들고 있기는 했지만 요리사들 사이의 위계는 무서운 것이었다. 이정은 바깥으로 물러나와 여느 날처럼 청소를 했다. 나는 정말 개가 된 것일까. 열여섯 소년은 눈물을 흘렸다. 그러는 사이에도 전쟁 같은 아침시간이 지났다. 요시다는 이정을 데리고 갑판으로 올라갔다. 붉은 구름들이 수평선 가까이 낮게 깔려 있었다. 날씨가 좋을 조짐이었다. 요시다는 붉게 부풀어오른 이정의 뺨을 어루만져주었다. 그가 말했다. 나는 본래 일본의 군인이었다. 이정은 그의 말을 거의 알아듣지 못했다. 그런데도 요시다는 푸념처럼 자신의 과거를 줄줄이 늘어놓았다. 일본 해군이었던 그는 한 해 전, 러일전쟁이 발발하여 함대가 뤼순항을 포위했을 때, 밤을 틈타 달아났다고 했다. 고향 가고시마에 있는 아내와 두 딸은 자신이 탈영했다는 사실을 알고 수치스러워하고 있을 거라며 슬픈 표정도 지었다. 차라리 전사했더라면 가족에겐 더 큰 도움이 되었을 거라고도 했다. 그러나 이정이 어렵사리 알아들은 말은 오직 그가 옛날에 일본의 해군이었다는 것 정도였다. 일본 해군이 영국 배에 있으니 탈영병이겠군, 이정은 생각했다. 요시다가 다시 이정의 붉은 뺨을 어루만졌다. 요시다의 눈이 촉촉했다. 거친 손이 이정의 얼굴을 감싸는가 싶더니 마치 자연스런 수순이라도 되는 듯 그의 입술이 이정에게 다가왔다. 머뭇거리는 이정의 입술과 요시다의 입술이 마주치고 요시다의 혀가 이정의 입속으로 들어왔다. 뒤로 나동그라지려는 이정을 요시다의 두 손이 꽉 부여잡고 있었다. 굵은 밧줄이 뱀 허물처럼 어지러이 널려 있는 갑판 위에서 요시다의 몸은 뜨겁게 달아오르고 있었다. 이정의 가슴도 거세게 요동쳤다. 남자와 여자를 통틀어 이런 일은 처음이었다. 그의 눈앞에서 눈물을 흘리며 혀를 밀어넣는 이는 이정에게 가장 친절했던, 그러나 아침나절엔 뺨이 부어오르도록 손찌검을 한 남자였다. 차라리 그 둘 중의 하나였다면 판단은 쉬웠을 것이다. 그 혼란을 틈타 요시다의 손이 이정의 사타구니로 들어갔다. 커다랗게 부풀어오른 그의 성기를 요시다가 부드럽게 어루만졌다. 그때 수평선 일대의 구름 속에 가려져 있던 아침의 태양이 모습을 드러냈다. 햇빛은 날카로운 칼날처럼 두 사람의 얼굴을 빛과 어둠으로 나누어 갈랐다. 이정은 눈을 찡그렸다. 아침을 다 먹은 조선인들이 담배를 피우러 갑판 위로 올라올 시간이었다. 그는 요시다의 손을 뿌리쳤다. 그리고 고개를 가로저었다. 요시다는 애처로운 눈길로 이정의 애정을 간구하고 있었다. 이정이 가쁜 숨을 몰아쉬며 다시 고개를 젓자 요시다의 표정은 평소의 그 강인하고 무뚝뚝한 모습으로 서서히 변해갔다. 적의를 드러내진 않았다. 그저 잠시 세상 밖으로 몸을 내밀었던 달팽이처럼 다시 안전한 집으로 돌아가고 있는 것이었다. 요시다는 앉아 있는 이정에게 손을 내

밀었다. 이정 역시 주춤거리며 손을 내밀자 요시다의 억센 손은 단숨에 그를 잡아 일으켜세웠다. 요시다가 손을 놓자 이정은 그가 놓아준 손으로 엉덩이를 털었다. 둘은 말없이 주방으로 돌아갔다. 요시다는 자신이 지을 수 있는 최대한 엄한 표정으로 이정에게 말했다. 따라와. 이정은 그를 따라 어두운 창고로 내려갔다. 잔뜩 겁을 집어먹은 그에게 요시다는 신선한 사과 한 알을 건네주었다. 오랜 항해가 끝나면 선원들의 잇몸이 모두 내려앉는 괴혈병의 시대는 아니었다. 그렇지만 비타민 C의 공급원은 여전히 소중했다. 요시다가 주방으로 올라가자 이정은 창고 구석에 처박혀 빨간 사과를 씨까지 모두 먹어치웠다.

이정은 창고에서 나와 갑판으로 올라갔다. 오랜만에 잔잔한 바람이 불고 있었다. 선실생활에 지친 조선인들이 잔뜩 올라와 햇볕을 쪼이고 신선한 공기를 폐 깊숙이 들이마셨다. 누군가 이정을 툭 쳤다. 돌아보니 그에게 이름을 지어준 조장윤이었다. 힘들지 않느냐? 주방생활을 말하는 것이었다. 이정은 고개를 저었다. 몸을 움직이니 오히려 지루하지 않고 좋다고 하였다. 조장윤도 긍정하였다. 먹을 것도 많겠고. 이정은 그저 씩 웃었다. 그나저나 이렇게 배 밑창에만 갇혀 있으니 좀이 쑤셔서 견딜 수가 있나. 그는 기지개를 켰다. 지옥이라도 좋으니 단단한 땅을 딛고 몇 발자국만 걸어봤으면 원이 없겠다. 그가 쇠로 된 난간을 툭툭 찼다. 이렇게 큰 바다가 있었다니. 세상에, 가도 가도 끝이 없구나. 아직도 한 달을 더 가야 한다니, 미칠 노릇이 아니겠느냐. 조장윤은 선원들과 함께 지내는 이정에게서 뭔가 희망적인 이야기를 들을 수 있으리라 기대하는 눈치였다. 그러나 이정도 더는 아는 바가 없었다. 바다는 무척이나 컸고, 그 커다란 바다가 다하는 곳이 종착지였다. 선장의 아침식사를 갖다주며 벽에 붙어 있는 세계지도를 힐끗 보기는 했으나 도대체 자신들이 어디쯤 가고 있는지 알 도리가 없었다. 그저 기다리는 수밖에 없었다.

조장윤은 군대 시절의 동배들이 올라오자 그들과 함께 곰방대에 담배를 밀어넣고 불을 붙였다. 거대한 철선과 곰방대, 열대의 태양은 서로 어울리지 않았다. 그들 중 누구도 과거는 입에 올리지 않았다. 불확실한 미래만이 화제였다. 거기 가더라도 흩어지지 말자. 누군가가 제안했다. 그럼, 그럼. 모두들 동의했다. 한곳에 있게 해달라고 말하면 될 거야. 누가 말을 하지? 통역이 하지. 염치머리 없이 생겼던데. 그래도 말을 전해주는 게 제 일인데. 그렇겠지? 모두들 불안하게 고개를 끄덕였다. 이정은 그들 무리에서 빠져나와 다시 주방으로 내려갔다. 어느새 벌써 점심 준비할 시간이었다. 요시다는 여전히 말이 없었다. 묵묵히 자기가 썰어야 할 야채들을 큼직하게 토막내고 있을 뿐이었다. 오늘 점심엔 일본된장이 나간다. 누군가 소리를 질렀다. 큼직한 미소된장 덩어리가 국통 속으로 던져졌다. 구수한 냄새가 주방을 가득 채웠다. 처음 이정을 보고 소리질렀던 수염투성이 요리사가 이정의 머리통을 쥐어박았다. 이정은 양파자루를 날랐다. 뜨거운 열기 때문에 요리사들의 몸에선 쉴새없이 땀이 흘러내렸다. 누군가는 숨겨두었던 일본 술을 벌컥벌컥 들이켰고 또 누군가는 구슬픈 일본 노래를 목이 터져라 불러댔다. 모두가 탈영병은 아니었을 텐데, 그렇다면 어떻게 이곳까지 흘러들었을까. 이정은 궁금했지만 아무에게도 묻지 않았다. 요시다가 엉뚱한 재료를 가져온 그에게 조용히, 바카야로, 라고 욕했지만 목소리엔 힘이 없었다. 어쩐지 스스로에게 내뱉는 소리 같았다. 이정은 남자가 남자를 사랑하는 일에 대해선 잘 몰랐지만 요시다의 일련의 행동들이 애정에서 비롯된 것이라는 것만은 직감적으로 알고 있었다. 오랫동안 객지생활을 하는 보부상들 사이에서도 그런 일이 심심찮게 벌어졌지만 이정은 그런 내막을 알기 전에 그 세계를 떠났다.

그냥 선실로 내려가서 다시는 주방에 얼씬거리지 않는 편이 좋지 않을까도 생각했지만 이정은 그렇게 하지 않았다. 퀴퀴하고 시큼한 냄새 풍기는 선실에 하루종일 처박혀 있는 것보다는 활기찬 지옥이 훨씬 나았다. 좁은 공간에서 어깨를 부딪치며 일하는 남자들만의 세계엔 나름의 매력이 있었다. 그들은 서로 욕지거리를 해대고 뺨을 때려댔지만 그건 너무도 자연스런 생활의 일부였다. 그래서 이정은 그들에게 머리를 쥐어박힐 때마다 그들의 세계 속에 조금씩 받아들여지고 있는 거라 생각했다. 객지를 유랑하며 살아온 이정에게 일포드호의 주방은 아늑한 가정처럼 느껴졌다. 실제

검은 꽃 63

로는 그 어느 때보다도 먼 곳으로 흘러가면서도 이정은 그것을 전혀 실감하지 못했던 것이다.

요시다는 여전히 이정에게 일정한 거리를 두었다. 어두운 표정의 요시다는 틈이 날 때마다, 마치 숭고한 의무라도 되는 것처럼 엄숙하게 일본말을 가르쳤고 아침일과가 끝날 때마다 창고로 데려가 사과를 주었다. 어두운 창고에서의 이 비밀스런 즐거움이 요시다의 돌발행동으로 벌어진 두 사람을 천천히 밀착시켜가고 있었다. 이정은 과육에서 풍겨나오는 달콤한 향을 맡아보았다. 그러곤 소맷자락에 슥슥 문질러 베어물었다. 아그작아그작. 요시다는 사과를 먹어치우는 이정의 입가를 탐욕스럽게 바라보았다. 그게 전부였다. 이정이 붉은 사과의 씨까지 다 먹어치우면 요시다는 그제야 해야 할 일을 했다. 창고를 정리하고 점심식사 준비에 필요한 재료들을 선별하여 자루에 담았다. 이정에겐 아무 일도 시키지 않았다. 이정은 갑판으로 올라가 혀끝에 남아 있는 신맛의 여운을 즐겼다. 나중에는 요시다의 별다른 언질이 없어도 창고로 내려가 사과를 먹었다. 이정이 내려가면 요시다가 기다리고 있다가 말없이 사과를 건네주었다. 가끔은 이정이 듣도 보도 못한 과일일 때도 있었다. 그게 무엇이든 이정은 맛있게 먹었다. 그리고 점점 요시다를 위해 뭔가 해주어야 하는 것은 아닐까 생각하게 되었다. 하지만 그런 생각이 떠올라도, 그게 무엇이어야 하는지 몰랐으므로 더더욱 고개를 세차게 가로젓고는 갑판 위로 올라가 거센 바람에 몸을 맡겼다.

14

사간동의 집에서 이연수는 자기 몸에 대해 고민하지 않았다. 그럴 필요가 없었다. 몸은 그저 거기 있었고 그녀는 그것을 사용할 뿐이었다. 그녀의 관심은 오히려 관념적이고 추상적인 것에 가 있었다. 나는 어디에서 왔고 무엇을 위해 살며 어떻게 죽을 것인가. 그녀의 부모는 그녀가 조상에게서 왔으며 아비와 남편과 아들을 위해 살다 그 명이 다하는 순간 혼백이 된다고 가르쳤다. 모든 사대부가의 여자들이 배우고 납득하는 것을 그녀는 쉽게 받아들일 수 없었다. 부모의 뼈와 살로부터 자신이 비롯되었다는 것은 부인하지 않았다. 그러나 무엇을 위해 살아야 하느냐에 대해서는 생각이 달랐다. 너무 위험한 생각이었으므로 차마 발설하지 못한 그녀의 내심은, 나는 나 자신을 위해 산다, 는 것이었다. 남편이 죽으면 자살을 강요받고 그 죽음의 대가로 왕에게서 열녀문을 하사받던 시절은 이제 지나갔지만 그렇다고 누구도 여자가 저 자신을 위해 살 수 있다고는 생각하지 않았다. 안 될 것은 무어냐. 배우고 익히는 즐거움에 남녀가 따로 있으랴. 비록 얌전히 앉아 십장생을 수놓고 있었지만 열여섯 소녀의 머릿속엔 시대가 용납하기 어려운 위험한 사고가 자라나고 있었다. 구체적인 실현 방도가 없었기에 그녀의 의지는 더욱 강렬해졌고, 그러느라 이연수는 상대적으로 제 몸의 변화에는 애써 눈을 감았다. 달거리가 시작되고 수유가 가능할 정도로 가슴이 나오고 얼굴의 젖살이 빠져나가는데도 그럴수록 그녀는 관념적인 문제에 매달렸다.

그러나 배에서는 그럴 수가 없었다. 육체는 한순간도 그녀의 머릿속을 떠나지 않았다. 먹고 마시고 배설하는 문제는 선실의 모든 여자들을 시시각각으로 괴롭혔다. 여자들을 위한 화장실이 따로 있었지만 누워 있는 남자들 사이를 비집고 그곳으로 간다는 것은 부끄러운 일이었다. 남자들은 대놓고 킬킬거렸다. 어머니와 함께 가야 할 때는 거동이 더욱 거창하였다. 사간동에선 놋쇠요강이라는 편리한 물건이 있어 아침이면 몸종들이 치워내곤 했지만 그런 사치를 기대할 수는 없었다. 그러니 그녀는 최대한 적게 먹고 마시면서 화장실에 가는 횟수를 줄여나갔다. 배의 흔들림도 그에 못지 않은 고역이었다. 그녀는 배가 출항한 지 얼마 되지 않아 세 번이나 토했다. 그럴 때마다 그녀는 육체의 명백한 동물성에 대해 생각하지 않을 수 없었다. 그녀는 배가 고프고 속이 울렁대다가도 또 참을 수 없는 요의에 시달리는 존재였던 것이다. 무엇보다 고통스러운 것은 자신의 육체가 아무런 장막도 없이 뭇사람들의 시선에 노출된다는 데 있었다. 시선은 말을 걸어오지도, 친절하게 웃어주지도 않았다. 아니 웃음이야말로 가장 두려운 것이었다. 무수한 시선이 제 몸에 와서 꽂힐 때마다 그녀는 자신이 육체라는 작은 감옥 안에 갇혀 있는 약하고 무력한 존재임을 새삼 깨닫게 되었다. 사람들은 그녀가 게우고 싸고 자고 먹는, 그 모든 것을 지켜보았다. 그렇게 일주일이 지나자 그녀의 괴로움은 조금씩 덜해지기 시작했다. 남성들의 힐끔거림과 여성들의 질시를 이제는 조금 차분히 참아낼 수 있게 된 것이다. 그녀는 난생처음으로 제 몸을 위아래로 훑는 한 남자의 눈을 똑바로 쳐다보기도 하였다. 그것은 가슴이 철렁 내려앉는 경험이었지만, 한편으론 새로운 세상으로 나아가는 어떤 문을 열어젖히는 듯한 기분이 들기도 하였다. 그녀는 언제부터인가 자리에 앉아서도 얼굴을 가리는 장옷을 두르지 않았고 놀란 얼굴로 훈계하려 드는 어머니에게 완강하게 거부의사를 밝혔다. 이미 장옷으로 뭔가를 가리기에는 너무 늦어버린 시점이었다. 그리고 바로 며칠 전 새벽엔 한 사내와 정면으로 마주친 채 꼼짝도 못하고 서 있은 일도 있었다. 둘 사이엔 아무 일도 벌어지지 않았지만 그 짧은 순간에 형성된 명백히 에로틱한 조짐에서 연수라고 자유로울 리 없었다. 그녀 역시 그 시대의 다른 소녀들처럼 고전소설들로부터 연애에 대한 달콤한 환상을 키워오고 있었다. 『운영전』의 운영처럼 금지된 사랑에 빠지는 자신의 모습도 이제는 더이상 낯설지 않았다. 그는 소설 속의 어린 김진사처럼 양반가의 자제는 아니었으나, 그러므로 당연히 시문을 이해하고 그것으로 연정을 전할 만한 사람은 아니었으나, 그의 얼굴엔 분명 누구라도 오래 쳐다보게 만드는, 부드럽고 인상적인 강렬함이 있었다. 그녀는 가끔 자리에 앉아서도 그를 찾았다. 그러나 그의 모습은 거의 찾아볼 수 없었다.

항해가 계속되자 냄새는 더욱 지독해졌다. 냄새는 양반과 상민을 가리지 않았다. 우물도, 근대적인 위생시설도 존재하지 않는 선실에서 악취는 어쩌면 당연한 것이었다. 사람들은 제 몸의 모든 구멍과 땀샘을 통해 자신의 존재를 드러냈다. 여자는 여자의 냄새를, 남자는 남자의 냄새를 풍겼다. 시간이 지날수록 계급보다는 성별의 구별이 분명해졌는데, 그것은 전적으로 냄새 때문이었다. 남자들은 눈을 감고 드러누워 잠을 청하다가도 여자가 지나가면 눈을 번쩍 떴다. 여자들은 등뒤에서 다가오는 남자의 냄새를 맡을 수 있었다. 몸을 씻거나 옷을 빨 수 없는 상태가 지속되면서 어두운 선실 안은 가금의 우리와 다를 바가 없어져갔다. 그 혼란 속에서도 어떤 이들은 특이하고도 강렬한 냄새를 풍겼다. 지독하면서도 매혹적인 그 냄새는 소유자로부터 아주 멀리까지 확산되어갔으며 한번 맡은 사람들은 그것을 쉽게 잊지 못했다. 체취는 그 소유자의 인격이나 풍모와는 아무 관계도 없었다. 그래서 사람들은 다가오는 냄새의 근원을 향해 고개를 돌리다 그 엉뚱한 결말에 흠칫 놀라는 일이 많았다.

연수의 경우가 그랬다. 열흘이 지나고 보름이 되자 그녀에게선 누구라도 분간할 수 있는 특이한 체취가 풍겼다. 그녀가 지나가면 잠든 사람들이 일어났고 아이들이 울음을 그쳤다. 수년 동안 발기하지 못했던 남자는 몽정을 했고 어린 사내들은 밤잠을 설쳤다. 여자들은 수군거렸고 남자들은 고통스럽게 고개를 돌렸다. 가족이라고 모를 리가 없었다. 이종도는 자주 갑판으로 올라갔다. 어머니 윤씨는 여인네들이 만든 장막 뒤에서 딸의 옷을 갈아입히다 어떻게 해서든 짝을 지어주고 왔어야 했다며 한탄하였다. 동생인 이진우는 새벽마다 잠에서 깨어나 피가 몰리는 아랫도리를 어찌지 못하고 선실 바닥의 멍석에 부벼대었다. 그녀만이 한동안 영문을 모르고 있었다. 냄새뿐이 아니었다. 얼굴에서도 빛이 나기 시작했다. 타고난 귀티와 남다른 오만함은 더러움 속에서 더욱 광채를 발했다. 남자들의 정욕과 여자들의 질투가 부글부글 끓어오르고 있었다.

15

제물포 도둑 최선길은 밤새 악몽에 시달렸다. 꿈인지 생시인지 알 수 없는 가운데 옆자리의 소년이 몸을 일으켰다. 김이정이었다. 언제나처럼 주방으로 갈 시간이었다. 최선길은 그에게 무슨 말인가 건네려 했지만 아무 소리도 입 밖으로 나오지 않았다. 그제야 최선길은 제 몸이 뜻대로 움직이지 않는다는 것을 알게 되었다. 몸이 덜덜 떨리고 다리 역시 마비라도 된 것처럼 무거웠다. 손을 들어 이정을 붙잡고 싶었지만 그런 사정을 알 리 없는 소년은 그대로 일어나 밖으로 갔다. 그렇게 한참 시간이 흐르자 최선길은 문득 죽음의 공포에 사로잡히기 시작했다. 가족도 친구도 없는 망망대해에서 죽을 수는 없었다. 그 생각을 하는 순간 아버지의 얼굴이 허공에 나타났다. 아버지는 술이라도 한잔한 듯 편안해 보였다. 좋구나, 좋아. 가늘고 긴 물줄기가 내리꽂히는 폭포가에 앉아 아버지는 뭔가를 마시며 즐거워하고 있었다. 세상 간난 다 끝나고 여기가 낙원이로구나. 너도 어서 오려무나. 누군가 그의 뒤에서 노래를 불렀다. 검둥개야 흰둥개야, 짖지를 마라. 흰둥개야 검둥개야, 짖지를 마라. 그러자 정말 흰 개와 검은 개가 나타나 그를 반겼다. 아버지가 있는 곳으로 가려면 강가에 매여 있는 거룻배를 타고 푸른 강을 건너야 했다. 흰 개와 검은 개는 뱃전 위에서 반갑게 꼬리를 치고 있었다. 평생 한 번도 아버지를 좋아한 적이 없었지만 그곳의 풍경이 하도 좋아 어서 거기로 가야겠다는 생각뿐이었다. 맛있는 음식과 술, 그리고 시원한 물이 있는 곳이 아닌가. 그가 거룻배 가까이 다가가자 흰 개가 훌쩍 배에서 내려 강가를 따라 걸어갔고 검은 개는 여전히 배 위에서 혀를 빼물고 있었다.

16

깨문 입술 사이로 새어나오던 신음소리는 오후가 되자 수천 폭의 천을 동시에 찢어대는 비명이 되었다. 누구도 그 소리에서 자유로울 수 없었다. 서울 여자였다. 만삭의 아내를 동갑내기 남편은 조르고 또 졸랐다. 하와이 이민을 위해 찾아간 대륙식민회사에선 멕시코를 권했다. 하와이는 사람이 다 찼다는 것이었다. 그리고 하와이만 못할 것이 없다고 했다. 일단 떠나기로 마음먹은 사람은 결국 떠나게 마련이다. 이미 마음은 바다 건너에 가 있었던 남편은 아내를 설득하기 위해 처가로 찾아갔다. 부른 배를 안고 아내는 시위중이었다. 나는 못 가오. 아버지, 어머니, 저 양반을 말려주시오. 그러나 남편의 고집을 끝내 꺾지 못했다. 과부 팔자보다는 나으리라 생각하며 오른 배에서 기어이 양수가 터지고 만 것이었다. 남편은 곰방대만 뻑뻑 빨아댈 뿐 할 수 있는 일이 없었다. 통역이 올라가 마이어스 일행에게 출산이 가까웠음을 알렸다. 일본인 의사가 불려왔지만 그는 아이를 받아본 경험이 없었다. 더구나 불행히도 이 시즈오카 출신의 젊은 일본인은 사실 의사가 아니었다. 농업학교에서 수의학을 배운 것이 전부였지만 대륙식민회사의 매력적인 광고에 혹해 그만 거짓말을 하고 배에 오르게 된 것이었다. 쾌적한 영국 배를 타고 한 달가량 멕시코로 가는 배에 동승하여주기만 하면 된다는 조건이었다. 게다가 도쿄의 의사들이 받는 월급의 두 배를 준다고 하였다. 뱃멀미 말고 무슨 큰 병이 있으랴 싶어 올라탄 것이었는데, 배에 막상 들어와보니 생각이 달라졌다. 정원을 세 배나 초과한 배에서 병이 없다면 그게 이상한 일이었다. 그는 밤마다 의학사전을 끼고 배에서 발생할 수 있는 질병들에 대해 공부했다.

어쨌든 그를 필요로 한 첫번째 일이 출산인 것은 다행이었다. 수의
학에서 기본 중의 기본이 동물의 새끼를 받는 일이었다.

　그는 선실로 내려갔다. 고약한 냄새가 코를 찔렀다. 임산부는
극심한 고통 속에서도 제 가랑이 쪽으로 다가오는 남자에게 거부
감을 드러냈다. 둘러싼 여자들도 자리를 내주지 않았다. 게다가 그
의 입에서 일본어가 튀어나오자 도리질은 더욱 거세졌다. 그가 의
사임을 밝혔지만 별무소용이었다. 여자의 진통은 계속되었다. 가
뜩이나 더러운 바닥은 여자의 몸에서 쏟아져나온 양수와 땀과 피
로 미끌거리기 시작했다. 으아악. 여자의 비명은 그치지 않았고 산
파를 자처한 늙은 여자들도 입을 모아 악을 쓰기 시작했다. 아이
들은 장막 사이로 고개를 디밀고 구경을 하고 시즈오카의 수의사
는 장막 밖에서 어정쩡하게 아이가 나오기를 기다렸다. 산파와 임
산부가 서로 싸움이라도 벌이듯 악을 썼지만 아이는 나오지 않았
다. 땀으로 범벅이 된 산파 하나가 장막 밖으로 나와 울 듯한 표정
으로 시즈오카의 수의사를 끌고 들어갔다. 여자의 질구 밖으로 아
이의 발이 비죽 나와 있었다. 그는 무릎을 꿇고 앉았다. 저건 망아
지다. 저건 송아지다. 그는 주문처럼 스스로에게 되뇌며 흘러내리
는 땀을 닦았다. 그후로 무슨 일이 일어났는지 그도 정확하게 기억
하지 못한다. 어쨌든 아이의 발은 다시 들어갔고, 산모는 찢어져라
비명을 질렀고, 그로부터 다시 한참 후 아이의 머리가 보이기 시작
했다. 새파랗게 질린 아이를 그는 성급하게 잡아당겼다. 한 여자

가 어디서 구했는지 태항아리를 가져와 태반과 탯줄을 넣은 후 밖으로 가지고 나갔다. 세상으로 나온 아이는 한동안 숨을 쉬지 않다가 볼기를 한 대 얻어맞더니 세차게 울어댔다. 산모는 기진하여 쓰러졌고 여자들은 시즈오카의 수의사를 밖으로 몰아냈다. 고생하셨습니다, 다나베 선생. 누군가가 그에게 인사를 했다. 남자들은 장막 밖에서 아이의 이름을 짓고 있었다. 대한제국이 성립한 이래 한반도 밖에서 탄생한 첫번째 아이의 이름을 짓는 일은 쉽지 않았다. 여러 이름이 거론되었지만 아비인 임민수는 아들의 이름을 태평이라 지었다. 그것은 그들이 떠 있는 바다의 이름이면서 동시에 소망이었다. 딸이었더라면 제 아비의 손으로 바다에 던져졌을 임태평은 이렇듯 승객 모두의 축복 속에서 태어났다.

17

그들이 떠난 지 한 달 후, 마지막 이민선 몽골리아호는 288명의 이민자들을 싣고 하와이로 떠났다. 그 무렵 일본의 강요로 발효된 이민보호법은 사실상 조선인의 해외 송출을 금지하는 법이었고, 일본은 조선에서 쏟아져나올 이민자들이 일본 이민자들의 경쟁자가 되는 것을 원치 않았다. 이민회사들은 문을 닫았다. 존 마이어스와 같은 이민 브로커들의 재입국도 거부되었다. 1902년 하와이 사탕수수 농장의 노동자들이 쓰기 시작한 대한제국의 짧은 이민사는 1905년 이미 그 마지막 페이지를 넘기고 있었다. 을사보호조약의 체결로 대한제국의 외교권은 일본으로 넘어갔고 미국과 독일, 프랑스의 외교 공관들은 차례로 서울에서 철수했다. 그리고 그해 7월, 미국의 육군장관 태프트와 일본 수상 가쓰라 다로는 각각 필리핀과 조선의 지배를 양해하는 비밀각서를 교환하였다.

그들이 떠나온 나라는 물에 떨어진 잉크방울처럼 서서히 사라져가고 있었다.

18

설사를 하는 사람들이 늘어나기 시작했다. 고열에 시달리며 헛소리를 하기도 하고 맹렬하게 구역질을 해대는 사람도 있었다. 몇 칸 되지 않는 화장실은 배설물로 넘쳐나기 시작했다. 증세가 심한 사람들은 누운 자리에서 그대로 배설을 하기도 했고, 몸을 덜덜덜 떨며 이미 저승으로 가버린 이를 불러대기도 하였다.

시즈오카의 수의사가 다시 불려들어왔다. 그는 수건으로 입을 막고 강렬한 악취 속으로 들어왔다. 증세는 의심할 여지 없이 이질이었다. 전염성이 강한 병이었으므로 환자들을 격리해야 했지만 그럴 만한 공간이 없었다. 손을 씻는 일이 중요했지만 그럴 만큼

풍족한 물도 없었다. 아쉬운 대로 감염된 무리와 그렇지 않은 무리를 갈라놓고 경과를 지켜보는 수밖에 도리가 없었다. 일포드호엔 이질 환자를 위한 항생제가 거의 구비되어 있지 않았으므로 환자들의 자연치유력이 유일한 희망이었다.

선실에서 발생한 이질 때문에 김이정의 주방 출입도 당분간 금지되었다. 구석에 앉아 주변을 살펴보던 이정은 불에 데이기라도 한 듯 화들짝 놀라 튕겨 일어났다. 질척한 것이 그가 앉아 있던 자리 아래로 이미 스며들고 있었다. 최선길은 이정의 발목을 잡았다. 필사적으로 뿌리쳤지만 떨쳐낼 수 없었다. 살려줘. 이정은 담요를 들추고 최선길의 얼굴을 보았다. 눈은 퀭하니 푹 꺼져 있고 얼굴엔 가죽밖에 없었다. 입가엔 토사물의 흔적이 남아 있었고 담요에선 악취가 풍겼다. 이정은 사람들과 힘을 합쳐 그를 환자들의 구역으로 옮겼다. 들것에 실려가면서도 최선길은 울부짖었다. 여기서 죽고 싶지 않단 말이다.

주검이 발견된 것은 밤이 이슥해진 뒤였다. 최초의 사망자였다. 사람들이 포대에 싸 갑판으로 날랐다. 어찌할 줄을 모르는 그들에게 존 마이어스는 멀리서 수건으로 입을 감싼 채 수장하라고 거듭하여 재촉하였다. 포항 출신의 고래잡이 어부 네 명도 마이어스의 말을 거들며 선상의 관습을 모르는 승객들에게 그것이 당연한 관례임을 주지시켰다. 그렇지만 어찌 아무 예절도 없이 사람 몸뚱이를 이국 만리의 고기밥으로 던져줄 수 있단 말인가. 사람들은 시체에서 원을 그리며 멀찍이 떨어진 채 이러지도 저러지도 못하고 있었다. 시체에는 벌써 파리들이 슬기 시작했다. 나서서 장례절차를 주관하려는 자가 아무도 없자 고래잡이들이 눈짓을 교환하고는 시체가 담긴 포대의 네 귀를 잡고 바다로 던졌다. 고래잡이들 특유의, 염불도 아니고 뱃노래도 아닌 무언가가 울려퍼지는 가운데 희생자는 기선의 스크루 아래로 사라졌다. 그로부터 네 시간 후, 두 번째 사망자가 나타났다. 같은 절차에 의해 시체가 갑판으로 올려졌다. 이번에도 고래잡이들이 포대의 네 귀를 들어올리려는데 사람들이 나섰다. 개돼지도 아니고 이게 무슨 짓인가. 중년 농부가 목소리를 높였다.

약간의 소란 끝에 한 남자가 등을 떠밀려 나왔다. 입을 꾹 다문 그 남자는 애써 발치의 시체를 외면하고 있었지만 구원을 바라는 군중들의 애절한 시선과 마주치자 흔들리는 모습이었다. 박수랍니다. 사람들이 수군거렸다. 그가 반박했다. 나는 무당이 아니오. 그가 입을 벌리자 촘촘하게 박힌 옥니가 어둠 속에서 빛났다. 사람들이 눈을 부릅떴다. 당신이 무당이란 걸 인천 바닥에선 모르는 사람이 없소. 어서 이놈의 살이나 풀어주시오. 이러다가 우리 다 죽겠소. 굿판마다 따라다니며 푸닥거리하는 것을 우리 두 눈으로 똑똑히 보았네. 누군가 긴 나무막대를 구해다 박수의 손에 쥐여주었다. 장대는 어른 키의 두 배가 넘었다. 끝에는 누가 벌써 흰 천을 매달아놓았다. 신간神竿이었다. 사람들은 혼백이 그리로 내려와 임하리라 믿었다. 박수라 지목된 사람은 체념한 듯 막대를 어루만지다가 그것을 다시 돌려주었다. 이것은 필요치 않소. 신을 못 모신 남도 당골들이나 하는 것이지. 박수는 눈을 감고 중얼중얼 무언가를 읊조리기 시작했다. 기다렸다는 듯 한 남자가 주머니에서 피리를 꺼내 말라붙은 서를 혀로 핥아 적신 후 입에 물었다. 거센 바람이 불어왔다. 사람들은 옷자락을 여미며 박수의 소리에 귀를 기울였다. 박수는 고통스런 자신의 운명 속으로 다시 빠져들어갔다. 그는 홀연 딴사람이 되어 몸을 흔들고, 전염병에 걸려 죽은 시체라는 것도 잊은 듯 주검을 붙들고 통곡을 하는가 하면, 이제는 쓸모없어진 대한제국의 엽전을 꺼내 갑판에 흩뿌리기도 하였다. 죽음의 공포에 사로잡힌 군중들이 그의 말 한 마디 한 마디에 울고 웃고 노래하며 얽혀들자 갑판은 삽시간에 카니발적 열기로 후끈 달아올랐다. 낮고 깊은 곳에서 흥을 일깨우는 피리 가락은 내연기관과 파도와 바람의 소리에 맞서 굿이 끝나는 순간까지 결코 흔들리지 않았다. 피부가 고운 악사의 볼이 맹꽁이의 그것처럼 튀어나오고 얼굴이 붉어져갔다. 일본 선원들은 주방에서 다리를 묶어 키우던 수탉 한 마리를 던져주었다. 박수가 제 흥에 못 이겨 입으로 닭의 목을 물어뜯더니 마침내 칼로 닭의 목을 잘라 들었다. 피가 소매를 적셔 겨드랑이로 흘렀다. 팔뚝에서 뜨거운 김이 모락모락 피어올랐다. 박수는 눈물을 흘렸다. 오매 오매 우리 어메. 뜨신 밥도 아니주고 손목 한 번 안 잡아주고 못된 어메 우리 어메, 자식 이리 보내 놓고 잘사시나 내 보겠소. 아니 아니, 잘못했소. 잘못했소, 우리 어메. 잘사시오, 우리 어메. 오래오래 잘사시오. 내 몫까지 다 잡숫고 오래오래 잘사시오. 아이고 춥소, 아이고 춥소. 더 살래도 추워서 더 못 살겠소. 배가 고파 나왔더니 몹쓸 병에 내가 죽네. 머리를 잘린 닭의 몸뚱이가 바닥에서 퍼덕거리다가 시체의 배 위로 걸어올라가더니 아래로 고꾸라져 버둥거렸다. 제물도 장단도 없는 굿이라 오래가지는 않았다. 독일 선원들이 밝혀놓은 가스등이 위에서 이 모든 장면을 희미하게 내리비추고 있어 장면은 실제보다 더욱 잔혹하게 보였다. 피와 어둠, 춤과 노래, 시체와 무당이 빚어내는 어지러운 축제는 돌림병에 직면한 농경 민족의 피를 데웠다. 핏속으로 흐르는 리듬이었다. 그들은 눈물을 흘리며 굿 속으로 빠져들어갔다. 우는 자, 기절하는 자가 속출했다. 선교의 독일 선원들은 히죽거리며 갑판의 소동을 내려다보고 있었다.

마침내 혼백이 빠져나간 박수가 제자리에 주저앉아 숨을 고를 무렵, 고래잡이 어부들이 시체를 싼 포대의 양 귀를 들어올렸다. 그리고 두세 번 그네질을 하더니 힘차게 태평양을 향해 내던졌다. 그걸로 끝이었으면 좋으련만 장담할 수 있는 사람은 아무도 없었다. 사람들은 시체들을 집어삼킨 검은 바다를 내려다보았다.

19

모두가 굿만 보고 있던 것은 아니었다. 일포드호의 선상에서 급조된 씻김굿이 태평양의 고기밥으로 사라진 망자의 혼백을 위로하고 있는 사이 장옷을 뒤집어쓴 이종도의 딸 연수는 반대편에 앉아 있는 한 소년을 보고 있었다. 새벽에 마주쳤던 바로 그 남자였다. 일찍부터 자리를 잡고 앉아 있던 소년은 무르팍에 턱을 고인채 말없이 박수무당의 사설을 듣고 있었다. 입술은 꾹 다문 채, 큰 눈동자는 흔들림 없이 어딘가를 응시하고 있었다. 무당을 보고 있는 것은 아니었다. 횃불이 간혹 그의 얼굴을 비출 때마다 소년의 얼굴은 마치 별똥별이 그러하듯 반짝 타올랐다 다시 사그라들었다. 이름도 모르는 남자의 얼굴을 그토록 오래 쳐다본 것은 그녀의 생애에서 처음 있는 일이었다. 소년이 제 속의 어둠만을 주시하고 있었기에 가능한 일이었다. 무당의 사설과 관객들의 추임새, 어두운 밤하늘과 횃불, 노래와 피가 얽혀드는 굿판에서 그녀의 마음은 점점 더 어지러워졌다. 눈만 드러낸 장옷을 그녀는 더욱 좁게 여겼다. 마침내 소년이 일어났다. 이정은 엉덩이를 툭툭 털고는 굿판에서 등을 돌렸다. 어차피 죽은 자와는 일면식도 없던 참이었다. 북망산이든 황천이든 그에겐 그저 추상적인 말에 불과했다. 죽음이 실감나지 않는 나이였기에 어설픈 씻김굿에 흥이 날 리 없었다. 지금 곧장 바다로 뛰어들어도 쉽게 죽지 않을 것 같았다. 그러니 이질에 걸려 설사를 하며 죽을 생각을 어찌 할 수 있으랴. 오히려 그의 마음을 산란하게 하는 것은 요시다와 영원히 도착하지 않을 것 같은 멕시코, 그리고 마음속에 타오르는 뜨거운 불, 그런 것들이었다. 글재주가 없는 그로서는 제 마음속에서 타오르는 이 모든 괴로움을 어찌 표현해야 할지 몰랐다.

자리에서 일어나 사람들의 무리로부터 멀어져가던 이정은 문득 어떤 냄새에 사로잡혀 그 자리에 멈추어섰다. 분명 어디선가 맡아본 냄새였으나 도무지 정체를 알 수 없었다. 주방에서 온갖 냄새를 다 맡아보았지만 이런 느낌은 처음이었다. 그가 아는 모든 향신료를 다 섞는다 해도 이 냄새를 재현하진 못할 것 같았다. 그는 주위를 둘러보았다. 거기 연수가 있었다. 그녀의 까만 눈동자가 반짝 빛났다 다시 어둠 속으로 들어갔다. 냄새도 그녀를 따라 사라졌다.

굿판 주변은 발 디딜 틈 없이 빽빽했다. 1033명, 아니 두 명이 죽고 아이 하나가 태어났으니 1032명이 모인 배였다. 갑판 곳곳을 돌아다녀봐도 그녀의 자취는 찾을 수 없었다. 허황한 마음으로 선실로 내려와보니 그녀는 어느새 제 가족들과 함께 앉아 바느질을 하고 있었다.

20

갑판에선 논쟁이 한창이었다. 병이 더 번지기 전에 중환자들을 바다에 내쳐 집어던지자는 이도 있었고 낮에 갑판으로 옮겨 햇볕을 쏘이자는 이, 가까운 육지 어디라도 잠시 내려 그들을 상륙시키자는 주장까지, 중구난방의 이야기들이 격하게 쏟아졌다. 그러나 어떤 결론도 내리지 못했다. 가까운 곳에는 육지가 없었고 날은 흐렸다. 아직 목숨이 붙어 있는 자들을 바다로 집어던지는 것은 물론 불가능했다. 가족들이 눈을 시퍼렇게 뜨고 있었다. 그렇다고 가족이 없는 자들만 수장할 수도 없는 노릇이었다.

죽은 자들의 소지품을 불붙여 바다로 내던지고 있는 갑판을 지나 바오로는 악취 풍기는 선실로 내려갔다. 페낭에선 신학도들에게 약간의 의술도 가르쳤다. 토착민들의 신뢰를 얻고 유대를 강화하는 데 서양의 의술만한 것이 없기 때문이었다. 그 정도로 이런 전염병에 맞설 수 있다고는 생각되지 않았지만 작은 도움은 될 수 있다. 선실에는 우선 탈수증세로 물을 찾는 자들이 많았다. 그는 물을 가져다주었다. 그러나 물리적인 치료보다는 위로를 주는 것이 그에겐 더 어울렸다. 그는 그들의 말을 들어주었다. 헛것을 보느라 말이 올바르지 않은 사람이 많았다. 어쩌면 이중에도 천주교 신자가 있을지도 모른다. 그렇다면 그에게 성사를 집전해야 하는가. 만약 누군가 그를 알아보고 종부성사를 청해오면 어찌해야 한

단 말인가. 주교의 명을 어기고, 자신의 양을 버리고 달아난 신부에게도 그럴 권한이 있을까.

환자들의 신음소리 속에서 얼핏 잠이 들었다. 아무 꿈도 꾸지 않았다. 아침이 되었고 희미한 빛이 선실로 비쳐들어왔다. 그는 일어나 다시 환자들을 거두었다. 번민 속에서 담요를 뒤집어쓰고 있던 시간보다는 나았다. 거기엔 자신의 도움을 기다리는 사람들이 있었고, 그들의 간절한 눈빛에서 그는 은밀한 쾌감을 느꼈다. 병마마저 자신을 비켜간 것이었다. 저절로 죽을 기회는 조용히 사라졌다.

하루가 지났다.

천으로 입을 가린 다나베가 내려와 바오로 신부를 거들었다. 두 사람은 한 사람의 생사를 확인했다. 건장한 남자였는데 아무 움직임이 없었다. 죽었다면 또 바다로 내던져야 했다. 그의 얼굴을 덮은 담요를 들추어본 바오로 신부는 눈을 가늘게 떴다. 낯이 익었다. 언젠가 그에게 개항지에선 도둑을 조심하라고 했던 자였다. 많이 여위었지만 쉽게 알아볼 수 있었다. 콧노래를 흥얼거리며 잘도 적응한다 싶었는데 어느새 사경을 헤매고 있었다. 그는 사내의 몸을 흔들어보았다. 입이 달싹거렸다. 살아 있었다. 바오로 신부는 시즈오카의 수의사에게 고개를 끄덕여 보였다. 다시 담요를 덮어주려는데 그의 가슴에서 툭, 뭔가가 바닥으로 떨어졌다. 다나베가 그것을 집어들었다. 목걸이였다. 바오로는 그것을 받아들었다. 다나베의 눈길이 바오로의 의도를 캐고 있었지만 바오로는 십자가 목걸이와 최선길을 번갈아가며 바라볼 뿐이었다. 분명 시몬 블랑쉬 주교의 목걸이였다. 바오로는 눈을 감았다. 그는 목걸이를 다시 다나베에게 건네주었고, 다나베는 풀어진 매듭을 다시 지어 최선길의 목에 걸어주었다. 그것이 불편했던지 최선길이 몸을 뒤척였다.

바오로는 고물 쪽 갑판으로 올라가 거대한 스크루 뒤로 밀려나며 퍼지는 물살을 멍하니 바라보았다. 붉은 석양이 미처 걷어가지 못한 빨래처럼 서쪽 하늘에 걸려 있었다. 남태평양에서 불어오는 습기찬 바람 때문에 옷이 금세 눅눅해졌다.

21

며칠 후, 이정의 주방 출입이 재개되었다. 그는 새벽의 주방으로 가기 위해 자리에서 일어나 미끌거리는 복도를 조심스럽게 걸어갔다. 계단을 돌아 내려가는데 가슴이 뛰었다. 이유는 알 수 없었다. 그러나 나선형의 계단을 다 내려가면 그 끝에 그가 애타게 찾는 그 무엇이 있으리란 확신이 들었다. 그는 주방으로 가지 않고 기관실 쪽으로 방향을 틀었다. 그녀가 거기 있었다.

둘은 서로를 향한 채로 멈추어섰다. 두 사람은 아무 말 없이 서로의 눈을, 그러지 말아야 한다고 배운 적도 없었으므로, 마음이 허락하는 한, 그들의 육체가 견딜 수 있는 한 최대한으로 열렬히 응시하다가 그만 언제 그랬는지도 모르게 덥석 손을 잡아버렸다. 조선이었다면 도무지 일어날 수 없는 일이었다. 그러나 전염병이 한창인 대양의 한가운데라면 얘기가 달랐다. 난생처음 맞잡은 여자의 손을 어찌해야 할지 몰라 김이정은 고개를 떨구었다. 그 이상은 이정도 몰랐으므로 그저 더듬더듬, 제 이름을 밝혔을 뿐이었다. 두 이二자에 바를 정正, 김이정입니다. 고개를 숙인 채 그녀가 쿡, 웃었다. 그러고는 고개를 들어 장옷에 가려져 있던 얼굴을 마침내 드러냈다. 복도의 가스등이 그녀의 얼굴을 비춰주었다. 그녀의 얼굴에선 어떤 더러움으로도 가릴 수 없는 환하고 담대한 기운이 풍기고 있었다. 긴장으로 굳은 그녀의 뺨과 달리 눈은 살짝 웃으며 새로운 사랑을 반기고 있었다. 이정은 제 얼굴을 만졌다. 불에 데인 듯 화끈했고 팔의 근육도 고된 노동을 마친 뒤처럼 푸들푸들 떨려왔다. 나는 전주 이씨요 이름은 연수라고 합니다. 복도 저편에서 왁자한 소리가 가까워지고 있었다. 두 사람은 더는 할말을 찾지 못한 채 서로의 눈을 바라보다가 마침내 손을 풀었다. 연수는 선실로 돌아갔다. 이정은 그 자리에 멈춰선 채 벅차오르는 흥분을 가라앉히고 있었다. 엄마도 누이도 없이 보부상의 거친 손에서 자라난 그로서는 모든 것이 경이로웠다. 그러나 그 이후에 도대체 뭘 어떻게 해야 하는지 그로서는 전혀 알 수 없었다. 그것이 그의 동요를 더욱 고조시켰다.

22

두 희생자로 족했던 것일까. 이질은 기세가 꺾였다. 설사가 멈추기 시작했고 열이 내려갔다. 저승의 문턱까지 갔다 온 사람들은 아직 기력이 없었다. 탈수증세와 고열 때문에 제대로 먹지 못한 탓도 있었다. 그러나 최선길은 좀 달랐다. 아침에 잠에서 깨어나자마자 그의 손은 사타구니로 향했다. 성기가 벌겋게 성이 난 채 우뚝 서 있었다. 허벅지는 차가웠지만 성기는 뜨거웠다. 그 순간 그는 병마가 완전히 물러갔음을 알았다. 사타구니에서 올라온 손은 푹 꺼진 배를 더듬어 가슴으로 올라왔다. 그동안 잊고 있었던 또하나의 물건이 거기 있었다. 그는 눈을 뜨고 손에 쥐어진 그것을 물끄러미 바라보았다. 십자가였다. 그의 마을 입구에 서 있던 솟대처럼, 어쩌면 그것이 부적처럼 자신을 지켜준 건지도 모른다고 생각했다.

왼손으로는 가슴의 십자가를 쥐고 오른손으로는 뜨거운 성기를 잡고 허벅지에 문질러댔다. 행복감이 밀려왔다. 나는 살아 있다. 그는 눈을 꼭 감고 격렬하게 용두질을 계속했다. 옆자리에 앉은 누군가가 헛기침을 해댔지만 그는 개의치 않았다. 이윽고 몇 방울의 정액이 쿨럭거리며 그의 고의춤을 적시고 흘러내렸다. 오른팔 소매로는 흘러내리는 정액을, 왼팔 소매로는 한 방울의 눈물을 닦고 그는 성큼 몸을 일으켰다. 약간 어질어질했으나 곧 균형을 잡을 수 있었다. 일주일 가까이 덮고 있던 담요를 들고 그는 갑판으로 올라갔다. 그런 그를 바오로 신부의 눈이 뒤쫓고 있었다. 최선길은 갑판으로 올라가 내리쬐는 햇볕에 눅눅해진 담요를 펼쳐 말렸다. 그리고 그 곁에 앉아 담배를 피워물었다. 햇살은 따사로웠고 바람은 살랑살랑 귓불을 간질이며 스쳐갔다. 사내애들이 동전을 감싸 만든 제기를 차며 소리를 질러댔다.

바오로 신부가 다가왔다. 쾌차하셔서 다행입니다. 그러면서 그는 빵을 건넸다. 양놈 떡인데 맛이 괜찮아요. 어제 나온 것을 남겨두었습니다. 드셔보세요. 최는 우걱우걱 빵을 삼켰다. 처음엔 천을 씹어먹는 느낌이었지만 자꾸 오물거리다보니 맛이 있었다. 환자들이 하나둘 갑판에 모습을 드러내기 시작했다. 아직 누워 있는 사람도 많았지만 분명 한 고비는 넘긴 것 같았다. 몇이나 죽었을라나? 최가 물었다. 둘이요. 굿도 했는걸요. 못 보셨겠습니다. 어디, 무당이 있습디까? 신내림까지 받은 양반이 시침을 뚝 떼고 앉아 있지 뭐겠습니까. 무당 노릇 지긋지긋하니 배를 탔겠습니다만, 막상 채를 쥐여주니 잘 놀더구만요. 최는 시큰둥한 얼굴로 배를 벅벅 긁어댔다. 그의 목덜미에 여전히 십자가를 맨 줄이 드러나 보였지만 바오로 신부는 아무 말도 하지 않았다. 그가 도둑인 것은 분명했다. 그러나 십자가를 돌려받아 무엇에 쓸 것인가. 이미 나는 교회와 신을 등진 자가 아니냐. 그렇지만 마치 십자가에 무슨 인력이라도 있는 듯 바오로는 그 주변을 맴돌고 있었다. 최는 최대로 장물의 주인이 껄끄러워 일부러 몇 차례나 말을 끊었지만 바오로는 아래로 내려가지 않고 그의 주변에 말없이 머물러 있었다.

그날 밤은 날이 궂었다. 검은 구름들이 낮게 몰려왔다. 열대성 폭우가 쏟아지기 시작하더니 밤새 번개가 쳤다. 최선길은 일부러 갑판으로 올라가 비를 맞았다. 물이 귀한 배에서 몸을 씻는 가장 간단한 방법이었다. 캄캄한 갑판에서 옷을 홀렁홀렁 벗어던지고 내리는 거센 비에 몸을 맡겼다. 검은 구름 사이로 번개가 뱀처럼 혀를 날름대고 천둥도 요란했지만 죽다 살아난 그에겐 마치 쾌유를 축하하는 불꽃놀이처럼 생각되었다. 그는 낄낄거리며 갑판을 뛰어다녔다. 하마터면 엉뚱한 데서 죽을 뻔했지 뭐야. 그는 젖은 몸 그대로 대충 옷을 걸친 채 주방 쪽으로 향했다. 김이정이 있으면 먹을 것을 좀 얻고 없으면 훔쳐먹을 생각이었다. 저승 문턱에 발을 걸쳤다 돌아온 뒤로 게걸스런 식탐이 떠나질 않았다. 입맛을 다시며 철제 계단을 내려가는데, 검은 형체 하나가 그의 앞을 가로막았다. 누구냐? 검은 형체는 말이 없었다. 그는 몸을 웅크려 싸울 자세를 취했다. 그러나 검은 형체는 두려워하지 않고 가까이 다가왔다. 누군가 먹으로 지워놓은 것처럼 얼굴이 보이지 않았다. 몸이 덜덜 떨렸다. 누구요? 검은 형체가 깊은 우물 속에서 들려옴 직한 낮은 목소리로 말했다. 나는 너를 대신하여 죽은 자다. 검은 형체에서 손이 뻗어나와 최선길의 목을 움켜쥐었다. 목숨값을 받으러 왔다.

23

언제나처럼 요시다는 이정을 데리고 창고로 내려갔다. 사과를 챙겨주며 그가 말했다. 곧 멕시코에 도착할 것이다. 그곳은 도마뱀과 선인장뿐이다. 넌 일포드호에 남을 수 있다. 선장도 허락할 것이다. 가족도 없지 않느냐. 요리를 배워 세계를 떠돌며 사는 일도 나쁘지 않다. 요시다의 눈빛은 절절했다. 이정은 외면했다. 이연수의 모습이 그의 전 존재를 강력하게 사로잡고 있는 마당에 탈영병 요리사의 연정은 부담스럽기만 했다. 이정은 몸을 웅크리고 사과를 베어물었다. 침묵이 흘렀다. 이정이 기대고 있던 감자상자가 비스듬히 옆으로 쓰러졌다. 그것이 신호라도 되는 것처럼 요시다가 튕겨일어나 이정의 두 어깨를 부여잡았다. 그리고 입을 맞췄다. 요시다의 혀가 이정의 입속으로 들어와 혀뿌리를 훑었다. 그의 힘을 당할 수 없기도 했지만 굳이 그럴 필요도 없다고 생각했다. 기묘한 기분이었지만 굳이 물리쳐야 할 이유도 없었다. 저항을 포기한 이정의 태도를 허락으로 간주한 요시다의 몸짓이 대담해졌다. 소년의 가슴과 성기와 엉덩이를 미친듯이 어루만지며 체온을 높였다. 이정은 눈을 감았다. 이것으로 마지막이다. 이토록 간절히 원하는데, 잠깐이다. 이것 말고는 그에게 줄 것이 없지 않느냐. 위에서 신물이 울컥 역류해 올라왔다. 이정은 침을 삼켰다. 한 달이 넘도록 애를 끓인 요시다의 몸은 달아오를 대로 달아올라 순식간에 정점을 향해 치달았다. 요시다의 혀가 이정의 귓불을 핥는 사이 뜨거운 것이 이정의 뒤를 꿰뚫었다. 이정은 눈을 질끈 감았다. 아래쪽에서 돼지기름 냄새가 역하게 풍겨왔다. 미끌미끌한 요시다의 손이 이정의 어깨를 부숴버릴 듯 움켜쥐었다.

요시다가 떨어져나갔다. 이정은 그때까지도 오른손에 쥐고 있던 사과를 마저 먹었다. 미안하다. 요시다가 말했다. 이정은 고개를 저었다. 그리고 말했다. 나는 멕시코에서 내릴 것이고 조선인들과 함께 갈 것이다. 요시다는 무릎을 꿇고 이정의 손을 잡았다. 돼지기름으로 미끌거리는 손을 이정은 매정하게 뿌리쳤다. 당신의 도움은 고마웠다. 그러나 이것으로 끝이다. 항구에 닿으면 나는 본래 가려던 곳으로 갈 것이다. 요시다는 주저앉아 머리를 감싸쥐었다.

이정은 차가운 얼굴로 요시다를 내려다보았다. 잠시 후 평정을 되찾은 요시다가 바닥에서 몸을 일으켰다. 그리고 상처받은 짐승의 눈길로 이정을 잠시 바라보다가 말없이 창고를 나갔다. 이정도 그를 따라 주방으로 갔다. 그리고 미친듯이 일했다. 천 명이 먹어야 할 음식이 순식간에 만들어졌다. 아주 잠깐 이정은 모든 것을 잊어버릴 수 있었다. 그러나 일이 끝나자마자 장옷 속에서 빛나던 연수의 검은 눈동자와 뽀얀 살결이 생각나 가슴이 설렜다.

24

죽거나 태어나는 사람 없이 며칠이 지났다. 한 사내가 남의 여자에게 지분대다 칼에 찔려 가벼운 상처를 입은 것 말고는 아무 일도 없었다. 날씨는 조금씩 더워졌다. 누군가 적도에 대해서 말했지만 그 말을 이해하는 사람은 거의 없었다. 지구라는 개념도 낯설었는데 하물며 적도야 말할 것도 없었다. 영원히 끝날 것 같지 않은 지루한 항해였다. 그때 누군가가 손가락으로 뭔가를 가리켰다. 날개를 활짝 편 거대한 새 한 마리가 일포드호 상공을 맴돌고 있었다. 곧 한 마리가 더 나타났다. 목이 붉고 몸은 검었다. 처음 마주치는 기이한 새를 보러 사람들이 갑판으로 올라오기 시작했다. 새가 보인다는 것은, 포항의 어부들이 말했다, 육지가 멀지 않았다는 게지. 사람들은 손차양을 만들어 주변을 살폈지만 어디에도 아직 해안선은 보이지 않았다. 그러나 무기력하게 널브러져 있던 사람들에게 군함새 두 마리는 마술처럼 활기를 불어넣었다. 갑판과 선실은 갑자기 시끄러워지기 시작했다. 사람들은 지치지도 않고 군함새의 비행을 바라보았다. 꽁무니는 제비 꼬리일세. 나는 모양은 수리를 닮았는데. 다들 한마디씩 거들었다. 그때 또 한 무리의 새떼가 서쪽에서 그들을 향해 날아왔다.

하루가 지났다. 더 많은 새들이 목격되었다. 푸른발가마우지가 날아와 깃대에 앉아 휴식을 취하다가 다시 날아가기도 하였고 주둥이가 바가지처럼 생긴 갈색 펠리컨도 그들을 지나쳐갔다. 그 모든 것들이 조선의 사내들에겐 풍요의 징후로 해석되었다. 물수리는 자맥질로 팔뚝만한 물고기를 낚아 솟아올랐고 가마우지들은 연신 목을 부풀려가며 잔챙이들을 삼켰다. 한동안 줄어들기만 했던 승객들의 식사량이 갑자기 늘기 시작했다. 식욕을 되찾은 사람들은 삼삼오오 모여 앉아 그들의 앞날을 점쳤다.

사람들의 수런거림 덕분에 홀수선 아래의 이연수도 돌아가는 상황은 짐작하고 있었다. 그러나 그녀의 마음속 깊은 곳에서 타오르는 불길은 다가오는 미지의 나라가 아니라 오직 한 사내를 향한 것이었다. 이틀째 그의 모습이 보이지 않자 그녀의 조바심은 극에 달하고 있었다. 어디로 간 것일까. 주방에서 하루를 다 보내는 것일까. 생각은 갈래갈래 끝간데없이 퍼져갔다. 그는 어떤 사람일까. 무엇을 하며 살아왔을까. 배움은 어느 정도일까. 아는 것은 이름밖에 없는 채 그녀는 애를 태우고 있었다. 더는 안 되겠다. 그녀는 자리에서 일어났다. 옆에는 우울증에 빠져 며칠째 아무 말도 하지 않고 앉아 있는 남동생 이진우가 있었다. 누이가 일어나는데도 그는 넋이 나간 사람처럼 아무 반응을 보이지 않았다. 얘, 나가서 바람이라도 쐬지 그러니? 이진우는 고개를 저었다. 눈만 부십니다. 어지럽구요. 그녀는 기다렸다는 듯이 사람들 다리와 다리 사이의 좁은 길을 걸어나왔다. 선실 밖의 복도로 나서자마자 어둠 속에서 반짝이는 두 눈동자를 발견할 수 있었다. 그가 거기 있었다. 그녀는 그쪽으로 걸어갔다. 그러나 눈동자는 약이라도 올리려는 듯 자꾸 뒤로 물러났다. 그는 달아나고 그녀는 쫓았다. 몇 번쯤 방향을 바꾸고 다시 두 개의 계단을 내려가자 그가 또 거기 있었다. 그는 열쇠로 어딘가의 문을 열었다. 그녀는 마치 무엇에 홀리기라도 한 듯 그를 따라 안으로 들어갔다. 그가 문을 닫았다. 그러나 하나도 두렵지 않았다. 상한 과일과 야채 냄새가 풍겼다. 위쪽에선 마늘냄새도 났다. 거기 계속 서 있었던 거요? 내가 나올 때까지? 그는 고개를 끄덕였다. 나는 이틀 동안 꼼짝도 안 했는데, 아아. 둘의 입이 마주쳤다. 더러운 두 몸이 하나가 되는 데는 오랜 시간이 걸리지 않았다. 우두두둑. 굵은 알갱이 몇 개가 선반에서 굴러떨어져 이정의 뒤통수를 때렸다. 그녀는 이 모든 일들이 왜 이렇게 익숙한 것인지, 이 모든 감각들이 왜 이렇게 생생한 것인지, 신기하게만 생각되었다. 몸의 저 깊숙한 곳에서부터 고통이 밀려들었지만 한편 감미로웠다. 어두운 창고에서 그의 얼굴을 부여잡으며 그녀는 딱 한 번 길고 날카로운 비명을 질렀다.

미지근한 체액이 주르륵 허벅지를 타고 흘러내렸다. 그녀는 그대로 누워 방금 자신을 스쳐지나간 운명에 대해서 생각했다. 벌린 다리를 오므렸다. 골반이 뻐근하고 살갗 여기저기가 옷자락에 쓸려 따가웠다. 이정이 말했다. 나는 장돌뱅이며 미천한 고아다. 그렇지만 곧 도착할 저 멕시코에선 그런 건 아무 문제가 안 될 것이다. 어떻게든 돈을 벌어 당신을 찾아가 혼례를 치르겠다. 그때까지 기다려라오. 누운 채로 그녀는 피식 웃었다. 그를 비웃으려던 것은 아니었다. 그러나 웃음이 나왔다. 죽임을 당할지도 모른다. 비록 여기에서 더러운 옷을 입고 돼지처럼 먹고 살지만 우리는 황족이며 내 아버지는 폐하의 혈친이다. 갓끈 살 돈이 없어 망건 쓰고 다니는 거렁뱅이 양반이 아니다. 대원군 이하응의 농간만 아니었어도 아버지께서는 어쩌면 제위에 오르셨을지도 모른다. 그런 분이 당신 아니라 그 누구라도 용납할 리가 없다.

이정은 말했다. 거기에서도 저 조선에서처럼 반상과 노소, 남녀의 구별이 이리 엄할까. 우리가 탄 이 배를 보라. 양반이든 상것이든 줄을 서야 밥을 먹는다. 그는 머리 위를 가리켰다. 우리 위에 있는 저 양놈들 눈엔 우리 모두가 다 똑같은 조선놈일 뿐이다. 그들은 우리의 머리만 셀 뿐 족보에는 관심 없다. 그리고 어차피 이 배에는 당신네와 어깨를 겨눌 사람이 없다. 그는 그녀를 껴안았다. 그녀는 반박하지 않았다. 그녀의 예감도 크게 다르지 않았다. 그곳에서의 삶은 조선에서와는 판이할 것이다. 나는 학교와 교회에 나가게 될 것이고 내 손으로 돈을 벌어 장차 누구에게도 의지하지 않는 자가 될 것이다. 그때가 되면 아버지도 어머니도 어쩌지 못하리라. 젊은 그들은 다시 몸을 섞었다. 처음보다 모든 면에서 수월하였다. 이번엔 아예 옷을 모두 벗고 서로를 안았다. 바닥을 굴러다니던 썩은 감자 한 톨이 그들의 몸 아래에서 뭉그러졌다.

25

최선길은 엉뚱한 곳에서 깨어났다. 늘 잠을 자던 구석이 아니라 선실 한가운데였다. 뭐야. 자리를 털고 일어나는 그의 귀, 달팽이관 안쪽에서 소리가 들려왔다. 목숨값을 받으러 왔다. 소름이 허벅지부터 돋아오르기 시작했다. 누구였을까. 그것보다 어째서 내가 여기에 누워 있는 걸까. 그는 주위를 둘러보았다. 낯익은 얼굴은 없었다. 그때 누군가가 그에게로 걸어왔다. 일어나셨습니까. 자신에게 재물을 털린 충청도 양반이었다. 최선길은 슬쩍 가슴께를 짚어 그에게서 훔친 십자가 목걸이가 제대로 걸려 있는지 확인해보았다. 이상은 없었다. 바오로가 물 한 바가지를 건넸다. 드십시오. 저기 바닥에 쓰러져 있는 것을 사람들이 데려와 뉘었소이다. 아직 몸이 썩 좋지는 않으실 겁니다. 최선길은 고개를 갸웃거렸다. 그렇지는 않은데. 혹시 꿈을 꾸었나? 이보시오, 충청도 양반. 꿈 좀 아시오? 바오로는 손사래를 쳤다. 하지만 최선길은 멈추지 않았다. 내 아무래도 몽중에 그랬지 싶은데, 저 복도에서 이상한 사람을 만났소. 얼굴이 붓으로 쓱 지워놓은 것처럼 아무것도 뵈지 않는 사람이었는데, 불쑥 나타나, 지금도 내 귀에 대고 얘기하는 것처럼 또렷합니다만, 나는 너를 대신하여 죽은 자다, 목숨값을 받으러 왔다, 이러는 거요. 꿈인지 생시인지 가물가물하오만, 이 배에서 내게 그럴 사람이 누가 있겠소? 미친놈을 태우지는 않았을 테고.

바오로 신부는 인간을 대신하여 죽었다는 사람을 잘 알고 있었다. 그 사람 덕에 목숨을 건졌고 그 사람을 위하여 말레이시아의 페낭까지 다녀왔다. 그 사람처럼 되겠노라며 바닥에 엎드려 서품을 받았다. 처음 첩첩산중의 숯골에서 그 사내에 대한 이야기를 들었을 때, 그는 너무도 기이한 그 종교의 탄생설화에 단박 매료되었다. 그것은 정녕 이상한 이야기였다. 신이 인간의 몸으로 태어난다는 것은 이해할 수 있었다. 그것은 그의 고향 위도에선 너무도 자연스런 일이었다. 그곳에선 일 년에도 수십 번씩 신이 인간의 몸을 빌려 현현하였다. 그런데 그 신이 인간의 몸을 떠나지 않고 아예 평생을 살아버린다는 이야기는 처음이었다. 살아 있는 사람의 손바닥과 발등에 대못을 박아 꿈쩍도 못하게 나무에 박아놓고 죽기를 기다리는 처형방식의 잔혹함은 새롭지 않았다. 그러나 인간의 몸을 빌려 온 신이 십자가에 못박혀 결국 무력하게 죽어버린다는 이야기는 놀라웠다. 그리고 그자가 모든 인간의 죄를 대신하여 죽었다는 것은 더더욱 이해하기 어려웠다. 그렇게 애써 죽더니 사흘만에 부활하여 제 몸을 그대로 지닌 채 하늘로 올라가버렸다. 어쩌면 이야기에 가득한 그 모순들에 그는 매혹되었는지도 모른다. 신이며 인간이고 전능하면서 무능하며 끔찍하면서 신비로웠다. 인간을 사랑한다면서 그 사랑하는 인간을 영원한 죄인으로 만들어버렸다. 그런데 그 고귀한 사람의 아들이 눈앞에 있는 이 하찮은 도둑놈에게 나타나, 나는 너를 대신하여 죽은 자라고 말했다는 것이다. 그가 준비한 또다른 모순인가. 아닐 것이다. 예수와 그의 종교를 경멸하는 어떤 조선인이, 과거에 천주교도의 목깨나 날렸을 어떤 군인이, 그리고 보니 여기는 군인 천지 아닌가, 허약해진 최선길을 놀리려고 예수쟁이 흉내를 낸 것이다. 목숨값이나 받으러 다닐 그분이 아니시지 않은가.

개꿈을 꾸셨을 겁니다. 바오로는 최선길의 등을 쳐주고 일어났다. 그러나 마음은 개운치 않았다.

26

쾅쾅쾅. 누군가가 신경질적으로 창고 문을 두들겨대고 있었다. 이정은 옷매무새를 추스르고 문을 열었다. 요시다였다. 가스등이 그의 얼굴에 더 깊은 그늘을 드리우고 있었다. 둘이 서로를 노려보고 있는 사이 이연수는 장옷을 뒤집어쓰고 빠져나갔다. 요시다의 입술이 바르르 떨렸다. 바카야로! 그의 음성은 조심스레 선물을 건네는 사춘기 소년의 그것처럼 떨리고 있었다. 나약한 욕설은 짜증만 불러일으켰다. 해줄 만큼 해주지 않았는가. 비켜. 그가 한 발짝 앞으로 나섰다. 요시다는 의외로 힘없이 물러섰다. 요시다가 등 뒤에서 공격해올지도 모른다는 생각에 이정은 한 발짝 한 발짝 긴장하며 앞으로 걸어나갔다.

잠시 후, 등뒤에서 창고 문 닫히는 소리가 들렸다. 요시다가 그 안으로 들어간 모양이었다. 이정은 선실로 올라가 몸을 뉘었다. 이제 주방과는 끝이다. 내일이면 항구에 닿는다지 않는가. 생각은 그렇게 하면서도 대형 선박의 주방에서 맛볼 수 있는 뜨겁고 격렬한 분위기가 벌써 그리워지고 있었다. 요시다와는 무관했다. 땀이 흐르는 살갗이 서로 부대끼면서 만들어내는 격렬하고 뜨거운 열기가 못내 아쉬웠을 뿐. 그곳은 남자들만의 세계였고 그래서 더욱 비현실적이었다. 어떤 것도 틈입해올 수 없었다. 가족에 대한 고민도, 자신들의 과거도, 미래에 대한 걱정도 다 멀고먼 곳의 일이었다. 이정이라고 왜 다가올 신세계에 대한 두려움이 없겠는가. 한편에선 그 두려움이 그로 하여금 익숙한 세계에 남도록 충동질하고 있었다. 만약 그 미래가 그저 미지일 뿐이라면 그도 조금은 머뭇거렸겠지만 이제 그의 미래는 분명한 형체와 냄새를 가지고 다가오고 있었다. 안개가 걷히며 희미하게 멕시코 서해안이 모습을 드러냈다. 희끄무레한 절벽과 모래톱이 번갈아가며 나타났다. 조선인들은 신대륙의 매혹적인 실루엣을 구경하러 일제히 갑판으로 올라왔다. 땅에 푸른빛이 전혀 없는걸. 누군가가 고개를 갸웃거렸다. 바닷가라 그렇지. 다른 이가 퉁박을 주었다.

조장윤과 세 명의 군인들은 이물에 있는 기중기에 올라가 손차양을 하고 해안을 살폈다. 거의 다 온 모양이야. 조장윤의 말에 김석철과 서기중은 입맛을 다셨다. 광대뼈가 튀어나오고 눈이 이마에 붙다시피 하여 별명이 금강역사인 김석철은 뜬금없이 장가 얘기를 꺼내었다. 돈을 벌어 대한으로 돌아가면 장가부터 가겠네. 키가 작아 제국 군대 내에서 언제나 놀림감이었던 서기중은 자기보다 머리 하나는 더 큰 김석철의 말에 어깃장을 놓았다. 오 년이면 어디 장가만 가겠나. 첩도 두겠네. 싫지는 않은 말이라 김석철은 낄낄대며 웃었다. 너같이 잔 놈도 장가를 갔는데 내가 못 가겠느냐. 그럼 돈을 벌어 어디에 쓰겠느냐? 서기중은 아내와 자식이 있는 서쪽을 잠시 힐끗거리더니 수줍은 듯 조용히 말했다. 논을 사야지. 왁자지껄한 분위기를 갑자기 가라앉히는 짧은 침묵이 흘렀다. 어라, 귀신 지나간다. 조장윤이 웃겨보았지만 홍소는 터지지 않았다. 땅이 있었다면 아마 아무도 이 배에 오르지 않았을 것이었다. 땅이 없었기에 군인이 되었고 땅이 없었기에 장가를 가지 못했고 땅이 없었기에 돌아갈 곳을 잃고 그 지독한 병영으로 기어들어 갔던 것이다. 진위대 시절 생각나는군. 지나고 보니 그때가 좋았어. 김석철이 꿈꾸듯 말했다. 그 시절이 뭐 좋았다고 그래, 힘만 들었지. 셋은 1896년에 러시아식 편제로 재편성된 신식 군대에 지원 입대하였다. 조장윤과 김석철, 서기중은 모두 공병이었고 계급은 하사였다. 러시아 공사관으로 옮겨 일본과 대결했던 고종은 러시아에서 교관을 초빙하여 한 해 예산의 사십 퍼센트를 군대 양성에 쏟아부었다. 새로 군인을 뽑는다는 소문이 퍼지자 전국에서 천여 명의 청년들이 지원하여 진위대의 앞마당은 북새통을 이루었다.

그러나 뽑힌 장정은 이백 명밖에 되지 않았다. 둘은 북청에 주둔했다 하여 별칭이 북청진위대였던 제5연대 2대대에 배치되었고 서기중은 훈련은 함께 받았으나 3대대인 종성진위대에 배속되었다. 그러나 1904년 10월 18일부로 일본군은 친러 성향이 강했던 함경도에 진주하여 군정을 실시하였고 그와 동시에 그들이 소속된 북청진위대와 종성진위대를 해산시켰다. 러시아와의 최전선에 해당하는 함경도에 수상쩍은 대한제국의 군대를 남겨둘 이유가 없었던 것이다.

어차피 잘된 일이었어. 한 일이라고는 단발령에 반대하는 의병들 쫓아다닌 것밖에 없었으니까. 그 얘긴 뭐하러 해. 그렇지만 사실이잖아. 원, 머리를 자르지 않겠다는 자들의 목을 자르다니. 나는 안 그랬어. 나도야. 그렇지만 모두들 씁쓸한 기분이 되었다.

그때까지 말없이 있던 박정훈이 돌연 입을 열었다. 평소 별명이 돌부처일 만큼 입이 무거웠기에 그가 무슨 말을 꺼내려고 하면 모두들 귀를 기울였다. 입은 무거웠지만 사격술이 좋아 일제 구식 소총으로도 백발백중이었다. 군대에 들어오기 전엔 구월산에서 호랑이를 잡았다느니 백두산에서 곰을 잡았다느니 하는 얘기들이 떠돌았지만 정작 그는 가타부타 별말이 없었다. 그는 서울과 궁성을 방비하는 중앙군의 포병으로 복무하였다. 제 아내가 병들어 죽었을 때엔 제 손으로 가마니에 싸 들쳐업고 뒷산으로 올라가 파묻고 부대로 복귀했을 만큼 책임감도 투철했고 공사의 구분이 분명한 사람이었다. 그랬기에 오히려 부패한 장교들의 미움을 샀다. 일본군 사령관 하세가와가 1904년 12월 26일 대한제국 군제개혁안을 제시하자 그는 가장 먼저 군복을 벗었다. 그리고 그로부터 석달 후 제물포에서 배에 올랐다. 본래 과묵하기도 했거니와 갑작스런 전역으로 우울하기도 하여 배에 탄 후 거의 말을 하지 않았던 그였다. 그런 그가 해안선을 보더니 갑자기 입을 연 것이었다. 저기, 나는 안 돌아가려네. 모두가 눈을 크게 뜨고 쳐다보았다. 배에 올라탄 이래로 그 같은 말을 듣기는 처음이었다. 그까짓 나라, 해준 것이 무엇이 있다고 돌아가겠는가. 어려서는 굶기고 철드니 때리고 살 만하니 내치지 않았나. 위로는 되놈에, 로스케 등쌀에, 아래로는 왜놈들 군홧발에 이리 맞고 저리 굽신, 제 나라 백성들한텐 동지섣달 찬서리마냥 모질고 남의 나라 군대엔 오뉴월 개처럼 비실비실, 뱉도 없고 좆대도 없는 그놈의 나라엔, 나는 결코 안 돌아가려네. 주리지만 않으면 어떻게든 여기에서 버텨보려네. 땅도 사고, 그는 침인지 눈물인지를 꿀꺽 목구멍으로 넘기곤 말을 이었다, 물론 장가도 가야지. 새끼도 낳고.

그의 아내와 자식들이 어찌되었는지를 잘 아는 나머지 세 명의 제대군인들은 별말을 하지 않았다. 단지 김석철만이, 그래도 가야지, 조상들이 계신데, 라며 낮게 웅얼거렸을 뿐이었다. 해안선이 좀더 분명하게 모습을 드러내기 시작하자 돌아가지 못할 수도 있다는, 그들 모두 차마 입 밖에 내어 말하지는 못했던 그 가능성 역시 현실로 다가오기 시작했다. 그들은 결론도 나지 않을 논쟁 대신에 가야 할 나라의 윤곽에 눈을 고정시키는 쪽을 택했다. 조금 눈을 크게 뜨니 해안에 정박한 어선 위에서 일하는 어부들의 수효까지 셀 수 있을 정도였다. 손바닥에 땀이 차올랐다.

27

배는 해안과 일정한 거리를 두고 계속 남쪽으로 항해해나갔다. 어느덧 또 밤이 오고 기다림에 지친 사람들은 하나둘 잠에 빠져들었다. 까탈을 부리던 태평양은 잔잔하게 일렁이며 일포드호를 반기고 있었다. 새벽이 되자 소금기를 담은 찬이슬이 물걸레질이라도 한 것처럼 온 배를 질척하게 적셨다. 이정은 갑판에서 캄캄한 사위를 바라보았다. 이렇게 일찍 일어날 이유가 없었지만 새벽녘이 되자 습관처럼 번쩍 눈이 떠졌다. 마지막 인사라도 나누는 것이 사람의 도리겠지. 이정은 옷을 챙겨입고 주방으로 내려가려다 어쩌면 그냥 떠나는 것이 더 좋을지도 모른다는 생각이 들어 갑판으로 올라와 난간에 몸을 기대고 봐도봐도 지루하지 않은 멕시코 서해안에 눈길을 주고 있었다. 요시다가 없었다면, 그리고 주방에서 일하지 않았더라면 아마 항해는 좀더 지루했을 것이다. 그들은 거칠었지만 일단 일원으로 받아들인 이후에는 *끈끈한* 정을 주었다.

통째로 들고 마시는 정종 맛도 그리웠다. 돼지기름으로 미끌거리던 요시다의 손은 불쾌했지만 그렇다고 그에 대한 연민마저 버릴 수는 없었다. 가족도 나라도 친구도 없이 망망대해를 떠도는 탈영병 요시다. 그는 인생과 싸워 일찍 패배한 자의 모든 표지를 지니고 있었다. 이정은 막연하게나마 요시다의 불운이 자신에게 옮겨오지 않을까 두려웠다. 보부상은 그에게 불운의 징조를 판별하는 법과 그것을 격퇴하는 법을 가르쳐주었다. 식전에 앉은뱅이, 절름발이, 봉사, 귀머거리를 만나거든 아까워 말고 소금을 뿌려라. 가까이 오면 때려라. 밥을 달라거든 밥통을 걷어차라. 매몰차다고 생각하지 말아라. 옴 붙은 놈을 가까이하면 옴이 붙고 똥 싼 놈 옆에 있으면 똥냄새가 난다. 근묵자는 흑이다. 장사꾼은 반은 뱃놈이다. 재수가 반이다, 이 말이다.

이정은 결국 주방으로 내려가지 않았다. 대신 해가 떠오르는 모습을 바라보았다. 해는 그가 지나온 쪽에서 뜨고 있었다. 눈이 부셨다. 해는 선교와 구명정 사이에서 떠올라 천천히 이정의 얼굴을 비추었다. 이정은 눈을 흡뜨고 예사롭지 않은 멕시코의 태양을 바라보았다. 그러는 사이 태양과 배의 각도가 조금씩 달라지고 있었다. 일포드호는 호를 그리며 방향을 바꾸고 있었다. 이정은 상갑판으로 뛰어올라갔다. 배는 이제 완전히 방향을 바꾸어 해안 쪽으로 항진해 들어갔다. 드디어 항구가, 화물선과 군함, 여객선으로 북적대는 진짜 항구가 눈앞에 펼쳐지고 있었다. 제물포와는 비교도 할 수 없는 활기가 새벽부터 뿜어져나오고 있었다. 작은 배들은 큰 배들 사이를 오가며 물건을 나르거나 사람들을 실어나르고 있었다. 얼굴이 검게 그을린 남자들이 건들건들 노를 저을 때마다 배가 낙엽처럼 흔들렸다. 어느새 이정의 곁엔 승객들이 모여들기 시작했다. 사람들 사이에서 탄성이 울려퍼졌다. 누군가 이정의 등뒤로 다가와 그의 손을 꼭 쥐었다. 이정은 환한 얼굴로 돌아보았다. 낯선 남자가 서 있었다. 기름을 발라 넘긴 짧은 머리에 회색 양복을 말쑥하게 빼입은, 이정의 손을 잡고 군중들 사이를 빠져나간 그 신사는 구명정 가까이 가서야 몸을 돌렸다. 요시다였다. 완벽하게 달라진 그는 편안한 거리를 사이에 두고 이정과 마주섰다. 그리고 단정한 일본어로 말했다. 그동안 신세가 많았다. 불쾌했다면 미안하다. 그러나 군과 함께 지내게 되어 즐거웠다. 이 항해를 잊지 못할 것이다. 그가 서양식으로 악수를 청해왔다. 이정은 그의 손을 잡았다 놓고 뒤로 한 발짝 물러난 뒤 고개를 깊숙이 숙이며 말했다. 저야말로 신세가 많았습니다. 안녕히 계십시오, 요시다 상. 요시다는 입가를 비틀며 웃었다. 오늘로 나는 선원 계약이 끝났다. 계약을 계속하고 안 하고는 내 자유다. 나는 일단 상륙한다. 그리고 멕시코 영사를 찾아가 자수하고 처분을 기다릴 작정이다. 더는 이렇게 살지 않을 작정이다.

　늘 음식냄새에 찌든 요리사라고만 생각해왔던 요시다는 양복을 제대로 차려입자 휴가를 나온 해군장교처럼 보였다. 이정은 깜짝 놀랄 만큼 변한 요시다의 모습을 찬찬히 살폈다. 단지 깨끗이 씻고 옷을 잘 입어서라기보다 뭔가 다른 사람이 되어버린 것 같았다.

요시다와 이정은 다시 한번 악수를 하고 헤어졌다. 조선인들은 벌써 짐을 꾸려 갑판으로 올라오고 있었다. 이정도 내려가 짐이랄 것도 없는 보퉁이를 챙겼다. 이미 이연수 가족은 갑판으로 올라간 모양이었다.

이들이 닿은 항구는 태평양에 면한 멕시코 남부의 항구 살리나 크루스였고, 이들이 도착한 날짜는 1905년 5월 15일이었다. 존 마이어스와 권용준이 하선을 지휘했다. 배가 너무 커서 상륙용 잔교가 있는 곳까지 배를 접안시킬 수 없었다. 결국 작은 보트들이 다가와 사람과 짐을 실어날랐다. 사람들은 상기된 표정으로 낯선 인종이 내미는 손을 잡고 보트에 올라 미지의 대륙으로 향했다. 이정은 군인 무리와 함께 보트에 올랐다. 해안에 이르러서야 먼저 와 있던 이연수의 가족을 발견했지만 그쪽으로 가지는 않았다. 마침내 모든 조선인이 살리나크루스항의 공터에 집결했다. 멕시코 세관원이 마이어스와 선장에게 다가가 서류를 넘겨받고 이민자들의 여권을 조사하기 시작했다. 분위기는 우호적이었고 아무 마찰도 일어나지 않았다. 조선인들에게는 궐련이 지급되었다. 남자들은 자연스레 삼삼오오 모여 앉아 궐련을 말아 피우며 앞으로의 일에 대해 왁자하게 떠들어댔다.

어디에선가 조선인들이 먹을 음식이 날라져왔다. 주먹밥이었는데, 아마 배에서 미리 지어놓은 것 같았다. 관리들이 심사를 모두 끝내자 존 마이어스는 시나이반도로 떠나는 모세처럼 천여 명의 무리들을 줄줄이 이끌고 어디론가 행진해갔다. 얼마 지나지 않아 기차역이 나타났다. 기차는 보이지 않았다. 권용준이 나타나, 기차는 내일 도착한다, 그러니 이곳에서 하룻밤을 지내야 한다고 했다. 막 당도한 항구가 최종 목적지가 아니라는 것이 분명해졌다. 그들은 북미대륙이 개미허리처럼 좁아지는 테우안테펙지협을 가로지르는 열차를 타고 코아트사코알코스 항구까지 이동해야 했고 거기에서 다시 배를 타고 유카탄반도의 관문인 프로그레소항으로 가야 했다. 거기서 유카탄반도의 중심도시인 메리다까지는 역시 또 몇 시간의 여정이 남아 있었다.

몇 년 후 파나마지협을 횡단하는 파나마운하가 개통됨으로써 살리나크루스는 항구로서의 기능을 거의 잃어버리게 된다. 태평양을 지나오는 배들은 더이상 살리나크루스에 정박하지 않고 바로 파나마운하를 거쳐 멕시코 최대의 항구 베라크루스나 유카탄반도의 입구인 프로그레소로 향했다. 이들이 몇 년만 늦게 멕시코에 도착했더라도 좀더 편안하게 목적지에 도착했을 터이지만 그런 행운마저 이들의 몫이 아니었다. 그들 중 누구도 그들이 상륙한 이 멋진 항구가 십 년도 채 안 돼 썰렁한 내항으로 전락하게 되리라는 것을 예상하지 못했을 것이다. 사내아이들은 오랜만에 밟은 단단한 땅의 감촉이 너무 좋아 발을 구르며 껑충껑충 뛰어다녔다.

아직 가야 할 길이 멀어 보였지만 아무래도 좋았다. 지구의 반을 돌아 도착한 이 땅이 그들에겐 어쩐지 친근하게 느껴졌다. 멕시코 서해안의 5월은 온화하고 부드러웠다. 게다가 그들이 도착한 그날은 유난히도 따사롭고 쾌청했다. 밤이 되어도 기온은 별로 떨어지지 않아 지붕 없이도 견딜 만하였다. 좁고 어두운 일포드호에 비하면 천국이었다. 아이들은 뛰어다니고 어른들은 다리를 쭉 뻗었다.

28

  기차는 아침 일찍 도착했다. 화물을 잔뜩 부려놓은 다음 조선인들을 태웠다. 기차를 처음 타는 사람도 많았다. 고개를 쑥 빼고 바깥 풍경을 구경하는 이도 있었고 잠을 청하는 이도 있었다. 모두가 배가 고프다 투덜댈 무렵 기차는 어느 한적한 마을에 멈추었다. 새들도 잠이 든 것 같은 조용한 마을에 내려 그들은 점심을 먹었다. 얼굴이 검게 그을린 마야인들이 몰려와 그들을 구경하였다. 서로가 서로를 구경하는 가운데 식사는 끝이 났고 다시 기차는 출발했다. 밤이 되자 기차는 더이상 움직이지 않았다. 통역 권용준이 사람들에게 모두 내리라고 말했다. 조선인들은 차례대로 내려 기차역 앞에 줄을 섰다. 불어오는 바람에 소금기가 섞여 있었다. 어두워 사위를 분간하기 어려웠지만 사람들은 그곳이 항구라는 것을 금세 알 수 있었다. 멀리 희미한 등불들이 일렁거렸다. 검은 개들이 짖어댔다. 사람들은 들판으로 옮겨져 거기에서 하룻밤을 보냈다. 지붕 없이 지새우는 두번째 밤이었다. 기침을 하는 사람들이 늘어났다. 상륙의 흥분이 가신 뒤라 새벽의 이슬이 더욱 차갑게 느껴졌다. 들짐승도 아니고. 누군가가 불평을 했지만 크게 번지지는 않았다. 털 빠진 개들이 사람들 주위를 맴돌며 킁킁, 냄새를 맡았다.

아침으로 소금에 절인 배추에 밥이 나왔다. 모두 열을 지어 그들을 기다리고 있는 화물선에 올랐다. 항해는 이틀 밤 하고도 한나절이 소요되었다. 생각보다 긴 항해였다. 금세 내릴 수 있으리라 생각하고 갑판에서 버티던 사람들도 밤이 되자 모두 화물칸으로 내려와 자리를 잡았다. 화물선은 멕시코만을 가로질러 유카탄반도의 관문인 프로그레소항에 도착하였다. 수심이 낮아 배를 접안시킬 수 없었다. 해안선에서 칠 킬로미터나 떨어진 곳에 닻을 내린 화물선으로 작은 운반선들이 단것을 본 개미떼처럼 몰려들었다. 운반선은 쉴새없이 승객들을 상륙용 잔교로 실어날랐다. 운반선과 해안에서 사람들은 끊임없이 주변을 살폈다. 프로그레소항은 한산했다. 사람들은 보이지 않았고 마을도 작아 보였다. 멀리 등대가 보였지만 별로 높지 않았다. 멕시코만류가 몰고 온 바닷물은 흐려 그 바닥이 보이질 않았다. 처음 보는 열대의 나무들이 해안가에 줄줄이 서 있었고, 먼저 내린 사람들은 그늘에서 나머지 사람들을 기다렸다.

갑자기 요란한 소리가 들려와 주의가 모두 그쪽으로 쏠렸다. 번쩍이는 금관악기들이 음악을 연주하고 있었다. 드보르자크의 교향곡 〈신세계〉의 주제가 울려퍼졌지만 조선인들에겐 그저 시끄러운 소음일 뿐이었다. 지방정부가 동원한 환영행사였다. 이민자들은, 바순과 트롬본 등의 금관악기들이 금으로 만들어진 것인가, 악대의 복장이 군복을 닮은 것으로 보아 군인들이지 않겠는가, 그 화려함으로 볼 때 꽤 높은 지위의 사람이 아니겠는가, 생각하고 있었다. 악대의 출현은 이들의 지루한 여행에 잠시 활기를 불러일으켰으며 동시에 유카탄반도와 멕시코의 재부에 관한 오해를 불러일으켰다. 뚱뚱한 멕시코인이 연단에 올라와 스페인어로 그들을 반기는 연설을 했고 이민자들은 영문도 모르며 박수를 쳤다. 기분이 나쁠 리는 없었다. 멕시코인들 역시 조선인 노동자들의 이주를, 어떤 이유에서든 매우 기다려왔음을 알 수 있었다. 다시 팡파르가 울리며 짤막한 환영행사가 끝났다. 이동이 시작되었다.

부둣가 근처까지 뻗은 선로의 끝에 검은 화물열차가 그들을 기다리고 있었다. 이번에는 별로 기다릴 필요가 없었다. 한 시간 만에 열차는 메리다시에 도착했다. 그들은 커다란 들판으로 행진해갔다. 천막들이 줄줄이 그들을 기다리고 있었다. 벽이 없는 천막으로 마른 바람이 불어왔다. 그곳에서 그들은 옥수수와 밀, 약간의 콩을 배급받았다. 함께 받은 양철냄비와 장작으로 남자들은 불을 때고 여자들은 밥을 지었다. 입속에선 자꾸 모래가 씹혔다. 사람들의 말수가 점점 적어졌다. 별다른 일이 일어나지 않는 가운데 며칠이 지나갔다. 서서히 불안감이 천막과 천막 사이를 배회하기 시작했다. 존 마이어스와 권용준이 몇몇 멕시코 사람과 심각한 얼굴로 이야기를 나누는 장면이 목격되었다. 모기들은 밤낮을 가리지 않고 그악스럽게 달려들어 낯선 인종의 피를 빨고 천막과 천막 사이 구덩이 구덩이에 알을 낳았다. 개미들이 엉덩이를 물어뜯었다. 처음 도착한 살리나크루스와 달리 메리다는 불덩이를 안은 것처럼 더웠다. 입이 바싹바싹 타들어갔다. 조선의 다습한 여름과는 비교할 수 없이 뜨거웠다. 천막의 그늘이라도 없었더라면 일사병으로 사망하는 이도 없지 않았을 것이었다.

저물녘이 되면 하늘은 심술궂은 아이처럼 붉은 기운을 단숨에 걷어가버렸다. 사방 어디에도 산이 없어서 더 그랬을 것이다. 유카탄의 석양은 느지막이 엉덩이를 붙이고 있다가 일순 사라져버렸던 것이다. 평생 지평선을 한 번도 본 적이 없는 조선인들에게 이 벌판의 황막함은 더욱 강렬하게 느껴졌다. 그제야 사람들은 자신들이 산과 산 사이에서 태어나 산을 바라보고 자랐으며 산등성이로 지는 해를 보고 잠자리에 들었음을 깨달았다. 넘어갈 아리랑고개가 없는 끝없는 평원은 그야말로 낯선 풍경이어서 사람들은 딱히 바닥이 딱딱해서라기보다 지평선이 주는 막막함과 공허로 뒤척였다. 멕시코만에서 시작된 바람은 멈추지 않고 수십 킬로미터

떨어진 이민자들의 천막을 통과해 유카탄반도의 내륙에서 먼지를 불어올렸다.

　이곳에 이르기까지 누구도 조선에서와 같은 논과 밭을 보지 못했기 때문에 불안은 증폭되었다. 멕시코에는 쌀이 없는 것인가? 며칠째 삶은 옥수수와 아무 맛이 없는 옥수수 전병, 토르티야만 지급되었다. 프로그레소에서 메리다로 오는 길가, 메마른 땅 위엔 알 수 없는 식물들만 일정한 간격으로 열을 지어 자라고 있었다. 악마의 발톱을 거꾸로 세운 것 같은, 불꽃 같기도 하고 웃자란 난초 같기도 한 그 식물은 눈길 닿는 곳 어디에나 있었다. 기차를 타고 오는 동안 흰옷을 입은 인디언들이 낫을 들고 그 식물의 잎을 쳐내는 장면이 간혹 보였다. 흰옷을 입고 일하는 것이 몸에 밴 몽골리안들에게 그 장면만큼은 낯이 익었다. 몇몇 눈치 빠른 사람들 머리에 어쩌면 저 일이 자기들의 일일지도 모른다는 생각이 떠올랐다. 지상의 모든 것을 증발시킬 듯이 내리쬐는 햇살 아래에서 마야 인디언들은 천천히 낫질을 하고 있었다. 얼핏 보기에 그 일은 하나도 힘들 것이 없는, 목가적이고 느긋한 오후의 산책처럼 보였다. 가지를 잘라내 그것을 묶어 수레로 옮기는 일이었는데 가끔 말을 탄 사람들이 뭐라고 말을 하는 것 같기도 했지만 심각한 얘기가 오가는 것 같진 않았다. 들판에 소가 전혀 보이지 않는 것을 이상해하는 사람도 있었다. 혹시 우릴 뱃사람으로 쓰려는 게 아닐까. 갖은 억측이 난무하였다.

천막 속에서 마른 모래를 삼킨 지 사흘째, 두 마리의 말이 이끄는 마차가 먼지를 일으키며 나타났다. 고삐를 잡은 마부와 두 명의 하인이 흰옷을 입은 주인을 호위하고 있었다. 마차가 멈추자 검은 콧수염을 기른 흰옷의 남자가 내려 조선인들에게 다가왔다. 그러나 조선인들은 오히려 그를 하인이라고 생각했다. 마부와 하인들이 입은 유니폼이 훨씬 화려하고 장식적이었기 때문이었다. 뒤이어 여러 대의 마차가 더 나타났다. 조금 전처럼 화려한 옷을 입은 마부는 자리에 앉아 있고 주인들은 내려 서로 인사를 나누었다. 그들은 밝고 명랑해 보였다. 좋은 일이 있는지 연신 웃음을 터뜨렸다. 마침내 여섯 명의 농장주가 집결했다. 식민회사에선 조선인들을 일으켜세웠다. 그리고 줄을 세웠다. 농장주들이 돌아다니며 지팡이로 사람들을 지목했다. 건강하고 힘이 세어 보이는 사람들부터 추려지는 것 같았다. 조선인들은 자신도 모르게 허리를 곧추세웠다. 제일 먼저 도착한 농장주가 백여 명을 데려간 반면 나머지 농장주들은 좀더 적은 수를 골라냈다. 가장 많이 고용하는 사람에게 우선권이 주어지는 것 같았다. 농장주들은 서류에 서명을 한 후, 존 마이어스에게 건넸다. 이날 약 반 정도의 사람들이 메리다 시내에 산재한 세 개의 기차역에서 각각의 농장으로 이송되었다.

그다음날도 농장주들의 발길이 이어졌다. 그들은 별다른 이의를 제기하지 않고 순서대로 조선인들을 골라 자기 농장으로 데리고 갔다. 유카탄반도 전역의 스물두 개 농장으로 1032명의 조선인들이 뿔뿔이 흩어졌다. 그러기까지 일주일이 걸렸다. 마지막으로 도착한 농장주는 하인도 마부도 없이 저 혼자 말을 타고 나타났다. 메리다 농장주협회의 대표가 천막을 걷고 있다가 반색을 하며 그를 맞았다. 그는 마차 그늘에서 햇빛을 피하고 있던 조선 남자 하나를 끌고 왔다. 다 골라가고 딱 하나 남았는데요. 농장주협회 대표가 이를 드러내며 씩 웃었다. 과테말라와의 접경지역에서 농장을 운영하는 이 젊은 메스티소에겐 선택의 여지가 없었다. 그는 서류에 서명을 하고 마지막 조선인을 바라보았다. 새 노래를 들을 때가 되었군. 그의 농장에선 언제나 노랫소리가 끊이질 않았다. 영국 해적들이 건설한 중남미 유일의 영어 사용 식민지인 벨리즈에서 사온 흑인들에겐 아프리카의 노래를 시켰다. 유카탄반도의 주인이었던 마야인들에겐 마야의 노래를, 쿨리들에겐 광둥의 뱃노래를 시켰다. 해협을 건너온 쿠바의 혼혈들은 춤과 타악기에 소질이 있었다. 이제 조선이라는 나라에서 왔다는 저 사내에게서 기이한 새 노래를 들을 수 있을 것이다. 목이 가늘고 긴 게 목청이 좋아 보였다. 농장주는 운이 좋았다. 그 남자는 실로 독특한 목청의 소유자였다. 노래를 불러보라는 통역의 권유에 주저하던 그는 떨리는 음성으로 노래를 부르기 시작했다. 나무도 바위도, 돌도 없는 뫼에서 매에게 쫓기는 까투리의 안과 대천 바다 한가운데 일천 석실은 배에 노도 잃고 닻도 끊고 용총도 걷고 키도 빠지고 바람 불어 물결치고 안개 뒤섞여 잦아진 날에 갈 길은 천리만리 남고 사면이 검어…… 남창 가곡 편락이었다. 곡조가 턱없이 느리고 기이하여 젊은 농장주는 놀랐다. 목청도 독특하였다. 변성이 채 되지 않은 소년의 목소리 같기도 했고 슬픔에 잠긴 여자의 목소리 같기도 했다. 농장주협회의 대표가 다가와 노래를 그만해도 좋다며 손을 들었다. 그러곤 씩 웃으며 재빨리 오른손으로 마지막 남은 조선인의 사타구니를 움켜쥐었다. 그러면 그렇지, 하는 표정으로 그가 젊은 메스티소에게 귓속말로 속삭였다. 굴욕감으로 얼굴을 잔뜩 찡그린 그를 농장주가 껄껄 웃으며 마차에 태웠다. 필요도 없는 불알값으로 50페소나 깎아준다면 데려가지 않을 이유가 없지.

그의 이름은 김옥선이었다. 그는 일곱 살이 되어서야 자신의 사타구니에 있어야 할 것이 없다는 것을 알게 되었다. 가족들은 앉아서 똥을 누다가 개한테 먹혀버렸다고 말했다. 어렸지만 그는 그 말을 믿지 않았다. 오래지 않아 그는 아버지가 어린 그의 고환을 가죽 줄로 꽁꽁 묶어 피가 통하지 않게 만든 후 잘라내버렸다는 것을 알게 되었다. 열 살이 되기도 전에 그는 궁궐로 들어가 내시들의 시중을 들기 시작했다. 입에 풀칠은 할 것이 아니냐. 그깟 불알은 무엇에 쓰려느냐. 울며 떠나는 그의 뒤통수를 아버지는 야박하게 쥐어박았다. 그것이 가족과의 마지막이었다. 그는 악사가 되었다. 거문고와 피리를 배우고 가곡을 외웠다. 왕실의 행사가 있으면 나가 노래를 부르고 간혹 춤도 추었다. 경복궁의 중건을 축하하는 잔치에서는 고종으로부터 부채를 받기도 하였다. 그러나 언제

부턴가 왕실의 행사는 줄어들기 시작했다. 왕후가 칼에 맞아 죽고 고종이 러시아 공사관으로 몸을 피하고 갑오경장이며 갑신정변이 궁궐 안팎을 들쑤시자 내관들의 운명도 바람 앞의 등불처럼 흔들렸다. 내관들도 개화파와 보수파로 나뉘어 줄을 섰다. 그나마도 김옥선 같은 아악부의 내시들에겐 사치스런 일이었다. 봉급이 나오지 않는 날들이 늘어나자 아악부의 내시들은 더이상 궁궐로 돌아가지 않았다. 기생에게 악기와 춤을 가르치는 자들이 생겼다. 고향으로 돌아가 농사를 짓는 사람도 있었으나 그도 쉽지는 않았다. 돌아온 내시를 가족들은 반기지 않았다. 사람들의 수군거림도 참기 어려웠다. 김옥선과 두 명의 내시들은 아무도 자신들을 모르는 땅으로 떠나고 싶었다. 한 명이 황성신문을 보고 연락을 해왔고, 며칠 후 그들은 가진 것을 모두 챙겨 제물포로 향했다. 길고긴 항해 동안 이들은 말을 줄이고 자기들끼리만 어울렸다. 그들이 전직 내시라는 것을 알아챈 사람은 거의 없었다. 물론 그를 데려가는 젊은 농장주도 마찬가지였다. 궁 안의 모든 남자를 거세할 수 있는 권력자를 그는 상상하지 못했다.

29

메리다 외곽의 천막촌에서 이정의 관심사는 오직 한 가지에 쏠

려 있었다. 어떤 사람들과 농장에 가게 될 것인가. 모두가 한 농장
으로 가지 않는다는 사실이 분명해지자 이정은 이연수의 가족과
같은 곳으로 갈 수 있게 되기만을 바랐다. 더 바랄 수 있다면 배에
서 안면을 익힌 제대군인들과 함께 가는 것이었다. 그러나 모든 것
은 농장주들의 지팡이로 결정되었다. 아는 사람들이 하나둘 선택
되어 불려나갔다. 아직 어린 티가 남아 있는 이정은 조장윤과 그의
동료들보다 훨씬 늦게 선택되었다. 먼저 떠나는 조장윤이 이정의
어깨를 툭툭 치며 말했다. 별거 있겠어? 겁먹을 것 없어. 곧 또 보
게 될 거야.

아버지처럼 의지하던 사람과 헤어진다는 것은 슬픈 일이었다.
안녕히 가십시오. 이정은 고개를 꾸벅 숙였다. 그리고 조장윤 곁에
묵묵히 서 있던 박정훈과도 인사를 나누었다. 박정훈은 이정의 손
을 힘주어 잡았다. 또 보세. 세상이 넓은 것 같아도 알고 보면 별로
그렇지도 않다네.

이종도의 가족도 처지는 비슷해서 중년 남자와 어린 남매로 이
루어진 그들을 선뜻 선택하는 농장주는 쉽게 나타나지 않았다. 혹
시 가족을 갈라서 데려가는 것은 아닐까. 이종도는 잔뜩 긴장하고
있었다. 지체 높은 멕시코의 귀족을 만나 당당하게 자신에게 걸맞
은 지위를 요구할 생각은 이미 포기한 지 오래였다. 그도 바보는
아니었다. 짐짝처럼 부려져 메리다까지 실려오면서 자신의 선택
이 얼마나 즉흥적이었는지 깊이 깨닫고 후회하고 있었다. 신분이

나 학식이 아무 소용 없는 곳임이 점점 분명해졌다. 이제 남은 것은 가족뿐이었다. 처절히 낙심한 그가 몸에 지닌 오직 한 권의 책인 『논어』만 읽고 있을 때에도 의외로 그의 아내와 딸은 물을 길어와 밥을 짓고 어렵사리 주변의 여자들과 사귀었다. 그러지 않고는 단 하루도 먹고살 수가 없었다. 그럴수록 그는 식솔들로 하여금 천한 신분과 말을 섞게 만든 자신의 무능력을 비관하였다.

해가 저물 무렵, 뒤늦게 들이닥친 농장주는 따로 생각이 있었는지 주로 가족 이민자들을 뽑아 세웠다. 이연수는 순순히 아비를 따라 그들을 뽑아준 농장주 앞으로 가 줄을 섰다. 아직 뽑히지 못한 사람들 가운데 이정의 잘생긴 이마와 눈이 보였다. 두 사람의 눈이 마주쳤다. 연수는 몸에 힘이 쭉 빠져나가는 것 같아 앞서가는 어미의 팔을 잡아야만 했다. 또다른 마차가 도착해 이번에는 주로 독신 남자들을 뽑았다. 키가 땅딸막한 농장주가 지팡이로 서 있는 이정의 배를 쿡 찔렀다. 연수는 보통이에 얼굴을 파묻었다. 눈물이 왈칵 쏟아졌다. 한번 터진 눈물은 멈출 줄을 몰랐다. 아비는 헛기침을 하고 어미는 주먹으로 옆구리를 지르며 퉁박을 주었다. 시끄럽다! 콧물이 그녀의 더러운 인중을 지나 입으로 넘어들어왔다.

존 마이어스는 흐뭇한 얼굴이었다. 일포드호의 뱃삯과 이들이 먹어치운 식대, 담뱃값을 제하고 대륙식민회사와 수익을 나누더라도 네덜란드에서 삼 년을 일해야 벌까 말까 한 거액이 떨어졌던 것이다. 극심한 노동자 부족으로 곤란을 겪고 있던 유카탄반도의 에네켄 농장주들은, 스페인어를 못해 도주의 우려도 없고 외교관이 주재하지 않아 간섭의 여지도 없는 조선인들에 비교적 후한 값을 쳐주었다. 선박용 로프의 원료로 쓰이는 에네켄은 제국주의 열강들의 식민지 쟁탈전과 서구 자본주의의 비약적 발전으로 말미암은 화물 운송량 증가로 품귀현상을 빚고 있었다. 에네켄의 줄기에서 뽑아낸 섬유로 만든 로프는 질기고 튼튼했다. 에네켄 섬유는 필리핀의 마닐라삼과 더불어 세계 로프 시장을 양분하고 있었다. 귀신이라도 데려와 일을 시켜라. 유카탄의 농장주들은 입이 바짝바짝 타들어갔다.

에네켄은 멕시코가 원산지다. 사람 키와 비슷한 크기다. 나무처럼 단단한 짧은 줄기에 잎이 달린다. 육질肉質의 잎은 두툼하다. 끝이 날카로운 바소 꼴로 흰색이며 길이 일이 미터, 가운뎃부분의 너비가 십에서 십오 센티미터이다. 짧은 줄기에 여러 장의 잎이 빽빽이 난다. 십에서 십오 년이 되면 삼 미터 정도의 꽃줄기가 뻗어나와 꽃이 핀다. 꽃이 핀 뒤 말라 죽는다. 잎은 일 년에 삼십 장 정도 늘어나고 한 그루에서 생산하는 잎은 총 이백 장에서 삼백 장 사이다. 마치 선인장처럼 잎 가장자리를 따라 딱딱하고 뾰족한 가시가 무수히 나 있다. 잎이 용의 혀를 닮았다 하여 용설란이라 불리기도 하지만 난은 아니다. 외떡잎식물이며 백합목에 속한다. 같은 목인 알로에와 모양이 비슷하여 혼동하는 사람들이 많지만 용도가 전혀 다르다. 에네켄을 비롯한 용설란으로는 풀케라는 술도 빚는다.

섬유도 뽑아내고 술도 빚고 염료도 제공하는 유용한 식물이다. 건조한 기후에 강하기 때문에 유카탄반도와 같은 덥고 건조한 지형에 잘 어울린다. 에네켄과 사이잘삼은 19세기 후반부터 유카탄반도의 주요 생산물이 되었다.

유카탄반도는 남한의 두 배에 달하는 면적으로, 한반도 전체의 면적보다는 조금 작다. 동쪽으로 쿠바와의 사이에 유카탄해협을 두고 있다. 유카탄해협은 카리브해와 멕시코만을 이어주고 있는데 멕시코만류가 빠른 속도로 북서쪽으로 흘러나간다. 남쪽으로는 과테말라, 남동쪽으로는 벨리즈가 유카탄반도의 일부를 점하고 있으며, 영국 해군과 해적의 영향권 아래 있었던 벨리즈를 제외하면 거의 전역이 스페인의 식민통치를 받아왔다. 1032명의 조선인들이 발을 디뎠을 당시 유카탄 인구의 대부분은 마야족이었다. 제국이 붕괴한 지 수백 년이 지났지만 이들은 여전히 마야어를 쓰고 마야 달력에 따라 생활하고 있었다. 거대한 피라미드만 남기고 사라진 제국을 대신하여 마야인들은 멕시코 연방정부, 대농장의 지주들과 싸움을 벌였다. 마야인들의 독립 투쟁은 1847년 절정에 이르렀다. 수만 명의 마야인들이 탄압을 피해 영국령 벨리즈로 달아났고, 체포된 이들은 쿠바와 도미니카에 노예로 팔려갔다. 1858년에서 1864년 사이에 무려 33회의 폭동이 있었으며 한때 이들의 주력이 유카탄의 중심도시인 메리다를 점령하기도 하였다. 벨리즈를 장악하고 있던 영국 해적들로부터 무기를 사들인 유카탄의 마야인들이 백인 점령지역을 게릴라식으로 공략하여 큰 전과를 올린 적도 드물게나마 있었다. 그러나 조직화되지 않은 이들 마야인들은 비만 내리면 각자의 옥수수밭으로 돌아가는 바람에 결정적 승리를 쟁취하는 데 실패하였다. 농민의 한계였다. 결국 쿠바의 용병과 미국이 파견한 군사고문단 백 명이 상륙하면서 대학살이 시작되었다. 미국의 지원을 받은 연방군이 유카탄의 마야족들을 완전히 제압한 것은 조선 이민자들이 도착하기 불과 사 년 전인 1901년에 이르러서였다. 길고 지루한 투쟁 끝에 마야족의 인구는 대폭 감소한 반면 에네켄 삼실의 수요는 폭발적으로 늘었다. 어쩔 수 없이 농장주들은 외국 노동자를 수입해야 했다.

유카탄반도엔 강이 없기로 유명하다. 반도의 대부분이 낮고 평평한 석회암지대라 비가 내려도 물이 고이질 않는다. 큰 나무도 많지 않고 키가 작은 잡목과 덤불 들만이 끝없이 펼쳐져 있다. 물은 지하 수십 미터 아래의 우물에서 길어올릴 수밖에 없는데 이 때문에 마야의 고대 유적지 근처에선 아직도 직경이 수십 미터에 달하는, 차라리 연못이라고 말할 수밖에 없는, 거대한 우물들이 종종 발견되곤 한다. 사람들은 사다리를 타고 석회암층 아래로 내려가 물을 길어 올라온다. 에네켄 농장의 경우도 이와 다르지 않았다. 사정이 좋은 극소수의 농장들은 이 유카탄 특유의 우물, 세노테가 가까운 곳에 있었지만 나머지 농장은 그렇질 못했다. 보통 1킬로미터는 족히 떨어진 곳에 세노테가 위치하고 있었다. 물은 땅에 떨어지는 즉시 증발하거나 스며들었다. 물이 흔하고 지반이 단단한 땅에서 이주한 조선인들을 가장 먼저 괴롭힌 것은 바로 물의 부족이었다. 하늘과 땅, 그 사이를 강산江山이라 부르던 사람들이었다. 강과 산이 없는 세상을 그들은 상상하지 못했다. 그러나 유카탄엔 그 두 가지가 모두 없었다.

30

이정이 도착한 곳은 메리다 서남쪽의 춘추쿠밀 농장이었다. 불꽃 모양의 독특한 흰색 아치가 농장 입구를 장식하고 있었다. 그곳을 지나 들어가면 여러 갈래의 좁은 레일이 농장 안쪽으로 뻗어 사라졌다. 레일은 커다란 창고 비슷한 건물 안쪽으로 들어갔다가 다시 나와 광활한 밭으로 숨어들어갔다. 이정이 본 그 커다란 창고는 에네켄에서 섬유를 뽑아내는 공장이었다. 하얀 옷을 입은 마야족들이 무개차 위에 에네켄 묶음을 실어 그것을 밀고 창고 안으로 계속 들어갔다. 그들은 무심한 얼굴로 새로 도착하는 조선인들을 쳐다보았다. 이정은 그들이 하고 있는 일이 바로 자신의 일임을 깨달았다. 농장 안으로 걸어들어가면서도 그는 유심히 그들을 살폈다.

공장 안에서는 규칙적으로 철커덕철커덕, 기계 돌아가는 소리가 났다. 그러나 구체적으로 뭐가 어떻게 진행되는지는 알 수 없었다. 깨끗한 옷을 입은 사람이 공장 입구에서 무개차에 실려온 에네켄의 묶음 수를 확인하고 노동자들에게 표를 나누어주는 모습만이 보였다. 살갗을 태워버릴 듯 내리쬐는 햇볕을 받으며 이정과 서른다섯 명의 조선인들은 레일을 따라 농장 안으로 계속 걸어들어갔다.

농장은 쿠바나 하와이의 플랜테이션과는 달랐다. 자본주의적 대량생산의 정신에 따라 설계된 흑인 노예 중심의 플랜테이션과는 달리 스페인 정복자들의 대농장(아시엔다)은 다분히 봉건적이었다. 스페인 본토에서 이주한 정복자들은 본토의 귀족들처럼 행세하길 원했다. 멋진 저택을 짓고 높은 담에 둘러싸여 하인과 노예들을 부리며 왕처럼 군림하는 것, 그것이 이들의 목표였다. 자식들은 유럽으로 유학 보내고 주인들은 메리다나 멕시코시티의 쾌적한 부촌에서 생활하다가 가끔 들러 왕 노릇을 즐겼다.

이정의 무리는 거대한 저택 앞에서 멈추었다. 농장주인지 관리인인지 알 수 없는 사내가 챙이 넓은 모자를 쓰고 나타나 스페인 말로 짤막하게 뭔가를 전하고 다시 안으로 들어갔다. 저택은 웅장했다. 대리석과 석회로 치장된 전면은 농장주들이 에네켄으로 쌓은 부의 규모를 여실히 보여주고 있었다. 화려하게 장식한 창문과 베란다엔 빨간 꽃이 만발해 있었고 건물 곳곳에 금박을 입힌 천사들이 나팔을 불고 있었다. 그들은 다시 행진했다. 발을 옮길 때마다 마른 먼지가 풀풀 날렸다. 마침내 그들은 조선의 작은 초가집을 연상시키는 마야의 전통주택 파하 앞에 멈추었다. 야자수잎 지붕에 통나무 골조, 흙과 풀을 이겨 바른 벽으로 이루어진 움막이었다. 바닥은 지표보다 조금 낮아 밤에는 시원했고 창은 없거나 아주 작았다. 안으로 들어가면 그대로 흙바닥이었다. 첫번째 가족이 들어가자 안에서 새끼 돼지 한 마리가 꿀꿀거리며 튀어나왔다. 마야인들은 그 안에서 밥도 짓고 잠도 자고 때로 가축도 길렀다고 한다.

가족들에겐 각각 하나씩의 파하가 지급되었고 이정과 같은 독신 남성들에겐 네 명에 하나씩 파하가 주어졌다. 초가집을 닮은 파하에 어떤 이들은 별 거부감 없이 적응했으나 모두가 그런 것은 아니었다. 우울한 얼굴로 집밖에 나와 담배를 피워무는 남자들이 많았다. 이정은 파하의 구석에서 침구를 찾아냈다. 마야인들이 아마카라 부르는 그물침대였다. 유카탄의 전통적인 이 침구는 훗날 카리브해의 뱃사람들에 의해 해먹이란 이름으로 전 세계에 널리 알려졌다. 어리둥절해 있는 동료들 앞에서 이정은 파하 안에 아마카를 매달고 몇 번의 시도 끝에 아마카 위에 올라앉는 데 성공했다. 그러자 나머지 세 명의 동료들도 그를 따라 아마카로 잠자리를 꾸몄다. 그들은 통성명을 하고 앞으로 어떤 일이 벌어질 것인지에 대해 이야기를 나누었다.

밥은 안 주나? 누군가가 물었다. 아닌게 아니라 배가 고파오던 참이었다. 입구에 고개를 빼고 상황을 살피노라니 마야인 한 명이 돌아다니며 무언가 나누어주고 있었다. 옥수수였다. 누군가 물을 구해오고 장작을 때 물을 끓였다. 그 안에 옥수수를 넣고 삶아 우적우적 자루만 남을 때까지 먹어댔다. 이정은 옥수수를 씹다가 홀연, 이곳이 마지막 목적지라는 것, 학교며 시장이며 도시 같은 것은, 대륙식민회사와의 계약이 끝나는 1909년 5월이 될 때까지 사 년간 구경도 못할 운명임을 알았다. 여기를 오려고, 제물포보다도 못한 이곳으로 오겠다고 그 큰 바다 그 험한 길을 왔단 말인가. 울적한 마음으로 이정은 하늘을 바라보며 이연수와 그녀의 가족을 생각했다. 이대로 사 년 동안 만날 수도 없단 말인가. 설마, 아닐 것이다. 개명된 나라가 아니냐. 쉬는 날도 있으리라. 그리고 명절 없는 나라가 어디 있으랴. 그때가 되면 이곳저곳 흩어진 조선 사람들도 모일 날이 있으리라.

네 명의 사내들은 각자의 아마카에 몸을 싣고 잠을 청했다. 피곤한 하루였지만 모두 쉬 잠들지 못했다. 뭐 별거 있겠어? 열여덟 살 먹었다는 수원 출신의 여드름쟁이 총각이 애써 무심한 척하며 낯선 잠자리에서 뒤척이는 모두를 위로했다. 농사가 다 거기서 거기지. 아무도 그 말에 대꾸하지 않았다. 한 소년은 고향에서 먹던 음식들의 이름을 떠올렸다. 지짐이, 국수, 김치, 고추장, 배추…… 음식은 어떤 환상보다도 강력하게 그를 사로잡았다. 또 한 청년은 고향에 두고 온 어린 신부를 생각했다. 너무 어려 보낼 수 없다는 처가의 고집을 꺾지 못했다. 그럼 사 년만 기다리라 말하고 떠나온 참이었다. 그러나 아무리 머리를 굴려봐도 신부의 볼이 발그레했다는 것 말고는 아무것도 기억나지 않았다. 돌아가면 과연 서로 알아볼 수나 있을까. 문득 걱정스러웠다. 그러나 곧 단잠에 빠져들었고, 조선인 노동자들의 파하촌에는 고요한 침묵이 흘렀다.

그런 지도 얼마 되지 않은 새벽 네시. 냄비 뚜껑을 두드리는 듯한 요란한 소리와 함께 농장 전체가 수런거리기 시작했다. 아마카에서 자던 조선인 중 몇은 그 소리에 놀라 허둥대다 공중에 매달린 아마카가 뒤집어지는 바람에 쿵, 바닥으로 떨어지고 말았다. 그 경황에도 벌써 신발을 꿰어신고 밖으로 나와 주변을 살피는 눈치 빠른 이도 있었다. 말을 탄 사람들이 가죽 채찍을 허공에 휘두르며 소리를 질러대고 있었다. 마야족들이 사는 파하 쪽에선 벌써 사람들이 연장을 들고 정렬해 있었다.

잠시 후, 외바퀴 수레를 끄는 사내가 조선인 파하 앞에 연장을 던져놓고 지나갔다. 에네켄 잎을 자르는 데 쓰는 마체테라 불리는 칼이었다. 여자와 아이 들은 파하에 남고 남자들은 굳은 얼굴로 마체테를 집어들었다. 긴장감이 감돌고 있었다. 새로운 일을 시작한다는 흥분과 낯선 곳으로 간다는 두려움이 사내들의 심장을 데웠다. 게다가 칼자루를 잡자 마치 전쟁터에라도 나가는 것 같은 기분이되어 아드레날린 분비가 서서히 늘어났다. 두 달 가까이 일이라고는 해보지 않았던 사내들은 내심 무슨 일이라도 해치울 수 있을 것 같은 기분이었고, 말이 통하지 않는 이곳의 멕시코인들에게 자신들이 얼마나 훌륭한 일꾼인지 보여주고 싶은 마음에 몸이 달았다.

이윽고 감독으로 보이는 남자가 말을 타고 나타나 횃불을 들고 사람들을 인솔하기 시작했다. 먼저 마야인들이 앞장을 서고 그뒤를 조선인들이 뒤따랐다. 발걸음은 경쾌했다. 마을의 개 몇 마리도 뒤를 따랐다. 사위는 아직 캄캄했다. 십 분쯤 걸어가자 기차를 타고 오면서 보았던 그 악마의 발톱 같은 에네켄 밭이 광대하게 펼쳐져 있었다. 곳곳에 횃불이 타오르는 가운데 마야인들이 일을 시작했다. 조선인들은 가만히 서서 그들이 일하는 모습을 지켜보았다. 마야인들은 마체테로 에네켄 잎의 밑단을 쳐 잘라내고 그것을 오십 개씩 모아 한 묶음으로 만들어 옆에 쌓았다. 그게 전부였다. 조선의 농부들은 금세 그것이 벼를 수확하는 일과 비슷하다는 것을 알았다. 마체테는 낫이었고 에네켄은 벼였다. 그렇게 생각하니 별로 어려운 일 같지 않았다. 힘을 모아 벼의 밑동을 잘라 낟가리를 만들어 쌓으면 되는 일이었다. 몇몇은 벌써 일을 시작하고 싶어 혀로 입술을 적시고 있었다. 마야인들의 짧은 시범이 끝나자 조선인들도 에네켄 밭으로 투입되었다. 기세 좋게 달려든 이정은 에네켄을 자르기 위해 왼손으로 줄기를 잡았다. 아얏, 날카로운 가시가 그의 손에 박혀 있었다. 붉은 피가 점점이 떨어져 마른땅을 적셨다. 이정뿐이 아니었다. 맨손으로 달려든 조선인들 거의 모두가 손에 상처를 입고 쩔쩔매고 있었다. 에네켄은 결코 녹록한 식물이 아니었다. 수천 년간 품종을 개량하여온 벼와는 달리 에네켄은 야생 그대로에 가까웠다. 이정은 다시 조심스레 왼손으로 에네켄을 잡고 오른손으로 마체테를 휘둘렀다. 한 번에 잘려나가지 않는 바람에 다시 왼팔이 에네켄 가시에 살짝 긁히고 말았다. 마지막으로 휘두른 마체테에 에네켄 잎이 잘렸지만 이번에는 그게 종아리를 스치며 다시 생채기를 내고 말았다. 아직 새벽이었지만 벌써 땀이 흐르고 있었다. 말을 탄 사내가 다가와 씩 웃으며 이정의 등짝을 발로 차며 말했다. 헤이, 찰레스. 이정은 무슨 말인지 알아듣지 못했지만 일을 더 빨리해야 한다는 말인 줄로 짐작했다. 그제야 이정과 조선인들은 프로그레소항에서 메리다로 오는 동안에 보았던 마야인들이 왜 그렇게 천천히 일을 하고 있었는지 알게 되었다. 에네켄의 날카롭고 뾰족한 가시 때문에 도저히 속도를 낼 수가 없었던 것이다.

온몸이 상처투성이가 된 채 땀을 삘삘 흘리며 마야인들을 따라 에네켄 잎을 잘라냈지만 시간은 여간해서 잘 가질 않았다. 모두들 말수가 적어졌다. 이윽고 한낮이 되자 에네켄보다 햇볕이 더 견디기 어려워졌다. 땀이 쏟아져 그들의 더러운 옷을 적셨다. 땀이 상처로 스며들어 고통이 배가되었다. 에네켄 밭에는 그늘이 없었다. 그런 점에서 하와이의 사탕수수 농장이나 캘리포니아의 오렌지 농장보다 훨씬 가혹하였다. 오후 네시가 되자 마야인들은 에네켄 묶음을 실은 무개차를 밀며 농장으로 되돌아갔다. 눈치 빠른 조선인들은 그제야 자신들의 작업량을 알게 되었다. 에네켄 삼십 단, 에네켄 잎 오십 장이 한 단이니까 그들이 하루 동안 잘라야 할 에네켄 잎은 최소한 천오백 장은 되어야 한다. 그러나 오후 네시까지 그들이 자른 에네켄 잎은 불과 오백 장밖에 되지 않았다. 감독들이 채찍을 들기 시작했고 땀이 흥건한 조선인들의 등짝으로 채찍이 날아들었다. 이정은 고개를 돌렸다. 말 위의 사내가 히죽거리며 웃고 있었다. 다시 채찍이 날아들었다. 이정만의 고통은 아니었다. 거의 모든 노동자가 채찍 세례를 받았다. 채찍 문화가 전혀 없던 조선인들에게 그것은 굴욕이기 이전에 놀라움이었다. 다시 말해 그것이 굴욕이라는 걸 알기까지 조금 시간이 걸렸다는 얘기다. 만약 얼굴에 침을 뱉었다면 그 자리에서 마체테를 휘둘렀을지도 몰랐다. 그러나 마소에게나 휘두르는 채찍을 사람에게 휘두를 때 어떻게 대응해야 하는지 아는 사람이 없었다.

해가 질 때까지도 그들의 작업은 계속되었다. 그날, 조선인들은 간신히 평균 칠백 장의 에네켄을 잘랐다. 그러나 그것을 제대로 묶지도 못했으며 한 묶음이 오십 장이 되어야 한다는 것을 알지 못해 제 맘대로 묶은 경우도 있어 마무리는 더 오래 걸렸다. 그들은 마야인들이 그랬던 것처럼 에네켄 단을 무개차에 싣고 레일을 따라 에네켄 창고까지 걸어갔다. 배가 고파 다리가 휘청거렸다. 작업이 늦게 끝나는 바람에 저녁시간을 놓친 것이었다.

창고 앞에는 회계원으로 보이는 사내가 앉아 그들이 가져온 에네켄 묶음을 검사했다. 그리고 검사를 마친 사람에게는 그 수에 따라 나무표찰을 주었다. 남자들은 그걸 가지고 농장 내 매점으로

가 먹을 것과 바꾸었다. 그들은 금세 알게 되었다. 이런 식으로 일하다가는 돈을 벌어 조선으로 돌아가기는커녕 이곳에서 굶어죽고 말 거라는 것을. 그나마 가족이 없는 남자들은 나았다. 가장들은 혼자 먹기에도 부족한 음식을 사가지고 가족들이 기다리는 파하로 돌아갔다. 아이들은 온몸에 상처가 난 아버지를 보고 울먹였다. 여자들은 낮에 길어다놓은 물에 남편이 가져온 옥수수 알갱이들을 불려 죽을 만들었다. 멀건 죽을 먹은 남자들은 아무 말 없이 아마카로 올라가 몸을 뉘었다. 너무도 피곤했지만 상처가 쓰라려 잠이 잘 오지 않았다. 에네켄 즙이 들어간 상처는 더 심하게 아팠다. 남자들은 아마카에서 내려와 가족들에게 말하지 않을 수 없었다. 이러다간 다 죽겠소. 아무래도 내일은 모두 다 농장으로 나가야겠소.

이정은 매점에서 사온 음식으로 배를 채우자마자 잠자리에 들었다. 애초에 마이어스는 장정에겐 하루에 35센타보, 큰 아이에겐 25센타보, 어린아이에겐 12센타보를 준다고 하였다. 그런데 매점에서 한 사람이 하루 동안 먹을 수 있는 식료품을 사는 데만 25센타보가 들었다. 그건 번 돈의 거의 대부분이 먹는 데 들어간다는 얘기였다. 누가 아프기라도 하여 매점에서 외상이라도 지게 된다면 영원히 농장에서 벗어나지 못할 수도 있었다. 아무리 바보라도 이것이 부당하다는 것은 금세 알 수 있었다. 몇 년 후, 멕시코혁명의 영웅 에밀리아노 사파타가 봉기한 것도 이런 구조적인 착취 때문이었다. 농장주들은 농민들을 사실상의 채무노예로 묶어두고 영원히 그들을 착취하고 있었다. 농장주들은 싼 임금을 준 후 농장 내 매점에서 시내보다 훨씬 비싼 값으로 음식과 물건을 팔아 다시 그것을 거둬들였다. 농민들이 결혼을 하면 주례를 서고 거액의 주례비까지 챙겼다. 가족이 병들어 치료비가 들거나 죽어 장례를 치르는 경우, 형사사건에 휘말려 돈이 필요해진 경우, 농민들은 농장주에게 돈을 빌리고 채무노예가 되었다.

정도의 차이는 있었지만 스물두 개의 농장에 분산 수용된 조선의 이민자들은 얼마 지나지 않아 자신들이 얼마나 불합리하고 부당한 시스템 속에 들어와 있는지를 깨닫게 되었다. 존 마이어스와 대륙식민회사에게 철저히 속은 것이었다. 자유롭게 일하며 많은 돈을 벌어 금의환향할 수 있다는 말은 사탕발림이었다. 원주민들을 농노화하며 몇백 년간 공고해진 이 아시엔다 시스템하에서, 동아시아의 어수룩한 이민자들에겐 어떤 희망도 없었다. 이것은 멕시코의 모든 약자들이 공히 겪고 있는 현실이었다. 조선인들은 그런 사정을 전혀 모른 채 통신과 교통이 거의 두절된 유카탄의 시골 농장에 처박혀 겁먹은 쥐처럼 눈동자를 굴리며 이 끔찍한 상황을 어떻게 헤쳐나갈 것인가를 절망적으로 생각하고 있었다.

31

이종도는 잠을 이루지 못했다. 그가 도착한 야스체 농장은 마야식 파하 대신 양철지붕과 속이 비고 푸석푸석한 얇은 벽돌로 지은 앙상한 공동주택에 이민자들을 수용했다. 짓기는 편하지만 낮이면 솥뚜껑처럼 뜨거웠다. 일어서면 키가 닿을 듯한 양철지붕 아래에서 그는 입술을 꾹 다문 채 며칠간 목도한 농장의 현실에서 어찌하면 벗어날 수 있을까 고민하였다. 농장의 일은 손이 고운 그로서는 도저히 할 수 없는 일이었다. 평생 책을 읽고 글을 쓰는 일밖에는 하지 않았던 그였다. 물론 그의 벗들 중에도 가문이 몰락하여 하는 수 없이 손에 흙을 묻히게 된 이들이 없지 않았으나 그렇다 해도 이런 무지막지한 일은 아니었다. 막판에 몰리자 조선 선비 특유의 강짜가 튀어나왔다. 첫날 모두가 어설프게나마 에네켄을 따기 시작했을 때 그는 입을 꾹 다물고 서서 아무 일도 하지 않았다. 양반 났구만, 양반 났어. 이민자들이 실쭉거리며 비웃었지만 그는 내리쬐는 햇살을 굳이 피하려 하지 않고 그대로 서서 고집을 부렸다. 야스체 농장에는 통역으로 권용준이 와 있었다. 그가 와서 물었다. 왜 일을 하지 않는 거요? 이종도는 입을 꾹 다문 채 대꾸하지 않았다. 권용준은 배에서부터 이종도를 잘 알고 있었다. 꼴에 양반이라고 양반 대우를 해달라는 게지? 심사가 뒤틀렸다. 권용준은 땀을 흘리는 이종도의 면전에 제 얼굴을 들이대고 다시 물었다. 일을 하기가 싫소? 이종도는 이번에도 대꾸하지 않았다. 말을 탄 감독들이 이종도 주변으로 몰려들었다. 이종도는 고개를 꼿꼿이 세우고 권용준에게 말했다. 이곳에도 지방관이나 장주가 있을 것이 아니오. 나를 그리로 데려다주시오. 권용준이 그 말을 듣고 씩 웃었다. 좋소, 갑시다. 영어와 스페인어를 반쯤 섞은 이상한 말로 권용준이 감독에게 이종도의 뜻을 전했다. 감독이 고개를 끄덕였고 두 사람은 마차를 타고 농장 입구의 대저택으로 향했다. 농장주를 대신하는 관리인이 저택의 그늘에 앉아 술을 마시고 있었다. 무슨 일이냐? 권용준이 잘 안 되는 스페인어로 더듬더듬 이종도의 말을 전했다. 조선에서 높은 사람, 일하기 싫어한다, 할말이 있다고 한다. 관리인이 뜨악한 표정을 지었다. 그리고 스페인어로 중얼거렸다. 일하기 싫다면서 도대체 왜 온 거야? 이종도가 나서서 말했다. 나는 대한제국의 황족이며 사대부요. 나는 여기 일하러 온 것이 아니라 황제를 대신하여 이민자들을 통솔하고 그들을 대표하기 위해 온 것이오. 멕시코의 황제를 만나 내 뜻을 전하고 대한의 황제께 내가 여기 있음을 알려주시오. 내 마땅한 글을 써주겠소. 그리고 현재의 거처는 나와 내 식구들이 머무르기에 마땅치 않으니 옮겨주시오.

권용준이 영어로 옮긴 말을 누군가가 스페인어로 다시 옮겨 관리인에게 전했다. 관리인은 약간 흥미를 보였다. 그리고 권용준에게 물었다. 저자의 말이 정말이냐? 권용준은 비굴하게 웃으며 말했다. 알 수 없지요. 그렇다니 그런 줄 알밖에요. 관리인은 이종도의 허름한 입성을 다시 한번 쳐다보고는 서랍 속에서 뭔가를 꺼내 이종도의 눈앞에다 흔들어댔다. 이것이 계약서라는 것이다. 너는 사 년간 여기서 일하는 조건으로 온 것이다. 관리인은 서류에 적힌 이름을 짚었다. 나는 존 마이어스에게 돈을 내고 너와 네 가족을 샀고, 따라서 너는 사 년 동안은 무슨 일이 있어도 여기서 에네켄을 따야 한다. 네가 계약을 어기면 나는 즉각 멕시코 경찰에 너를 고발할 것이다. 황제? 멕시코엔 황제가 없다. 그런 건 잊어버리고 돌아가 에네켄 잎이나 따는 것이 좋을 것이다. 관리인은 콧수염을 쓰다듬으며 제 앞에 놓인 테킬라를 홀짝였다.

권용준이 그의 말을 이종도에게 옮겼다. 예상하지 못했던 바는 아니었다. 먼지가 풀풀 날리는 농장으로 들어오면서 이미 그는 희망을 버리고 있었다. 그렇다고 저들과 함께 에네켄 밭에서 일을 할 수는 없었다. 자존심의 문제가 아니라 능력의 문제였다. 그는 에네켄 밭으로 가지 않고 숙소로 돌아갔다. 삼으로 엮은 자리에 누워 있던 부인 윤씨와 연수, 진우가 벌떡 일어나 그를 맞았다. 무슨 일입니까? 이종도는 입을 꾹 다문 채 책상다리를 하고 바닥에 앉아 책을 펼쳤다. 얘기하고 싶지 않다는 뜻이었다. 권용준이 고개를 디밀어 그들 가족을 일별하였다. 그러다 연수와 눈이 마주쳤다. 그는 입가를 치켜올리며 능글능글 웃었다. 몸살이 나 드러누워 있던 윤씨는 뒤따라온 통역을 보고서야 사건의 전말을 짐작하였다. 권용준은 농장주의 저택에서 있었던 일을 그녀에게 알려주었다. 그리고 경고를 덧붙였다. 만약 이렇게 계속 일하지 않으면 계약 위반이다. 참는 데에도 한계가 있다. 투자한 돈이 아깝기는 하겠지만 농장주는 너희들을 내쫓고 말 것이다. 그럼 말 한마디 못하는 너희 가족들은 어찌되겠느냐. 독수리밥밖에 더 되겠느냐. 같은 동포라서 해주는 말이지만 어서 정신을 차리라. 무슨 사연으로 배를 탔는지는 모르겠지만 여기는 당신들이 행세하던 대한이 아니라 멕시코다. 까딱하면 굶어죽기 십상이다.

권용준이 가버린 후, 윤씨는 이종도를 붙잡고 냉정하게 말했다. 무슨 방도를 내놓으셔야 할 것이 아니오. 벌써 이틀을 굶었소. 남편은 가타부타 말이 없었다. 연수는 자리에서 일어나 밖으로 나갔다. 남자들이 모두 일하러 가 아이들과 여자들만 남아 있었다. 수건을 두른 여자들이 멍하니 하늘만 쳐다보는 이연수를 쏘아보았다. 배에서도 그랬지만 이종도네만 외톨이였다. 아무도 말을 붙여오지 않았다. 그들이 일하지 않는다는 것도 이미 널리 알려져 혹시 옥수수라도 꾸러 올까 모두들 경계하고 있었다. 게다가 사내들은 아침저녁으로 얼핏얼핏 비치는 연수의 얼굴만 보고도 몸이 달아 어쩔 줄을 몰라하였고, 여자들은 자기 사내들의 그런 기미를 놓치지 않았다.

우울증으로 아무와도 말을 않던 진우가 몸을 일으켰다. 제가 일을 나가겠습니다. 윤씨는 아들의 말을 제지하였다. 그리고 다시 한

번 남편에게 청했다. 여보, 대한으로 돌아갑시다. 그게 낫겠소. 그
가 버럭 소리를 질렀다. 계약을 했다지 않아. 지금 와서 어떻게 돌
아간단 말이야. 그리고 그 천리만리 멀고먼 길을, 누가 기차와 배
를 태워준단 말이야, 우리 같은 무일푼에게! 윤씨는 숨이 막혔다.
누군가 목구멍으로 종이를 꾸역꾸역 욱여넣는 기분이었다. 길이
없었다. 그러나 어린 진우는 아비와 어미보다는 훨씬 현실적이었
다. 그리고 울증에서 벗어날 때면 조증이 찾아오곤 했는데, 지금이
바로 그때였다. 까짓 무슨 일이든 할 수 있을 것 같았고 부모들이
뭘 저렇게 심각하게 생각할까 싶었다. 일을 하든 무엇을 하든 살아
남아야 할 것이 아니냐. 그는 그렇게 생각했다. 그리고 그것 말고
는 아무리 봐도 살 길이 없어 보였다. 게다가 아무것도 할 줄 모르
고 움막에만 처박혀 있는 아버지도 못마땅했다. 이종도는 망해가
는 제 나라를 꼭 닮았던 것이다. 일하기를 싫어하고 게으르고 무책
임했다. 가족을 이 지경으로 몰아넣었으면 마땅히 그 책임을 져야
할 것이 아닌가.

다음날 아침 이종도는 일찍 깨어났지만 움직이지 않았다. 대신
진우가 마차를 타고 사람들과 함께 일터로 나갔다. 사람들이 흘깃
거렸지만 개의치 않았다. 윤씨는 동도 트지 않은 새벽에 막일을 하
러 나가는 아들의 등뒤에서 눈물을 찍어발랐다. 도대체 여기는 어
디란 말인가. 그러나 진우는 쾌활해 보였다. 저보다 나이가 많아
보이는 자들에게 모두 꾸벅 고개를 숙여 인사했고 특히 맨 앞자리

에 앉아 가는 권용준 옆에 바싹 붙어 자리를 잡았다.

에네켄 밭에서 일하지 않는 자는 통역인 권용준밖에 없었다. 배를 타고 오는 동안 익힌 어설픈 스페인어였지만 일터에서 사람들을 부리는 데는 그것만으로도 충분했다. 너도나도 그 앞에서는 알랑거렸다. 그는 며칠 만에 벌써 중간감독급의 대접을 받았다. 스페인 농장주도 통역인 권용준에게는 특별대우를 해주었다. 급료도 몇 배가 더 많았고 집도 벽돌로 지은 근사한 것이었다. 침대와 화장실이 따로 달려 바로 살림을 차려도 될 정도였다.

이진우는 그처럼 되고 싶었다. 어차피 농장마다 통역은 필요할 것이었다. 그 혼자 스물두 개 농장을 모두 돌아다니며 통역 노릇을 할 수는 없을 테니 조금만 배워두면 곧 다른 농장의 통역으로 가 그처럼 빈둥거리면서도 급료는 훨씬 더 많이 받을 수 있을 것이었다. 그는 권용준을 따라다니며 그가 쓰는 스페인어를 주워들으며 열심히 외웠다.

물론 일은 쉽지 않았다. 첫째날은 피가 흘렀고 둘째날은 진물이 배어났다. 일주일이 지나자 손바닥에 굳은살이 박였다. 집으로 돌아오기가 무섭게 쓰러져 그대로 잠드는 날이 계속되었다. 이종도는 여전히 꿈쩍도 하지 않고 제자리에 앉아 논어를 읽었다. 그들 사이에 대화가 사라졌다. 연수는 남동생의 팔과 다리에 조선에서 가져온 고약을 발라주었다. 힘들지? 진우는 고개를 저었다. 눈빛이 어둡게 빛났다. 그렇지만은 않아, 재미도 있다고. 나도 통역

이 될 테야. 그래서 다른 농장으로 갈 거야. 통역? 응, 권씨에게서
배우고 있어. 우선은 수를 익혀야 해. 우노, 도체, 트레스, 캬트르.
그가 손을 꼽으며 스페인어로 숫자를 외워나갔다. 잘 가르쳐주니?
그녀가 동생의 어깨를 토닥였다. 성현께서도 배움에는 부끄러움
이 없다고 하셨잖아. 그녀는 동생의 배움이 순탄치 않다는 인상을
받는다. 통역의 권세는 말에서 나오는데 누가 그것을 거저 가르쳐
주겠는가.

　토요일이 되자 이진우는 나무표찰을 모아 회계원에게 제출하고
돈을 받았다. 그걸 가지고 매점으로 가 일주일간 먹을 음식을 샀
다. 네 식구가 먹기엔 턱없이 부족했다. 굶다시피 하는 날들이 계
속되었다. 그럼에도 이종도는 꿈쩍도 하지 않았다. 그러면서도 밥
은 가장 먼저, 많이 먹었다. 마치 그것이 자신의 숭고한 의무라도
되는 것처럼 그는 식사 때마다 흙바닥일지언정 가장 좋은 자리에
앉아 가장 먼저 밥숟가락을 들었다. 아들에게는 고생한다는 말 한
마디 하지 않았고, 아내와 딸에게도 미안하다는 말은 하지 않았
다. 가부장 하나 때문에 온 가족이 몰살당하는 일이 다반사인 왕조
의 후손이었다. 그로서는 어쩌면 사약을 받는 게 마음 편했을 것이
다. 그 어떤 유배와 귀양도 이보다 잔인하지는 않았다. 설령 가장
은 절해고도로 내쫓긴다 해도 식솔들은 종친과 노복이 있는 고향
에서 왕의 사면을 기다릴 수 있었다. 그러나 이곳에선 사대부로서
의 최소한의 존엄도 지킬 수가 없었다. 조선조에서 사대부가 이렇

게까지 내몰리기는 쉽지 않았다. 이 모든 것이 온전히 쓸데없이 비관적으로 상황을 판단했던 이종도 자신의 잘못이며 누구와도 책임을 나눌 수 없다는 데에 그의 비극이 있었다. 필담도 안 될 줄이야. 그가 한때 다녀온 베이징에서 그랬던 것처럼, 서로 말은 통하지 않더라도 위대한 문자인 한자를 쓰면 뜻이야 통하리라 생각했던 것이다. 자신의 오판을 뼛속 깊이 후회하면서도 그는 가장으로서의 권위는 이럴 때일수록 더 굳게 지켜내리라 결심했다. 그것은 권리가 아니라 의무였다. 비굴함을 가르칠 수는 없었다. 사대부는 그래서는 안 되는 것이다. 가장이 함부로 고개를 숙인다면, 가족이 잘못했을 때 누가 그들을 용서할 수 있단 말인가. 이종도는 멀건 옥수수죽을 천천히 마시고 아들에게 말했다.

밭을 갈고 쟁기를 끄는 것은 부끄럽지 않다. 그러나 역관에게 빌붙어 오랑캐 말을 배워 뭘 어쩌자는 것이냐. 어조가 준엄했다. 진우는 지지를 바라는 듯 어미와 누이의 눈을 한 번씩 쳐다본 후에 아비에게 답했다. 변성기가 채 지나지 않은 그의 목소리가 바르르 떨렸다. 그럼 어쩌자는 것입니까, 아버지. 그는 피투성이가 된 손과 팔을 제 아비에게 내보였다. 보십시오. 단 사흘 만에 백성들의 손과 발이 모두 이렇게 되었습니다. 그들이 아둔해서가 아니라 어찌할 도리가 없기 때문입니다. 배워야 합니다. 오랑캐의 것이라도 배우고 익혀야 살아남을 수 있습니다.

모두들 이종도가 발끈하며 벼락같이 화를 내리라 생각했다. 그러나 의외로 그는 천천히 잦아들고 있었다. 한참 달아오른 솥뚜껑을 열면 펄펄 끓어오르던 거품이 가라앉듯 그라는 존재의 모든 것이, 눈꺼풀이, 어깨가, 쭈글쭈글한 뺨이, 허리가, 아니 몸 전체가 갑자기 중력의 작용에 굴복하여 땅으로 꺼져드는 것 같았다. 그는 눈을 감았다. 그리고 돌아앉았다. 그리고 아들을 불렀다. 진우야. 불운한 왕조의 후손은 아비의 말에 귀를 쫑긋 세웠다. 네 말이 옳을지도 모르겠다. 나는 이제 아무것도 모르겠다. 아아, 정말 모르겠다. 가족들은 모두가 말이 없었다. 아비를 위로하는 법을 배운 적이 없는 아들과 딸은 밖으로 나가 담벼락에 기대어 앉았다. 그리고 아무 말이 없었다. 이진우는 갑자기 무너져버린 아버지가 부담스러웠다. 모두 넘겨주겠다는 건가. 여기에서? 열네 살이면 급료도 어른의 절반밖에 안 되는데, 그런 자신에게 가족 모두를 떠맡으라는 건 무리 아닌가.

진우야. 누이가 말했다. 너무 걱정하지 마. 사람이 어떻게 이렇게만 살겠니. 수가 있을 거야. 다시 울증으로 빠져들려는 남동생의 옆모습에서 문득 연수는 헤어진 이정을 떠올렸다. 그도 남동생처럼 온 힘을 다해 버티고 있겠지. 손과 발에 생채기를 내면서 에네켄을 따고 묶고 나르고 밤이면 쓰러져 잠이 들고. 아, 나의 생각은 하고 있을까. 제 젖가슴을 부여잡던 그의 뜨거운 손길이 그리워 연수는 부르르 몸을 떨었다. 남동생은 눈을 감고 몸을 떠는 누이의 어깨를 토닥였다. 알겠어. 어서 이 나라 말을 배워, 우선 먹고사는 일부터 해결해야겠어. 그리고 나 그렇게 힘들지 않아. 차라리 배 타고 오는 동안이 더 괴로웠어. 내가 아무 쓸모 없는 놈인 것만 같고, 앞날은 두렵고. 내가 갑판으로 올라가지 않은 건, 나도 모르게 바다에 그만 몸이라도 던질까 두려웠기 때문이야. 그때에 비하면 훨씬 좋아. 무슨 짓이라도 해치울 수 있을 것 같은 기분이야.

남매는 집으로 들어가 제 어미를 사이에 두고 바닥에서 잠이 들었다. 이 농장에선 미처 아마카가 지급되지 않았다. 그러나 잠은 달았다. 무더운 공기와 지독한 모기에도 아랑곳하지 않고 피곤에 전 육체들은 깊이 잠들었다. 새벽 네시가 되자 요란한 종소리가 울렸다. 두런두런 사내들이 일어나 밖으로 나가는 소리가 들렸다. 여자들의 소리도 들렸다. 에네켄 밭으로 함께 나가는 여자들이 생긴 것이다. 여자도 돈을 받을 수 있다는 걸 안 이상 집에 가만히 있을 이유가 없었다. 보수적인 남자들도 현실 앞에서는 어쩔 수가 없었다. 여자들이 일을 하지 않으면 도저히 이 농장을 벗어날 계산이 나오지 않았다. 남자들이 버는 돈만 가지고는 매점에서 식료품을 사기에도 벅찼다. 아직 일에 익숙하지 않은 조선인들은 새벽 네시부터 저녁 일곱시까지 일해도 마야인들의 절반도 해내질 못했다. 그러니 받기로 한 급료의 절반도 채 못 받는 셈이었다. 여자들은 아이를 포대기에 싸 들쳐업고 일터로 향했다. 에네켄과 에네켄 사이에 담요를 펼쳐널고 그 아래 그늘에 아이를 뉘었다. 땀띠와 개미 때문에 아이들은 연신 울부짖다 그도 지쳐야 겨우 잠이 들었다.

여자들은 일터에 나왔다 돌아가면 밥을 짓고 아이들을 돌보고 떨어진 옷과 신발을 기웠다. 남자들의 정강이가 에네켄 가시에 긁히지 않도록 각반을 만들고 장갑도 만들어 손이 가시에 찔리지 않도록 하였다. 보조기구가 생기면서 일의 능률은 한결 올라갔다.

진우는 권용준과 점점 더 가까워졌다. 양반가의 자제가 붙임성 있게 다가와 싹싹하게 굴자 용준도 싫지만은 않았다. 그는 선심 쓰듯 이진우에게 스페인어 단어 몇 개를 가르쳐주었다. 진우는 땀을 뻘뻘 흘리면서도 그가 가르쳐주는 단어를 입을 달싹거리며 외웠다. 부에노스 디아스, 부에나스 노체스, 아스타 루에고 같은 인사말은 오며 가며 농장 감독들이 주고받을 때마다 귀동냥으로 들어 외웠다.

어느 날 용준은 일을 마치고 집으로 돌아가려는 진우를 자기 집으로 데리고 갔다. 테킬라를 잔에다 따라 권했다. 진우는 그가 주는 대로 홀짝거리며 독한 테킬라를 마셨다. 용준은 몇 마디의 스페인어를 더 가르쳐주었다. 술에 취하자 영어로도 말했다. 진우는 황홀한 눈길로 바라보았다. 정말 그렇게 되고 싶었다. 그가 되고 싶은 것은 정승판서가 아닌 바로 통역 권용준이었다. 그의 강퍅하고 모난 성품을 모르는 바 아니었다. 쥐꼬리만한 권력으로 사람들을 깔보고 비열하게 이용하는 그 악덕도 잘 알고 있었다. 그러나 그런만큼 더욱 강렬히 그가 되고 싶었다. 용준은 진우의 눈빛에서 어린 사내들 특유의 불안한 매혹을 읽었다. 그들은 아주 쉽게 저보다 나이 많은 사내들에게 혼을 빼앗긴다. 그들의 힘과 여유, 허세에 홀딱 넘어가 한동안 정신을 못 차리고 자발적으로, 기꺼이 복종하는 것이다. 그는 잔에 남은 술을 들이켰다.

내가 왜 이 멕시코 촌구석까지 왔는지 아니? 진우는 호기심에 찬 눈길로 그를 바라본다. 그는 아버지와 형의 죽음, 기생집에서의 방탕한 생활을 멋지게 읊조린다. 가족을 잃은 슬픔과 화려한 타락의 기억이 어린 사내를 더욱 세차게 후려친다. 진우는 우선 세상이 자신이 아는 것보다 훨씬 잔혹하다는 사실에 놀라 휘청거린다. 그런 연후엔 그 모든 것을 대수롭지 않은 듯 담담하게 말하는 그가 새삼 대단하게 느껴진다. 빈 위장에서 확확 타오르는 테킬라 기운인지도 몰랐다. 그는 거짓말과 허세를 섞어 자신의 인생 역정을 더더욱 화려하게 펼쳐 보인다. 꿈을 꾸듯 과거를 읊조리던 그가 문득 쓸쓸한 낯빛으로 이진우를 바라본다. 모든 것을 겪은 듯한 남자의 짐짓 외로워 보이는 모습에, 그 현란한 낙차에 어린 진우는 결정적으로 마음을 빼앗긴다. 바로 그때 용준은 뱃속 깊이 숨겨두었던 욕망을 아주 조심스럽게 드러낸다.

팔도에 안 품어본 기생이 없지만, 네 누이만한 여자는 못 봤다. 그러면서 용준은 진우의 얼굴을 슬쩍 살폈다. 어린 사내의 낯빛이 살짝 어두워졌다. 그러나 노골적으로 불쾌한 표정을 드러내지는 않았다. 아니, 그가 자신을 믿어준다는 생각에 오히려 조금 기쁘기까지 하였다. 한번 만나게 해다오. 그가 주머니에서 페소화를 꺼내 보였다. 그러곤 5페소를 건네주었다. 그 돈이면 며칠째 지겹도록 먹어온 멀건 옥수수죽을 더는 먹지 않아도 되었다. 양배추라도 사서 고추에 버무려 김치 비슷한 것을 만들어 먹을 수도 있었다. 무엇보다 그 돈은 진우가 이십 일은 쉬지 않고 일해야 벌 수 있는 돈이었다. 난생처음 돈의 위력을 발견한 열네 살의 소년은 심하게 흔들렸다. 굳이 대가를 언급한 것은 아니지만 그의 의도는 분명한 것이었다. 아, 안 돼. 이건 말도 안 되는 일이야. 그는 눈을 감았다. 아니야, 누나라면 이해해줄 수도 있지 않을까. 가족을 위해 그만한 희생도 못 한단 말인가. 나는 무능한 아비와 가족을 위해 새벽부터 밤까지 가시에 찔려가며 에네켄 잎을 따는데, 누이는 모두가 잠든 오밤중에 잠깐 들르기만 하면 되는 것이다. 그가 꼭 누이를 어찌하겠다는 것이 아니지 않은가. 어쩌면 누이와 이야기만 하려는 것일지도 모른다. 그리고 그게 꼭 희생이 아닐 수도 있지 않을까? 말이 안 된다는 것을 뻔히 알면서도 진우의 생각은 멈추지 않았다. 5페소 때문이었다. 조선의 여인들은 병든 아비를 위해 허벅지살을 베어 먹이고 과거 보러 가는 자식을 위해 머리를 끊어 팔라고 배우지 않았는가. 그것보다는 쉬운 일이 아니냐. 아아, 아니다. 그건 사람으로서 할 짓이 아니다. 누이를 팔다니. 짐승만도 못한 짓이다. 그리고 누이가 아버지나 어머니에게 이 일을 고한다면 나는 죽음을 면치 못하리라. 하지만 과연 그렇게 할까? 내가 아버지의 손에 맞아 죽을 것을 뻔히 알면서 누이가 과연 그렇게 할까. 그저 나를 크

142

게 꾸짖고, 거기에서 끝내지 않겠는가.

그의 마음속 갈등을 손바닥 들여다보듯 훤히 들여다보던 용준이 주머니에서 5페소 지폐를 더 꺼내 얹었다. 열네 살 소년은 마지막 남은 테킬라를 벌컥 들이켰다. 그리고 10페소를 받아 주머니에 넣었다. 그렇게 새로운 계약은 성립되었다. 비틀거리며 용준의 집을 나온 그는 농장의 매점으로 달려가 양배추와 소고기 한 덩이, 토르티야, 고춧가루를 사서 집으로 걸어갔다. 집을 몇 발짝 앞두고 멈추어서서 자신이 지금 무슨 일을 저질렀는지 반추해보았다. 이미 엎질러진 물이었다. 그는 집으로 들어가 가지고 온 것을 풀어놓았다. 그가 올 때까지 굶고 있던 가족들의 얼굴이 환하게 밝아졌다. 심지어 이종도까지도 그랬다. 누이는 쪼그려앉아 불을 지피고 물을 끓였다. 엉덩이가 제법 컸다. 전에는 보이지 않던 것들이 보였다. 부채질을 하는 팔과 겨드랑이 사이로 누이의 젖무덤이 슬쩍슬쩍 드러났다. 눈을 감으며 한숨을 내뱉자 어머니가 그의 등을 살짝 때렸다. 그는 지레 놀라 뒤로 돌았다. 술을 마셨구나. 윤씨가 눈을 흘겼다. 어머니, 저는 더 큰 죄를 지었어요. 하지만 어쩔 수 없었어요. 누이만 희생하면 우리 모두 편안할 수 있어요. 어머니라도 그렇게 하셨을 거예요. 그는 다시 집밖으로 나와 하늘을 보았다. 한 점 일그러짐 없는 밝고 환한 보름달이 그를 노려보고 있었다.

32

5800톤급 순양함 드미트리 돈스코이호는 1883년 러시아의 상 트페테르부르크 조선소에서 건조되었다. 타타르족을 격파하고 몽 골 치하에서 러시아를 해방시킨 전설적인 왕의 이름을 따 명명되 었다. 명성에 걸맞게 이 순양함은 당대 최강의 전력을 탑재하고 발 틱해를 누볐다. 그로부터 이십이 년이 지난 1905년 5월 27일, 발 틱함대의 일원으로 동해에서 일본 해군과 조우한 이 배는 집중포 화를 견디지 못하고 울릉도 방면으로 패주하였다. 함장 레베데프 는 1905년 5월 29일, 승무원들을 구명정에 태워 울릉도에 상륙시 키고 배는 침몰시키기로 결정하였다. 일등 항해사는 함장을 대신 하여 청년 장교들과 함께 돈스코이호에 남아 운명을 같이했다. 승 무원 삼백오십 명은 울릉도에서 포로가 되었으나 영웅적 행위를 높이 산 일본 해군으로부터 정중한 대우를 받았다.

발틱함대의 최후였다.

33

같은 날, 지구 반대편에선 고향 앞바다에서 벌어진 일을 전혀 알지 못하는 울릉도 출신의 한 어부가 운명을 건 결단을 앞두고 고민하고 있었다. 총을 든 경비원들이 달려올 텐데, 정말 맨주먹으로 괜찮을까? 얼굴에 잔주름이 자글자글한 노총각 최춘택이 손을 비비며 퇴역군인들의 눈치를 살폈다. 바닷바람 때문에 피부는 거무튀튀하게 그을렸고 두툼한 손은 억세고 단단했다. 서른셋의 나이였지만 쉰은 되어 보였다.

왕년의 군인들은 벌써 구체적인 작전을 짜고 있었다. 밤중에 숙소들을 돌아다니며 결정된 사항을 전달하고 다음날 새벽 네시, 기상시간이 되면 남자들은 조장윤의 파하로 모인다. 여자와 아이들은 만일의 사태에 대비해 파하에 남아 있는다. 무장한 경비원이 다가오면 남자들은 돌멩이와 마체테로 맞선다. 이탈자는 엄중히 다룬다.

파업 전야. 남자들은 잠을 이루지 못했다. 최춘택은 포항의 어부들과 함께 모여 내일의 거사에 대해 이야기를 나누었다. 어쩔 수 없는 거야. 이대로는 다 죽는다고. 보름이 지나 어느 정도 일이 손에 익었는데도 하루에 35전밖에 못 버니 어느 세월에 저 꿈에 나올까 무서운 어저귀 밭에서 벗어나겠는가. 언제부터인가 그들은 에네켄을 어저귀라 부르고 있었다. 애니깽이라 부르는 사람도 있었다. 농장마다 사람마다, 제각각이었다.

어부들도 거품을 물기는 마찬가지였다. 이들이 배속된 첸체 농장엔 백 명이 넘는 조선인들이 있었다. 스물두 개의 농장 중에서 가장 많은 이민자들이 몰려 있었다. 그 때문에 농장주는 가장 건장한 남자들을 데려올 수 있었는데, 그것이 농장 쪽에는 양날의 칼이었다. 농장주는 그들 중 상당수가 대한제국의 군인들이며 따라서 이들이 언제라도 무력과 편제를 갖출 능력이 있다는 걸 모르고 있었다. 게다가 노동자를 많이 확보할 욕심에 한꺼번에 목돈을 지급한 농장주는 주머니에 현금이 없었다. 그런 주인의 사정을 헤아린 감독은 늘 하던 방식으로 문제를 해결하였다. 직영 매점의 식료품값을 올리고 애초에 약속한 급료를 깎았다. 처음엔 뭘 몰라 고분고분하던 조선인들도 열흘쯤 지나자 서서히 감독의 부당한 처사에 분노를 품기 시작했다. 밥을 굶고 일을 하란 말인가. 이러다간 유카탄 귀신이 된다고.

군인들은 배운 대로 농장측의 전력부터 탐색했다. 총을 들고 말을 탄 무장경비원이 다섯이었다. 농장주 아래로 총을 찬 감독이 한 명, 그 외에도 매점과 공장에 몇 명이 더 있었지만 이들은 비무장이었고, 충돌이 벌어지면 관망하거나 달아날 것이 확실했다. 결국 문제가 되는 것은 농장주와 여섯 명의 무장병력이었다. 이쯤이면 백 명이 넘는 이민자들로선 해볼 만한 싸움이었다. 경찰이나 군인만 오지 않는다면 말이다. 첸체 농장의 남자들은 파업을 결의했고 실천에 옮겼다.

다음날 아침 요란한 종소리가 울렸지만 남자들은 일터로 나가는 마차에 올라타지 않았다. 대신 조장윤의 집에 모여 냄비 뚜껑을 꽹과리 삼아 두들기며 기세를 올렸다. 여자들은 처음엔 파하에 머물러 있었지만 하나둘 남자들 무리에 합류하여 함께 소리를 쳤다. 조선에선 보기 힘든 광경이었으나 유카탄에선 자연스러웠다. 어느새 남녀의 유별과 내외는 사라지고 있었다. 누군가, 농장주의 집으로 가자, 고 외쳤다. 기세가 오른 이들은 모두 농장주의 저택으로 달려갔다. 소리는 점점 더 요란해졌다. 장총을 든 무장경비원이 말을 타고 주변에서 어슬렁거리자 한 어부가 돌을 던졌다. 군인들이 어부를 제지했다. 무장경비원은 가볍게 몸을 돌려 그 자리를 피했다. 마침내 농장주의 저택 앞에 이른 이민자들은 아예 그 자리에 주저앉아 목청을 높였다. 그러나 아무도 스페인어를 아는 사람이 없어 자신들의 요구사항을 올바로 전달할 수 없었다. 2층의 베란다에 농장주 돈 카를로스 메넴이 눈부신 순백색 셔츠를 입고 모습을 드러냈다. 무심한 얼굴로 아래를 내려다보던 그는 회계원을 불렀다. 지금 저놈들 통역이 어디 있지? 아마 야스체 농장에 있을 겁니다. 농장주는 쪽지에 뭔가를 휘갈겨썼다. 전보를 쳐서 이리로 보내라고 해.

권용준이 도착했을 때는 이미 해가 중천에 떠올라 있었다. 5월은 유카탄에서 가장 덥고 메마른, 끔찍한 달이었다. 그런데도 파업자들은 그 자리에 앉아 시간을 견디고 있었다. 용준이 나타나자 이들의 안색은 환하게 밝아졌다. 드디어 자신들의 생각을 대변할 사람이 온 것이었다. 용준은 피곤한 기색으로 마차에서 내려 조장윤과 김석철의 이야기를 들었다. 그들의 요구는 간단했다. 식료품값을 내려라. 채찍질을 하지 말아라. 우리는 마소가 아니다. 옥수수를 배급하라. 중구난방의 요구가 쏟아졌지만 결국 두 가지로 정리되었다. 사람 대접을 해달라. 그리고 옥수수와 토르티야 같은 주식은 농장주가 부담하라. 이런저런 요구들이 쏟아지는 동안 용준은 딴생각을 하고 있었다. 조장윤과 김석철, 이자들이 문제군. 언젠가 반드시 또 문제를 일으킬 것이다. 어느새 그는 농장주의 입장이 되어 자문자답하였다. 조선인들의 문제가 뭔지 알아? 게으르고 무능한 주제에 언제나 불평을 입에 달고 산다는 거야. 보라고. 그는 첸체 농장을 둘러보았다. 다른 농장에 비해 훨씬 좋은 환경이잖아? 담은 돌벽이고 길도 깨끗하게 구획되어 있고. 근데 뭐가 문제라는 거야? 제 힘만 믿고 설치는 무식한 자들. 그는 자신이 그들과 같은 족속이라는 데 수치를 느꼈다. 그들은 하나같이 더러운 옷에 이가 들끓는 머리를 하고 있었다. 아직까지 상투도 자르지 않은 저 몇 놈들을 보라지.

용준은 그들의 대표자라는 이들과 함께 농장주를 만나러 갔다. 돈 카를로스 메넴은 저택의 입구로 나와 권용준과 조장윤 등을 맞았다. 그리고 그들을 데리고 자기 집 안으로 들어갔다. 대문을 지나자 온갖 나무와 꽃으로 가득한 네모난 정원과 아름다운 주랑이 그들을 맞았다. 분수에서 뿜어져나오는 물줄기에 작은 무지개가 서렸다. 문 하나를 지나왔을 뿐인데 햇볕의 느낌이 완전히 달랐다. 밖에서는 사람의 살갗을 구워버리는 듯했는데 분수와 나무 위

에 떨어지는 볕은 따사롭고 풍성한 느낌을 주었다. 처음부터 의도
했던 것은 아니었지만 파업자들의 대표를 자신의 집으로 끌고 들
어간 것은 꽤 성공적인 처신이었다. 스페인풍의 건물 내부에 처
음 들어와본 조장윤 등은 겉모습보다 훨씬 웅장하고 화려한 저택
의 위용에 일단 압도되었다. 라틴아메리카 특유의 건축양식에 따
라 지어진 이 건물은 높은 담장으로 둘러싸여 밖에서는 안을 들여
다볼 수 없게 되어 있었다. 담장 안은 쾌적한 정원을 중심으로 주
랑과 방이 ㅁ자를 이루며 서로 마주보고 있었다. 주랑을 지나 계속
걸어가면 아치를 지나 별채로 이어졌다. 그래서 라틴아메리카의
저택들은 대체로 밖에서 보는 것보다 내부가 훨씬 넓었다.

　메넴은 주랑에 놓인 마호가니 의자에 앉아 쿠바산 시가 몬테크
리스토를 입에 물었다. 그래, 요구하는 게 뭐지? 권용준이 그들의
요구를 전달하였다. 메넴은 시가에 불을 붙여 한 모금을 빨고 연
기를 공중으로 뿜었다. 연기는 순식간에 흩어졌다. 고작 그건가?
메넴은 앞에 사람들이 와 있다는 걸 잊어버린 사람처럼 책상 위의
종이에다 뭔가를 끄적였다. 글자라고는 할 수 없는 일종의 낙서였
다. 한참을 그러다가 그는 종이를 구기고 자리에서 일어났다. 그리
고 말했다. 너희들을 데려오느라 돈을 많이 썼다. 하지만 나는 인
색한 주인이라는 소리는 듣고 싶지 않다. 곁에 서 있던 감독이 메
넴에게 귓속말을 했다. 메넴은 인상을 찌푸리며 고개를 저었다. 그
럴 필요 없어. 옥수수와 토르티야는 무상으로 나누어준다. 대신,

일하지 않고 나태한 자, 계약을 어기고 탈출하여 내게 손해를 입힌 자는 처벌을 받을 것이다. 어떤가?

조장윤과 동료들은 용준이 전해주는 말을 듣고 귀를 의심했다. 옥수수만 거저여도 살림에는 꽤 여유가 생길 것이었다. 그렇게만 된다면 굳이 다른 물건값을 내릴 필요도 없었다. 메넴은 일어나 새 장 문을 열고 작은 중국산 자기 접시에 물을 부어주었다. 앵무새가 꺽꺽거리며 주인을 반겼다. 조장윤은 동의했다. 그리고 즉시 일터로 가겠노라고 약속했다. 그들이 나가자 메넴은 감독을 불러 주식을 매주 한 번씩 나누어주라고 말했다. 감독이 그건 너무 자비로운 처사라고 점잖게 항의했다. 메넴은 꺼진 시가에 다시 불을 붙였다. 소출을 늘려야지. 그리고 언제 한번 본때를 보여주면 돼. 어차피 사 년은 같이 살아야 할 놈들이고.

메넴의 아버지는 스페인과의 접경지대인 프랑스 남서부 바스크 출신의 건달이었다. 젊은 날을 별다른 일 없이 떠돌며 새로운 여자와 살림을 차리는 재미로 살던 그는 나폴레옹 3세 치하의 프랑스에서 군인이 되었다. 그를 사랑한 귀부인들의 후원에 힘입어 그는 어렵지 않게 장교로 임용되었다. 나폴레옹 군대의 장교가 된다는 건 꽤 멋진 일이었다. 장교들은 부임지의 유력자들과 교제할 일이 많았고 당연히 사랑의 기회도 민간인보다 많았다.

나폴레옹 3세는 삼촌 나폴레옹 1세의 영광을 재현하고자 나름대로 꽤 애를 써왔는데 특히 군사적인 부분에서 뚜렷한 업적을 남기고 싶어했다. 그 결과 나폴레옹 3세의 군대는 편히 쉴 틈이 없었다. 메넴의 아버지인 조르주도 마찬가지였다. 그는 황제의 명을 받들어 이탈리아령인 니스와 사부아로 진격했다. 아름다운 해안과 절벽으로 이어진 멋진 고장이었다. 이탈리아적 우아함으로 고양된 미인들도 많았다. 그는 특히 니스를 사랑했다. 거기에서 첫번째 아내를 얻었다. 열여섯 살짜리 수다쟁이 여자였지만 두둑한 지참금으로 그를 행복하게 만들었다. 그의 장인이 방스 일대의 장원에서 벌어들인 돈을 쓰고 노느라 한동안은 구름 위를 걷는 듯한 세월이었다. 하지만 어이없게도 그의 어린 아내는 하녀와 함께 해안가를 산책하다가 그만 미친개에 물려 열흘 만에 세상을 떠나고 말았다. 꼭 나쁜 일이라고는 할 수 없었지만 어쨌거나 유쾌한 일은 아니었다. 더 나쁜 소식은 나폴레옹 3세가 오지랖 넓게도 신대륙에서 벌어진 여러 가지 문제에 참견하기 시작했다는 것이었다. 남북전쟁이 일어나자 나폴레옹 3세는 남부를 지원하며 링컨과 북부에 맞섰다. 그의 기질에는 남부의 목화농장과 같은 봉건적 시스템이 잘 맞았다. 노예해방이니 뭐니 하면서 내심 강한 미국, 유럽의 제국들과 어깨를 나란히 하는 강대국을 꿈꾸는 변호사 출신의 비쩍 마른 대통령은 영 밥맛이었다.

멕시코에서도 또 한 명의 변호사가 그의 신경을 건드리고 있었다. 사포테카 인디오 출신의, 나폴레옹 3세가 보기엔 출신부터가 미천하기 이를 데 없는 베니토 후아레스는 오지 중의 오지라 할 수 있는 오악사카주에서 자라나 프란치스코 수도회의 신부에게 교육을 받았지만 법무부장관이 되자마자 교회가 소유한 광대한 유휴지를 몰수하는 일에 착수하였다. 귀족의 특권이었던 특별재판소를 폐지했고 새로운 민법을 제정해 모든 시민에게 공평하게 그 법을 적용하였다. 보수파들의 잠자리가 편할 리 없었다. 교회와 지주, 귀족은 총단결하였다. 결과는 내전이었다. 삼 년이나 후아레스를 반대하는 내전을 벌여온 보수파들은 패배가 확실해지자 대서양을 건너 나폴레옹 3세에게 도움을 청했다. 마침 인도차이나 정복으로 기분이 들떠 있던 황제는 퀘벡과 멕시코를 프랑스화하여 링컨의 미국을 샌드위치처럼 압박한다는 생각에 기분이 좋아졌다. 그러지 않아도 스페인 출신의 아내 에우헤니아가 입만 열면 신대륙에 라틴제국을 건설하자며 황제를 꼬드겨온 참이었다. 그런데 멕시코의 보수파들이 제 발로 찾아와준다니 굴러들어온 복이 따로 없었다. 그는 자신의 대리자로 막시밀리안 대공을 지명했다. 멕시코의 귀족들은 부리나케 그가 있는 미라마레성으로 달려갔다. 그리고 멕시코의 황제가 되어달라고 애원했다. 잘생겼지만 우유부단하고, 정치적 야심은 있으나 능력은 부족한 이 젊은 청년은 나폴레옹 3세의 군대, 그리고 아내 샤를로테와 함께 대서양을 건너 멕시코 베라크루스항에 상륙했다. 메넴의 아버지 조르주도 그 배에 함께 타고 있었다.

베라크루스항의 환영행사는 볼 만한 것이었다. 그러나 해발

2240미터의 멕시코시티로 올라가는 길은 험준하고 가팔랐다. 바퀴에 금도금을 한, 우스꽝스럽도록 크고 화려한 왕실 전용 마차는 멕시코의 시골길에 어울리지 않았다. 마차는 툭하면 진흙탕에 빠지고 바퀴가 부러졌다. 심지어 전복되는 사고까지 잇따랐다.

모두에게 사랑받고 싶었던 이 잘생긴 황제는 수도에 도착하자마자 누가 자기를 초청했는지를 잊어버렸다. 정확히 말하자면 보수파가 국민들에게 별 인기가 없다는 걸 깨달은 것이다. 그는 돌연 후아레스의 자유주의 정책을 지지한다고 발표하였다. 기껏 유럽에서 데려왔더니 헛소리를 해? 뒤통수를 맞은 보수층의 분노가 하늘을 찔렀다. 그렇다고 후아레스가 좋아한 것도 아니었다. 그는 코웃음을 치며 그렇게 민주주의가 하고 싶거든 유럽에 돌아가서 하시라고 비아냥거렸다. 나폴레옹 3세의 꼭두각시 막시밀리안은 끝까지 우왕좌왕하다가 프랑스 주둔군 총사령관인 아쉴 바젠의 협박에 못 이겨 무기 소지자는 모두 사형에 처한다는 끔찍한 법률에 서명하였다. 그가 판 것은 자기 무덤이었다.

메넴의 아버지 조르주에게도 지긋지긋한 나날이었다. 멕시코의 농민 게릴라들은 곳곳에서 출몰하여 프랑스군을 공격하였다. 후아레스를 지지하는 이 신출귀몰한 게릴라들 때문에 프랑스군 사상자가 이미 수천에 달했다. 알프스 서쪽에서 실어온 육중한 대포는 이런 게릴라전에선 아무 소용이 없었다. 연애고 사랑이고 간에 오직 살아남는 것이 조르주의 목표였다. 전투는 힘들었지만 좋은 점도 있었다. 조르주는 멕시코라는 신생 국가가 자신 같은 백인들이 지내기에 썩 괜찮은 곳이라는 사실을 점점 깨달아가고 있었다. 무지한 인디오들을 노예처럼 부리며 살 수 있었고 땅은 사방에 널려 있었다. 멕시코는 라틴계 이민자를 환영하고 있었으므로 잘만 정착하면 거대한 농장에서 성 같은 집을 짓고 수천의 인디오 노예를 부리며 왕족처럼 살 수 있을 것이었다. 프랑스로 돌아가봐야 직업군인으로 평생을 마치는 것밖엔 달리 길이 없었다. 게다가 나폴레옹 3세의 운도 다해가고 있었다. 망해가는 나라의 군인은 목숨이 열 개라도 부족한 법이다. 비록 멕시코에 있었지만 조르주는 비스마르크가 독일을 통일하고 서쪽으로 슬슬 손을 뻗치고 있는 유럽의 정세를 신문을 통해 훤히 들여다보고 있었다. 마침내 프랑스 내 반전여론에 지친 나폴레옹 3세가 철군을 결심하였다. 그의 꼭두각시 막시밀리안 황제의 종말이 다가오고 있었다.

베라크루스항으로 터덜터덜 퇴각하고 있던 자신의 연대원들을 앞에 두고 조르주는 일장 연설을 했다. 지금은 물러나지만 이것은 우리의 잘못이 아니라 막시밀리안과 멕시코 귀족들의 무능 때문이다. 나폴레옹 황제께서는 신대륙을 잊지 않을 것이다. 퀘벡에서 파나마까지 삼색기가 나부낄 날이 반드시 올 것이다. 제군들, 우리는 패자가 아니다. 어깨를 펴고 당당히 돌아가자.

연설이 끝나자 우레와 같은 박수가 터져나왔다. 군인 같지도 않은 농민군에게 패배하면서 사기가 꺾여 있던 병사들은 조르주 대령의 열정적인 연설에 깊은 감동을 받았다. 몇몇은 흥분하여 〈라마르세예즈〉를 합창하기도 하였다. 그날 밤, 조르주는 연대 본부에 보관하고 있던 금괴를 태연하게 자기 말에 옮겨싣고 유유히 부대를 떠났다. 멕시코의 특권층 사제들이 군자금으로 프랑스에 헌납한 금괴였기에 별다른 죄의식도 없었다. 성호를 그으며 짧은 기도를 올렸다. 주여, 금은 사람을 죽이는 데 쓰기에는 너무도 값진 금속입니다. 기도를 끝내고 무릎에 묻은 먼지를 털어내며 그는 스스로에게 변명했다. 멕시코의 도둑들은 한몫 잡을 때마다 성모께 감사한다지 않는가. 신대륙에선 모든 게 뒤죽박죽이라니까. 그는 미리 계획한 대로 군복을 벗어 파묻고 멕시코인으로 변장하였다. 판초와 챙이 넓은 모자를 쓰고 다시 멕시코시티로 돌아와 유카탄으로 가는 기차를 탔다. 이름도 스페인식으로 바꾸었다. 돈 카를로스 조르지오. 그럴듯한 이름으로 메리다에 집을 산 후, 스페인인의 피가 16분의 1 섞인 메스티소 여자와 결혼하여 아들을 낳았다. 그가 바로 메넴이었다.

그가 처음 손을 댄 것은 치클 사업이었다. 껌의 원료인 치클은 유카탄의 특산물이었다. 하루종일 치클을 질겅거리며 다니던 그는 예순번째 생일을 하루 남기고 치클나무에서 날아온 독화살에 맞아 절명하였다. 그의 처사에 불만을 품은 마야인의 짓이었다. 입이 마비되어가는 중에도 그는 아들을 불러 유언을 남겼다. 유언은 크게 두 가지였다. 에네켄 아시엔다를 포기하지 말라는 것, 그리고 자기를 미친개에게 물려 죽은 니스의 전처 곁에 묻어달라는 것이었다. 니스 대성당의 부속 묘지였다. 첫번째 유언은 비교적 쉬운 것이었다. 팔고 싶어도 팔 수 없는 상황이었으니까. 그러나 그를 니스에 묻어달라는 유언은 곤란했다. 니스 주민이 아니면 시내에 무덤 자리를 내주지 않았다. 게다가 이미 부패하기 시작한 시체를 배에 실어 대서양과 지중해를 지나 니스까지 보낸다는 건 말도 안 되는 일이었다. 빌어먹을 늙은이, 끝까지 골탕을 먹이는군. 농장은 어쩌고 니스까지 가서 기껏 삽질이나 하다 오라고? 그는 두번째 유언은 깨끗이 무시했다.

살인범을 찾는 일도 포기했다. 대신 마야 인디오들을 거의 다 내쫓아버렸다. 그리고 메리다에 새로 도착한 조선인들을 새로 고용했다. 사 년 계약에, 값도 마야 인디오들보다 훨씬 쌌다. 그리고 서로간에 묵은 원한도 없어 반란이나 폭동은 걱정하지 않아도 될 거라 생각했다. 그렇지만 막상 경험해보니 듣던 바와는 달리 눈초리가 매섭고 반항적이었다. 덩치도 마야인들보다 훨씬 컸다. 그는 순순히 타협하기로 결심했다. 쌀과 옥수수를 나눠준다고 크게 손해를 보는 것도 아니었다. 게다가 그는 아버지처럼 대농장주로 살다 농노가 쏜 독화살을 맞고 죽고 싶은 생각이 전혀 없었다. 그가 보기에 이제 아시엔다는 사양산업이었다. 농장의 경영보다 그는 정치적 문제에 더 깊은 관심을 갖고 있었다. 막시밀리안 황제를 총살하고 권좌에 오른 후아레스의 후임자 포르피리오 디아스는 그야말로 무지막지한 독재자였다. 후아레스 밑에서 열렬히 프랑스 제국주의자들과 싸웠던 이 전직 게릴라 전사는 막상 대통령이 되자 엘리트와 지주계급을 옹호하는 친미 독재자로 탈바꿈하여 태연하게 장기 집권을 계속했다. 그가 한 일 중에서 가장 심각한 건, 전 농토를 아시엔다로 만든 것이었다. 쉽게 말해 소농의 토지를 빼앗아 대지주들에게 몰아주는 정책이었다. 그 결과 치와와주의 명문가인 테라사 가문 소유의 한 아시엔다는 벨기에와 네덜란드를 합친 것보다 컸고 그것을 횡단하려면 기차로 꼬박 하루가 걸릴 정도였다. 결국 멕시코 농경지의 구십구 퍼센트가 아시엔다가 되었고 농민 중의 구십팔 퍼센트가 제 땅을 갖지 못했다. 물론 메넴은 그런 아시엔다 제도 자체에는 별 불만이 없었다. 다만 디아스 대통령이 몇몇 가문과 함께 다 해먹는 것이 마음에 들지 않았다. 어째서 민주적인 선거를 치르지 않는단 말인가. 만약 디아스가 공약대로 민주적인 선거를 한다면 메넴도 유카탄 주지사 정도에는 도전해볼 생각이 있었다. 그것을 발판으로 어디까지 갈 수 있을지는 모르지만 적어도 이 먼지 풀풀 날리는 유카탄의 황무지에서 평생을 보내고 싶지는 않았다. 그러나 디아스의 삼십 년 독재는 끝날 줄을 몰랐다. 메넴과 같은 지주계급 내에서도 서서히 그의 장기 독재에 대한 원성이 높아가고 있었다. 단지 왕년의 독립투사만이 그걸 모르고 있었다.

34

두 달이 지났다. 7월이었다. 조선인들의 모습은 많이 달라져 있었다. 에네켄 가시에 찔려 피를 흘리는 사람은 이제 거의 없었다. 여자들은 옷감과 나뭇조각으로 각반과 장갑을 만들었다. 일의 속도도 점점 빨라져 두 달 만에 마야인들을 따라잡았다. 모두들 묵묵히 에네켄을 잘랐다. 웃음이 사라졌다. 여자와 아이들도 모두 일터에 나가 하루에 열두 시간씩 일했다. 몇몇 농장에선 자살자가 나왔다. 화장실의 대들보에 목을 매어 숨진 사람을 보고도 사람들은 놀라지 않았다. 에네켄 즙이 상처에 묻어 피부병에 걸려 피부가 썩어 들어가도, 말라리아에 걸려 사경을 헤매도, 사람들은 눈 하나 깜짝하지 않았다. 하와이의 플랜테이션에는 형식적으로라도 의사가 배치되어 있었지만 유카탄의 아시엔다엔 의사는커녕 변변한 약국 하나 없었다. 사람들 머릿속엔 오직 하나의 길밖에는 없었다. 세 살 먹은 어린애까지 개미처럼 일해 아귀처럼 돈을 모아 계약이 끝나는 대로 조선으로 돌아가는 것이었다.

마야인들은 가끔 부지런히 일하는 조선인들을 물끄러미 바라보았다. 그들은 돈을 벌어 돌아갈 곳이 따로 없었다. 그곳이 바로 그들의 고향이었다. 어느 날 낯선 사람들이 들이닥쳐 그들의 땅에 금을 긋고 그곳을 아시엔다라 부르기 시작했다. 그리고 먹고살려면 그곳에 와 일하라고 했다. 일할 이유를 찾지 못하는 그들에게 감독들은 쉴새없이 채찍을 휘둘렀다.

하루 일이 끝나면 남자들은 술을 마셨다. 남자들과 똑같이 일했지만 여자들은 집에 돌아와서도 쉬지 못했다. 불을 피우고 밥을 안쳤다. 옷을 깁고 집 안을 치우고 다음날 가지고 나갈 장비를 챙겼다. 차가운 개울물에서 빨래 한번 시원하게 해봤으면 더는 원이 없겠네. 어느 충청도 여자가 서쪽을 바라보며 말하자 다른 여자들이 눈물을 흘렸다. 빨래는 목욕만큼이나 사치였다. 우물은 멀었고 수량도 부족했다. 어서 우기가 오기를 기다리는 것밖엔 도리가 없었다.

가끔 농장주가 소나 돼지를 도살하면 여자들이 달려가 채 식지 않은 내장과 꼬리를 차지하려고 서로 다투었다. 농장의 멕시코인들은 그러는 여인들을 암캐라 부르며 낄낄거렸다. 손에 피를 묻힌 여자들이 전리품을 가지고 돌아와 국을 끓이면 아이들은 비린내에 취해 국솥 옆을 떠나지 않았다. 30도를 넘는 더운 날에도 여자들은 치마저고리를 벗지 못했다. 웃통을 벗어붙인 남자들은 술만 마시면 제 아내를 두들겨팼다. 벌써 노름을 시작한 이도 있었다. 노름과 술은 조선 남자들의 뿌리깊은 병폐였지만 쉽게 고쳐지지 않았다. 악다구니와 울음소리, 비명과 고함이 밤마다 이어졌다. 유카탄은 남자들에게도 지옥이었지만 여자들에겐 언제나 그 이상이었다.

한 농장에서 조선 남자가 마야 여자를 겁탈하다 목이 잘려 죽었다. 경찰은 오지 않았다. 감독들이 총을 들고 지켜보는 가운데 마야인과 조선인이 화해의 표시로 함께 에네켄 밭 한구석에 땅을 파고 평안도에서 온 스물두 살 총각의 시체를 파묻었다. 다음날, 마야 남자 하나가 마체테에 찔려 죽었다. 농장주가 마야인들이 범인으로 지목한 조선인 둘을 붙잡아 웃옷을 벗긴 후 에네켄 더미 위에 올려놓고는 물 적신 채찍으로 때렸다. 채찍보다 에네켄 줄기에 박힌 가시들이 더 고통스러워 두 살인자는 소금밭의 지렁이처럼 꿈틀거렸다. 채찍질이 끝나고 그들은 농장 감옥에 수감되었다. 가슴에 박힌 에네켄 가시들이 숨을 쉴 때마다 따끔거렸다. 가시를 빼내고 싶어도 빛이 들어오지 않아 그마저도 쉽지 않았다. 상처가 곪아 지독한 냄새를 풍겼다. 정확히 열흘이 지나서야 문이 열리고 빛이 들어왔다. 열대의 햇빛이 눈부시게 쏟아지는 환한 감옥에서 그들이 가장 먼저 한 일은 자신들이 싸놓은 똥을 치우는 것이었다. 똥 덩이는 바싹 말라 있어 만지면 쿠키처럼 부스러졌다. 구더기도 꼬물거리며 함께 떨어졌다.

　살인자 둘은 파하로 돌아와 시름시름 앓았다. 이정은 그들에게 물과 음식을 먹여주었다. 고추에 버무린 양배추김치도 곁들였다. 진수성찬이었지만 다들 많이 먹질 못했다. 어둠 속에 오래 갇혀 있는 동안 방향감각과 시간감각을 상실한 듯 걸을 때마다 휘청거리더니 결국 한 명은 사흘 만에 세상을 떠났다. 사람을 죽인 죄로 갇혀 있었으니 어디 하소연할 데도 없었다. 한 명이 세상을 떠나자 다른 하나는 거짓말처럼 자리에서 일어났다. 남은 생명의 기운을 한 사람에게 몰아주고 떠나기로 둘이 내기라도 한 것 같았다. 부스스한 얼굴로 옥수수죽을 떠먹은 그는 이정에게 이렇게 말했다. 어쩐지, 여기서 끝장을 보게 될 것 같아. 아, 여긴 너무 더운데.

이정은 입을 꾹 다물고 아무 말도 하지 않았다. 며칠 사이, 함께 잠자던 네 명 중에서 두 명이 죽어버렸다. 그가 살아남은 건 어쩌면 그저 운이 좋았기 때문이었는지 모른다. 평양 사내가 마야 여자를 덮치러 갈 때 그는 옆집에서 돌을 깎아 만든 장기를 두고 있었다. 그의 시체가 발견된 시각에 이정은 마침 세노테에서 물을 긷고 있었다. 격분한 두 남자는 이정을 찾지 않고 바로 마야인들의 거주지로 몰려가 달아나는 한 남자를 집요하게 추격해 찔러 죽였다. 마야인의 피가 땅을 적시는 동안 두 남자는 망연히 서서 서로의 얼굴을 바라보았다. 그제야 자신들이 저지른 일의 경중을 가리게 된 그들은 풀린 다리로 정신없이 돌아오다 중간에서 농장 경비원들에게 체포되어 옷을 벗기우고 에네켄 더미 위에서 채찍을 맞았다.

살아남은 자의 이름은 돌석이었고 진주 관아 소속 관노의 아들이었다. 갑오경장을 거치며 면천한 관노는 아들을 서울로 보내 군인으로 만들고자 하였지만, 아들은 그 뜻에 따르지 않고 제물포에서 일포드호에 올랐다. 글을 몰라 아버지에겐 편지조차 쓰지 못하고 떠나온 길이었다. 그리고 두 달 만에 사람을 죽인 것이다. 도대체 무슨 일이 일어난 거지. 그는 그제야 덜덜덜 떨기 시작했다. 마야 남자들이 갑자기 들이닥쳐 목을 베어갈 것만 같았다. 걱정 말라며 이정이 안심시켜보았지만 소용없었다. 이정은 감독에게 나아가 주머니에 든 돈과 자신, 그리고 돌석을 가리켰다. 마야인들의 마을도 가리키고 손으로 칼 모양을 만들어 자기 목을 베어 보였다. 말은 통하지 않았지만 뜻은 전달되었다. 멕시코인 감독은 말썽의 소지가 다분한 그들을 다른 농장에 팔아넘기기로 결정했다. 물론 사람값만 떨어뜨리는 살인 전과는 비밀이었다. 다음날 새벽, 이정은 돌석과 함께 마차에 실려 농장을 떠났다. 그들의 팔과 다리는 마차의 기둥에 묶여 있었다. 오랜만에 선선한 날씨였다. 멀리서 검은 적란운이 몰려오고 있었다. 드디어 비가 오려나. 이정은 어두워지는 동쪽 하늘을 바라보다 까무룩 잠이 들었다.

35

메리다에 살고 있던 중국인 허훼이는 메리다 시내에서 얼마 떨어지지 않은 곳에서 조선인 이민자들과 조우했다. 그는 그때의 충격을 적어 샌프란시스코에서 발간되는 중국계 신문인 문흥일보에 보냈다. 문흥일보에 실린 글을 읽은 미국 유학생 조영순, 신정환은 서울의 기독교청년회 앞으로 급히 편지를 써 날렸다. 청년회의 젊은 전도사 정선규는 이 내용을 다시 정리하여 황성신문 앞으로 보냈다. "국민이 노예가 되었으니 어찌 이들을 구할 것이랴"라는 제호의 기사가 나간 것은 1905년 7월 29일이었다. 이 복잡한 과정을 통해 비로소 유카탄 채무노예들의 실상이 대한제국에 알려진 것이다.

중국인 허훼이는 이렇게 쓰고 있다. "중국에서 사람을 꾀어 사들이다가 소문이 나빠져 응모자가 없자 이제는 조선에서 노예를 매수하고 있다. (······) 모두 조각조각 떨어진 옷을 걸치고 다 떨어진 짚신을 신었으니 이곳 본토의 남녀가 보고 비웃는 소리는 가히 듣기 거북할 지경이다. 연일 큰비 속에 한인이 여러 어저귀 농장으로 흩어져 일할 때 부인이 아이를 팔에 안고 혹은 등에 업고 길가를 배회하는 모양은 실로 우마와 가축과 같고 눈물 없이는 볼 수 없는 광경이다. (······) 농장에서 일을 제대로 하지 못하면 무릎을 꿇리고 구타를 당하여 살가죽이 벗겨지고 피가 낭자하니 차마 못 볼 광경에 통탄을 금할 수 없다."

황성신문은 이틀 뒤, "멕시코 이민의 정황을 듣고 견딜 수 없다"는 사설을 실어 대책을 촉구했다. 고종 황제는 바로 다음날인 8월 1일 칙유를 내렸다. "이민회사가 당초 이민을 모집할 때부터 정부가 이를 금지하지 못한 까닭이 무어냐. 이들 천여 명을 속히 귀환시킬 방책을 강구하라." 에둘러 말하기를 좋아하는 유교 국가의 황제로선 대단히 직설적이고 강경한 발언이었다. 군주 된 자의 부끄러움과 모멸감으로 몸을 떨었음이 분명하다. 대한매일신보도

뒤를 이어 정부의 이민정책을 공격했다. 무능한 정부에 대한 전국의 여론이 비등점에 다다랐다. 그러나 멕시코는 너무 멀었다. 게다가 두 나라 사이엔 아무런 외교관계가 없었다. 그래도 대한제국 외무대신 이하영은 멕시코 정부로 전문을 발송하였다. "귀국과 수교를 맺은 바 없으나 관리를 파견할 때까지 우리 국민을 보호해주기를 바란다."

멕시코 정부는 회신을 보내왔다. "노예 대우 받는 자가 있다는 얘기는 와전된 것이 분명하다. 아시아의 인부들이 유카탄에 있으나 그 대우가 아주 좋고 그에 대한 기사가 북경일보에 실린 적도 있으니 참조하라."

36

그해 8월 12일, 외부外部 협판 윤치호는 도쿄의 제국호텔에서 커피를 마시고 있었다. 대한제국 외부에서 고문으로 일하는 친일파 미국인 더럼 스티븐스가 마련한 자리였다. 스티븐스가 먼저 위로의 말을 건넸다. 지난번 슬픈 일이 있었는데 찾아가 뵙지 못해 죄송합니다. 윤치호도 고개를 숙여 예를 차렸다. 바쁘신 분이 그런 일에 일일이 신경쓰실 필요가 있겠습니까. 윤치호는 그해 2월, 중국인 아내 마애방을 여의었다. 상하이에서 만나 십일 년간 동고동

락해온 두번째 아내였다.

스티븐스는 자기 옆에 앉아 있던 미국인을 소개했다. 스윈지라는 이름으로 불리던 이 미국인은 하와이 사탕수수 농장주협회를 대리하고 있었다. 서글서글하고 사교적인 성격이었고 윤치호에 대해서도 이미 잘 알고 있는 눈치였다. 하와이의 농장주들이 이번 대한제국의 조치에 불만이 많습니다. 일본인이나 중국인보다 훨씬 일도 잘하고 말썽도 적어 모두들 대환영인데 갑자기 송출을 금지하니 어디서 이런 노동력을 데려오냐며 난리입니다.

윤치호는 짤막하게, 아, 그렇습니까, 라고 받았다. 스윈지는 의자를 당겨 앉으며 물었다. 그 조치가 철회될 가능성은 없겠습니까? 윤치호는 안경을 치켜올렸다. 글쎄요, 이민에 대한 조야朝野의 여론이 워낙 나빠서 쉽지 않을 것입니다.

그러자 외교고문 스티븐스가 끼어들었다. 그러지 말고 윤협판께서 이번에 하와이를 다녀오시는 것이 어떻겠습니까? 직접 가셔서 농민들이 어떻게 일하는지 보시고, 좋은 말씀도 해주시고, 다녀오셔서 폐하께 잘 말씀드려주시면 한미 친선에도 큰 도움이 될 것입니다. 경비는 하와이 농장주협회에서 댄다고 합니다. 스윈지가 고개를 크게 끄덕여 이미 그 부분이 합의돼 있음을 암시했다.

기독교도이며 밴더빌트와 에모리 대학에서 수학하여 유창한 영어를 구사하는데다가 중국어에도 능통하며 갑신정변 당시 일본으로 달아나 있던 동안 익힌 일어까지, 3개 국어를 자유로이 구사하는 윤치호야말로 그 일에 가장 적합한 인물이었다. 윤치호는 손을 들어 경비 제공 제의를 일단 거절했다. 나랏일을 하면서 사사로이 돈을 받을 수야 없지요.

윤치호는 일본을 위하여 일하면서 월급은 대한제국 정부에서 받는 스티븐스가 애당초 달갑지 않았다. 어쩔 수 없이 그를 고용할 수밖에 없는 제국 외부의 처지가 한심할 따름이었다. 스티븐스는 윤치호와 악수를 하며 자리에서 일어났다. 어쨌든, 잘 생각해보십시오. 외부 관원이 당연히 해야 할 일 중의 하나니까요.

37

이정은 후두둑 콧잔등을 때리는 빗방울에 얕은 잠에서 깨어났다. 유카탄에 비가 내리고 있었다. 마른땅에 내리는 반가운 빗줄기였다. 말들도 더운 몸에 뿌려지는 물기가 반가운지 힝힝거렸다. 땅에서 먼지냄새가 피어올랐다. 저 서쪽 지평선께는 아직도 밝았다. 멀리 메리다 대성당의 첨탑이 보였다.

돌석이 이정을 툭 건드렸다. 멀리서 누군가 걸어오고 있었는데, 얼굴 생김새가 꼭 조선인 같았다. 그도 이상했는지 이정과 돌석을 뚫어져라 쳐다보며 가까이 다가오고 있었다. 그는 양복을 입고 등에 봇짐을 지고 있었다. 마침내 양자가 조우하게 되자 그가 먼저 물어왔다. 대한 사람 아니시오? 분명한 조선말이었다. 하지만 초면이었다. 마차가 멈추었다. 마부는 쉬어가려는 듯 마차를 그늘에 세웠다.

그러지 않아도 메리다에 조선인들이 와 있다는 얘기를 듣고 찾아가는 길입니다. 그가 반갑게 손을 잡아왔다. 저는 샌프란시스코에서 인삼을 팔고 있는 박만석이올시다. 중국인들이 있는 곳은 어디든 가서 인삼을 팔고 있습니다. 그런데 어쩌다 이렇게? 박만석이 기둥에 묶인 그들의 손과 발을 보고 혀를 찼다. 농장을 옮기는 중입니다. 돌석이 말했다. 여기 온 지는 두어 달 되었는데, 본래 있던 농장에서 문제도 있고 하여 다른 농장으로 팔려가는 것입니다. 박만석이 그들의 얘기를 들어주기 시작하자 돌석은 그간 있었던 일들을 주욱 다 이야기하기 시작했다. 하루에 얼마를 벌며 거기에서 밥값이 얼마가 나가는가 따위의 시시콜콜한 이야기부터 토굴에서 자다가 독사에 물린 사람 얘기, 농장 주인이 에네켄 밭에 나올 때면 소몰이하듯 채찍을 들고 소리를 친다는 얘기……

박만석은 돌석의 이야기를 다 듣더니 메리다의 중국인에게 들었다며 다른 농장의 사정을 이야기해주었다. 조선인 통역이 하나 있는데 주인에게 잘 보이려고 욕질을 하고 채찍질마저 하는데 멕시코 십장들보다 더 지독하다고 하였다. 이정과 돌석은 그가 누군지 짐작할 수 있었다. 배에서는 그렇게까지 험하지 않았는데, 라고 말하며 혀를 찼다. 박만석은 다 찢어진 홑고의적삼에 맨발인 이정과 돌석의 처지를 동정하여 주머니에서 1페소씩을 꺼내 이정과 돌석에게 건네주었다. 내, 이 사실을 곧 대한에 알리도록 하겠소이다. 조금만 더 고생하시오.

박만석은 실제로 그 사실을 공립신문과 대한매일신보에 편지로 써 보냈다. 그가 11월 17일에 쓴 편지는 12월에야 조선에 도착하여 각 신문에 실렸다. 그가 편지를 쓰던 날은 공교롭게도 을사조약이 체결되던 날이었다.

박만석은 메리다의 중국인들에게 인삼을 팔고 난 후 유카탄을 떠났다. 그후로 그는 쿠바와 호주까지 건너가 인삼으로 큰돈을 모았지만 유카탄이나 조선으론 다시 돌아가지 않았다.

38

최선길은 솜씨 좋게 칼로 수박을 조각내어 바오로 신부와 박수무당에게 건네주었다. 더위에 지친 이들은 말없이 허겁지겁 수박의 붉은 속을 먹어치웠다. 농장의 매점에 수박이 들어오는 날은 행복했다. 그때만큼은 고향의 어느 원두막에 앉아 있는 기분이었다. 맛도 별로 다르지 않았다. 먹고 난 수박의 푸른 껍질은 잘게 썰어 고춧가루에 버무려 먹었다. 수박김치라 부르는 사람도 있었고 수박나물이라 부르는 사람도 있었지만 어쨌든 수박은 한 조각도 버려지지 않았다.

이들이 팔려온 곳은 메리다에서 육십 킬로미터쯤 떨어진 부에나비스타 농장이었다. 배에서 굿판을 벌였던 박수무당은 애초엔 다른 농장으로 팔려갔으나 한 달 후에 이 농장으로 옮겨왔다. 처음 에네켄 밭에서 겪은 고생담이야 다른 농장과 다를 바가 없었다. 더군다나 농사를 지어본 적이 없는 이들 세 사람은 훨씬 심한 몸살을 앓았다. 일에 서툰 이 세 독신자들은 결국 한 파하에서 함께 기거하게 되었다.

최선길은 농장에 도착하자마자 자신이 처한 현실을 파악했다. 농장엔 돈 되는 게 하나도 없었다. 사람들은 빈털터리였다. 그들이 돈을 벌어야 비로소 그도 훔칠 게 생기는 셈이었다. 말하자면 공동운명체였다. 어서 벌어라, 동포들아! 그는 진심으로 빌었다. 다행히 그의 동포들은 열심히 일했다. 마야인들이 하루에 사천 장밖에 못 하는 데 비해 그의 동포들은 만 장이 넘게 에네켄 잎을 잘랐다. 불과 몇 달 만의 일이었다. 그들은 손에 피를 철철 흘리면서도 일터에 나갔다. 남자들이 잎을 자르면 여자들은 가시를 쳐냈다. 아이들은 끈을 가지고 에네켄 더미를 묶었다. 술에 취한 남자들은, 이것이 국가의 죄냐, 사회의 죄냐, 아니면 나의 죄냐, 그도 아니면 운명이냐, 며 울먹였다. 최선길은 그런 감상적 태도들이 별로 마음에 들지 않았다. 누구의 죄인지 따져 무엇하자는 건가. 어찌됐든 이 멕시코 땅에 와 있다는 것이 중요하지 않은가. 향수 때문에 잊어버렸는지는 모르겠으나 조선에서라고 잘 먹고 잘살았던 건 아니었다. 사는 건 언제나 팍팍했다. 심심하면 찾아오는 가뭄과 홍수, 흉년. 그리고 조선의 지주들이 멕시코의 지주보다 나을 것도 없었다. 여기서는 적어도 얼어 죽을 일은 없었다.

선길은 설렁설렁 일하는 편이어서 노임은 많지 않았으나 평소 잘하는, 야바위에 가까운 도박으로 밥값은 벌어들였다. 땡볕에서 일하는 건 힘들었지만 차차 요령이 생기자 예전만큼 그렇게 입에서 단내가 날 정도로 힘들지는 않았다. 그를 괴롭히는 것은 다른 문제였다. 배에서부터 시작된 악몽이 그것이었다. 악몽이라기엔 너무 생생해서 그게 찾아온 날은 새벽까지 잠들지 못했다. 진행은 늘 비슷했다. 얼굴이 잘 보이지 않는 검은 형체가 나타나 그에게 다가오는 것이다. 배에서처럼, 목숨값을 받으러 왔다, 고 형체는 말한다. 아무 말도 하지 않을 때도 있다. 최선길은 있는 힘을 다해 달아나지만 온몸이 나무처럼 땅에 붙박여 있는 듯 꼼짝달싹할 수 없었다. 나오지 않는 소리를 지르려 애쓰다 정신을 차리면 엉뚱한 데 누워 있곤 하였다.

함께 지내는 박수무당은 그런 그를 물끄러미 바라볼 뿐 아무 말도 하지 않았다. 선길이 다그쳐 물으면 잘 모르겠다며 고개를 가로저었지만 뭔가를 보고 있음이 분명했다. 결국 밤마다 잠이 부족해 일터에서 꾸벅꾸벅 조는 그를 보다못해 박수가 말했다. 어깨가 무겁지? 할아버지 하나가 자네 어깨 위에 앉아 있네. 수염이 길고 머리카락은 없어. 심술궂게 생겼어. 악질이야. 물에 빠져 죽은 귀신이야. 물에 가고 싶어 지금 안달이 났어. 제물포에서부터 들러붙은 모양이야. 언제부터 이런 거야?

선길도 처음에는 믿지 않았다. 그러나 일단 그 말을 듣고 나니 어깨가 정말 무겁다는 생각이 들었다. 웬 얼어죽을 노인네 귀신이 남의 어깨에 앉아 있단 말인가. 께름칙한 느낌이었다. 굿이라도 한 판 해야 하는 거 아냐? 그는 박수무당을 힐끗 쳐다보았다. 박수무당은 바닥에 아무도 모를 그림을 그리고 있었다. 그게 뭐요? 선길이 묻자 박수는 웃으며 아무것도 아니라고 했다. 그냥 심심해서 그리는 것이네. 최선길은 바닥에 침을 뱉었다. 거 재수없으니 괜히 이상한 거 그리지 마쇼. 꿈자리도 뒤숭숭한데. 무당은 발로 흙바닥에 그리던 형상을 지웠다. 지우고 나니 그전에 무엇이 있었는지 더더욱 궁금해졌다. 에이, 씨팔. 최선길은 밖으로 나갔다. 밖에는 바오로 신부가 그루터기에 걸터앉아 별을 보고 있었다. 뭐하시오? 선길이 묻자 바오로 신부는 머리를 긁적였다. 별을 봅니다. 선길은 담배를 피워물었다. 쳇, 별을 보면 밥이 나옵니까, 떡이 나옵니까. 할일 없으면 가서 주무시오. 모기한테 뜯기지나 말고.

바오로 신부는 사람 좋게 웃으며 자리에서 일어난다. 그러잖아도 그럴 생각이었습니다. 바오로는 박수무당과 별로 친해지지 않았다. 그는 박수가 파하에 있을 때면, 그리고 거기에서 뭔가 의식을 진행하고 있을 때면 여간해서 그 안에 들어가지 않았다. 그럴 때는 이렇게 밖에 나와서 모기에 뜯기며 별을 보고 있는 것이었다. 그가 들어가자 선길은 크게 기지개를 켜본다. 멀리 농장주의 저택 쪽에서 두런두런 사람들의 소리가 들려온다. 듣자 하니 이번 일요일에 농장에서 성대한 행사가 열린다고 했다. 어디선가 귀한 사람들이 온다는데 아마도 멕시코인들 특유의 무슨 축제인 것 같았다. 어쩌면 저곳엔 좀 건질 것이 있겠지. 하지만 무장한 경비원들이 지키고 있으니 잘못하면 황천행이다. 금붙이라도 하나 훔쳐내면 다행이겠지만 그걸 어디에 갖다 판단 말인가. 스페인어도 못하고 길도 모르는 처지에. 현실적인 최선길은 그대로 포기하고 다시 파하로 돌아갔다. 박수무당은 지푸라기와 조악한 목각으로 만든 제단 앞에서 절을 하고 있었다. 무당 팔자가 지긋지긋하다면서도 신을 모시는 일은 게을리하지 않았다. 촛불이 일렁거리며 지붕에 그림자를 만들었다. 어쩌면 저 그림자가 그가 모시는 신의 모습을 닮았을지도 모른다. 갑자기 저 박수무당이 제 꿈자리를 어지럽히는 게 아닌가 하는 의심이 들어 최선길은 절을 하는 박수의 뒤통수를 뚫어져라 쳐다보았다.

절을 마친 박수무당은 선인장에서 뽑아낸 붉은 염료로 나무에 화려한 관복을 입은 사람의 모습을 그리고 있었다. 거, 그만 잡시다. 최선길이 이미 잠든 바오로 신부 쪽을 힐끗 보면서 박수무당에게 소리를 질렀다. 훅, 촛불이 꺼졌다. 부스럭거리며 아무 말 없이 자기 자리를 찾아가는 박수무당이 문득 두렵다. 아니, 그가 관계하고 있는 그 세계가 두렵다. 도대체 구천은 어딜 말하는 거지? 있기는 있는 거야? 궁금해하는 사이, 선길은 서서히 잠 속으로 빠져들어갔다. 시간이 얼마나 지났을까. 갈증 때문에 눈을 뜬 최선길은 파하 문을 열고 밖으로 나갔다. 농장주의 저택에 불이 환히 밝혀져 있었다. 고소한 냄새도 풍겨왔다. 선길은 그쪽으로 걸어갔다. 저택 정문의 분수를 중심으로 수많은 사람들이 모여 잔치를 벌이고 있었다. 술과 고기, 진수성찬이 차려져 있었고 제복을 입은 하인들의 모습도 보였다. 그는 자신의 초라한 모습이 부끄러워 나무 뒤에 몸을 숨겼다. 어서 나아가 그 맛난 것들을 먹고 싶었지만 저들이 자신을 가만두지 않을 것이었다. 그러나 그럴수록 음식의 유혹은 더욱 강해졌다. 그는 마침내 용기를 내어 마음을 다잡고 천천히 훈제 닭고기가 놓여 있는 테이블로 다가갔다. 그러나 그가 손을 뻗어 닭을 집으려는 찰나, 그 윤기 자르르한 닭은 연기처럼 사라져버렸다. 그의 주변에서 이야기를 나누던 귀공자와 귀부인 들도 어느새 증발해버리고 없었다. 그 대신 모자를 눌러쓴 검은 형체가 최선길 앞에 서 있었다. 검은 형체가 억센 팔로 그의 목을 졸랐다. 그리고 말했다.

이제 때가 되었다.

선길도 더이상은 저항하지 않았다. 그는 눈을 꾹 감고 모든 것을 그의 뜻에 맡겼다. 그러자 갑자기 내부에서 믿을 수 없을 정도로 행복한 기분이, 마치 분수에서 물이 뿜어져나오듯 세차게 분출하기 시작했다. 놀라운 황홀경이, 극치의 만족감이 그를 흔들었다. 이대로라면 죽어도 좋다, 최선길은 생각했다. 게다가 이 쾌감은 마치 영원히 지속될 것처럼 느껴졌다. 아아아. 그는 소리를 질렀다.

39

한 소년이 있었다. 그의 고향은 서해에서 가장 큰 유인도라는 위도였다. 조기로 먹고사는 섬이었다. 칠산 바다의 조기어장이 한창일 땐 선주들이 돈을 내 별신굿을 벌였고 연초엔 액운을 실은 띠배를 띄워보내며 풍어를 기원하는 띠뱃굿이 벌어졌다. 바다에 빠져 죽은 이들을 위해선 용왕굿을 올렸다. 굿이 다가오면 마을은 금기로 가득찼다. 남자들은 여자를 멀리했고 피를 흘리는 여자들은 격리되었다. 말 한마디 몸짓 하나도 조심하는 가운데 축제가 시작되면 부정 타지 않은 사내들과 무당은 보이지 않는 관객을 향해 제사를 지냈다. 열두 서낭과 용왕신이 그들의 첫번째 관객이었다. 어린 아이와 여자 들은 멀찍이서 지켜볼 뿐이었다. 늙은 무당은 당제에 참여한 남자들의 머리를 베로 묶어 당집 안으로 끌고 들어갔다. 남자들은 조기처럼 엮인 채로 유쾌하게 당전을 바쳤다. 이러저러한 굿이 끝나면 비로소 마을의 모든 사람들이 굿판으로 끼어들었다.

쇠와 장구를 치며 날라리를 불어대는 가운데 모두들 당집에서 나와 바닷가로 몰려갔다. 남자들은, 닻 캐라! 돛 달아라! 노 저어라! 배치기 소리로 흥을 돋우며 모선 위에 올라타 춤을 추었다. 모선에 매달린 띠배는 마을의 모든 액운을 싣고 바다 한가운데로 나아간다. 바닷속에 있는 신이 몸을 일으키기라도 하듯 파도가 높아지면 그곳에서 배를 멈추어 띠배를 묶은 끈을 잘라 저 먼바다로 떠나보낸다. 액운은 띠배를 타고 강남으로 흘러가고 그와 함께 금기들은 사라진다. 위도는 질펀한 춤과 술, 노래로 밤새 흥청거렸다.

소년은 그런 곳에서 자라났다. 어부의 아들로 태어나 어부로 살다가 어부의 아비가 되어 죽는 곳이었다. 다른 길은 없었다. 아버지와 삼촌들은 마당에 그물을 펼쳐놓고 코를 꿰고 어머니와 누이들에게선 지독한 비린내가 풍겼다. 소금이 있으면 젓을 담갔고 없으면 회를 쳐 된장에 찍어 바로 먹었다. 어느 날 소년의 아버지는 선주의 만류를 비웃으며 조기잡이를 나갔다가 기어이 돌아오지 않았다. 날이 개고 칠산 바다로 일제히 출어 나간 배들을 통해 산산조각난 채 부유하는 어선의 잔해가 목격되었다. 며칠 후 소년의 어머니는 마을 무당 박금례를 불러 물에 빠져 죽은 혼백을 건지는 건장을 부탁했다. 어머니와 누이, 고모들이 말없이 모여 앉아 굿을 준비했다. 누이가 뒷간에서 울다 어머니에게 덜미를 잡혀 얻어맞고는 마을 밖으로 쫓겨났다. 굿판 끝나기 전엔 들어올 생각도 말아라, 이 애비 잡아먹은 년아.

해안가에서 건장이 치러지는 동안 소년의 누이는 뒷산에서 뚫어져라 바다만 바라보고 있었다. 마을 사람들이 모두 몰려와 혀를 차는 사이 굿은 절정으로 치닫고 있었다. 바닷물이 만조로 바뀌면서 물길의 방향이 바뀌었다. 얼마나 추울 것이냐. 어머니는 눈물을 흘렸다. 무당이 제 흥에 겨워 미친듯이 신간을 흔들어대며 죽은 자를 부르고 있을 때, 그로부터 몇 년 동안 마을에서 굿판이 벌어질 때마다 회자되는 기이한 사건이 벌어졌다. 둥글게 휘어진 포구를 향해 무언가가 빠르게 다가오고 있었다. 장정 서넛이 배를 저어도 그보다 빠르지는 못했을 것이다. 얼핏 통나무처럼 보이는 그 형체는 굿판이 벌어지는 바로 그곳을 향해 곧장 항진해오더니 마침내 모래톱 위에서 멈추었다. 사람들은 소리를 질렀다. 금동이다! 함께 배를 타고 나갔던 소년의 삼촌이었다. 그의 시체는 물고기에게 뜯어먹힌 팔을 덜렁거리며 파도의 출렁임에 따라 물과 뭍 사이를 오가고 있었다. 파도가 소 혀처럼 그의 몸을 날름날름 핥아댔다. 무당의 건장굿도 그쯤에서 멈추었다. 뒷산 바위 위에서 지켜보고 있던 누이도 내달아 내려왔다. 무당 박금례의 생애에도 그리고 그 어머니 대에도 이런 일은 없었다. 건장은 물에 빠진 혼백을 건져내는 굿일 뿐, 시체를 인양하자고 하는 일은 아니었다. 그건 누가 봐도 무당의 몫이 아니었다. 그러나 분명 금동이 삼촌은 모두의 눈앞에, 굿판이 한창인 가운데 나타났다. 눈동자가 빠지고 한 팔이 덜렁거리는 채로 시체는 거적에 덮여 산으로 올라갔다. 거적 사이에서 뱀장어가 떨어져나와 사람들의 발에 밟혔다. 그리고 또 누군가는 움푹 꺼져 들어간 눈구멍에 들러붙은 낙지를 떼어냈다. 굿은 중지되었다. 아무래도 그만둬야 할 것 같소. 용왕님이 내 꼴 뵈기 싫으신갑소. 박금례가 절뚝거리며 집으로 돌아갔다. 얼마 후 곰소나루에 산다는 무당이 불려와 장가도 못 가고 죽은 금동이 삼촌을 위해 씻김굿을 치렀지만 별 흥은 없었다. 박금례는 얼마 지나지 않아 시름시름 앓다 죽었고 그의 딸 조영분이 제 아비의 장구에 맞춰 제 어미의 씻김굿을 치렀다.

곰소나루에서 온 무당은 약속한 돈을 다 받아내지 못하자 불같이 화를 내고는 자기 집으로 돌아갔다. 얼마 후, 못 보던 여자 하나가 소년 앞에 나타났다. 육지로 가자. 쌀밥에 고깃국을 주마. 네 어미는 먼저 가 기다리고 있다. 그는 분을 곱게 칠한 여자의 손을 잡고 배에 올랐다. 한 시간 만에 배는 곰소나루에 도착했다. 한참을 걸어 어지러운 천과 색동옷, 철릭과 신상이 널려 있는 집에 들어서고 나서야 소년은 자신을 기다리고 있는 사람이 누구인지 알았다. 곰소나루의 무당이었다. 어머니는 물론 없었다. 무당은 아무 말도 하지 않고 소년을 며칠 동안 광에 가두어놓았다. 엄마가 나를 팔아버린 것일까. 소년은 분한 마음에 눈물을 흘렸다. 그러나 시간이 좀 지나면, 그럴 리가 없다는 생각이 고개를 들었다. 저 무당이 해코지를 하는 게지. 그러자 두려움이 밀려왔다. 어떤 무당은 아이를 잡아 가두고 굶겨 죽인다고 했다. 신을 모신 지 오래되어 신기가 딸리면 그리한다고 했다. 그럼 한을 품고 죽은 아이의 신이 무당에게 씐다고 했다. 무당들은 궤짝에 가둔 아이들을 쇠꼬챙이로 찔러 잠을 못 자게 하고 죽을 때까지 지독하게 괴롭힌다고 했다. 그렇게 죽은 원혼이라야 영험이 신묘하다 했다.

사흘 후, 곰소의 무당은 광 문을 열고 소년을 데리고 나갔다. 그리고 장구를 가르쳤다. 덩더러쿵더러쿵…… 딱. 그는 서툴렀다. 실수를 하면 무당은 그를 때렸다. 궤짝에 가두고 날카로운 꼬챙이로 찔러대지는 않았지만 그 못지않게 괴로웠다. 입이 험한 무당은 죽여버리겠다는 말을 달고 살았다. 소년은 어머니와 누이가 보고 싶었다. 뭐가 잘못됐는지 몸이 부어올랐다. 무당은 그의 몸에 부적을 붙이고 한참을 중얼거렸다. 몸이 으슬으슬 떨리고 추웠다. 신기하게 하루 만에 부기가 가라앉았다. 몸이 낫자 무당은 다시 장구를 가르쳤다. 소년은 밤마다 어머니가 자기를 찾으러 오는 꿈을 꾸었다. 캄캄한 광 문을 열어젖히고 엄마가 들이닥쳐 자기 손목을 쥐고 집으로 끌고 가는 꿈이었다. 그러나 깨고 보면 언제나 무당 집의 광이었다.

어느 날 아침, 소년은 당집을 나와 무작정 내달렸다. 무당은 근처에 굿을 하러 가고 없었다. 광의 창살을 부수고 나온 참이었다. 제상에 올려져 있던 떡을 주머니 가득 쑤셔넣고 밤새 이름 모를 고개를 넘었다. 다음날 소년은 어느 견고한 성 앞에 도착했다. 조선의 구식 군인들이 성문 앞에서 지나는 사람들을 살피고 있었다. 눈꼬리가 매섭게 치켜올라간 곰소무당이 군인들을 시켜 자기를 찾는 것 같아 소년은 마음의 여유가 없었다. 사람들에게 물으니 그곳은 해미라는 곳이며 성은 해미읍성이라 했다. 장도 서고 사람으로 북적대는 곳이라 했다. 소년은 성으로 들어가는 남자들의 뒤꽁무니에 붙어 슬쩍 성문을 지나고자 하였으나 발각되고 말았다.

뭐야? 군인이 소년을 들어올렸다. 어린 그는 겁에 질려 말했다. 곰소무당이, 궤짝, 찌르고, 위도에, 삼촌이, 건장이, 아버지, 무당은 죽고, 배고프고, 관운장과 최영 장군께서 덩더쿵덩더쿵.

소년이 정신을 차린 곳은 바로 그 군인의 집이었다. 군인의 아내가 쑤어주는 죽을 얻어먹고 기운을 차린 소년은 곧 자기보다 어린 그 집 아이들과 어울려 놀았다. 놀랄 정도로 조용한 집이었다. 밤이 되면 가족이 모두 모여 눈을 감고 무언가를 중얼거렸다. 나무 두 개를 십자로 엇갈려 묶은 것을 벽에 걸고 그것을 쳐다보며 빌었다. 그는 다시 겁이 났다. 군인이 놀란 그를 데려와 손을 잡았다. 그는 천주님을 믿어야 천국에 가리라 했다. 그곳엔 임금도 양반도 없으며 또한 배고픔과 학정이 없으니 영원히 행복만이 가득하리라 했다. 어쨌든 배고픔이 없다는 것은 마음에 들었다. 천주님도 화를 내는가요? 소년이 물었다. 곰소의 무당은 언제나 신의 분노만을 가르쳤다. 그녀의 신은 언제나 화를 내고 있었다. 밥이 적다고, 정성이 부족하다고, 부정 탄 자가 있다고, 그때마다 불같이 진노했다. 군인은 웃었다. 예수님은 우리를 위하여 십자가에 못박혀 죽으셨다. 우리를 어여삐 여기사 인간의 몸으로 죽으셨다. 소년은 고개를 갸웃거렸다. 우리 때문에 죽고도 화를 안 내신단 말인가요? 군인은 웃으며 소년의 머리를 쓰다듬어주었다. 그렇다. 우리 죄를 대신하여 죽으신 분이 아니냐.

군인은 소년을 때리지 않았다. 대신 이 얘기를 어디에 가서도 하지 말라고만 했다. 얼마 후, 상제옷을 입고 방갓을 쓴 파란 눈의 사내가 군인의 집에 찾아와 소년을 데리고 깊은 산으로 들어갔다. 사람들이 가마에서 숯을 굽고 있었다. 그들은 군인과 똑같은 말을 하고 아침과 밤에 무릎을 꿇고 무언가를 중얼거렸다. 누군가의 죽음에 대해 반복하여 말하고 그때마다 슬퍼했다. 곰소의 당집과는 완전히 다른 곳이었다. 그곳에서 소년은 세례를 받았다. 박광수라는 속명 대신 바오로라는 세례명으로 불렸다. 그리고 눈이 파란 신부의 집에서 살았다. 그곳에서 그는 교리를 배우고 기도문을 외웠다. 그리고 말레이시아의 페낭으로 파견되어 신학교를 마쳤다. 그러나 어디에서든 눈을 감으면 물살을 가르며 포구로 항진해 들어오던 금동이 삼촌의 모습이 떠올라 그를 괴롭혔다. 그것이 모두의 운명을 바꾸어놓은 것이다. 자네는 왜 위도로 돌아가 가족을 찾지 않는가? 그와 함께 페낭으로 떠났던 동료 신학도가 물어왔을 때 그는 아무 말도 하지 못했다. 어머니가 정말로 나를 팔아버렸으면 어쩐단 말인가. 어머니, 어머니가 무당에게 팔아버렸던 아들이 여기 왔습니다. 이렇게 말하고 큰절이라도 하란 말인가. 물론 아닐 수도 있지, 그러나……

많은 세월이 흘러 박광수 바오로, 농장의 동족들 사이에선 박서방이라 불리는 그는 다시 박수무당과 같은 방에서 잠들고 있다. 사는 건 정말이지 모를 일이다. 이것도 신의 뜻일까. 박수무당의 말투, 그가 하는 모든 짓, 붉고 푸른 천조각, 그가 만드는 우상들, 그 모든 것들이 곰소무당을 연상시켜 그의 속내는 편치 않았다. 그가 나가사키와 홍콩을 거쳐 말레이시아의 페낭까지 가 천주교의 신부가 된 것은 어쩌면 절반쯤은 금동이 삼촌과 곰소무당 때문이었을 것이다. 그 불길한 주술적 세계로부터 멀리 떨어지고 싶었다. 저 멀고먼 팔레스타인산 종교를 받아들인 것은, 그렇다, 그게 아주 멀리에서 시작된 종교였기 때문이었다. 그리고 이제는 그 종교에서마저 달아나 태평양 건너 멕시코까지 와 있는 것이다.

40

1521년 스페인의 군인 코르테스는 육백 명의 병사들을 이끌고 아스테카의 수도를 포위 공격하여 점령하였다. 이로써 멕시코와 그 주변의 광대한 인디오의 영토는 모두 스페인의 것이 되었다. 그로부터 십 년 후, 테페약에 사는 한 무지하고 평범한 인디오, 후안 디에고가 천주교로 개종하였다. 세례도 받지 못한 이 예비자 인디오는 어느 날 새벽 미사를 마치고 돌아오다가 테페약 언덕에서 누군가 자기 이름을 부르는 소리를 들었다. 언덕 위에는 아름다운 음악이 울려퍼지는 가운데 찬란한 옷을 입고 무지갯빛을 발하는 한 여인이 그를 기다리고 있었다. 갈색 피부 검은 머리의 그 신비로운 여인은 후안 디에고에게 "이곳에 성당을 세우라"고 말했다. 아스텍 인디오 여성의 모습 그대로인 그 여자가 성모마리아의 현현이라는 것을 후안 디에고는 결코 의심하지 않았다. 그는 언덕을 달려 내려가 후안 데 수마라가 주교에게 '성모'의 명을 전했다. 그러나 주교는, 십 년 전에 자신들이 정복한, 그전까지 인신 공양을 일삼던 미개한 족속, 게다가 그 족속 중에서도 정말 하찮은 자의 눈앞에 나타난 그 무엇이 성모라고는 결코 믿을 수 없었다. 게다가 갈색 피부라니! 성모가 인디오란 말인가? 그는 깨끗하게 그 보고를 무시했다.

실망한 후안 디에고는 집으로 돌아가다가 문제의 그 여인을 다시 만났다. 주교의 불신을 전하자 성모는 확실한 증표를 줄 테니 내일 다시 언덕으로 오라고 말했다. 집으로 돌아온 후안 디에고를 기다리고 있던 것은 열병에 걸려 곧 죽을 것 같은 삼촌이었다. 다음날 아침 마음씨 착한 그는 고민 끝에 언덕 위로 올라가 '성모'를 만나는 대신 삼촌의 종부성사를 청하러 신부를 찾아갔다. 그러나 신비의 여인은 길목에서 후안 디에고를 기다리고 있었다. 여인은 그에게 숙부의 병은 다 나을 테니 걱정하지 말고 어서 증표를 가지고 주교에게 가라고 말했다. 그러면서 그녀는 후안 디에고의 틸마(망토를 닮은 인디오들의 전통 복장) 가득 장미를 담아주었다. 그곳은 장미넝쿨 하나 없는 바위투성이 언덕이었고 게다가 때는 12월이었다. 신이 난 후안은 장미를 가지고 다시 주교에게 달려갔다. 마침내 장미를 담은 틸마를 주교에게 건네자 주교는 깜짝 놀라며 무릎을 꿇고 절했다. 틸마엔 후안 디에고 앞에 나타난 그 여인, 갈색 피부의 성모 모습이 사진처럼 생생하게 새겨져 있었다.

그가 주교와 함께 있는 사이, 그 신비의 여인은 후안 디에고의 삼촌 앞에 나타나 병을 깨끗이 치유하고는 자신을 '과달루페의 성모'라 부르도록 명했다. 이 사건에 인디오들은 기이할 정도로 열광했다. 이후 팔 년 동안 팔백만 명 이상의 인디오가 가톨릭으로 개종하였다. 인디오들은 그녀를 '토난친'이라 불렀다. '우리의 어머니'라는 뜻이었다. 새로운 여신의 출현이었다. 인디오들은 십 년 만에 잃어버린 어머니를 찾게 되었다.

그 기적이 일어난 지 삼 년 후, 젊어서는 호전적인 군인이었고 프랑스와의 전쟁에서 부상당한 후로는 열정적인 반종교개혁가로 변신한 이그나시오 데 로욜라는 예수회를 결성했다. 신교도를 몰아내고 구교의 세력을 전투적으로 확장하기로 결심한 이 혈기방장한 사도의 눈에 신대륙은 그야말로 자신의 이상을 구현할 수 있는 최적의 땅이었다. 그는 신대륙에서 몰려드는 금과 은 때문에 판단이 흐려진 젊은이들, 뻗치는 힘과 정열을 주체하지 못하는 젊은 이들(젊은 날의 자신을 가장 많이 닮은 자들이었다), 부모로부터 물려받은 신념체계를 교정할 생각이 전혀 없는 젊은이들을 교황의 병사로 훈련시켜 아시아와 아프리카, 신대륙으로 보냈다.

호세 벨라스케스도 그중의 하나였다. 예수회 수도사로 멕시코에 건너온 그는 과달루페의 성모 사건에는 별다른 감명을 받지 않았다. 아니 애당초 그는 그 기적을 믿지 않았다. 성모가 하필이면 그토록 천한 인디오 여인의 모습으로 현현하다니. 그가 보기에 후안 데 수마라가 주교야말로 놀랍도록 현실적이고 영리한 사람이었다. 주교는 성서에 나오는 토마, 불신에 가득찬 제자의 이야기를 모방한 것이었다. 예수가 자신의 부활을 의심하는 토마에게 그렇게 의심스럽거든 당신의 겨드랑이에 손을 넣어보라고 하셨던 장면을 패러디한 것임에 틀림없었다. 불신과 믿음의 반전, 그리고 기적이야말로 어리석은 인디오들을 후리기에 그만이었을 것이다. 이 멕시코 초대 주교는 과달루페의 성모를 통해 멕시코 인디오들에게 잃어버린 어머니를 만들어주었다. 과달루페의 성모는 이베리아반도의 여신 숭배 전통과도 잘 들어맞았다. 기적과 성물, 그야말로 구교를 지탱하는 두 축이 아닌가. 그게 아니었다면 구세계의 그 오래된 종교는 이렇게 오래 버티지 못했을 것이다.

호세 벨라스케스는 주교와는 다른 방법으로 멕시코를 사랑했다. 그 사랑의 방식을 멕시코가 좋아하지 않았다는 것이 문제이긴 했지만 적어도 그의 사랑이 식는 일은 없었다. 그는 우선 과달루페의 성모가, 즉 인디오들이 굳이 토난친이라고 부르는 그 여자가 자신이 알고 있던 그 성모와 크게 다르다는 것을 금세 알아차렸다. 대부분의 인디오들은 성모 얘기에는 관심을 보였지만 삼위일체 같은 핵심 교리에는 관심이 없었다. 그들은 모든 것을 조금씩 다른 방식으로 이해했다. 그럼으로써 모든 것을 뒤죽박죽으로 만들어버렸다. 그들은 예수의 제자나 성인 들을 자꾸만 또다른 신으로 이해했다. 그들에게 성모는 여신이었고 예수는 그의 아들일 뿐이었다. 그리고 그 아들의 죽음에 너무 큰 의미를 부여했다. 말하자면 그들은 죽어 있는 예수를 사랑했다. 관에 누워 있거나 십자가에 매달려 피 흘리는 모습을 그들은 즐겨 조각하였다. 게다가 그들은 교회의 의식에 심한 자학과 끔찍할 정도의 고행을 자꾸만 추가하여 고딕풍의 복잡하고 장중한 의식을 그 옛날 아스텍의 인신 공양 제의 비슷하게 만들어버렸다. 예수가 십자가를 지고 올라간 것을 기념하는 날이라고 해서 반드시 손바닥에 못을 박고 스스로를 십자가에 매달 필요는 없다는 걸 설득하는 데 너무 많은 시간을 보낸 호세 벨라스케스는 결국 자신의 사명이 이 아스텍 인디오들의 전통적 샤머니즘과 싸우는 것임을 인정하지 않을 수 없었다. 사명을 자각하고 보니 너무나 많은 적들이 주위에 있었다. 부족마다 주술사들이 있어 병자를 치료하고 제의를 주관하고 있었다. 일요일만 교회의 영향 아래 있을 뿐, 대부분은 마을의 샤먼들과 동고동락하고 있었다. 거기엔 호세가 부숴야 할 우상과 토템이 아주 많았다. 광대버섯과 같은 마약에 의지하여 온 부족이 황홀경에 빠져드는 풍습도 여전했다. 먼저 주술사가 광대버섯 음료를 마시고 황홀경에 빠지면 다음 사람이 그가 싼 오줌을 받아 마시고 역시 황홀경에 빠졌다. 몸속에서 한 번 걸러진 광대버섯은 훨씬 더 강력한 효과를 보였다. 그렇게 세 번 더 몸속에서 걸러진 광대버섯 음료는 전 부족을 강력한 엑스터시로 몰아넣었다. 그 과정에서 그들은 성부와 성자와 성신을 다 만나고 온다고 주장하였지만 사실 그들은 거대한 용과 싸움을 벌이거나 깃털 달린 뱀을 경배하는 것이었다.

호세는 이 오래된 종교와 효과적으로 싸우기 위해 수도사 노릇을 그만두고 예수회보다 더 강력한 사설 군대를 조직하였다. 이 전직 예수회 수사는 인디오 마을 곳곳에 쳐들어가 우상을 부수고 불을 질렀다. 황홀경에 빠진, 무기력하기 이를 데 없는 자들을 학살하였고 그곳에 붉은 십자가를 세웠다. 한때 그는 멕시코 고원에서 공포의 이름이었다. 그는 숱한 전투와 암살의 위협 속에서도 90세까지 살아남았고, 결국 자기 집 침대에서 평온하게 잠들었다. 공식적으로는 결혼하지 않았으나 숱한 사생아를 두었다. 그의 사생아들도 하나같이 반종교개혁과 인디오 개종에 몸바쳤고 그들 역시 많은 자식을 두었다. 세월이 흐르면서 호세 벨라스케스의 그 광포한 열정은 많이 희석되었지만 그래도 격세유전의 탓인지 가끔씩 그런 광적인 신념의 노예들이 나타났다.

이그나시오 벨라스케스야말로 그런 격세유전의 증거라고 할 수 있었다. 부에나비스타 농장과 작은 은행까지 소유한 그는 새벽 다섯시에 일어나 자기 저택 한쪽에 마련된 작은 기도실로 향했다. 기도용 나무판에 무릎을 꿇고 언제나처럼 진지한 아침기도를 올렸다. 그리고 거실에 걸려 있는 장총들을 꺼내 기름걸레로 세심하게 닦았다. 그것만은 하인들에게 시키지 않았다. 이 총들이야말로 이그나시오가 호세 벨라스케스의 적자임을 증명하는 일종의 족보 같은 것이었다. 그는 호세의 숱한 자손들과 싸워 결국 이 총들을 차지하였다. 이것은 그의 가문이 유카탄반도에 만연한 우상숭배, 사탄 신앙과 싸워온 역사의 기록이었다. 상처로 얼룩진 총신을 닦을 때면 그는 가슴이 벅차올라 몇 번이고 마음을 추슬러야 했다. 총 손질을 마친 그는 말을 타고 농장을 한 바퀴 돌았다. 오랜만의 일이었다. 그의 발길은 자연스럽게 고용한 지 반년이 지난 조선인들의 숙소 쪽으로 향했다. 마야인들과의 지난한 투쟁은 언제나 그랬듯이 그의 승리였다. 돌로 만든 조상의 머리 위에 나무의 진액을 바르고 자그마한 조약돌로 원을 만든 다음 그 안에서 향을 피우며 빙글빙글 도는, 제 농장 안의 마야인들을 말발굽과 채찍으로 다스린 게 벌써 이 년 전이었다. 그 일을 마지막으로 마야인들은 일요일에 성당에 나가 미사에 참례하는 것은 물론이거니와 밤마다 벌이던 수상쩍은 일도 중지하였다. 그러나 새로 들어온 오십여 명의 조선인들은 도대체 뭘 하는지 알 수 없었다. 몇 명은 신교도라 들었고(물론 그들도 개종의 대상이다) 한 명은(주께 감사드리나이

다. 그 오지에도 주의 은총이 내리사) 구교도라고 하였다. 나머지
는 알 수 없는 존재들이었다. 반종교개혁과 미신 타파를 가문의 신
성한 사명으로 믿고 있는 이 파계 수도사의 후손이 제 농장의 몇
안 되는 조선인들을 완전히 개종시키기로 마음먹은 것은 자연스
러운 귀결이었다.

그는 일터로 나간 조선인들의 파하를 둘러보았다. 얼핏 둘러보
니 우상은 보이지 않았다. 냄비와 솥, 더러운 옷가지, 악취가 전부
였다. 그래도 무슨 종교가 있을 터인데. 그는 코를 막은 채 파하들
을 천천히, 하나하나 뒤져보았다. 마침내 마지막 파하에서 그는 알
수 없는 글자가 쓰인 작은 제단과 종이에 채색된 모자 쓴 인물들의
초상을 발견했다. 더 뒤져보았지만 목각인형 몇 개가 나온 것 말고
는 별다른 것이 없었다. 일단 이들 중 몇몇이 우상을 섬긴다는 것
을 알게 된 이그나시오는 잠시 생각에 잠겼으나 악취가 심하여 오
래는 있지 못하고 바로 저택으로 돌아왔다. 그들의 우상은 마야의
그것과는 완전히 달랐다. 글자는 중국인들의 것과 비슷하였는데,
붉은 글씨(그것은 악마의 색이었다)로 쓰여 있었다. 그는 다시금
자기 내부에서 피가 명령하는 소리를 들었다.

그는 감독과 조선인 통역을 불러 이렇게 명했다. 이번 주일부터
모든 조선인들은 미사에 참석해야 한다. 대신 일요일은 작업이 없
다. 멕시코는 가톨릭 국가이므로 사사로이 우상을 모시고 참배하
는 행위는 금지되어 있다(이것은 거짓말이었다. 멕시코에 구교도

가 많기는 했으나 신정국가는 아니었다). 따라서 집 안에 우상을 두고 미신을 숭배하면 돈 한 푼 못 받고 쫓겨날 줄 알아라. 만약 개종하여 세례를 받으면 급료를 올려줄 것이다. 부에나비스타 농장으로 불려온 통역 권용준은 농장주의 의지를 조선인들에게 전했다. 대부분의 조선인들은 환영했다. 교회에 나가 잠깐 앉아 있으면 일을 하지 않아도 된다니, 그건 별로 어려운 일이 아니었다. 교리를 공부하여 세례를 받겠다는 사람도 있었다. 급료가 10분의 1이나 올라가고 어쩌면 예비자 교리를 받는 동안 조금이라도 쉴 수 있을지 몰랐다. 그러나 우상을 숭배하지 말라는 말뜻을 정확히 이해한 사람은 바오로 신부 말고는 아무도 없었다. 바오로 신부는 권용준의 말을 듣고 씁쓸하게 박수무당에게 말했다. 아무래도 방에 있는 것들을 치워야겠습니다. 박수무당은 놀란 눈으로 쳐다보았다. 아니, 박서방, 그게 농장주와 무슨 관계가 있기에 그리해야 하나? 그가 믿는 종교의 신은 샘이 많아 제 신도가 다른 신을 믿는 것을 좋아하지 않습니다. 박수무당은 반문했다. 내 신과 그의 신은 다른데? 나는 그 신을 모시지 않는데 어째서? 바오로 신부는 발로 땅을 벅벅 긁었다. 그게 하여튼 그렇습니다. 조상의 제사도 탐탁지 않게 생각하는 종교인데, 아마 이 농장주는 그중에서도 아주 골수인 모양입니다. 하여튼 조심하십시오. 박수무당은 처음에는 난처한 기색이었지만 곧 대수롭지 않다는 표정을 지었다. 누굴 해코지하는 것도 아닌데 무슨 일이야 있으려고. 그런데 저, 박서방이 천주교도였던가?

조선인들은 주일에 그나마 가장 깨끗한 옷을 꺼내입고 농장 안에 마련된 조그만 공소에 가 미사를 보았다. 메리다의 신부 하나가 말을 타고 와 농장주와 고용인들을 위해 미사를 집전했다. 농장주와 감독들은 벨리즈산 마호가니 의자에 앉아 미사를 보았지만 조선인들과 마야인들은 땅바닥에 앉아 무슨 말인지도 모르는 라틴어를 들었다. 일어났다 앉기를 몇 번을 거듭하면 미사가 끝났고 농장주는 수박을 내놓았다. 아이들은 모처럼 먹는 수박에 신이 나 농장 여기저기를 뛰어다녔다.

바오로 신부는 오랜만에 들어보는 라틴어와 성가 소리에 가슴이 아파왔다. 키리에 엘레이손. 주여 우리를 불쌍히 여기소서. 라틴어 기도문을 외는 백인 신부를 보며 그는 자신이 조선 땅에서 미사를 집전하던 기억들을 떠올렸다. 어쩌면 이제 영원히 저 제대에 서지 못할지도 모르지. 이젠 기억조차 잘 나지 않아. 그러면서도 그는 영성체 시간이 되자 앞으로 나아가 그것을 받아먹고 싶은 강렬한 유혹을 느꼈다. 그러나 그러지 않았다. 더러운 옷을 입은 이방인에게 성체를 내줄 멕시코 신부는 없을 것이었다. 그리고, 그가 서품까지 받은 진짜 신부라는 사실은 더더군다나 믿지 못할 것이었다.

일이 벌어진 것은 미사가 거의 끝날 무렵이었다. 최선길은 아침부터 멍한 표정으로 아무 말도 하지 않고 있다가 감독과 십장 들의 독촉에 못 이겨 공소로 이끌려와 미사를 보았다. 그런데 미사가 거의 끝날 때까지도 별말 없이 제대 위의 멕시코 신부를 바라보고 있던 그가 갑자기 벌떡 일어나 앞으로 달려나갔다. 잘 차려입은 권용준과 어린 조선인 소년 하나가 벌떡 일어났다. 어린 소년은 바로 이종도의 아들 진우였다. 권용준과 감독들이 일어나 그를 따라갔지만 최선길은 날쌔게 제단 앞으로 달려갔다. 그리고 십자가 앞에 무릎을 꿇고는 미친듯이 제 몸을 두들기며 울부짖었다. 그것은 조선말도 스페인어도 아닌 괴이한 언어였다. 달려온 감독과 십장, 권용준이 그를 잡아 일으키려 했지만 최선길은 무서운 힘으로 버텼다. 그리고 눈물을 흘리며 신부를 향해 울부짖었다.

그때 농장주가 일어나 성호를 그었다. 그리고 신부에게 다가가 귓속말로 뭔가를 중얼거렸다. 달려드는 십장과 감독 들에겐 그를 그대로 놔두라며 이렇게 말했다. 우리 주님께서는 귀신 들린 자들이 다가와, "하느님의 아들이여, 어찌하여 우리를 간섭하시려는 것입니까? 때가 되기도 전에 우리를 괴롭히려고 여기 오셨습니까?" 하고 소리지르자 그들을 모두 돼지떼 속으로 들여보내셨다. 그리고 그 돼지떼는 온통 비탈길을 내리 달려 바다에 떨어져 죽었다. 이 자가 바로 그러한 자이다. 농장주가 신부에게 눈짓을 하자 신부가 성수를 채에 적셔 최선길에게 뿌렸다. 최선길은 염산이라도 맞은 듯 몸을 뒤틀다 게거품을 물고 쓰러졌다. 저거, 지랄병 아닌가? 조선인들은 고개를 갸웃거렸지만 농장주와 신부는 진지했다. 예수의 이름으로 너는 이제 구원을 받을 것이다. 신부는 연거푸 성수를 뿌려댔다. 나중에는 아예 잔에 담긴 성수를 몽땅 들이부었다. 최선길은 그제야 마치 잠에서 깨어나기라도 하는 듯 부스스 눈을 떴다. 그리고 자신이 지금 있는 곳이 어디인가, 두리번거렸다. 이그나시오가 최선길을 과장된 포즈로 부둥켜안았다.

성수와 기도로 최선길에게 깃들인 마귀를 쫓아냈다고 생각한 이그나시오는 다시 한번 자신에게 부여된 숭고한 사명을 자각하게 되었다. 최선길은 농장주의 저택에서 함께 점심을 먹었다. 꿈에서 본 것과 같은 진수성찬이었다. 돼지고기를 검은콩과 고수나물, 양파, 토마토를 곁들여 유카탄식으로 삶은 폭축, 라임과 양파를 넣어 푹 끓인 소파 데 리마 등의 요리들이 그를 기다리고 있었다. 최선길은 걸신들린 사람처럼 그것들을 먹어치웠다. 곁에 앉은 권용준은 농장주의 말을 전해주었다. 어이, 최씨. 농장주는 네 안에 있는 귀신을 쫓아냈다고 생각하고 있어. 그러자 최선길은 고개를 끄덕여 감사를 표했다. 그러지 않아도 웬 노인네가 제 어깨에 걸터앉아 있다는 얘기를 들었습니다. 그러나 그 얘기는 이렇게 윤색되어 전달되었다. 사탄을 쫓아내주어 고맙다고 합니다. 농장주는 최선길에게 예수의 군대에 들어와 함께 사탄과 싸우자고 말했다. 최선길은 무조건 그러겠다고 했다.

권용준과 최선길은 농장주의 마차를 타고 돌아갔다. 그리고 그날부터 최선길의 운명은 바뀌었다. 그는 열심히 뜻도 모르는 라틴어 기도문을 소리나는 대로 한글로 적어 외웠다. 그리고 열심히 미사에 참석했다. 그뿐이 아니라 미사에 가지 않으려는 사람들을 몰아세우기 시작했다. 당신들 때문에 피해를 보면 가만있지 않을 거야. 가서 가만히 앉아 있기만 하면 되는데 뭐가 어렵다는 거야? 사람들이 늘 뭔가를 중얼거리는 최선길을 슬슬 피하기 시작했지만 그는 개의치 않았다.

어느 날 최선길은 잠자는 바오로 신부를 깨웠다. 이봐, 박서방. 바오로 신부가 눈을 떴다. 최선길은 그를 데리고 밖으로 나갔다. 보름이 가까워 달빛이 밝았다. 최선길은 품에서 바오로 신부의 십자가를 꺼냈다. 이거, 어디서 많이 본 것 같지 않나? 바오로 신부가 물끄러미 최선길을 바라보았다. 이거, 미안하게 됐소. 내 무식해서 이게 뭘까, 내내 궁금했는데 여기 와서야 뭔지를 알았소이다. 이게 십자가라는 것이고 그 시끄럽던 천주교의 그 무엇이라는 것도 이제야 깨쳤으니 이런 바보가 또 있을까. 자, 여기 있소.

그가 너무도 선선히 십자가를 내어주었으므로 바오로는 오히려 선뜻 손을 내밀지 못했다. 아, 자기 것도 못 가져가우? 최선길이 바오로의 손에 십자가 목걸이를 쥐여주었다. 그때는 배가 고파서 그만. 그렇지만 언젠가는 꼭 돌려주리라 했었소. 최선길은 나무 그루터기에 앉아 궐련을 입에 물었다. 불이 잘 붙지 않아 부싯돌이 어둠 속에서 여러 차례 번쩍였다. 마침내 한 모금을 빤 최선길은 뻘쭘하게 서 있는 바오로 신부에게 물었다. 그런데 당신 도대체 뭐요? 그냥 천주교도요, 아니면…… 바오로 신부는 아무 말도 하지 않았다. 좋소. 과거야 어쩌됐든 나 좀 도와주시오. 쉬운 조선말로 도대체 그 천주교라는 것이 뭔지, 뭔데 저렇게 저 멕시코 농장주가 좋아 날뛰는지, 좀 알려주시오.

그건 안 되겠소. 바오로 신부는 고개를 저었다. 아는 바가 없소이다. 그리고 이 십자가는 본래 내 것이 아닙니다. 최선길이 그루터기에서 일어나 바오로 신부 가까이 다가왔다. 거 좀 돕고 삽시다. 어려운 일도 아닌 것 같은데. 내가 십자가도 돌려주었잖소. 바오로 신부는 작은 목소리로 말했다. 그건 배에서부터 알고 있었소. 당신이 이질로 누워 있을 때…… 최선길이 바오로 신부의 멱살을 잡았다. 아니, 그럼 아파서 운신도 못하는 놈 고의춤을 뒤졌단 말이야? 바오로 신부가 숨을 쉬지 못하고 켁켁거리자 최선길은 선심이라도 쓰듯 멱살을 풀어주었다. 전에 보니 무당놈한테는 천주교에 대해 이러니저러니 말도 잘하더구만. 조금만 선심 쓰시오. 그렇지 않으면 무슨 사연이 있어 그리 숨기는지는 모르겠으나 내 농장주에게 가 당신 얘기를 하고야 말겠소. 여기 당신이 좋아하는 천주교도가 하나 있소! 최선길은 킬킬거리며 파하 안으로 들어갔다. 최선길의 말은 조선에서의 천주교 탄압에 대한 기억을 떠올리게 만들어 적이 불쾌했다. 여기는 반대였다. 천주교도는 오히려 상을 받는 것이다. 하지만 농장주 앞에 끌려가 자신의 배교를 증언하고 싶은 생각도 없었고, 제물포의 도둑처럼 거짓 신앙을 꾸며내고 싶지도 않았다. 바오로 신부는 최선길이 돌려준 십자가를 달빛에 비춰보았다. 가운데에 박힌 사파이어가 귀기 어린 푸른빛으로 번뜩였다.

41

이진우의 스페인어는 나날이 늘어갔다. 조금만 더 지나면 혼자서 통역 노릇을 해도 될 정도였다. 어차피 에네켄 밭에서 쓰이는 스페인어라는 게 뻔한 것이었고 설혹 잘못 통역한다 해도 알아챌 사람도 없었다. 문제는 스페인어가 아니었다.

네 누이한테는 말을 해보았니? 권용준이 나무 그늘에 앉아 이진우를 슬쩍 찌른다. 진우는 우물쭈물 말끝을 흐린다. 그게 아직…… 용준은 벌컥 화를 낸다. 내가 말을 낸 지가 언젠데 여태 꿍구워 먹은 소식이란 말이야. 너 아주 못쓰겠구나. 저 필요한 것은 쏙쏙 빼내어가면서 그 조그만 부탁은 들어주질 않니. 이래서 양반놈들과는 일을 도모하지 말라는 것이다. 필요한 것만 꿀꺽 삼키고는 입을 씻어버리니. 용준은 진우가 변명할 틈도 주지 않고 휑하니 일어나 가버렸다. 진우의 마음은 조급해졌다. 그는 집으로 돌아와 누이의 곁에 앉았다. 연수는 바느질을 하다 말고 동생의 얼굴을 바라보았다. 왜 그러니? 어린 티만 줄줄 흐르던 동생은 농장생활

몇 달 만에 제법 사내 티가 나고 있었다.

그는 청이 하나 있다고 말했다. 그게 무어냐고 누이가 묻자 차
마 말을 꺼내지 못하고 머뭇거렸다. 그러나 여기까지 왔으니 이미
다 온 거나 마찬가지였다. 그녀는 자꾸만 재촉하였다. 왜 그러는
데? 이진우는 한참을 망설이다 마침내 입을 열었다. 통역 노릇 하
는…… 권씨라고. 연수가 고개를 끄덕였다. 그러나 표정이 굳어지
고 있었다. 그이가 누이를 만나고 싶어 자꾸만 나를 괴롭힌다구.
그녀는 다시 바늘로 시선을 떨군다. 너는 그자한테 서반아어를 배
우고 그자는 너한테 자꾸만 청을 넣고? 진우는 입술에 침을 바르
며 고개를 끄덕인다. 한 번만 만나주면 안 될까? 가서 싫다고 하
면 그만이잖아. 지체는 낮지만 사람은 괜찮아 보이더라구. 그녀가
입가를 비틀며 웃었다. 여기서 지체가 무슨 소용이 되나. 어린 사
내는 더 바싹 다가앉았다. 그렇지? 그렇지? 그녀는 그러나 동생의
눈을 똑바로 바라보며 단호하게 말했다. 다시는 이런 얘기 꺼내지
마. 그럼 정말 화낼 테야. 그자의 지체가 낮아서가 아니야. 그런 건
안 되는 거야, 응?

하지만 그자는 돈이 많다구. 진우는 뽀로통한 얼굴로 내뱉었다.
영어도 잘할 뿐 아니라 서반아어도 잘하고, 뭘 해도 굶어죽지 않
을 거야. 우리가 다시 돌아갈 수 있을 것 같아? 결국 여기서 죽게
될 거야. 사 년 후에, 농장과의 계약도 끝나면, 그땐 누이도 스물인
데, 어차피 여기서 혼처를 구해야 할 테고. 안 그래? 동생이 한 마

디 한 마디 내뱉을 때마다 그녀의 가슴은 바늘에라도 찔리는 것처럼 아팠다. 남자처럼 공부하고 직업을 얻고 세상에 나가 뜻을 펼치는 꿈. 그게 이미 글러먹었다는 것은 누구보다 그녀 자신이 잘 알고 있었다. 유카탄의 에네켄 농장은 그런 꿈과는 너무나도 거리가 멀었다. 결국 이곳에서 누군가와 살을 섞으며 살아야 한다. 새벽 세시 반에 일어나 일터로 나가는 남자의 옷과 밥을 챙기고 아이들을 먹이고 자신도 일터로 나가 에네켄 잎을 자르고, 묶고, 창고에 쌓고, 숙소로 돌아와 저녁을 챙기고 빨래를 하고 집을 치우고 잠자리에 드는 것이다. 그렇게 살고 싶지는 않았다. 또 한번, 이정의 생각이 간절했다. 그는 어디에 있을까. 벌써 다른 여자를 만난 것은 아닐까. 그녀가 있는 야스체 농장에선 벌써 마야 여자와 살림을 차린 남자들이 있었다. 심지어 첩질을 하는 자도 있었다. 독신자들은 밤마다 마야인의 파하를 기웃거렸다. 그러다 눈이 맞으면 바로 살림을 차렸다. 혹시 이정도 이미? 그녀는 자신이 만든 달력을 꺼내 보았다. 벌써 석 달이 지나고 있었다. 그와 만나는 일은, 정녕 불가능하겠지. 만나더라도 그때처럼 그렇게 살을 섞고 미친듯이 엉켜드는 일은 아니 되겠지. 아, 갑자기 뻗쳐오르는 욕망으로 몸이 뒤틀렸다. 이것은 지옥이다. 끔찍한 남자는 침을 흘리고 동생은 그자한테 제 누이를 팔려 하고 보고 싶은 님은 만날 수가 없다. 아버지는 산송장이고 어머니는 말문을 닫아버렸다. 이렇게 살 수는 없다. 그냥 이대로 확, 용준의 품에 가 안겨버릴까. 이젠 누가 뭐라고 할 사람도 없었다. 아버지든 어머니든, 일이 그렇게 되어버린 연후라면, 이러니저러니 말하지 않을 것이었다. 어쩌면 속으로는 잘되었다고 생각할지도 몰랐다. 그것은 그야말로 지독한 상상이어서 그녀는 입술을 질끈 깨물었다.

그런데 바로 그 순간, 야스체 농장 입구가 소란해지면서 조선인들이 우르르 그쪽으로 몰려갔다. 머쓱하게 앉아 있던 진우도 파하 밖으로 나가 그쪽으로 향했다. 또 무슨 일일까. 왁자한 소리는 천천히 가까워지고 있었다. 화를 내거나 다투는 소리는 아니었다. 반가움에 들뜬 목소리들이었다. 궁금한 마음에 연수는 빼꼼 문을 열고 밖을 내다보았다. 사람들에 둘러싸여 두 명의 남자들이 걸어오고 있었다. 사랑에 빠진 연인들이 흔히 그렇듯이 연수는 이 놀라운 우연을, 평생을 두고 곱씹을 이 조우를, 극단적으로 확대해석하였다. 이것은 운명이라고밖에 할 수 없는 것이다. 그가 온 것이다. 다리를 살짝 저는 것 말고는 모두 건강해 보였다. 어디서 오는 것일까. 왜 오는 것일까. 영영 온 것일까, 아니면 곧 가버리는 것일까. 묻고 싶은 말도 많았지만 차마 밖으로 나가지는 못한 채 연수는 어두운 파하 안에서 걸어오는 그를 바라보았다.

이정 역시 야스체 농장으로 들어오면서부터 연수를 생각하고 있었다. 어쩌면 이 농장에 있을지도 모른다. 감독에게 인계되어 족쇄가 풀어지고 많은 조선인들이 자신을 둘러싸며 다가오자 그 갈망은 더욱 강렬해졌다. 야스체 농장은 그가 생각했던 것보다 훨씬 큰 규모의 농장이었다. 그와 돌석은 따뜻한 환대를 받았다. 그들은 이정이 있던 농장의 소식, 그곳에 있을지도 모르는 제 친척과 친구 들의 근황을 궁금해했다. 그리고 마침내 이정은 어른들 사이에서 짐짓 점잖은 체하며 자신을 노려보고 있는 사내아이를 발견하였다. 연수의 동생 진우였다. 이로써 그녀가 야스체 농장에 있다는 것이 확실해졌다. 이정은 발걸음을 빨리하였다. 조선인들이 그들을 바짝 뒤따라오며, 다른 농장은 사정이 어떠하냐, 밥값은, 급료는, 학대는, 감독은, 십장은, 통역은 등등, 끝이 없었다. 이정은 건성으로 대답하며 자기가 묵게 될 파하로 걸어갔다. 족쇄에 오래 묶여 있던 다리가 욱신거렸지만 이내 그 고통도 잊어버렸다.

그러나 아무리 찾아도 그녀는 보이지 않았다. 몇몇 여자들이 물을 길어오거나 빨래를 널고 있었지만 연수는 없었다. 그런데 어느 파하인가를 지나는데 가슴이 심하게 울렁거렸다. 그게 무엇 때문인지는 정확히 알 수 없었지만 그는 어둡게 그늘진 파하의 안쪽을 바라보았다. 그 안에서 누군가가 얼굴을 가린 채 그를 바라보다가 몸을 숨겼다. 흥분으로 가슴이 타올라 미칠 것 같았지만 그는 그대로 그 집을 지나 자신이 머물게 될 파하로 들어갔다. 비록 그녀의 얼굴을 제대로 본 것은 아니었지만 확신이 있었다. 그녀 특유의 기운이 느껴졌다. 주변의 모든 것을 기이한 분위기로 감싸는, 독특한 힘이었다.

마침내 파하로 들어온 이정과 돌석은 거친 바닥에 몸을 뉘었다.

뒤따라온 사람들이 미처 못 한 질문들을 계속했다. 그중에는 진우도 있었다. 어느 농장에서 오셨습니까? 춘추쿠밀이요. 거기엔 통역이 있습니까? 물론 없지요. 통역도 없이 어떻게 일하셨습니까? 이정이 몇 살 아래의 진우를 보고 씩 웃었다. 소나 말을 부릴 때 어디 말로 합디까, 다 통하게 되어 있지요. 진우는 눈을 반짝이며 이정의 말을 들었다. 춘추쿠밀 사람들은 어떻습니까? 돌석이 눈을 비비며 말했다. 벌써 셋이나 죽었소. 칼에 맞아 죽고 채찍질에 죽고 자살하여 죽고. 여긴 아직 죽은 자가 없습니까? 모두들 고개를 저었다. 돌석의 말은 야스체 농장 사람들에게 작은 위안을 주었다. 그래도 여긴 아직 모두 살아 있지 않은가.

그날 밤, 연수와 이정은 피로를 모르고 밤새 뒤척였다. 지난 석 달은 피가 뜨거운 청춘들에겐 너무 긴 이별이었다.

42

붓과 종이를 좀 구해다오. 일을 하러 나가는 새벽, 자리에 누워 있던 이종도는 오랜만에 입을 열었다. 일터로 나갈 준비에 바쁜 윤씨는 처음에는 못 들은 척하였다. 그는 다시 한번 말했다. 붓과 종이를 좀 구해다오. 윤씨가 퉁명스럽게 받았다. 그건 뭘 하시게요? 그는 대구하지 않았다. 대신 아들이 말했다. 붓은 아마 없겠지만 그와 비슷한 거라도 찾아보겠습니다. 진우는 각반과 장갑을 차고 밖으로 나왔다. 날씨는 처음 도착하던 5월보다 조금 서늘해져 있었다. 윤씨는 나가는 어린 아들의 어깨를 살며시 잡아주었다. 너무 애쓰지는 말아라.

진우는 돌아오는 길에 용준에게 붓과 종이를 구해달라 말했지만 그는 듣는 둥 마는 둥이었다. 할 수 없이 그는 매점으로 가 종이와 필기구를 구할 수 있겠느냐고 물었다. 그들은 의외로 선선히 자신들이 쓰는 공책과 펜, 그리고 잉크를 건네주며 돈은 그의 주급에서 계산하겠다고 하였다.

이종도는 손에 익지 않은 펜으로 몇 번이고 공책을 찢어가며 뭔가를 열심히 쓰기 시작했다. 아침에 일어나 윤씨가 떠다놓은 세숫물로 얼굴을 씻고 버려진 나무궤짝 앞에 정좌하고는 천천히 한 자 한 자 써내려갔다. 때로 기억을 더듬는 듯 허공을 보기도 하고 감정이 북받쳐오는 듯 심호흡을 가다듬기도 하며 하루 온종일 그 일에만 매달려 있었다. 점심이 되어 아내 윤씨가 토르티야를 권했지만 그도 거절하고 형형한 눈빛으로 글을 썼다.

저녁이 되자 이종도의 파하로 사람들이 몰려들기 시작했다. 어떻게들 알았는지 이종도가 하루종일 뭔가를 쓰고 있다는 소문이 퍼진 모양이었다. 감히 그에게 말을 붙이지는 못했지만 많은 사람들이 파하 안쪽을 기웃거리며 웅성거렸다. 진우는 그 사람들을 제치고 집 안으로 들어갔다. 연수는 시선의 감옥 속에서 옴쭉달싹도 못하고 있었다. 이종도는 바깥이 소란스러워지자 문을 열고 내다보았다. 글을 쓸 줄 모르는 자들이 눈으로 호소하고 있었다. 편지를 쓰시는 게지요? 방해하지 않을 테니 어서 편지를 쓰십시오. 우리는 다만 기다릴 뿐입니다. 폐하께, 그리고 정부에 우리의 이 실상을 알려주시오. 돈도 밭도 필요 없으니 제발 우리를 데려가달라고. 그리고 그 편지를 다 쓰시거든, 일가친척 피붙이께도 다 쓰시거든, 우리 것도 한 번만 써주시오. 무사하지는 않으나 잘 있다고, 내 형제, 내 가족에게 전해주시오. 그들의 눈빛은 그렇게 말하고 있었다. 그것은 황족이자 사대부인 이종도에겐 새삼 충격이었다. 서울에선 단 한 번도 자신을 향한 이런 애절한 눈빛을 마주한 적이 없었다. 그들은 자신이 지나가면 물러서 고개를 숙이기는 했으나 적의와 경멸을 숨기지 않았다. 양반은 만나면 피해야 할 더럽고 치사한 존재였고, 가능하면 만나지 않고 사는 것이 최선이었다.

이종도는 말했다. 폐하께 편지를 쓰는 중이다. 너희들이 이 땅에서 흘린 피눈물을 내 두 눈으로 보아 잘 알고 있다. 이 멕시코에도 분명 우편제도가 있을 터이다. 누가 메리다까지만 나가 이것을 부치기만 한다면 폐하께서 곧 방도를 마련하실 것이다. 개 돼지도 이보다는 나은 대접을 받으리라. 이종도의 말에, 지난 석 달, 아니 배를 탔을 때부터 계산하면 거의 반년간의 고통이 떠올라 몇몇은 벌써 눈시울이 붉어져 있었다. 한 명이 주섬주섬 주머니에서 동전을 꺼내 쭈뼛거리며 이종도 곁에 서 있는 진우에게 건네주었다. 우리를 위한 일이니 사양치 말고 보태 쓰시게. 그러자 사람들이 너도나도 돈을 내놓았다. 집으로 돌아가 쌀을 퍼온 사람도 있었다. 진우는 그것을 정중히 사양했다. 이종도는 안으로 들어가 다시 궤짝 앞에 앉았다. 처음으로 글을 배운 보람을 느꼈다. 어려서부터 단 한 번도 글을 읽고 쓰는 일의 소박한 즐거움을 느낀 바 없는 이종도였다. 그것은 언제나 의무였을 뿐이었다. 그러나 지금은 달랐다. 이종도의 머릿속으로 까맣게 잊고 있었던 수많은 글귀들이 개미떼처럼 몰려들었다.

아버지, 다시 돌아가면 우리 모두 일본으로 끌려가 비참하게 죽게 되리라 하셨잖습니까? 이종도는 담담하게 말했다. 여기보다야 못하겠느냐. 설마 네 손바닥이 톱날처럼 갈라지도록 일을 시키기야 하겠느냐. 애비가 잘못 생각했다.

기웃거리던 사람들이 모두 물러가고 나자 연수는 파하 밖으로 나가 전날 이정이 지나간 쪽을 물끄러미 바라보았다. 그는 보이지 않았다. 그녀는 토기 항아리를 들고 천천히 걸어가며 슬쩍 주변을 살폈다. 농장의 경계를 벗어나 세노테 쪽으로 방향을 틀면 광활한 관목숲이 기다리고 있었다. 그녀는 내친김에 우물로 향했다. 반쯤 왔을까. 교교한 달빛에 인적은 전혀 없었다. 너무 늦었는데 괜한 짓을 한 것일까. 그녀가 후회하고 있는 사이, 누군가 뒤에서 다가와 그녀의 항아리를 잡았다. 이정이었다. 둘은 아무 말 없이 관목숲으로 들어갔다. 항아리를 곱게 내려놓은 이정은 뒤에서 연수를 껴안았다. 사 년 후에나 보게 되리라 생각했었는데. 이정은 그녀를 껴안은 팔에 더욱 힘을 주었다. 그녀는 훅, 숨을 들이쉬었다. 그러게, 그랬는데, 그랬었는데, 아, 좋아, 왔으니까, 아니야, 미워. 왜 이제 온 거야. 둘은 입을 맞추었다. 그는 그녀의 치마저고리를 들추고 성급하게 덤벼들었다. 관목의 가지와 덤불이 그들의 팔과 다리에 생채기를 냈다. 믿어지지 않아. 꿈만 같아. 석 달, 아, 미안해, 고작 석 달 만에 네 몸을 보게 되다니.

　폭발과도 같은 시간이 지나가고 둘은 나란히 누워 달을 바라보았다. 개미들이 허벅지와 배를 지나다녔지만 둔감해진 육체는 알아차리지 못하였다. 아버지가 폐하께 편지를 쓰고 계셔. 이정이 풀을 뜯어 찢었다. 얘기 들었어. 그럼 우리는 돌아가게 되는 걸까? 그녀가 한숨을 쉬며 그의 가슴팍을 베었다. 그러기 싫어. 여기도 끔찍하지만 조선은 더해. 그는 그녀의 머리카락을 가닥가닥 쓰다듬었다. 달아날까? 그녀가 한 손으로 땅을 짚으며 몸을 일으켜 그를 내려다보았다. 정말? 그렇지만 이 나라 말도 모르면서 어디 가서 어떻게 산단 말야? 이정이 그녀를 안았다. 조금만 기다려. 일본 말도 배에서 금세 배웠으니 여기 말도 그리 어렵진 않을 거야. 난 곧이곧대로 사 년 동안 여기에 처박혀 있진 않을 거야. 말만 배우면 멀리 달아날 거야. 북쪽으로 올라가면 미국으로 갈 수도 있다는 거야. 인삼장수 하나를 만났는데 미국은 멕시코와는 하늘과 땅 차이래. 같이 가자. 가서 나는 돈을 벌고 넌 학교에 다니는 거야. 그녀가 연인의 입술에 엄지손가락을 밀어넣었다. 아, 꿈이어도 좋아라. 그러나 다음 순간 그녀의 얼굴이 일순 어두워졌다. 아버지의 편지 때문에 우리 모두 대한으로 돌아가게 되면 어쩌지? 이정이 그녀의 몸을 꽉 끌어안았다. 그땐 정말 달아나는 거지. 편지가 오고가려면 몇 달은 걸릴 거고, 그사이에 우리의 준비는 다 끝날 거야.

모험이 야기한 흥분과 성적인 자극을 구별하지 못하는 젊은 두 남녀는 다시금 뜨거워진 육체를 격렬하게 부딪쳤다. 유카탄의 달은 자신을 닮은 육체를 찾아 비추었다. 여자의 엉덩이가 파랗게 빛났다.

43

최선길은 바오로 신부로부터 천주교의 기본적인 교리를 배웠다. 삼위일체 같은 개념은 이해하지 못했지만 핵심은 정확히 파악했다. 그러니까 신은 하나고, 간단하네, 하늘에 있고, 그것도 좋고, 믿기만 하면 되고, 자기 말고 다른 신을 섬기는 걸 싫어하고, 예수라는 아들을 내려보냈는데 인간들이 그걸 죽여버려 화가 났고, 아니긴 뭐가 아냐, 그거지. 그리고 어미가 있는데 그게 성모고, 그 여자도 하늘로 올라갔고, 그럼 아까 그 하느님하고 관계는 어떻게 되는 거야, 어쨌든 잘 알았어. 십계명? 뭐 도둑질하지 말라? 그렇게 당연한 걸 뭘 십계명에까지 넣었어? 도둑질이야 나쁜 짓이지, 뭘 그렇게 빤히 봐? 그때 그 일은 미안하게 됐다잖았어. 누군 도둑질, 하고 싶어서 하는 줄 알아? 근데, 정말 당신 뭐야? 뭐였던 거야? 사람이라도 죽였나? 왜 여기까지 도망온 거야? 아니야? 아니긴 뭐가 아니야, 얼굴에 딱 써 있는데. 무슨 죄 졌지? 말하기 싫으면 안 해도 돼. 하지만 내가 꼭 알아낼 거야. 두고 보라구.

졸음이 몰려오자 최선길은 잠자리에 들었다. 그렇게 얼마가 지났을까, 인기척이 느껴졌다. 눈을 뜨고 주변을 살폈다. 검은 그림자 하나가 일어나 문을 열고 나가는 모습이 어슴푸레 보였다. 움직이는 모습으로 보아 박수무당이었다. 화장실에 가는가. 최선길도 문득 요의를 느꼈다. 그는 자리에서 일어나 짚신을 끌고 밖으로 나갔다. 항상 오줌을 누는 도랑 근처에서는 그의 모습이 보이지 않았다. 대신, 파하에서 한참 떨어진 길을 천천히 걸어가는 그가 보였다. 그는 어느 나무 밑으로 가 쭈그려앉았다. 그러곤 잠시 주변을 둘러보더니 손으로 땅을 파내기 시작하였다. 등을 보인 채 뭔가를 열심히 하던 그는 다시 일어나 파하로 돌아왔다. 그사이에 최선길은 제자리로 돌아와 누웠다. 박수무당이 돌아오는 소리가 조그맣게 들렸다. 짧은 한숨을 쉬고 박수무당은 그대로 잠에 빠져들었다. 마침내 그가 완전히 곯아떨어졌다는 확신이 들자 최선길은 몸을 일으켜 밖으로 나갔다. 물론 박수무당이 땅을 파던 그 나무 밑으로 갔다. 그는 나뭇가지로 땅을 파냈다. 얼마 되지 않아 작은 상자 하나가 모습을 드러냈다. 상자를 열어보니 10페소가량의 멕시코 돈이 들어 있었다. 그는 돈을 빼내어 고의춤에 감추고는 상자를 다시 묻었다. 그리고 돌아오는 길에 자신이 묵는 파하의 처마 밑 짚더미 속에 그것을 감추어놓았다. 그러고는 태연히 돌아와 잠이 들었다. 바오로 신부가 몸을 슬쩍 뒤척였지만 깨어난 것 같지는 않았다. 최선길은 오랜만에 맛보는 범죄적 긴장에 각성이 되어 잠이 오지 않았다. 정말 오랜만에 맛보는 손맛이었다. 어차피 공돈인데 뭘. 최선길은 그 문제를 별로 심각하게 생각하지 않았다. 가끔 박수무당에게 점을 보러 오는 사람들이 쥐여주고 가는 돈일 게다. 일 해서 번 돈이야 얼마 안 될 테고. 흥, 귀신이 찔러준 돈, 좀 나누면 어떠랴.

그러나 박수무당의 생각은 달랐다. 농장에서 10페소라면 살인이 벌어지고도 남을 돈이었다. 뙤약볕에서 온몸을 에네켄 가시에 찔려가며 새벽부터 밤까지 꼬박 한 달을 일해야 만져볼 수 있는 돈이었다. 물론 밥값이나 생활비를 하나도 쓰지 않는다고 가정했을 때의 이야기다.

며칠 후 박수무당은 제 돈이 송두리째 누군가에게 털렸다는 걸 알고 그 자리에 주저앉았다. 그는 파하로 돌아와 늘 말없이 묵묵한 바오로 신부에게 그 사실을 털어놓았다. 어쩌면 좋단 말이요. 그 돈을 모으려고 갖은 고생을 다 했는데. 바오로 신부는 대번에 최선길을 의심하였다. 그러나 아무 증거도 없이 동거인을 고발할 수는 없었다. 박수무당은 최선길에게도 도움을 청했지만 제물포 도둑은 태연한 얼굴로, 그러게 그렇게 중요한 것을 밖에 묻어두면 어쩌냐고, 오히려 박수무당을 타박하였다.

내 돈이 땅에 묻혀 있었다는 건 어찌 아셨소? 최선길은 아차, 움찔하였다. 그는 바오로 신부를 쿡 찔렀다. 에이, 박서방이 아까 말하던데요 무얼. 박수무당의 눈초리가 매서워졌다. 그럴 리가 없소. 그도 방금 알았소이다. 이쯤 되자 최선길은 성을 내기 시작했다. 이 무당놈의 자식이 생사람을 잡네. 박수도 지지 않고 일어나 그의 멱살을 잡았다. 그러나 폭력이라면 최선길이 한 수 위였다. 그는 박수무당의 사타구니를 걷어차고 이마로 콧잔등을 받아버렸다. 아이쿠, 박수무당은 그대로 주저앉아 어쩔 줄을 몰라 했다. 바오로 신부는 최선길을 말렸다. 그만하시오. 오냐, 네놈이 찔렀구나. 어디 한번 뒈져보아라. 박수무당은 앉은 채로 눈물을 흘리며 저주를 퍼부었다. 네가 과연 명대로 사는지 두고 보자. 최선길은 그대로 달려들어 발로 박수무당을 짓밟았다.

끝내 돈을 찾지 못한 박수무당은 부에나비스타 농장의 한인들에게 억울함을 호소하고 다녔다. 증거가 없는 탓에 섣불리 나서려는 사람은 없었지만 다들, 무당이 생사람 잡으랴는 분위기였고 그걸 뻔히 알고 있는 최선길로선 마음이 편할 리 없었다. 그렇다고 무당을 쫓아다니며 밟을 수도 없고, 그저 참는 수밖에는 도리가 없

었다. 또다른 범행의 피해자인 박서방도 눈을 시퍼렇게 뜨고 있는
데다 행여 파하의 처마에서 돈이라도 나온다면 조선인들에게 멍
석말이를 당할 수도 있었다. 그렇다고 가만히 앉아서 당할 최선길
은 아니었다.

일은 추석을 열흘쯤 앞둔 어느 날 벌어졌다. 한 남자가 펠라그
라라는 피부병에 걸려 심하게 앓았다. 에네켄 즙이 몸에 묻어 발병
한 것이었다. 이 즙이 눈에 들어가면 심할 때는 실명까지 할 수 있
었다. 그뿐 아니라 몸 전체가 납덩이처럼 무거워져 에네켄 밭에 나
가도 할당량을 채울 수가 없었다. 몸에선 열이 펄펄 나고 피부는
썩어들어갔다. 결국 남자의 아내가 박수무당에게 찾아와 굿을 부
탁하였다. 박수무당은 여러 번 사양하였으나 결국 끈질긴 청을 거
절하지 못하고 승낙하였다. 굿에 필요한 음식과 돈은 그들 가족과
이웃들이 갹출하기로 하였다. 굿이 있던 날은 무당과 몇몇 남자들
이 몸이 아프다는 핑계를 대고 조금 일찍 농장에서 돌아와 이런저
런 준비를 하였다. 누군가가 농장의 요리사가 버리려던 돼지머리
를 구해왔고 토르티야, 타말레스 등 멕시코 음식에 수박김치, 양배
추김치, 나물전 등이 흰 종이를 깐 상에 차려졌다. 굿판이 벌어진
다는 소식이 전해지자 부에나비스타 농장의 한인들이 거의 전부
모여들었다. 병자의 집 마당에서 시작된 병굿은 광본태세신왕경
에서 옥추경, 천지팔양경, 옥갑경, 기문축사를 거쳐 팔문축사로 이
어졌다. 박수무당은 집 안으로 들어가 옷가지와 신발 한 켤레를 가

지고 나와 불에 태운 뒤, 병자의 머리에 이불을 씌워 마당으로 끌고 나와 꿇어앉혔다. 그리고 그에게 씐 병귀를 내쫓는 군웅거리를 벌였다. 닭이 있었다면 닭에게 병귀를 씌워 죽였을 것이지만 살아 있는 닭을 구하기가 어려웠기에 그것은 생략하였다.

굿판은 점점 더 요란해져갔다. 그러나 파하촌의 경계를 넘을 정도는 아니었다. 냄비 뚜껑을 꽹과리 삼아 두들겨댔지만 소리는 당연히 그만 못 했다. 그런데 굿판이 절정으로 치달을 무렵, 어디선가 말발굽소리가 들려왔다. 뒤이어 갈색 말에 올라탄 농장주 이그나시오 벨라스케스가 무아경으로 빠져들어가는 박수무당 앞으로 들이닥쳤다. 광신적 반종교개혁가의 적자임을 자임하는 이그나시오는 자신의 코앞에서 펼쳐진 광경에 놀라 하마터면 말에서 떨어질 뻔했다. 돼지머리의 코와 귀에 꽂힌 1페소짜리 지폐들에 우선 놀랐고 무당의 현란한 옷차림, 그리고 샤먼을 중심으로 펼쳐지는 명백한 우상숭배 장면에 충격을 받은 그는 그대로 안장에 꽂혀 있는 장총을 꺼내 허공으로 발사하였다. 그 소리에 놀란 말이 앞발을 높이 들며 힝힝거렸고 한인들은 놀라 사방으로 흩어졌다. 뒤미처 달려온 농장 감독들은 주인을 대신하여 상 위에 차려진 모든 것들을 박살내기 시작했다. 이그나시오 벨라스케스는 달아나는 박수무당을 추격하였다. 여자와 아이들의 비명소리가 파하촌 곳곳에서 울려퍼졌다. 그들은 무엇을 잘못했는지도 모른 채 토끼처럼 사방으로 뛰어다녔다. 굿판은 곧 난장판이 되었고 이불을 뒤집어쓴

병자는 감독의 채찍을 맞고 쓰러졌다.

　집 안에 있던 바오로 신부는 총소리가 들리자 밖으로 뛰쳐나왔다. 말발굽소리, 총소리가 요란하여 전쟁터를 방불케 하였다. 어린아이 몇이 바오로 신부의 집으로 쫓겨들어왔다. 무슨 일이냐? 농장주가 굿판을 덮쳤어요. 바오로 신부는 밖으로 뛰쳐나갔다. 그리고 때아닌 인간사냥을 목도하게 되었다. 극동의 샤먼을 코앞에서 놓친 농장주 이그나시오는 눈에 불을 켜고 파하촌 곳곳을 뒤지고 있었다. 순간 누군가 그의 앞에 나타나 바오로 신부의 거처인 동시에 박수무당의 거처인 파하를 친절하게 가르쳐주었다. 최선길이었다. 비로소 바오로 신부는 이 모든 소동이 누구로부터 비롯된 것인지를 알았다. 이그나시오 벨라스케스는 바오로 신부의 파하로 다가와 턱을 치켜들고 스페인어로 물었다. 그 안에 네놈들의 샤먼이 있느냐? 바오로는 그 말을 알아듣지 못했지만 그가 무당을 찾고 있다는 것만은 알았다. 그의 불길한 예감이 적중한 것이었다. 이그나시오 벨라스케스는 바오로 신부의 대꾸가 없자 장총을 들고 말에서 내렸다. 그리고 총의 노리쇠를 철커덕철커덕 후퇴 전진시키며 파하로 다가왔다. 바오로 신부는 대항하지 않고 옆으로 물러섰다. 이그나시오는 허술한 문을 밀치고 들어갔다. 안이 하도 어두워 한참을 기다려야 사물이 분간되었다. 굿에 소용되고 남은 형형색색의 실과 천이 어지럽게 널려 있었고 작은 제단도 그대로 남아 있었다. 이그나시오는 장화를 신은 발로 제단을 박살냈다. 아버지, 저들을 용서하여주십시오! 그들은 자기가 하는 일을 모르고 있습니다. 이그나시오는 발길질을 할 때마다 루가복음의 구절을 외었다. 가슴속 깊은 곳에서 주님의 일을 하고 있다는 확신과 희열이 솟구쳤다. 마침내 부서지고 말고 할 것도 없는 허술한 제단이 완전히 무너졌다. 이그나시오는 찬찬히 방 안을 둘러보았다. 역시나 샤먼은 없었다. 이그나시오는 숨을 고르며 방을 나와 다시 한번 바오로 신부에게 그의 행방을 물었다. 그래도 대꾸가 없자 이그나시오는 개머리판으로 신부의 배를 치고 침을 뱉으며 욕을 했다.

더럽고 미개한 악마의 자식들!

바오로는 명치를 움켜쥔 채 고꾸라졌다. 말에 올라탄 이그나시오는 에네켄 밭으로 통하는 길을 향해 달렸다. 신부의 식도로 피가 역류해 올라왔다. 울컥 피를 토하며 쓰러지면서 신부는 많은 것을 보았다. 위도의 띠뱃굿에서 유카탄의 병굿까지, 그 모든 것이 파노라마처럼 머릿속에 영사되었다. 바오로는 이그나시오와 똑같은 구절을 생각하고 있었다. 아버지, 저들을 용서하여주십시오! 그들은 자기가 하는 일을 모르고 있습니다. 신은 유카탄의 광신도와 조선의 신부가 같은 시간, 같은 장소에서 함께 올린 그 기도에 아무 응답도 하지 않았다.

이그나시오는 에네켄 밭의 입구에서 감독인 후아킨과 마주쳤다. 그는 달아나는 샤먼을 잡아다놓았다고 말했다. 이그나시오는 말을 달려 창고로 향했다. 그리고 전보를 쳐 야스체 농장에 있는 통역을 불러오라 일렀다. 야스체와 부에나비스타는 말을 타면 삼십 분밖에 걸리지 않는 가까운 거리에 있었다. 이그나시오는 창고 안으로 들어갔다. 박수무당은 의외로 차분하게 앉아 있었다. 이그나시오는 샤먼의 풍모가 지극히 평범한 데 우선 놀랐다. 그는 다른 조선인 노동자들과 하등 다를 바가 없었다. 감독들도 그가 에네켄 밭에서 누구보다도 성실하게 일한다고 보고해왔다. 이는 마야나 아스텍의 샤먼들과 다른 점이었다. 그들은 결코 일하지 않았다. 약이나 담배에 취해 있기가 일쑤였다. 이그나시오는 일단 흥미를 느꼈다. 잠시 후, 권용준이 도착했다. 권용준은 좀 의아한 얼굴이었다. 늦은 밤에 이렇게 불러들인 걸 보면 뭔가 긴급한 일이 일어났다는 얘긴데, 막상 와보니 창고 안에는 박수무당 한 사람만 묶여 있었다. 파업이나 폭동. 집단탈주 따위를 상상하고 왔던 그는 약간 김이 빠지는 느낌이었다. 무슨 일입니까? 이그나시오는 권용준에게 술을 권했다. 당신은 신을 믿습니까? 권용준은 고개를 저었다. 이그나시오는 인상을 찌푸렸다. 신을 믿으시오. 당신과 당신의 가족이 구원을 얻을 것이오. 권용준이 쓸쓸하게 웃었다. 가족은 다 죽었소. 바다에 처넣어져 고기밥이 되었습니다. 중국 해적들의 짓이었지요. 이그나시오는 일어나 과장된 몸짓으로 그를 위로했다. 그게 바로 당신이 신께 의지해야 할 이유요. 권용준은 그 말을 잘 이해하지 못했다. 그러나 그냥 웃었다. 그런데 무슨 일입니까? 나는 간단한 규칙을 정했소. 노동자들에게 일요일에 쉴 수

있는 자유와 미사에 참여할 수 있는 권리를 주고 대신 단 하나,
내 농장 안에서 우상을 섬기지 말 것, 우리 주님 이외의 어떤 신
도 섬기지 말 것을 부탁했고 당신네 조선인들은 그러겠다고 나와
약속을 했소. 그 대가로 나는 세례를 받고 개종을 하는 자들에게
는 십 퍼센트의 급료를 더 주겠다는 언질도 주었소. 그런데, 이그
나시오는 박수무당을 가리켰다. 저 교활한 자가 밤중에 내 어린
양들을 모아놓고 돼지머리를 숭배하는 것이었소. 돼지, 하필이면
우리 주님께서 악마들을 몰아넣은 그 돼지의 머리를. 내 농장의
한복판에서, 주일이면 미사에 참례하는 그 선량한 백성들에게 고
개 숙여 절하도록 하였소.

 권용준이 그쯤에서 말을 막았다. 그리고 박수무당에게 물었다.
굿을 하였소? 무당은 고개를 끄덕였다. 그렇소. 왜 하였소? 아픈
사람이 있어 병굿을 하였소. 이 나라에선 병굿도 법으로 금하오?
그건 아닐 것이오. 그러나 이 농장주는 싫어하는 것이 분명하오.
몰랐소? 아니, 알았소. 그렇지만 이렇게 난리를 피우리라고는 생
각하지 않았소. 이보시오, 역관 양반. 주인에게 말해주시오. 내가
무엇을 해야 화가 풀리겠느냐고.

 권용준이 그의 말을 전했다. 이그나시오 벨라스케스는 씩 웃으
며 말했다. 너의 우상을 버리고 우리 주 예수 그리스도를 받아들여
라. 세례를 받고 개종하라. 그리고 너의 개종을 다른 무리들에게
널리 알려라. 내가 원하는 것은 그것뿐이다. 거짓 개종에 대한 대

가는 오직 죽음이다. 우리 가문의 명예를 걸고 반드시 죽인다. 너는 밤중에 농장 밖으로 달아나다 잡혀왔으므로 탈출자로 간주된다. 너를 죽이면 나는 유카탄주의 법률에 따라 법정에서 재판을 받을 것이다. 그러나 이걸 명심해야 한다. 유카탄에서는 재판장도 농장주요, 검사도 농장주요, 변호사도 농장주다. 농장주들은 계약을 어기고 달아나는 노동자를 세상에서 제일 싫어한다.

겁에 질린 박수무당은 눈을 감고 벌벌 떨었다. 권용준은 개종을 권했다. 무당짓 지긋지긋하여 배를 탄 거 아니오. 이참에 끝내시오. 박수무당은 고개를 저었다. 그럴 수가 없습니다. 그건 내 맘대로 되는 일이 아니오. 차라리 죽는 것이 낫습니다. 권용준은 답답한 마음에 한번 더 강하게 권유하였다. 그러는 척만 하라니까. 누가 진짜로 믿으랍니까. 사 년만 버티면 되잖소. 박수무당은 차라리 안타깝다는 듯 권용준을 보았다. 신을 거역하는 것은 불가능합니다. 그분이 떠나지 않는 한, 내 맘대로 내보내고 들이고 할 수 있는 게 아니란 말입니다. 그런 거라면 내가 왜 여기까지 왔겠소.

그럼 그 신이 아직까지 붙어 있소? 박수무당은 고개를 끄덕였다. 오가는 대화의 내용을 알지 못한 이그나시오가 권용준에게 물었다. 뭐라는 거요? 개종은 안 한답니다. 싫은 게 아니고 불가능하답니다. 자기한테 붙은 신이 놔줘야 된다는군요. 이그나시오가 물었다. 그 신은 무엇을 합니까? 사람들의 병도 고쳐주고 예언도 합니다. 죽은 사람의 혼을 불러내어 이야기도 하지요. 이그나시오는 고개를 갸웃거렸다. 신이 왜 그런 일을 하지? 권용준은 더듬더듬 스페인어와 영어를 섞어 대답하였다. 그래야 신이 놀 수가 있다는 군요. 그게 굿이라는 건데, 굿을 해야 신이 비로소 신나게 놀 수 있는 겁니다. 무당이 저 피곤하다고, 굿 하자는 사람이 없다고 아무것도 안 하고 놀아버리면 심심한 신이 심통을 부립니다. 어서 놀자며 무당을 괴롭힙니다. 그러면 많이 아프게 됩니다.

사탄이 분명하다. 이그나시오는 결론을 내렸다. 몇백 년 전이었다면 멕시코시티에서 엑소시즘 전문 성직자가 초빙되어야 할 일이었다. 그러나 지금은 그런 시대가 아니었다. 이그나시오는 마지막으로 박수무당에게 개종을 권했다. 그는 십자가와 성경을 들이밀고 맹세를 하라고 말했다. 박수무당은 안타까운 표정으로 고개를 저었다. 글쎄, 그럴 수가 없다지 않습니까. 이그나시오는 감독 후아킨에게서 채찍을 받아들었다. 권용준은 감독에게 출장비를 받아챙기고 창고 밖을 나섰다. 에네켄 더미 위에 던져진 박수무당의 알몸에 물 적신 채찍을 휘두르는 소리가 들렸다. 저 미련한 것들에게 진절머리가 나는구나. 권용준은 받은 돈의 일부를 마부에게 떼어주었다. 마야인 마부의 입이 벌어졌다. 권용준이 탄 마차는 야스체 농장을 향해 달렸다. 물론 권용준도 알고 있었다. 남자로 태어난 게 죄가 아닌 것처럼 무당으로 사는 것도 죄는 아니다. 문제는 그가 이 농장에 떨어졌다는 것이다. 권용준이 떠난 뒤, 창고의 박수무당은 손과 발을 결박당한 후, 그야말로 혼이 나갈 때까지 맞았다. 에네켄 줄기의 가시들이 차라리 기절하려는 그를 자꾸 깨웠다. 마침내 넋이 나가기 직전, 때리는 자들도 지쳐 잠시 쉬고 있을 때, 박수무당의 눈이 뒤집히며 이그나시오를 향해 주절대기 시작했다. 서쪽에서 바람이 불면 대낮에도 해를 가린다. 불이 움직이고 벼락치는 소리 들리면 급살이다. 급살!

그것은 저주이면서 예언이었다. 그러나 창고 안에는 이 예언을 알아들을 자가 단 한 명도 없었다. 유카탄의 카산드라가 거품을 물고 혼절하자 이그나시오와 감독들은 창고 문을 잠그고 집으로 돌아가 침대에 몸을 던졌다.

44

스티븐스와 헤어진 지 보름 후, 윤치호는 아카사카공원의 연회에 참석했다가 묵고 있던 제국호텔로 돌아왔다. 프런트에는 서울에서 날아온 전문이 윤치호를 기다리고 있었다. '하와이와 멕시코로 떠나기 바람. 일본은행에 일화 1000엔을 송금하였음. 서울.' 갑자기 여행 준비가 시작되었다. 호텔로 찾아온 스티븐스는 어림도 없다고 했다. 멕시코라니, 1000엔이면 500달러인데 그 돈으로 하와이에 가기도 벅차다고 했다. 윤치호는 정부의 초라한 씀씀이가 부끄러워 얼굴을 붉혔지만 크게 내색하지 않았다. 또 보내주시겠지요.

이틀 후, 윤치호는 요코하마에서 만주리아호에 승선하였다. 새로운 여행에 마음이 설레면서도 한편 무거웠다. 하와이, 멕시코, 모두 처음이었다. 게다가 홀가분하게 여행을 가는 게 아니라 이민자들을 둘러보고 그들의 문제를 해결하는 역할이었다. 오후 네시, 뱃고동이 울렸다. 갑판에 서 있는 그에게 대륙식민회사의 오바 간이치가 찾아와 간살을 떨었다. 윤치호는 전형적인 장사치인 오바가 처음부터 싫었지만 어쩔 수 없었다. 오바는 변명을 계속했다. 멕시코 관련 보도는 모두 잘못된 것입니다. 아주 잘 지내고 있습니다. 저희 대륙회사는 한국 이민의 하와이 송출에는 반대하지만 멕시코 이민은 대환영입니다. 하와이엔 이미 일본인들이 자리를 잡고 있어 곤란하지만 멕시코엔 일본인이 별로 없으니 아무 문제가 없습니다. 유카탄에서 벌어진 일에 대한 잘못된 소문만 교정할 수 있다면 저희 대륙식민회사가 모든 여행경비를 부담할 수도 있습니다.

윤치호는 짜증이 나기 시작했다. 가난한 나라의 관리에겐 경비를 대주겠다는 놈들밖에 없는가. 그러나 오바 간이치의 말 속엔 분명 어떤 진실이 숨겨져 있었다. 멕시코 이민이 그들에게 엄청난 수익을 남겨준다는 점, 그걸 뻔히 알면서도 일본인의 멕시코 이주는 추진하지 않는다는 점이었다. 그것만으로도 멕시코의 현실이 하와이에 비해 매우 열악하리라는 것을 미루어 짐작할 수 있었다. 그는 분명 거래를 제안하고 있었다. 윤치호가 하와이와 멕시코를 다녀온 후, 황제에게 말만 잘하면 인력 송출이 재개되리라는 것을 오바 간이치와 스티븐스 같은 자들은 잘 알고 있었다.

9월 8일에 호놀룰루항에 도착한 윤치호는 하와이 주지사 카터와 사이토 일본 영사를 만났다. 오후 여덟시, 감리교회에서 팔십 명의 한인들과 마주쳤다. 그들 모두가 눈물을 흘렸다. 서울에서 그토록 높은 지위의 관리가 찾아오리라고는 생각지 않았던 것이다. 며칠 후 사이토 영사가 다시 찾아와 은행에 미화 242달러가 도착해 있으니 찾아가라고 일러주었다. 서울에서 부쳐준 유카탄 여행 경비였다. 여행사에 가서 물으니 왕복 뱃삯만 360달러라고 했다. 한 나라를 대표하여 하와이에 온 윤치호는 손수 우체국으로 가 서울로 전보를 쳤다. '멕시코로 가려면 300달러가 더 필요함.' 전보 비용은 18달러 48센트였다. 그날 오후, 그는 여러 섬에 흩어져 있는 한인들을 만나기 위해 호놀룰루를 떠났다.

그해 10월 3일까지 25일 동안 그는 총 서른두 개의 사탕수수 농장을 방문하여 오천 명의 한인들 앞에서 총 마흔한 차례 연설하였다. 정력적인 활동이었다. 게으른 자들은 꾸짖고 성실한 자들은 어루만지고 기독교를 믿을 것을 역설하였다. 그가 찾아본 하와이의 농장들은 비교적 상태가 좋은 편이었다. 1898년 미국에 병합되면서 채무노예 제도가 폐지된 탓에 한인들은 노동조건에 따라 자유롭게 이 농장 저 농장을 옮겨다닐 수 있었다. 이민자 중에는 기독교도와 지식인이 많아 농장생활에 잘 적응하지 못했다. 농사라고는 지어본 일이 없는 그들은 곧 호놀룰루와 같은 대도시로 나와 장사와 공부를 시작했다. 사진만 보고 결혼을 승낙한 어린 여자들이 배를 타고 도착해 난생처음 보는 남자의 아내가 되었다. 윤치호가 보기에 하와이의 농장들은 별문제가 없었다. 일은 고되고 힘들었지만 감리교도인 그에게 노동은 신이 내린 축복이었다. 오히려 문제는 술과 노름, 방탕한 생활에 물든 일부 조선인들이었다. 그의 하와이 여행은 계몽에 대한 그의 신념을 굳히는 계기가 되었다. 무지하고 부도덕한 몽매의 백성들을 깨우치는 것이 바로 자신의 사명이라고 굳게 믿었다. 그의 이런 태도는 하와이 농장주들의 열렬한 환영을 받았다. 농장주들이 서로 데려가려고 다툴 정도였다. 나중엔 마치 농장주가 고용한 강사처럼 보이기까지 했다. 열심히 일하라, 신앙을 가져라, 다투지 말라, 도박하지 말라, 술 마시지 말라, 와 같은 주제로 그가 연설하고 나면 며칠 반짝 효과가 있었다. 그러나 기독교도가 아닌 조선인들은 금세 원래의 생활로 돌아갔다. 빈손으로 와서 잔소리만 하는 그에게 노동자들은 금세 냉소적인 태도를 보였다. 자기가 와서 단 하루만 일해보라지. 검은 양복에 흰 셔츠를 받쳐입고 농장주의 마차를 타고 등장하는 그가 달가울 리 없었다.

윤치호는 호놀룰루로 돌아와 서울에서의 연락을 확인하였으나 아무것도 없었다. 그는 잠시 생각에 잠겼다. 멕시코까지 꼭 가야 할까? 비슷비슷한 하와이의 농장들을 다니느라 몸도 마음도 이미 지쳐 있는데다 돈도 없었다. 300달러만 있었어도 그의 멕시코행은 성사되었을 것이다. 그는 만주리아호에 올라 요코하마로 향했다.

도쿄에 도착하여 그는 한국 공사관으로부터 황제의 하사금 600엔을 받았다. 황제는 여전히 그가 멕시코로 떠나기를 바라고 있었다. 윤치호는 외부로 다시 전문을 보냈다. '일본과 멕시코 왕복여비가 1164엔, 호텔비 400엔, 도합 1564엔이 소요되는데 일전에 받은 490엔에다 이번에 받은 600엔을 합하면 1090엔, 하여 474엔이 부족함.' 황제의 하사금을 놓고 덧셈 뺄셈을 하는 일은 우울했다.

다음날인 10월 19일, 윤치호는 제국호텔 로비에서 스티븐스를 다시 만났다. 그는 약간 초췌해 보였다. 그는 담배를 피워물며 주위를 살폈다. 나를 죽인다고 협박하는 한국인들이 많다. 하지만 나는 관심 없다. 한국인들은 그럴 만한 용기가 전혀 없기 때문이다. 그가 적극적으로 일본의 이익을 대표하고 있다는 건 이제 모든 사람이 알고 있었다. 그는 공공연하게 한국인들은 스스로를 통치할 능력이 없다고 여기저기에 천명하고 다녔다.

윤치호는 스티븐스에게 멕시코에 가야 할 필요성을 역설했지만 스티븐스는 이전에 만났을 때와는 전혀 다른 태도를 보였다. 그는 솔직하게 털어놓았다. 당신을 멕시코에 보내선 안 된다고 서울로 전보를 쳤습니다. 윤치호는 왜냐고 물었다. 스티븐스는 씩 웃었다. 일본 공사 하야시와 나는 황제를 의심하고 있습니다. 그가 당신을 멕시코로 보내려고 애쓰는 게 정말 백성들이 불쌍해서 그러는 것일까요? 아닙니다. 황제는 독자적인 외교권을 갖고 있다는 걸 널리 알리고 싶은 겁니다. 아닙니까? 당신이 거기에서 주멕시코 공사라도 자처하고 나오면, 그는 다시 씩 웃었다, 참으로 곤란하지요.

윤치호는 아무 대답도 하지 않았다. 어쩌면 그 말이 맞을지도 몰랐다. 이미 어디에서도 나라 대접을 못 받고 있던 참이었다. 일진회에선 아예 어서 빨리 외교권을 일본에 넘기라고 연일 재촉하고 있었다. 그는 전문을 보냈다. '멕시코 여행경비 도착하지 않음. 귀국여부 답신 요망.'

11월 2일, 윤치호는 도쿄를 떠났다. 11월 6일 부산항에 당도, 그해 1월 1일 개통한 경부선 기차를 타고 서울로 향해 자정 직전 서울에 도착했다. 11월 8일, 황제를 배알했다. 황제는, 그에게 얼마나 멀리 다녀왔느냐, 현재 어디에 살고 있느냐, 힘없이 물었다. 멕시코는 고사하고 하와이 이야기도 꺼내지 않았다. 윤치호는 실망하며 물러갔다. 황제는 피로한 기색이었다. 다음날, 일본 특파대사 이토 히로부미가 대한제국을 방문하였다. 국가와 왕조의 존망이 이토의 손에 달려 있는 마당에 멕시코 이민자 문제가 황제의 관심사일 수는 없었다.

11월 17일, 외부 대신 박제순과 일본 공사 하야시는 외교권을 일본에게 넘겨주는 제2차한일협약, 즉 을사조약을 체결하였다. 윤

치호는 외부 협판직에서 사퇴하였다. 대한제국은 사실상 일본의
속국으로 전락하였다.

45

바오로 신부는 밤새 박수무당을 기다렸다. 그러나 그는 돌아오
지 않았다. 새벽이 되자 사람들이 웅성거리며 바오로 신부의 파하
로 모여들었다. 최선길은 태연하게 잠자리에 누워 딴청을 부리고
있었다. 어린아이들이 달려와 에네켄 삼실 창고 안에 박수무당이
갇혀 있으며 밤새 채찍으로 맞아 정신을 잃었노라고 말했다. 통역
놈의 개자식은 도대체 뭘 했단 말인가? 누군가가 분노에 차 소리
쳤다. 돈만 받고 마차 타고 제 농장으로 가버렸답니다. 개새끼. 남
자들의 팔뚝에 힘이 들어가기 시작했다. 여자들도 모여 굿판을 짓
밟은 농장주에 대해 성토하기 시작했다. 이러다간 제사도 못 지내
는 거 아닌가? 속아서 여기까지 팔려 온 것도 억울한데, 사람을 두
들겨 반병신을 만들어? 여자들이 주저앉아 통곡을 시작하면서 국
면은 파업으로 치달았다.

선길은 슬그머니 일어나 담배를 피우며 자리를 피했다. 바오로
신부는 웅성거리는 사람들을 향해 말했다. 머뭇머뭇 터져나온 말
이었지만 일단 시작되자 자신도 놀랄 정도로 격앙되기 시작했다.

마치 누군가가 바오로의 몸을 빌려 말하는 것 같았다. 우리가 이곳에 온 것은 돈을 벌기 위함이지 매를 맞기 위함이 아니다. 우리가 여기에 온 것은 배가 고파서이지 미친 농장주의 개가 되자고 온 것은 아니다. 그자는 미쳤다. 종교에 미치고 피에 굶주렸다. 가서 본 때를 보여주자.

사람들은 마체테와 돌로 무장하기 시작했다. 말을 타고 가까이 오던 감독들은 낌새를 채고 달아났다. 여자와 어린아이 들까지 모두 모여 우선 박수무당이 있다는 창고로 달려갔다. 돌이 날아가 창고의 유리창을 깨자 창고를 지키던 자들은 놀라 달아났다. 남자들이 달려가 문을 열어젖혔다. 사슬에 묶인 채로 박수무당은 잠들어 있었다. 사람들이 깨우자 그는 놀란 눈으로 사람들을 바라보았다. 무슨 일이 있었는지 전혀 모르는 천진한 얼굴이었다. 상처가 뱀처럼 휘감은 그의 알몸은 사로잡힌 줄멧돼지처럼 보였다.

일차적인 목표를 달성하자 무리는 더욱 고양되었다. 호리병에서 풀려난 괴물은 이제 다른 희생자를 찾고 있었다. 감독들을 때려죽이자. 누군가가 외쳤다. 그들은 농장주의 저택 근처에 있는 감독의 집으로 가 돌을 던졌다. 수십 개의 돌들이 요란한 소리를 내며 창을 뚫고 집 안으로 들어갔다. 평소 악질적인 감독으로 악명이 높았던 후아킨은 모든 문에 빗장을 지르고 집 안에서 꼼짝 않고 버텼다. 다른 어떤 감독들보다도 성마르고 거친 그였지만, 사실 그는 이제 겨우 스무 살밖에 안 된 청년이었다. 돌멩이 세례가 계속되자 그는 더욱 공포에 질려 숨소리도 내지 않았다. 혹시 총을 가졌을지도 모르잖아? 누군가가 말했지만 그것이 불러일으킨 두려움은 남자들의 호전성을 더욱 자극했다. 겁먹었다는 사실을 숨기려 남자들은 더더욱 미친듯이 후아킨의 벽돌집을 공격했다. 젊은 남자 두서넛이 달려가 발로 문을 걷어찼다. 나와, 이 새끼야. 두꺼운 대문은 그 정도 발길질에는 끄떡도 하지 않았다. 그러자 또다른 몇 명은 지붕으로 기어올라가 기와를 들어내기 시작했다. 마침내 천장에 구멍이 뚫리자 함성과 함께 남자들은 기와를 안으로 던져넣었다. 곧이어 비명소리가 들리더니 마치 굴에서 튀어나오는 오소리처럼 후아킨이 빗장을 열고 튀어나왔다. 그는 죽을힘을 다해 농장주의 저택으로 내달렸다. 뒤통수에 정통으로 돌멩이를 얻어맞았지만 개의치 않았다. 그러나 육중한 대문은 그의 애절한 외침에도 열리지 않았다. 그는 추격하는 조선인들을 피해 농장의 정문 쪽으로 달려나갔다.

마침내 칠십 인의 조선인들은 농장주의 저택 앞에 집결하였다. 그러나 백 년에 걸친 마야인들의 폭동을 겪어온 농장주의 저택은 차라리 하나의 성채에 가까웠다.

갑자기 탕, 탕, 총소리가 들려왔다. 담 상단에 뚫린 총안으로 삐죽 튀어나온 총구가 보였다. 사람들은 놀라 흩어졌다. 개새끼들. 조선인들은 몸을 숙이고 쥐떼처럼 사방으로 달아났다. 탕, 탕, 탕. 총소리는 여명을 뚫고 농장 곳곳에 울려퍼졌다. 그리고 잠시 후,

농장 정문으로 요란한 발굽소리를 내며 말을 탄 경찰들이 들이닥쳤다. 때를 맞춰 저택의 대문이 열리고 농장주 이그나시오를 필두로 후아킨, 산체스 등의 감독들이 총을 쏘며 달려나왔다. 말을 탄 경찰들은 달아나는 남자들을 몽둥이로 후려쳐 일단 쓰러뜨리고 난 다음 사냥감을 쫓았다. 농장주와 감독들은 농장의 출구를 봉쇄하고 조선인들의 탈출을 막았다. 파하까지 달아난 자들도 결국 경찰과 감독 들에게 포위되어 하나하나 끌려나왔다. 경찰의 곤봉을 어깨나 등에 맞은 사람들은 그래도 운이 좋은 편이었다. 뒤통수나 이마에 맞아 피를 흘리는 이도 적지 않았다. 바오로 신부가 그랬다. 그는 눈으로 흘러드는 피 때문에 눈도 뜨지 못한 채 이그나시오 앞에 끌려나왔다. 이것은 아니오! 그는 농장주에게 외쳤다. 바오로 신부는 성호를 그었다. 그리고 말했다. 이것은 아니오! 가장 헐벗은 자, 가장 가난한 자, 가장 핍박받는 자와 함께하라는 것이 당신이 믿는 신이 가르치는 바가 아닙니까? 아닙니까? 그러나 바오로 신부에게 날아온 것은 곤봉밖에 없었다. 새벽의 부에나비스타 농장에서 바오로의 말을 알아듣는 사람은 아무도 없었다. 조선인들은 조선인들대로 바오로 신부의 말이 무엇을 뜻하는지 이해하지 못했다. 그들에게 바오로 신부는 그저 박서방일 뿐이었다. 그 박서방은 곤봉에 굴하지 않고 분연히 일어나 페낭의 신학교에서 배운 라틴어로 이그나시오와 감독들을 향해 기도하기 시작하였다. 오래전에 잊었다고 생각했던 주기도문과 영광송, 성모송, 사도 신경이 그의 입에서 줄줄줄 흘러나왔다. 바오로는 자신이 지금이야말로 진짜 미사를 집전하고 있다고 생각했다. 신이 계시다면, 자신에게 사제로서의 위엄을 부여하실 것이다. 바로 지금 신의 권능과 기적이 필요했다. 기이한 미사가 시작되었다. 몇몇 감독들은, 바오로가 아멘이라고 외칠 때마다 자기도 모르게 성호를 그었다. 그러나 농장주 이그나시오가 간단하게 상황을 정리하였다. 보라, 사탄이 주의 말씀을 더럽히는 것을. 악마의 권능이 그의 입을 빌려 신성한 기도문을 외우는 것을.

무릎이 드러난 찢어진 옷에 너덜너덜한 짚신을 신고 한 달씩 감지 못한 머리에선 이가 들끓는, 저 극동의 미개한 나라에서 온 자가 라틴어 기도문을 줄줄줄 외며 사제의 흉내를 내는 것이야말로 그의 눈엔 사탄의 소행처럼 보였다. 이그나시오의 말을 신호로 곤봉 세례가 바오로에게 쏟아졌다. 쓰러지는 바오로의 눈에 얼핏 최선길의 모습이 비쳤다. 그는 이그나시오의 등뒤에서 손가락으로 바오로를 정확히 지목하고 있었다.

순간 바오로는 분명히 깨달았다. 그의 신은 정녕 질투하는 신이었다. 샤먼으로 비롯된 싸움에서 신은 어떤 사랑도 보여주지 않았다. 조선과 일본과 멕시코가 각기 저지른 그 모든 죄악을 이들이 대속하고 있다는 것을 번연히 알면서, 신은 그저 시샘만 하고 있는 것이었다. 바오로 신부는 눈을 감았다. 그리고 앞으로 다시는 누구도 자신을 바오로라 부르지 않을 것임을 알았다. 그는 이제 신부 바오로가 아닌 박서방, 박광수였다.

46

모든 일들이 진정된 뒤 이그나시오 벨라스케스는 자기 서재로 돌아와 공단이 깔린 바닥에 무릎을 꿇고 기도하였다. 주여, 어찌하여 제게 이런 시련을 주시나이까. 어찌해야 저 미개한 자들에게 당신의 복음을 전하오리까. 아버지, 제게 어떤 고통에도 굴하지 않을 힘과 용기를 주시고 사탄의 유혹과 꾀에 넘어가지 않을 지혜를 주시옵소서. 어느새 이그나시오의 눈에서는 뜨거운 눈물이 흘러내렸다. 천국으로 인도하겠다는 자신의 진정을 끝내 몰라주는, 저 극동의 가난한 백성들을 향한 동정과 연민이 뜨겁게 솟구쳐올랐다.

열정적인 기도가 끝나자 하인이 과테말라산 커피를 끓여 가져왔다. 그는 진하고 향긋한 안티과 커피를 마시며 몬테크리스토를 피웠다. 하인이 타구를 그의 코앞에 갖다대자 그는 익숙한 동작으로 걸쭉한 가래침을 뱉었다. 보통 때라면 과테말라의 마야인과 쿠바의 흑인 들이 만든 커피와 시가는 그의 행복을 배가시켜주곤 했었다. 그러나 지금은 새벽녘의 흥분이 채 가시지 않은 상태였기 때문에 커피향과 시가맛을 음미할 여유가 없었다. 특히 자신에게 도전하며 광기에 사로잡힌 채 라틴어로 신성한 기도문을 뇌까리던 자의 모습은 아직도 강렬하게 뇌리에 남아 있었다. 할머니나 할아버지, 그 많은 고모 들로부터도 그런 예는 단 한 번도 들은 적이 없었다. 정녕 사탄의 신묘한 능력은 가히 짐작하기 어렵구나. 그는 다시 한번 몸서리를 치며 성호를 그었다.

47

야스체 농장에선 부에나비스타 농장에서 벌어진 폭동의 전말을 전혀 모르고 있었다. 권용준이 입을 다물어버렸기 때문이었다. 그는 자신이 돌아갈 그날까지 야스체에서 어떤 분란이 생기는 것도 원하지 않았다. 추석이 되자 야스체 농장의 조선인들은 모두 모여 함께 차례를 지냈다. 이종도가 축문을 쓰고 차례의 복잡한 절차에 대해 최종적인 유권해석을 내렸다. 추석은 전통적으로 농민의 명절이었으므로 대대손손 서울 양반인 이종도로선 별다른 감흥이 없었으나 모두를 대표하여 가장 먼저 절을 올렸다. 그것은 유학자가 해야 할 당연한 일이었고, 무엇보다 까다로운 유교적 절차에 그보다 정통한 사람은 없었다. 오랜만에 자신의 존재 가치를 확인한 그의 표정이 조금 밝아졌다. 차례는 자연스럽게 향수를 불러일으켰다. 추석을 크게 치르는 농민 출신들은 몇 잔 음복에 벌써 눈시울을 붉히기도 하였다.

권용준은 차례에 참가하지 않았다. 이미 농장의 조선인들과는 사이가 멀어질 대로 멀어져 있었다. 그가 보기에 조선인들은 감독들이 조금만 한눈을 팔아도 금방 빈둥거리는 자들이었다. 그러니 채찍을 들 수밖에. 역시 맞아야 말을 듣는다니까. 그는 이미 농장주처럼 사고하고 양반처럼 행동하고 있었다. 자세히 보면 그의 행동거지는 정말 조선의 양반들을 닮아 있었다. 일하기를 싫어하고 명령하기는 좋아하며, 자기보다 약한 자들을 때리고 멸시하기를 밥먹듯이 하였다. 그러나 힘센 자에겐 지체 없이 고개를 숙였다. 거들먹거리며 종로를 활보하고 기생집을 들락거리던 양반들이야말로 그가 보고 배운 거의 유일한 인생 모델이었으니 어찌 보면 자연스러운 귀결이었다. 그는 농장주의 허락을 받아 마야 여자 하나를 데려다 살림을 시켰다. 그러면서도 틈만 나면 다른 여자들을 지분거렸다. 차례니 추석이니 하는 데에는 아무 관심도 없었다. 그는 침대에 드러누워 마야 여자의 젖가슴을 만지작거리며 연수를 생각하면서 옥수수를 까먹었다.

　차례가 끝나자 조선인들의 화제는 자연스레 이종도가 쓴 편지로 옮겨갔다. 그는 헛기침을 몇 번 한 연후에 편지는 다 썼으며 곧 부쳐질 것이라고 말했다. 많은 기대를 하지는 말라고 덧붙였지만 사람들의 기대가 날개를 달고 하늘을 날아다니는 것마저 막을 수는 없었다. 서너 달이면 답신이 오겠지? 어쩌면 정부에서 벌써 관리를 보냈을 수도 있지 않겠어? 편지가 가고 대한제국에서 외교관이 파견되어 자신들의 실정을 살피고 멕시코 정부와 유카탄 주지사에게 엄중히 항의한 연후에 이 계약이 무효임을 밝혀 자신들을 송환하리라는 기대가 야스체 농장 전역에 급속히 퍼져가기 시작했다. 혹자는 일본이 대한제국을 대신하여 그 일을 하리라는 기대를 표명하기도 했지만 사람들의 면박을 받고 곧 의견을 철회하였다.

이종도는 집으로 돌아와 잘 봉해진 편지를 아들 진우에게 주었다. 각기 세 통이다. 잘못 전해질 수도 있을 것 같아 여러 통을 적었다. 이걸 그 역관에게 전하여 메리다에 나가 부치도록 하여라. 진우는 편지를 받아들고 용준의 파하로 갔다. 벌거벗은 마야 여인이 안으로 들어오는 소년을 멀끔히 바라보았다. 용준은 편지를 받아들었다. 이게 그 편지냐? 소년은 고개를 끄덕였다. 그러나 눈길은 자꾸만 벌거벗은 마야 여인의 알몸으로 향했다. 좋다, 내 메리다로 나가 직접 이 편지를 부치도록 하마. 네 아버지처럼 지체 높은 양반께 농장생활은 어차피 무리였다. 그리고 이만하면 유카탄의 농장주들도 조선인들을 데려온 본전을 뽑았을 터이니 별 불만은 없을 것이다. 걱정 말고 돌아가거라.

다음날 용준은 마차를 타고 메리다로 나갔다. 메리다 남쪽의 시장 골목에 자리한 중국음식점에서 돼지고기 요리를 먹었다. 배가 불러 기분이 좋아진 그는 시청과 대성당이 마주보고 있는 중앙공원에 나가 햇살을 만끽하였다. 그는 대성당도 구경하였다. 서울에서 본 동양적 건축과는 그 궤를 달리하는 바로크 스타일의 정면을 잠시 감상하고는 천천히 안으로 들어갔다. 1561년에 건축을 시작하여 1598년에 완성되었다는 이 대성당은 마야의 신전에서 가져온 돌로 마야의 유적지 위에 건립되었지만 그는 알 리가 없었고 관심도 없었다. 단지 그는 요새가 아닌가 싶을 정도로 두텁고 튼튼한 벽에 강한 인상을 받았을 뿐이었다. 스테인드글라스는 유카탄의 강렬한 햇빛을 찬란한 색조로 바꾸어 어두운 대성당의 내부를 비추고 있었다. 식민지 시대에 건립된, 스페인 정치가와 성직자 들의 비정상적인 권력의지가 그대로 담겨 있는, 메리다라는 도시의 규모에 비해 너무나 큰 이 대성당에서, 권용준은 아무런 가감 없이 그대로 그 권력의지를 받아들였다. 그에게는 대성당의 그 웅장한 크기와 현란한 높이야말로 가장 분명한 미적 메시지였다. 산허리에 낮게 엎드린 조선 절집의 여성적인 매력은 허약함과 비굴함의 상징으로 느껴졌다.

그는 메리다를 남북으로 관통하는 중심가인 60번가를 따라 북쪽으로 걸어 또다른 교회 앞에 멈추었다. 예수회 교당이었다. 1618년에 예수회가 유카탄 선교와 교육사업을 위해 건축한 교회였는데 이그나시오 벨라스케스의 선조, 호세 벨라스케스도 물론 이곳에서 자신의 옛 동료들을 만났다. 그러나 그는 이미 교육과 선교 쪽으로 돌아선 예수회와 분명하게 선을 긋고 유카탄반도에서 전투적으로 마야인들의 토속 종교와 전투를 벌였다. 그는 예수회 교당 앞의 이달고공원 벤치에 앉았다. 광장 남쪽으로는 새로 지어진 그랑호텔이 화려한 외양으로 여행자들을 유혹하고 있었다. 그랑호텔의 간판에는 스페인어로 1902년에 새로 개장했노라고 큼지막하게 씌어 있었다. 1902년이면…… 그는 손을 꼽아보았다. 삼 년밖에 안 된 새 호텔이로군. 메리다에서 호텔업을 하는 것도 괜찮을 것 같아. 돈만 있다면.

예수회 교당 옆으로는 대학과 고등학교가 자리잡고 있었는데, 그 앞의 작은 마당에서 수십 명의 학생들이 모여 웅성대었다. 그중 한 명이 조금 높은 화단에 올라가 연설을 시작하자 박수가 쏟아져 나왔다. 그의 짧은 스페인어 실력으로는 거의 알아들을 수 없을 정도로 어려운 연설이었다. 그러나 포르피리오 디아스 대통령의 이름이 여러 차례 거론되고 그 어조가 과격한 것으로 미루어 정치적인 내용임에는 틀림없었다. 삽시간에 사람들이 몰려들었다. 평소엔 한산하던 메리다 시내는 갑자기 수백 명의 인파가 운집한 장바닥처럼 변했다. 말쑥하게 양복을 차려입은 연사는 말투나 옷차림, 헤어스타일로 보아 하층민 같지는 않았다. 성공한 부르주아나 농장주쯤으로 보였다. 잘 닦은 구두가 햇빛을 받아 눈부시게 번쩍였다. 학생과 시민 들은 그의 발언을 경청하며 대목대목마다 탄성을 지르며 박수를 쳤다.

연설이 절정으로 치달을 무렵 그가 앉아 있는 벤치 앞으로 말발굽소리도 요란하게 기마경찰이 달려 지나갔다. 몇 대의 마차도 기마경찰의 뒤를 따라 덜그럭거리며 포도 위를 지나갔다. 금과 보석으로 치장된 화려한 마차들은 북쪽으로 방향을 틀어 달렸고 기마경찰들은 두 무리로 나뉘어 한 무리는 그대로 마차를 호위하고 다른 한 무리는 집회장을 덮쳤다. 달아나는 군중들로 광장은 금세 아수라장이 되었다. 주로 남자들로 이루어진 군중들은 그물처럼 얽힌 메리다의 골목길들로 흩어졌다. 기마경찰들도 호각을 불며 자리를 정리할 뿐 더는 추격하지 않았다.

그는 광장의 노점상을 붙들고 물었다. 도대체 왜 저러는 거요? 노점상은 관심 없다는 투로 비질을 하며 말했다. 새로운 법에 따르면 열 명 이상이 모이면 다 불법이라나요. 교회에 갈 때만 예외랍니다. 웃기는 법 아닙니까? 늙은 독재자 영감이 떨고 있는 거지요. 이 촌구석에서 무슨 일이 난다고…… 권용준은 다시 물었다. 아까의 그 마차는 뭐요? 유카탄 주지사의 마차입니다. 역시 잔뜩 겁을 집어먹고 있지요.

그는 집회를 진압하는 기마경찰의 자신 없는 태도에서, 군중들의 비아냥거림에서, 신념에 찬 집회 참가자들의 모습에서 멕시코의 앞날에 대한 불길한 예감을 받았다. 이놈의 나라도 어쩌면 오래가지 못하겠군. 그는 벤치로 돌아와 가죽가방 속에서 이종도가 며칠 동안 끙끙 앓으며 써내려간 편지를 꺼냈다. 그리고 찬찬히 읽어보았다. 불민한 자가 폐하의 심기를 어지럽혀 죄송하다는 등의 의례적인 인사말 뒤에 예의 멕시코에서의 고생담이 줄줄 적혀 있었다. 자신의 잘못된 판단에 대한 책임은 기꺼이 지겠다. 그러나 무지한 백성들의 고초는 차마 눈뜨고 볼 수가 없다. 부디 어여삐 여기시어 그들을 구해주십사는 내용이었다. 권용준은 홍, 코웃음을 쳤다. 조선이 망한 이유는 바로 이런 양반놈들 때문이다. 제 손으로는 마체테 한 번 잡아본 적 없으면서 입만 열면 청산유수지. 자기가 고생을 알면 얼마나 안다는 거야? 허구한 날 집구석에 틀어박혀 공자왈 맹자왈이나 하는 주제에!

그는 세 통의 편지에 불을 붙였다. 불꽃이 날름거리며 삽시간에 편지를 삼켜버렸다. 재는 바람에 날려 이달고공원 곳곳으로 흩어졌다. 권용준은 상쾌한 기분으로 농장에 돌아와 이진우에게 편지는 잘 보내었으니 걱정 말고 기다리라고 하였다. 멕시코의 열악한 우편제도 때문에 석 달은 족히 걸리리라는 말도 덧붙였다.

48

이정과 연수의 만남은 밤마다 이어졌다. 불빛 하나 없는 벌판의 어둠이 자신들을 가려주리라 믿었던 걸까. 그들의 연애행각은 점점 더 대담해졌다. 가장 먼저 눈치를 챈 사람은 밤마다 이슬에 젖어 돌아오는 딸을 수상히 여긴 윤씨였다. 도대체 어딜 다녀오는 거냐? 연수는 입을 꾹 다물고 아무 대꾸도 하지 않았다. 윤씨는 직접적으로 무엇무엇을 하지 말라고는 하지 않았다. 여기서 혼례를 치를 수는 없지 않느냐. 참는 것이 첫째다. 여자의 삶은, 참고 참고 또 참는 것이다. 연수는 난생처음 눈을 똑바로 뜨고 제 어미에게 물었다. 어머니, 그럼 절 어쩌실 거예요? 이렇게 파하 안에 가둬놓고 부엌귀신으로 만드실 건가요? 윤씨는 완강한 어조로 말했다. 돌아가야지. 어디로요? 어디긴 어디야, 조선으로지. 조선으로 돌아가 번듯하게 혼례를 치러주마. 연수가 피식 웃었다. 정말 돌아갈 수 있겠어요? 윤씨는 흔들리지 않았다. 모르긴 몰라도 덕수궁에서 무슨 수든 내실 것이다.

제가 밤마다 누구를 만나는지 아세요? 연수가 당돌하게 치고 들어가자 윤씨는 귀를 막는 시늉을 하며 고개를 저었다. 듣고 싶지 않다. 그러니 제발, 아무 말도 말아다오. 돌아갈 준비나 하렴. 연수는 일어나 파하 안을 오갔다. 생각을 해보렴. 농장의 이 천한 것들에게까지 능멸당하고 싶다면, 네 맘대로 하려무나. 하지만 내 딸아, 너는 어디에도 숨을 수가 없다. 모두가 너를 보고 있으니까.

그건 사실이었다. 연수는 조용히 숨어 밀애를 즐기기엔 너무나 도드라졌다. 조선의 여자 중에서는 키가 큰 편이었고 둥글고 도톰한 볼, 곧게 뻗은 콧날과 가지런한 눈썹이 인상적이어서 그녀가 농장의 세노테에 물이라도 길으러 나타나면 모두의 시선이 그녀에게로 집중되었다. 그러니 밤마다 덤불 속에서 벌이는 청춘행각이 드러나지 않을 도리가 없었다. 팔십 명밖에 안 되는 야스체 농장의 이민자들 사이에 이정과 연수에 대한 소문은 삽시간에 퍼졌다.

진우 역시 누이의 연애행각을 눈치챘다. 소문은 돌고 돌아 마지막에야 그에게 전해졌다. 그는 세노테에서 돌아오는 누이의 항아리를 보았다. 물이 찰랑거리고 있어야 할 항아리는 비어 있었다. 왜 하필 거렁뱅이나 다름없는 고아여야 했나. 왜 권용준이어서는 안 되는가. 그렇다면 모두가 편안해졌을 텐데. 그는 밤이 되자 스르륵 파하를 빠져나가는 누이 앞을 가로막고 섰다. 영문을 모르는 이종도는 눈을 동그랗게 떴다. 무슨 일이냐? 진우가 비켜섰다. 아무것도 아닙니다. 이종도가 헛기침을 하며 훈계했다. 동기간이라도 남녀가 유별한 법이다. 연수는 물을 길으러 가기를 포기하고 후텁지근한 파하에 앉아 어머니 윤씨와 동생 진우의 교차 감시를 받았다. 바늘이 몇 번이고 그녀의 살갗을 파고들었다. 검붉은 피톨이 떨어져 소매를 적셨다.

　하루의 일을 마치고 레일 위의 무개차를 밀고 있는 이정을 농장 감독 페르난도와 권용준이 따라왔다. 밤새 덤불 속에서 연수를 기다리느라 잠을 제대로 자지 못한 이정의 모습은 초췌했다. 창고 앞의 회계원에게 에네켄 다발을 넘기고 나자 권용준이 이정을 사무실로 데리고 들어갔다. 일이 힘에 부친가봐? 용준이 이정에게 말했다. 이정은 그렇지 않다고 말했다. 페르난도는 이정을 빤히 내려다보며 그가 알아들을 수 없는 스페인어로 뭐라고 말했다. 그러나 중간중간 아시엔다라는 단어만은 또렷하게 들렸다. 직감적으로 이정은 좋지 않은 느낌을 받았다. 권용준은 씩 웃으며 페르난도의 말을 통역해주었다. 걱정하지 말라구. 더 좋은 데로 가는 거야. 여기서 좀 멀긴 하지만.

말도 안 됩니다. 온 지 얼마 되지도 않았잖아요? 용준이 페르난도가 들고 있는 계약서를 꺼내 보여주었다. 물론 이정은 그 빼곡한 스페인어 문장들을 읽을 수가 없었다. 적어도 사 년 동안은 주인 맘대로지. 잘 가라고. 밖에 마차가 와 있으니까 바로 타면 돼. 이정이 흘깃 밖을 내다보니 정말 마부가 회색 말의 갈기를 손질하고 있었다. 파하에 들러 짐을 가져오겠습니다. 용준이 고개를 저었다. 짐은 무슨…… 그냥 타면 돼. 거기 가면 다 있다구. 거지를 줘도 안 입을 더러운 옷가지는 나중에 보내줄 테니까.

저 혼자 가나요? 용준이 고개를 끄덕였다. 이정은 자리에서 벌떡 일어나 밖으로 뛰쳐나가려 했으나 문 앞에서 기다리던 페르난도에게 허리를 잡혔다. 몇 명의 십장과 감독 들이 이정을 마차에 싣고 발에 차꼬를 채웠다. 잡힌 상태에서도 계속 발버둥을 치는 바람에 이정의 발과 팔뚝에 상처가 났다. 어린놈이 버릇이 없구나. 용준이 몽둥이로 이정의 등짝을 후려갈겼다. 회계원에게 에네켄 다발을 검사 맞고 파하로 돌아가던 조선인 일꾼들은 그저 물끄러미 바라만 볼 뿐이었다. 몇몇은 신이 나서 이죽거렸다. 대가리에 피도 안 마른 놈이 여색부터 밝히더니 꼴 좋구나.

이정을 실은 마차가 농장의 경계를 지날 무렵 돌석이 소리를 지르며 허겁지겁 달려왔다. 그의 손에는 이정의 옷과 소지품을 담은 보퉁이가 들려 있었다. 이것 전해주려고…… 이정은 그것을 받아 들고 돌석과 굳은 악수를 나누었다. 이제 언제 볼지 모르는 것이었 다. 이정은 돌석에게 말했다. 꼭 전해줘. 어디로 가든, 나는 반드시 돌아온다고, 꼭 데리러 오겠다고.

농장의 경계를 넘지 못하는 돌석은 정문을 대신하는 석회석 아 치 아래에서 이정이 사라질 때까지 손을 흔들고 있었다. 마차는 덜 컹거리며 두 시간여를 달려 한 농장의 입구에 이정을 내려놓았다. 농장에서 나온 일꾼들이 이정을 데리고 안으로 들어갔다. 일꾼들 은 그곳이 어디인지 가르쳐주었다. 그 아시엔다의 이름은 첸체였 고 주인은 돈 카를로스 메넴이라 했다.

49

그러나 돈 카를로스 메넴은 농장에 있지 않았다. 메넴은 멕시코 시티에서 친구들을 만나 정치적 정세에 대한 얘기를 나누고 있었 다. 입만 열면 과학, 과학을 떠들어대는 이른바 '과학자 그룹'에 대 한 성토로 시작된 이야기는 결국 포르피리오 디아스 대통령의 지 나친 친미정책에 대한 비판으로 이어졌다. 메넴은 파이프의 재를 재떨이에 털어내면서 언성을 높였다. 그 자식들은 말끝마다 오귀 스트 콩트를 들먹이는데, 그 빌어먹을 영감탱이가 멕시코의 실정에 대해 뭘 알았겠어! 모두 자기들 배를 불리는 데 써먹고 있잖아. 교활한 놈들. 그러니 우리같이 양심적인 사람들만 손해를 보는 거라고.

서서 찻잔을 받친 채 다르질링 차를 마시던 청년이 빙긋 웃으며 메넴에게 딴지를 걸었다. 당신의 에네켄 농장의 노동자들도 그렇게 생각할까요? 메넴은 일 초의 망설임도 없이 대꾸했다. 당연하지! 유카탄에서 나만큼 자비로운 농장주는 없다고. 그러는 자네의 사탕수수 농장은? 청년은 어깨를 으쓱했다. 우리가 아무리 잘해준다 해도 한계가 있어요. 우리는 스페인의 귀족이 아니라 멕시코의 사업가에 불과해요. 이윤을 못 내면 문을 닫아야 된다구요. 그러자면 게으른 노동자들을 들들 볶지 않으면 안 되죠. 생각해봐요, 옆 농장에선 거저나 다름없는 중국 쿨리들을 데려다 부려먹으며 싼값에 미국으로 팔아넘기는데 어느 미친 농장주가 그걸 마다하겠냐고요. 결국 경쟁이죠. 안 그래요? 게다가 우리는 저 쿠바와 도미니카의 깜둥이들과도 경쟁해야 한다구요.

그게 바로 디아스, 아니 그 과학자 그룹의 논리라고! 경쟁, 경쟁, 경쟁! 붉은 수염의 중년 신사가 얼굴을 붉히며 논쟁에 뛰어들었다. 청년은 다르질링 차가 담긴 영국 도자기잔을 하인에게 건네주며 빙긋 웃었다. 그래서 뭡니까? 우린 모두 농장주입니다. 기회만 있으면 필리핀이든 광둥이든 값싼 노동자를 데려다 부리고 싶어하죠. 아니, 이건 우리 취향하고는 아무 상관도 없어요. 싫어도 해야 되는 거라구요. 이발처럼! 아무도 그의 썰렁한 비유에 웃어주지 않았다.

전제 자체가 잘못돼 있어요. 그때까지 조용히 앉아 남자들의 말을 경청하고 있던 한 부인이 입을 열었다. 포르피리오 디아스는 우리더러 노동자를 수입해서라도 사탕수수나 에네켄, 치클을 재배하라고 합니다. 잘들 알고 계시겠지만 그는 외국인 자본까지 끌어들여 농장을 경영하게 합니다. 메넴이 동의했다. 맞아, 유카탄에도 미국인 농장주들이 들어와 있다고. 재수없는 양키들! 부인이 말을 이었다. 그는 멕시코엔 아시엔다가 필수라고 말하고 있지만 그건 거짓말입니다. 미국인들이야 좋겠지요. 멕시코엔 값싼 농산품이나 생산하게 하고 자기들은 베라크루스항에서 그걸 실어다 더 비싼 값으로 유럽에 팔아넘길 테니까. 그 과정에서 네덜란드, 벨기에와 맞먹는 저 대농장의 소유주들, 멕시코시티의 과학자 그룹들은 떼돈을 벌구요. 결국 미국과 디아스 일당만 돈을 벌고 나머지는 허덕허덕대다 끝나는 거라구요. 멕시코에 필요한 것은 아시엔다가 아니라 민주주의예요.

메넴은 그녀의 매력과 말솜씨 모두에 매료되었다. 내 말이 그 말이오, 엘비라 부인. 그 아름다운 입술에서 그토록 강렬한 독이 뿜어져나올 줄이야. 그러나 그 독기마저 감미로울 따름입니다. 맞아요, 엘비라 부인. 우리에겐 아시엔다가 아니라 민주주의가 필요합니다. 디아스로는 안 된단 말이지요. 그 점엔 모두 동의하시겠지요? 서재의 여기저기에 걸터앉아 있던 참석자들이 모두 고개를 끄덕였다. 그러나 눈초리엔 서로에 대한 불신이 가득 담겨 있었다. 아시엔다 대신 민주주의라고? 말만 번드르르한 헛소리! 더 많은 아시엔다 혹은 더 많은 권력이겠지!

음, 좋아요. 엘비라 부인이 자리에서 일어났다. 그럼 제가 여러분들께 소개해드릴 분들이 있어요. 모두들 다음주에 여기로 오실 수 있죠?

독재자에 반대하는 그룹들이 서서히 생겨나고 있었다.

50

메넴이 멕시코시티에서 반정부 살롱들을 드나들며 연애와 정치를 동시에 해치우는 동안 그의 농장에선 감독 알바로가 우아한 농장주를 대신하여 악역을 맡고 있었다. 그는 탈출을 하다 붙잡힌 울릉도 어부 최춘택을 농장 감옥에 감금하고 채찍질을 했다. 쌀과 옥수수를 무상으로 배급하는 대신 탈출자는 엄하게 다룬다는 메넴과 조선 이민자들 사이의 약속을 들먹였지만 최춘택에게 가해진 태형은 너무 가혹했다. 지난번 폭동은 농장 매점 때문이었지만 이번은 채찍이 문제였다. 게다가 농장주가 자리를 비운 사이 노동조건은 급격히 나빠졌다. 전에는 해가 지면 모든 일이 끝났지만 이제는 똑같은 돈을 받고도 저녁 늦게까지 남아 에네켄 삼실 공장에서 잔업을 해야 했다.

겁쟁이 노총각 최춘택이 왜 탈출하려 했는지는 알 수 없었다. 탈출을 하여 어디로 가려고 했는지도 의문이었다. 그는 스페인어를 한마디도 할 줄 몰랐다. 스페인어를 배워서는 안 된다는 게 그의 주장이었다. 스페인어를 배우면 고향에 돌아갈 수 없다고 했다. 왜냐고 물으면 그는 답답하다는 듯이 똑같은 말을 반복했다. 아, 글쎄 안 된다니까. 서반아말을 배우면 우리말을 잊어버릴 테고 그럼 어떻게 돌아가느냐, 그는 되묻곤 했다. 스페인어를 익히지 않기 위해 그는 무던히도 노력했다. 줄곧 남들이 잘 알아듣지도 못하는 울릉도 사투리로 떠들어댔고 십장들이 제 이름을 불러도 못 들은 척했다. 일이 끝나고 나서 회계원들이 '쿠안토 쿠에스타'(얼마나 되느냐?)라고, 잘라낸 에네켄 잎의 수효를 물어와도 그는 손가락으로 숫자를 표시할 뿐, 뻔히 아는 스페인어 숫자도 결코 입 밖에 내지 않았다. 그런 그가 달이 없는 날을 골라 모두가 잠에 곯아떨어진 시각, 그동안 모아놓은 얼마 안 되는 돈을 챙겨 농장의 철조망을 넘었다. 그러나 귀가 밝은 마야 원주민 경비원에게 발각되어 얼마 가지 못해 곧 붙잡혔다.

제대군인들이 다시 모였다. 조장윤과 금강역사 김석철, 땅꼬마 서기중, 과묵한 명사수 박정훈은 동이 트기 전에 남자들을 불러모았다. 포항의 고래잡이 어부들과 농민들이 주력이었다. 그리고 지난밤에 새로 도착한 이정이 있었다. 이정은 어떤 투쟁에도 참여할 기분이 아니었으나 그렇다고 집에 숨어서 상황을 지켜볼 성격도 아니었다. 막상 조장윤과 군인들을 만나자 반가웠고 그들이 벌이려는 싸움에 대한 얘기는 피가 뜨거운 그를 흥분시켰다. 개돼지처럼 자신을 사고파는 농장주들에 대한 분노가 자포자기의 심정을 억누르며 그를 새로운 국면 속으로 빠져들게 했다. 남자들은 이번에도 역시 마체테로 무장을 하고 미리 돌을 주워 주머니에 넣었다. 이정에게도 마체테가 주어졌다. 만약의 경우를 대비하여 세 무리로 나누어 각기 경험이 풍부한 군인들이 앞장을 서기로 하였다. 싸우기 싫어하는 양반들은 뺐다. 어린아이와 여자 들도 집에 남겨두었다. 와, 함성을 지르며 우선 최춘택이 감금되어 있는 농장 감옥으로 달려갔다. 감옥 앞에 있던 감시원이 기세에 눌려 달아났다. 남자들이 문을 부수고 최춘택을 구해냈지만 그는 이미 축 늘어져 인사불성이었다. 그의 모습을 보고 더욱 분노한 이들은 지난번처럼 돈 카를로스 메넴의 저택으로 몰려갔다. 그러나 저택에 모여 있던 감독과 십장 들은 지난번처럼 호락호락하지 않았다. 그들은 바로 장총을 쏘며 반격에 나섰다. 총알이 몇 사람의 팔과 허벅지를 스쳤다. 아직 해가 뜨기 전이라 총이 어디서 날아오는지도 알 수 없었다. 그러나 저쪽에서는 이들이 들고 있는 횃불을 겨냥하여 총을 쏘아댔다. 결국 횃불을 끄고 퇴각하는 수밖에 도리가 없었다. 몇 명이 돌을 던져보았지만 저택의 높은 담을 공략하기에는 역

부족이었다. 이들이 퇴각하기 시작하자 알바로가 이끄는 십장들과 마야 원주민 경비원들이 일제히 소리를 지르며 뛰쳐나왔다. 콩을 볶는 듯한 총소리가 귓전을 울렸다. 몇 번이나 퇴로를 차단당한 무리들은 애초에 최춘택이 갇혀 있던 창고 겸 감옥으로 달아났다. 빌어먹을, 완전히 갇혀버렸잖아. 조장윤은 김석철과 함께 안에 있던 의자와 책상으로 들어오는 문을 막고 창문에도 나무판을 대어 바리케이드를 쳤다. 조장윤이 말했다. 어차피 이렇게 된 것, 여기서 끝까지 버팁시다. 우리를 죽여봐야 사온 놈들 손해고 아마 여기다 대고 무작정 총질을 해대진 못할 겁니다. 차라리 잘된 거요. 며칠만 버텨도 놈들로선 손해가 막심할 테니 결국 협상을 하자고 할 겁니다.

불안한 가운데 대치가 시작되었다. 밖에서는 알바로가 허공에다 총을 쏘며 위협을 계속했다. 그로서도 주인이 오기 전에 해결하는 것이 좋았다. 그가 보기에 메넴은 세상 모르는 정치가 지망생에 불과했다. 지난번에도 농장의 현실은 잘 알지도 못하면서 옥수수와 쌀을 무상으로 제공하겠다고 인심을 쓰는 바람에 농장의 수지가 벌써 적자 쪽으로 기울고 있었다. 이번 기회에, 메넴이 멕시코시티에서 돌아오기 전에 저 조선인들의 기를 꺾어놓아야 했다. 그러나 조선인들은 폐창고 안으로 들어가 바리케이드를 치고 장기전에 대비하고 있었다. 물론 물과 먹을 것이 없으니 오래 버티지는 못할 것이었다. 문제는 메넴이었다. 알바로는 서서히 초조해지기 시작했다. 피로가 몰려오면서 몸에서는 열도 나는 것 같았다. 그는 십장들의 의견을 물었다. 들어가는 것이 좋은가? 모두 고개를 저었다. 누구도, 제아무리 총을 가졌다 해도, 마체테를 든 팔십 명의 남자들로 득실거리는 창고 안으로 쳐들어가고 싶어하지 않았다.

51

사흘이 지났다. 알바로의 총알 몇 발이 바리케이드를 뚫고 창고 안으로 들어오기도 했고 그에 격분한 군인들이 창밖으로 돌멩이를 던져 어느 십장의 정강이를 맞히기도 하였지만, 양쪽 모두 오랜 대치에 지쳐 있었다. 안에 갇혀 있는 조선인들에겐 무엇보다 갈증에 시달리는 것이 가장 큰 문제였다. 군인들은 이탈자가 생기지 않도록 사람들을 독려하였지만, 벌써 몇몇은 헛것이 보인다며 손을 내젓고 있었다. 서로에 대한 짜증으로 대오는 서서히 허물어지고 있었다. 햇볕은 무정하게 뜨거워 석회석 벽돌로 지어진 창고 안은 가마솥처럼 뜨거웠다. 탈수증세가 시작되어 몇몇은 벌써 심각한 지경이었다. 알바로는 밖에서 시원한 물을 퍼마시며 약을 올렸다. 항복해야 하는 건가? 구석의 농민들은 벌써 제 옷을 찢고 있었다. 무얼 하냐고 물으니 대답이 없다. 조장윤이 재차 물으니 퉁명스런 말투로 백기를 만들고 있노라고 말했다.

그때 누군가가 조용히 하라고 외쳤다. 모두들 말을 멈추었다. 쿠쿠쿵. 천둥소리였다. 그러더니 후드득후드득, 빗방울이 듣기 시작했다. 유카탄에서는 여간해선 보기 힘든 폭우였다. 폭우는 거의 양동이로 쏟아붓기라도 하는 것처럼 퍼부어댔다. 창고 안에서는 환호성이 울려퍼졌다. 무등을 탄 남자들이 대들보에 올라가 지붕을 뜯어냈다. 뻥 뚫린 구멍으로 비가 쏟아져내렸다. 이정은 그 비를 맞으며 비가 내리던 날의 밀회를, 김이 모락모락 오르던 연수의 몸을 생각하고 있었다. 누군가는 조선의 장마를, 또 누군가는 비 내리던 날의 참외서리를, 또 누군가는 어머니를 생각했다. 모두 유카탄에서는 만날 수 없는 것들이었다.

갈증이 해결되자 조선인들은 한결 느긋해져 농담까지 주고받게 되었다. 에라이, 일도 안 하고 노니 더 좋다! 누군가가 외쳤다. 맞다, 맞다, 더 좋다. 맞장구를 치는 사람도 있었다. 그러나 호탕하게 웃는 그 내면들은 일제히 불안하였다. 혹시…… 포항의 고래잡이 어부가 말했다. 저들이, 우리 모두를, 다 내보내면 어쩌지? 모두의 얼굴이 굳어졌다. 그럴 리야 있냐며 애써 위안하는 사람도 없지는 않았다. 그러나 정말로 화가 난 농장주가, 너희들은 다 필요 없다, 다 나가라, 고 말한다면 어쩔 것인가. 또 한 명이 물었다. 조선까지의 여비는 얼마일까? 아무도 아는 이가 없었다. 이정이 말했다. 다른 농장에서 들었는데요, 100페소쯤 한다던데요.

창고 안에는 침묵이 흘렀다. 100페소? 100은 고사하고 10도 가

진 사람이 없었다. 설령 돈이 있다 해도 빈털터리로 제물포에 돌아
간다고 생각하면 끔찍했다. 지난 2월부터 그 고생을 하고 고작 갈
라터진 손과 온갖 피부병으로 곪아터진 피부, 시커멓게 그을린 얼
굴로 돌아가란 말인가.

　나가자. 농사꾼들이 일어섰다. 군인들이 막아섰다. 지금 나가면
끝장입니다. 조금만 더 버티면 됩니다. 아까 최춘택이 못 보셨소?
한 중년의 농사꾼이 피식 웃었다. 도망을 안 가면 되지. 김석철이
농사꾼의 멱살을 쥐었다. 사람들이 그들을 뜯어말렸다. 우리가 힘
을 보여주지 않으면 저들이 우리를 멸시한단 말이오. 지금은 도망
하는 자만 때리지만 나중에는 조금만 게으름을 피워도 채찍이 날
아올 거요. 논쟁은 험악해졌다. 이 새끼들이! 농사꾼들이 마체테
를 높이 들었다. 군인들은 칼을 낮게 깔아 겨누었다. 그들 사이에
있는 이들은 놀란 원숭이처럼 소리를 질렀다. 당장 끔찍한 일이 벌
어진다 해도 하나도 이상하지 않을 험악한 분위기였다.

　이 팽팽한 긴장을 해결한 것은 한 마리의 모기였다. 사건이 벌
어지기 몇 주 전, 세노테 근처의 웅덩이에서 부화한 이 모기는 사
람냄새를 따라 농장으로 날아왔다. 이 암모기는 몇 사람의 피를 빨
고 알을 낳고 죽었다. 그 사람들 중의 하나가 바로 감독 알바로였
다. 장총을 높이 들고 왔다갔다하며 적정을 살피던 감독 알바로는
갑자기 비틀거리더니 픽, 하고 쓰러져버렸다. 창문 틈으로 동정을
살피던 이정이 모두에게 그 사실을 알렸다. 쓰러진 알바로에게 십

장들이 달려왔고 알바로는 그대로 실려갔다. 일사병이야. 누군가가 말했다. 아닐 거야. 하루이틀 보는 햇볕도 아닌데. 모자도 쓰고 있었고. 의논이 분분했지만 아무도 정확한 이유는 알지 못했다. 포위는 풀렸고 밤이 되자 조선인들은 일제히 각자의 집으로 돌아갔다. 조장윤은 돌아가며 보초를 서자고 제안했고 사람들은 이에 따랐다. 그러나 밤새 아무런 동정이 없었다. 심지어 새벽 네시가 되어도 종이 울리지 않았다. 사흘을 굶은 남자들은 밤새 토르티야를 허겁지겁 먹어치웠다. 해가 중천에 뜨고서야 마야인들로부터 알바로가 말라리아에 걸렸으며, 고열로 사경을 헤매고 있다는 소식이 들려왔다.

이정이 보초를 서는 조장윤을 찾아온 것은 먼동이 터오는 꼭두새벽이었다. 이정의 표정은 어두웠지만 몸은 싸움에 나서는 투계처럼 잔뜩 긴장하고 있었다. 드릴 말씀이 있습니다. 조장윤이 물었다. 무슨 일인데? 이정이 말했다. 저는 오늘밤, 이곳을 빠져나갈 생각입니다. 조장윤이 놀라 눈을 크게 떴다.

일은 다 힘들어. 일이 힘들어서가 아니에요. 그럼? 개돼지처럼 팔려다니기 싫어요. 그렇다고 달아난단 말이야? 그러다 총이라도 맞으면 어쩌려고? 최춘택이 못 봤어? 저쪽도 어수선해서 뭐가 뭔지 모를 거예요. 지금이 제일 적당해요. 도망가선 뭘 할 건데? 서반아말도 못하면서…… 배우죠. 일본말도 배웠는데 서반아말이라고 못 배우겠어요? 배워서? 배워서 뭘 할 건데? 멀리 나가 장사를 할 겁니다. 무슨 돈으로? 네가 달아난 걸 알면 우리가 불리해져. 농장주가 협상할 때 그걸 걸고넘어질 거야. 그래도 아저씨가 도와주셔야 해요. 왜? 제 이름도 지어주셨잖아요. 좋아, 그렇지만 나는 모르는 일이야. 나가서 안 되겠으면 돌아와. 우리가 농장주한테 말해줄게. 도망친 기간만큼 더 일하면 되겠지.

이정은 자기 방으로 돌아가 탈출 준비를 시작했다. 조장윤은 이정에게 5페소를 쥐여주었다. 장사가 성공하면 꼭 갚아라. 쓰러진 알바로는 그날 오후 메리다의 병원으로 실려갔다. 그리고 마치 바톤터치라도 하듯 메넴이 돌아왔다. 조선인들은 일하러 나가기를 계속 거부하였다. 음식을 비축하고 장기전에 대비하였다. 이번에도 역시 자신의 정치력을 지나치게 자신하는 메넴이 협상에 나섰다. 메넴은 야스체에서 권용준을 불러 조장윤을 비롯한 파업의 대표들을 만났다. 문제의 발단이 된 채찍질은 다시는 하지 않겠다고 약속했다. 그러나 만약 탈출자가 생긴다면 나머지 조선인들이 위약금을 물어야 한다고 다짐을 두었다. 조선인들은 선선히 동의했다. 그러나 조장윤과 김석철, 서기중 등 제대군인들은 이번 협상에서 중요한 쟁점을 추가로 내놓았다. 김석철이 물었다. 만약 계약이 만료되기 이전에 농장에서 나가려면 얼마를 내야 합니까? 정확한 액수를 알려주십시오. 이것은 조선인들이 며칠 동안 창고에 갇혀 있으면서 새로이 생각해낸 협상조건이었다. 메넴은 자신의 변호사와 숙의를 거친 후 다시 돌아왔다. 이 년을 채울 때까지는 어떤 조건으로도 농장을 나갈 수 없다. 그러나 그 이후엔 100페소만 내놓으면 농장을 나갈 수 있다. 약속한다.

파업자들은 100페소는 너무 많다고 주장했다. 끈질긴 협상 끝에 액수가 확정되었다. 80페소였다. 이 년 안에 80페소를 모은다는 게 쉽지 않다는 것을 잘 알고 있었기에 이 년 후라는 조건에는 순순히 동의했다. 김석철은, 풀려나는 데 80페소, 대한으로 돌아가는 뱃삯이 100페소, 언제 그것을 번단 말인가, 중얼거렸다. 그러나 사 년이라는 기한을 이 년으로 줄였다는 것은 어쨌든 희망적이었다. 잘만 하면 보다 빨리 이 에네켄 농장을 빠져나갈 수 있다는 생각에 사람들은 들떴다. 메넴측에서도 조기 해방의 약속이 근로의욕을 고취시킬 수 있기 때문에 별로 손해보는 장사는 아니었다. 거기다 이 년을 부려먹고 80페소를 받는다면 그리 나쁜 조건은 아니었다. 그때 이들을 다른 농장에 팔아넘긴다 해도 그 이상 받으리라는 보장도 없었다.

며칠 동안 팽팽한 긴장을 유지하며 진행되었던 파업은 그렇게 끝이 났다. 며칠 후 알바로의 시체가 농장으로 왔다. 조선인들은 모두 줄을 지어 그의 장례식에 참가했다. 몇 명의 남자들은 자신들을 죽어라 괴롭혔던 감독의 시체 앞에서 눈물을 지었다. 메넴에게 그것은 정말이지 기이한 일이었다. 침을 뱉어도 시원찮을 판에 조선인들은 그에게 최고의 경의를 표했던 것이다. 메넴은 조장윤을 불러 물었다. 너희들은 왜 우는가? 조장윤은 담담하게 말했다. 그것은 우리의 관습입니다. 우리는 사람이 죽으면 웁니다. 그리고 술과 돼지고기를 먹고 마시며 밤새 그의 주검을 지킵니다. 그래야 그의 귀신이 우리에게 해코지하러 오지 않는다고 믿기 때문입니다. 권용준은 '해코지'를 '복수'로 통역하였다. 메넴은 어깨를 으쓱하며, 죽은 자가 어떻게 복수를 하러 온단 말이냐며 웃었다. 그러나 그는 그날 처음으로 조선인들에게 술과 돼지를 내놓았다. 두 마리의 돼지는 삽시간에 뼈만 남았다. 조선인들은 악질 감독 알바로의 관 옆에서 웃고 떠들며 술을 마셨고 몇몇은 노름판을 벌였다. 장중한 장례식은 순식간에 마치 잔치라도 벌인 듯한 왁자지껄한 분위기로 변해버렸다. 메넴은 밤늦게 다시 나왔다. 몇 명의 조선인이 술에 취해 드잡이를 하고 있었고 한쪽에선 어떤 이가 민요를 부르고 있었다.

메넴은 속았다는 생각에 불쾌한 기분이 되었다. 아니, 원래 저렇습니다. 권용준이 말했다. 조선에선 저것 역시 장례의 일부입니다. 망자와 유족들이 너무 슬프면 안 되니까 소란을 피웁니다. 노래를 부르고 우스꽝스런 놀이를 벌입니다. 저들은 알바로를 좋아하지 않았지만 아는 장례의 관습이 저것밖에 없으니 그냥 하는 겁니다. 내버려두십시오, 오늘만큼은.

파업의 타결로 농장측의 감시가 느슨해지고 알바로의 장례식으로 분위기가 어수선한 사이, 이정은 농장의 철조망을 넘었다. 별을 보고 북서쪽에 있을 메리다로 향했다. 거친 관목이 그의 종아리에 거듭 생채기를 냈다. 움푹 파인 웅덩이에 발을 헛디뎌 엎어지기도 하였다. 해가 뜨기 전에 최대한 멀리 달아나 있어야 한다는 생각에 그는 쉬지 않고 걸었다. 얼마 가지 않아 금세 목이 말라왔지만 어디에 물이 있는지 알 수 없었다. 떠나온 지 두 시간 만에 후회가 고개를 들었다. 지평선 한 뼘 위의 샛별이 그에게, 돌아갈 수 있는 마지막 기회라고 말하고 있었다. 이정은 한참을 서성거리다가 멀리 희붐하게 먼동이 터오자 다시 북서쪽을 향해 걸었다. 이미 늦어버린 거야. 제물포에서 일포드호에 오를 때처럼 불안과 흥분이 동시에 교차하였다.

52

　두 달이 지나도록 꽃이 보이지 않았다. 이연수는 손톱을 물어뜯었다. 그녀의 아버지는 고종의 편지를 기다리고 있었고 남동생은 스페인어 공부를 쉬지 않고 있었다. 감독들의 뒤를 좇아다니며 한 단어 한 단어 주워섬겼다. 윤씨는 목을 매다는 문제에 대해 집요하게 생각하고 있었다. 윤씨 역시 멕시코에서 폐경을 맞았다. 급격한 환경 변화 때문이었을 것이다. 서로 다른 이유였지만 한 집안의 두 여자는 거의 동시에 정기적인 난자의 배출이 중단되었고 그것 때문에 고통받고 있었다. 윤씨는 식욕도 잃고 오로지 자살에 관해서만 생각했다. 호르몬의 분비가 달라지면서 촉발된 우울증은 심각하게 그녀의 존재를 뒤흔들었다. 그러나 자살이 쉬울 리가 없었다. 차라리 겁탈이라도 당하면, 더이상 물러설 곳도 없고 용서받을 가능성도 없으니 결심이 쉽지 않을까, 하는 생각까지 드는 나날이었다.

반면에 연수는 자살 같은 건 결코 생각하지 않았다. 그녀는 이정이 반드시 돌아오리라 믿었다. 하지만 그가 돌아오기 전에 배가 불러올 것이고 아이가 태어날 것이다. 그는 어째서 여기가 아닌 거기에 있단 말인가. 그녀는 비탄을 거두었다. 차분하게 마음을 가라앉히고 그에게 연락을 취할 방도를 구하기 시작했다. 그러나 아무리 생각해봐도 그 지긋지긋한 통역을 통하지 않고는 길이 없었다. 그녀 혼자 탈출을 감행하여 지리도 모르는 첸체 농장까지 갈 수 있을 리 없었다.

임신 사실이 알려지면 수치심 때문에 어머니는 목숨을 끊으실지도 몰라. 그전에 아버지와 남동생이 칼을 주며 자결을 권하겠지. 깨끗하게 끝내라. 너도 살고 우리도 사는 유일한 길이다. 그게 아니고선 불명예를 씻을 길이 없다. 어쩌면 진우가 내 심장에 칼을 꽂고 자결이라고 우길 수도 있어. 조선인들은, 언제나 그랬던 것처럼, 믿어버릴 거야. 아니 믿어줄 거야. 모두에게 편리한 해결책이니까.

어느 밤, 에네켄 밭에서 돌아온 사람들도 모두 잠들고 삼삼오오 독주를 마시던 이들도 곯아떨어지자 그녀는 조용히 자리에서 일어나 권용준의 집으로 갔다. 마야 여자가 문밖에 앉아 잎담배를 피우고 있었다. 그녀는 말이 통하지 않는 마야 여인에게, 당신의 남자를 빼앗을 생각이 전혀 없다는 의도를 전달하기 위해 비굴하게 웃었다. 마야 여인은 그런 일에는 관심 없다는 듯 물끄러미 시선을 피한 채 밤하늘에 총총한 별들만 바라보고 있었다. 그녀의 담배에선 쑥을 태우는 듯한 냄새가 진하게 풍겼다.

연수는 문을 열고 안으로 들어갔다. 놀란 용준이 침대에서 벌떡 일어났다. 옷도 제대로 차려입지 않고 허둥지둥 모기장을 젖히고 침대에서 내려왔다. 연수는 마야 여인을 대할 때와는 달리 몸을 꼿꼿이 세워 그를 대했다. 그래서 그녀는 권용준보다 훨씬 커 보였고, 심리적으로도 그는 그녀에게 압도되었다. 몸에 밴 그 기품 있는 태도에서 제 또래의 어린 사내와 덤불 속에서 껴안고 뒹구는 모습을 연상하기는 어려웠다. 무슨 일입니까? 그녀는 입술을 깨물었다. 입술이 개미 한 마리가 겨우 지나다닐 만큼만 달싹거렸다. 모진 결심은 했으나 막상 닥치니 쉽지 않았다. 아이를 가졌으니 아비를 찾아야겠다는 말이, 그러니 도와달라는 말이 죽어도 입 밖으로 나오지 않았다. 용준 역시 그녀가 찾아온 까닭을 필사적으로 생각하고 있었다. 돈 때문인가? 그럴 수도 있지. 그 철모르는 어린 사내애 하나만 돈을 버는데, 식구는 넷이나 되니. 도톰해야 할 볼에는 살이 내리고 곱던 살결은 허옇게 떠 일어나고 있지 않은가. 허리는 세우고 턱은 당겼으나 차마 해야 할 말은 꺼내지 못하고 있는 열여섯의 그녀에게 그가 먼저 살펴 물었다. 혹시 돈 때문이오? 그녀는 아무 말도 하지 않았다. 갑자기 그의 머릿속이 뜨거워졌다. 그는 퍼뜩 깨달았다. 그녀가 왜 거기에 있는지, 이 밤중에 왜 자기에게 다가와 저토록 고고하게, 그러나 한편으론 안절부절못하고 서 있는가를. 그러나 그는 그녀가 스스로 말할 때까지 기다렸다. 그녀는, 길고 긴 침묵 끝에, 혼돈 속에서 거듭한 숙고와 숙고 끝에, 마침내 입을 열었다.

도와주신다면, 입은 은혜는 잊지 않겠습니다.

제2부

한 해가 지났다.

그리고 또 두 해가 지났다.

더러 죽은 자, 달아난 자가 있었다.

53

다시 5월. 멕시코에 발을 디딘 지 삼 년째 되는 달이었지만 그
얘기를 입에 올리는 사람은 많지 않았다. 대침묵이 시작된 봉쇄수
도원처럼 노동은 고요하고 단순하게 수행되었다. 농장주와 이민
자 들은 몇 번에 걸친 파업과 폭동 끝에 심각한 위협 없이도 서로
원하는 것을 얻어내는 법을 깨달아갔다. 농장주들은 한인들이 마

야 원주민들과 다르다는 것을 받아들였다. 리오그란데강으로부터 저 혼곶까지, 라틴아메리카 전역에서 한인들이라곤 오직 그들밖에 없었다. 그러니 결속력이 강할 수밖에 없었다. 게다가 군인과 지식인, 도시 생활자 들이 주축을 이루어 문자 해독력과 지식 수준이 높은 편이었다. 따라서 무지막지한 채찍질은 통하질 않았다. 한편 이민자들도 농장측과 더는 각을 세우지 않았다. 그것은 수백 개의 중소 규모 아시엔다가 난립하는 상황을 이해해서가 아니라 농장주로부터 더는 얻어낼 것이 없다는 것을 알았기 때문이었다. 거기다 몇 차례의 송사를 통해 유카탄의 모든 제도와 법률이 농장주들에게 유리하다는 것을 뼈아프게 깨달은 탓도 있었다. 그리하여 이민자들은 제대를 앞둔 고참 군인처럼 일했다. 하루하루 날짜를 세며, 그러나 해야 할 일은 꼬박꼬박 해치우면서 오직 바깥세상만을 꿈꾸었다.

성질 급한 이민자 중에는 벌써 80에서 100페소에 달하는 돈을 농장주에게 지불하고 걸어나간 사람도 있었다. 그들 중 대부분은 메리다나 멕시코시티로 나가 막노동을 시작했지만 몇몇은 조선으로 돌아갈 것을 결심하였다. 권용준 역시 그중의 한 사람이었다. 이미 스페인어를 구사하는 사람들이 하나둘 늘어가고 있는 마당에 통역으로서의 희소성도 줄어든 참이었고, 그전에 이미 돈도 충분히 벌어놓았는데 굳이 이 무더운 유카탄에 남아 있고 싶지 않던 것이다.

이봐, 난 돌아가야겠어. 용준이 토르티야에 양배추김치를 얹어 먹으면서 말했다. 요람을 대신하는 작은 아마카 위에 아이를 올려놓고 부드럽게 흔들어대던 여자가 불에 데기라도 한 듯 그를 돌아보았다. 어떻게 그럴 수가 있어요? 용준은 연수의 그런 반응쯤은 익히 예상한 듯한 표정이었다. 왜? 여우도 저 태어난 곳으로 머리를 향하고 죽는다는데, 고향 가겠다는 말이 그렇게 이상한가? 그럼 같이 돌아가든지. 권용준이 김치 토르티야를 입안 가득 밀어넣었다.

그 자식이 오겠지. 와서 애비 노릇 번듯하게 할 거야. 용준이 이죽거렸다. 마야 여인이 들어와 빨랫줄에서 걷어온 권용준의 옷을 차곡차곡 개어나갔다. 잠시 침묵이 흘렀다. 언젠가 이런 날이 올 줄은 알았지만 이렇게 빠를 줄은 몰랐다. 연수는 아마카에서 아이를 들어올렸다. 그물코가 벌거벗은 아이의 엉덩이에 바둑판 같은 자국을 남겨놓았다. 아이가 연수를 보며 입을 달싹거렸다. 엄마. 연수는 아이를 품에 안았다. 용준이 마야 여인의 허벅지를 베고 누워 말했다. 노려볼 것 없어. 잘못한 건 내가 아니잖아? 내년이면 돌아올 거야. 경찰과 산적, 농장주 들을 다 피할 수 있다면 말야. 그가 입맛을 다셨다. 아, 먹고 싶은 게 많아서 도저히 못 참겠어. 난 돌아갈 거야.

난 못 가요. 그녀가 거세게 아이를 껴안았다. 용준은 씩 웃었다. 가야지. 여기서 굶어죽으려고? 누가 널 먹여주지? 너희 부모가?

네 형제가?

그녀는 아이를 안고 밖으로 나왔다. 아무 생각도 할 수 없었다. 용준의 몸을 겪고부터 그녀는 어떤 일에도 크게 놀라거나 당황하지 않았으나 이번에는 달랐다. 한꺼번에 나이를 많이 먹어버린 것만 같았다. 지금껏 그녀가 겪은 그는 악하다고도 착하다고도 할 수 없는 사람이었다. 처음엔 그녀를 좋아했고, 황족의 어린 딸을 안는 과분함에 필요 이상의 사치를 부리기도 했다. 그녀의 배가 불러오자 아무도 믿어주지 않을 거짓말도 해주었다. 누구도 그 선의의 거짓말에 정면으로 반박하지 않았다.

두 여자를 다 데리고 잔다는군. 사람들은 뒤에서 쑥덕거렸다. 세노테에서 만난 여자들은 사대부가의 외동따님에서 통역의 첩으로 전락한 그녀에게 노골적인 경멸을 표했다. 이고 가던 광주리에서 옷이 떨어져 그녀가 집어주기라도 하면 그들은 그 옷을 다시 빨았다. 그녀와 이정의 아이는 다른 아이들과 어울리지 못했다. 초산이어서 젖이 잘 나오지 않는 그녀가 젖동냥을 하러 다녀도 고개를 돌렸다. 오직 함께 사는 마야 여자 마리아만이 자기의 젖꼭지를 내주었다. 한 남자를 사이에 둔 두 여자 사이에는 기묘한 우정이 깃들었다. 마리아의 유선은 연수가 출산하는 날부터 부풀어올랐다. 연수의 초유가 채 나오기 전부터 마리아는 엉덩이에 몽고반점이 선명한 갓난아이에게 젖을 먹이며 행복해했다. 일찍 죽어버린 자신의 두 아이를 생각하는지도 몰랐다. 그들 역시 엉덩이에 몽고반

점을 지니고 태어나 먼 옛날 얼어붙은 베링해협을 건너온 몽골리안의 후예임을 증명하였다. 마리아는 마치 원숭이의 대장 암컷처럼 행동했다. 그녀는 젖을 먹이다가도 연수가 원하면 언제든지 아이를 넘겨주었다. 만일 연수가 아이를 서툴게 다루기라도 하면 완력을 써서라도 빼앗아 자기가 돌보았다.

연수는 아이를 데리고 친정, 이라고 부르기도 어려운 부모의 파하로 갔다. 파하의 문은 열려 있었다. 윤씨는 치렁한 치마를 입은 채 그 앞에서 부채질을 하고 있었다. 어머니. 그녀가 말을 걸었지만 윤씨는 냉랭했다. 대꾸조차 하지 않고 파하로 들어가 잘 닫히지 않는 문짝을 기어코 끌어당겨 문을 닫았다. 안에서는 이종도의 글 읽는 소리가 들려오다 멈추었다. 왜 문을 닫는 게냐고 따지는 것 같았다. 그러나 연유를 알았는지 곧 다시 책을 읽기 시작했다. 어머니, 아버지, 돌아가게 될지도 모르겠어요. 그녀는 입을 달싹거렸으나 끝내 말을 꺼내지는 못했다. 그녀는 아이를 데리고 발길을 돌렸다.

가족들은 그녀를 받아들일 의사가 전혀 없었다. 남동생은 농장에 온 지 일 년이 되던 해, 스페인어 실력을 인정받아 통역이 없는 다른 농장으로 팔려갔다. 윤씨의 우울증은 더 심해져 밥 먹듯이 자살을 결행하였으나 매번 실패하였다. 고종으로부터 아무 기별도 받지 못한 이종도는 구원에 대한 모든 기대를 접었다. 한 달에 한 번 메리다에 다녀오는 농장의 관리인들이 조선에서 도착한 편지뭉치를 마차에 싣고 와 농장에 부려놓기 시작한 지도 벌써 이 년이 지났지만 옥좌에 앉아 있는 고귀한 형제로부터는 아무 연락도 없었다. 대신 황제의 밀사 이준이 헤이그 만국평화회의에 참석을 신청하였으나 거절당하여 현지에서 할복 자살하였다는 소식이 전해졌다. 일본을 대신하여 총리대신 이완용이 고종에게 양위를 강요하고 이어 시민들이 이완용의 집에 방화하였다는 소식, 그리고 훈련원에서 마지막 남은 대한제국의 군대가 해산식을 가졌다는 소식, 그리고 마침내 고종이 아들에게 양위하였다는 소식이 조선에서 온 편지들을 통해 전해졌다. 이종도는 깨끗한 옷으로 갈아입고 서쪽을 향해 절하며 슬피 울었다. 그리고 그동안 경망되게 힘없는 황제를 원망해왔음을 자탄하였다. 그의 안중에 애를 배고 통역의 첩이 되어버린 딸 따위는 애당초 들어 있지 않았다. 그는 지구 반대편에서, 떠나온 조국의 처지를 애통해하며 어떻게 해야 일본을 물리치고 힘세고 부유한 나라를 만들 수 있을까 고민했다. 그리고 그 생각의 결과를 종이에 적어나가기 시작했다. 물론 그것은 현실과는 별 관련이 없는 이상적인 입론에 불과한 것이었다. 아침이면 서쪽을 향해 절하고 밤에는 틀어박혀 새로운 국가의 기틀을 세우는 그를 비웃지 않는 자가 없었다. 고종에게 보낸 그의 편지에 일말의 기대를 걸었던 이들은 이제 자신들의 우매함을 통탄하며 오직 날짜를 세고 하루하루의 살림만 생각했다.

연수는 용준의 집으로 돌아왔다. 그리고 말했다. 귀국 말인데요. 저도 따라가겠어요. 용준이 그럴 줄 알았다는 듯 고개를 끄덕였다. 잘 생각했어. 그 수밖에 없다구. 용준은 벌써 짐을 챙기고 있었다. 그렇지만 아이는 두고 가겠어요. 봇짐 속에 뭔가를 쑤셔넣던 용준이 눈을 크게 떴다. 뭐라구? 애를 두고 가? 왜?

그녀는 담담하게 말했다. 새로 시작하고 싶어요. 대한으로 돌아가면 학교에 보내주세요. 그럴 돈도 있잖아요. 애는 거추장스러워요. 용준은 싫지 않은 눈치였다. 그럼 아이는 어떻게 하지? 그녀는 기다렸다는 듯이 말했다. 마리아에게 맡겨요. 섭이를 좋아하잖아요. 용준이 싱긋 웃었다. 그럼, 그럴까?

그는 밖에서 빨래를 널고 있던 마리아를 불러들였다. 그리고 아이를 맡으라고 말하며 돈을 주었다. 마리아는 연수를 물끄러미 바라보더니 순순히 고개를 끄덕였다. 슬퍼하는 것 같지도 않았고 그렇다고 기뻐하는 것 같지도 않았다. 연수는 마리아의 커다란 손을 잡고 감사를 표했다. 그리고 이제 아장아장 걸어다니는 아들 섭이의 이마를 쓰다듬으며 울었다.

그럼 네 몸값만 치르면 되겠구나. 그것 잘되었다. 다시 한번 소유권을 확인하겠다는 듯 용준은 울고 있는 연수의 허리를 잡고 자기 하체를 밀착시켰다. 마리아가 일어나 섭이를 데리고 바깥으로 나갔다. 그녀는 두 손으로 참나무 탁자를 짚고 천천히 자신의 육체 속으로 밀고 들어오는 그의 몸을 받아들였다. 오랜만의 정사여서였는지 말라 있던 몸은 의외로 쉽게 열렸다. 그는 치마폭 사이로 들락거리는 자기 성기를 물끄러미 내려다보며 기계적으로 왕복운동을 계속하였다. 잠시 후 섭이가 아장거리며 방으로 들어와 움직이는 의붓아비의 얼굴을 물끄러미 바라보았다. 뒤따라 마리아가 들어와 섭이를 안으며 두 사람을 보았다. 연수가 마리아를 향해 웃자 마리아도 웃었다. 그리고 그녀는 다시 나갔다. 용준이 평온한 표정을 지으며 사정하였다. 그의 성기가 빠져나가고 질을 통해 정액이 흘러내리는 순간 그녀는 지난 몇 년간의 모든 것이 자기 육체의 구멍을 통해 그대로 쏟아져내려가는 것 같았다. 환상이 그녀를 방심케 하였고 그 순간 그녀는 자신도 모르게 너무도 큰 소리로 방귀를 뀌었다. 이 의외의 소동에 둘 다 놀랐다. 용준이 킬킬거리며 침대에 쓰러졌고, 그녀도 그런 용준 위에 엎드려 얼굴을 가렸다. 그가 손으로 연수의 엉덩이를 때렸다. 그러자 그녀가 다시 한번 방귀를 뀌었다. 그것은 그녀를 기이한 편안함으로 몰고 갔다. 지긋지긋했던 그와의 인연이 마치 한 편의 소극처럼 느껴졌다. 그녀의 내부에서 끊어질 듯 팽팽하게 조여 있던 무언가가 풀려버렸던 것이다. 그녀는 처음으로 낄낄거리며 제 육체의 희극성을 마음껏 누렸다. 용준은 마리아를 불렀다. 마리아는 둘 사이로 들어와 풀죽은 그의 성기를 만지작거렸다. 그러자 그 셋은 정말이지 다정한 가족처럼 보였다.

54

멕시코의 독재자 디아스 대통령은 미국의 『피어슨 매거진』과 가진 기자회견에서 자신은 멕시코의 근대화와 경제 성장을 위해 충분히 노력했으며 이제는 육체적 쇠약 때문에라도 새로운 후계자에게 자리를 넘겨줄 때가 되었다고 말했다. "나는 멕시코공화국 내에 야당이 출현하는 것을 환영한다. 야당이 출현한다 해도 나는 이것을 죄악이 아니라 축복으로 간주할 것이다…… 나는 대통령 직을 계속할 생각이 없다…… 나는 이미 일흔일곱 살이며 이것으로 충분하다."

그는 이 불출마 선언이 발표되면 멕시코 전역에서 '거두어주시옵소서' 하는 함성이 들불처럼 일어나리라 기대했다. 그러나 결과는 정반대였다. 판도라의 상자가 열렸다. 프란시스코 마데로를 중심으로 하여 전국의 자유주의자들이 결집하기 시작했다. 마데로는 삽시간에 디아스의 정적으로 성장했다. 디아스의 말을 액면 그대로 받아들인 사람들은 집권세력 내부에도 있었다. 후계를 노린 다툼이 본격화됐다. 디아스는 국민을 지나치게 믿은 자신의 과오를 반성하고 즉각 행동에 돌입했다. 충복들을 시켜 손수 불출마 반대운동을 조직했다. 그리고 자신의 대통령 선거 불출마를 기정사실화하려는 어떤 시도도 가혹하게 탄압했다.

사람들은 금세 독재자의 의도를 알아차렸지만 이미 정치적 욕망의 고삐는 풀려 있었다. 아킬레스 세르단 같은 인물은 그런 탄압에 기죽지 않았다. 주지사 선거에 관련되어 한번 콩밥을 먹고 나온 뒤부터 그는 본격적으로 디아스 재선반대투쟁에 앞장섰다. '빛과 진보'라는 자유주의자 클럽을 결성하고 자신의 근거지인 푸에블라에서부터 운동을 시작하였다. 그는 재선반대국민당의 합동전당대회에 참석하여 프란시스코 마데로를 대통령 후보로 선출하는데 기꺼이 한 표를 던졌다.

55

첸체 농장의 제대군인들 중에서 김석철, 서기중이 돈을 내고 농장에서 풀려났다. 그들은 돈이 마련되자마자 돈 카를로스 메넴에게로 가 80페소를 지불하고 자유인이 되어 메리다로 나가 함께 작은 집에 세들었다. 집은 첸체의 파하보다 훨씬 작았지만 비교할 수 없이 편안했다. 마음대로 쏘다닐 수 있었고 농장의 매점에 비할 수 없이 저렴한 시장도 근처에 있었다. 특히 중국식당과 식료품점을 발견한 것은 정말 기쁜 일이었다. 입맛에 맞는 장과 식재료를 구입하여 한식에 가까운 요리를 만들어 먹을 수 있었다.

기분이 이상하네. 김석철이 방에서 뒹굴며 말했다. 이렇게 하루종일 잠을 자도 뭐라는 사람도 없으니. 서기중이 핀잔을 준다. 설마 농장이 그리운 건 아니겠지? 김석철이 손사래를 친다. 아, 그건 아니지.

그러나 그렇게 쉽게 부인해버리기엔 그들의 몸이 이미 에네켄 농장의 리듬에 너무 익숙해 있었다. 메리다에서도 그들은 여전히 새벽 네시면 잠에서 깨어났다. 일어나 밖으로 나가보면 대성당의 종탑을 밝히는 불이 그들을 굽어보고 있었다. 가지고 나온 돈은 점점 줄어가고 메리다에선 돈을 벌 수 있는 방법이 별로 없었다. 차라리 귀국을 해버릴까? 그러나 그들 수중에 그럴 만한 돈은 없었다. 여비가 있다 해도 돌아가서 먹고살 일 역시 막막하기는 마찬가지였다.

조장윤은 일단 농장에 남았다. 몇 차례의 파업을 거쳐 그는 명실상부한 첸체 농장의 대표로 살아가고 있었다. 나마저 떠날 수는 없지, 라고 말했지만 실은 그의 내부에서 뭔가가 꿈틀거리고 있었다. 그는 이미 수많은 한인들이 결국은 멕시코에 남을 수밖에 없을 거라고 생각하고 있었다. 그렇다면 멕시코 전역에 흩어져 있는 한인들을 규합하는 조직도 분명 필요해질 것이다. 지금이야 각 농장의 계약노동자, 사실상의 채무노예로 묶여 있지만 내년엔 다를 것이다. 그는 자연스럽게 그 조직의 장으로 자기를 상상하기 시작했다. 여기야말로 반상의 차별이 전무한 곳이 아니냐. 소수의 양반계급 출신들은 각 농장에서 천덕꾸러기로 전락한 지 오래였다. 제게 맡겨진 일 하나 제대로 못 해내는 자가 정치적 헤게모니를 장악할

리가 없었다. 그에 비해 그는 러시아식 신식 군대에서 편제와 조직을 배웠고 리더십과 강인한 정신력을 체득했다. 어쩌면 그것은 날 때부터 타고난 것이었는지도 모른다. 그의 태몽은 머리가 두 개 달린 호랑이가 어미의 치마폭으로 뛰어드는 것이었다 한다. 그렇게 생각하자 그의 배포는 점점 더 커져갔다. 만주와 함경도를 넘나들며 일본군을 공격하고 교란한다는 그 의병단체를 여기서 못 만들 건 뭐냐. 우리의 나라는 일찍이 문文을 숭상하고 무武를 천대하여 이 지경이 된 것이다. 하니, 제대군인이 물경 이백 명이나 되는 이곳이야말로 새로운 독립의 군대를 창설하기에 맞춤한 곳이다. 게다가 이곳은 일본의 감시도 없으니 그런 일을 도모하기에 더없이 편리하다.

그때부터 장윤은 스스로 정립한 숭무崇武의 사상을 주변에 전파하기 시작했다. 그가 유카탄의 한 농장에서 상상해낸 새로운 국가의 모습은 다음과 같았다. 나라는 강력한 카리스마를 가진 군인 또는 전직 군인에 의해 통치되고, 자주적 군사력을 기르는 데 온 힘을 쏟는다. 개병제 아래에서 국민은 모두 국방의 의무를 진다. 언론(그는 상소나 올리는 백면서생들을 떠올리고 있었다)은 적절한 제한을 받아야 한다. 우선은 일본과 러시아로 대표되는 주변의 강대국들을 격퇴하는 데 온 힘을 집중해야 한다. 그가 볼 때 외교에나 의존하던 고종의 무리들은 순진하기 짝이 없었다.

그의 뜻에 공감하는 자들이 늘어났다. 계약이 끝나 농장을 나가게 되거든 돈을 갹출하여 학교를 세웁시다. 무를 숭상하는, 그렇지, 숭무학교가 좋겠습니다. 그리고 군대도 만들어두어야겠습니다. 무기는? 일단 편제만 만들어두면 무기는 차차 어떻게 되겠지요. 혹시 미국과 일본이 전쟁을 벌일 수도 있는 거 아닙니까? 러시아와도 붙은 일본이 미국이라고 못 붙으리란 법이 없지요. 그렇게만 된다면 미국에서 우리에게 무기를 줄 것이오. 저 함경과 평안의 산과 강을 우리보다 더 잘 아는 사람이 어디 있습니까? 우리는 미국 군대의 일원으로 당당하게 고향으로 돌아가 일본놈들을 무찌르게 될 겁니다. 그러자면 미리 군대의 편제를 갖추어놓아야 합니다.

그는 이러한 구상을 글로 적기 시작했다. 이마에서 굵은 땀방울이 떨어져 거친 종이를 적셨다.

56

최선길은 말 위에 앉아 흔들거리며 기분좋게 에네켄 밭으로 향했다. 챙이 넓은 멋진 솜브레로를 쓰고 안장에는 가죽채찍을 꽂았다. 드러난 가슴팍에는 바오로 신부로부터 다시 강탈한 십자가가 빛을 받아 번쩍이고 있었다. 멀리서 봐서는 영락없는 토종 멕시코인 감독이었다. 에네켄 밭에 도착하자 조선인들이 그를 향해 인사를 했다. 그는 인사를 받는 둥 마는 둥 하며 밭을 천천히 돌았다.

에네켄 잎들은 속절없이 마체테에 잘려 땅으로 떨어졌다. 여자와 아이 들은 그걸 묶었다. 모든 것이 평화로워 보였다.

멀찍이서 박수무당이 힘겹게 움직이는 모습이 그의 눈에 들었다. 그는 박차로 말의 옆구리를 슬쩍 때려 그쪽으로 향했다. 어이! 그의 부름에 박수무당이 모자를 벗으며 올려다보았다. 햇빛에 눈이 부셔 잔뜩 찡그린 얼굴이었다. 어때? 할 만해? 박수무당이 고개를 주억거렸다. 거, 잘하라고. 안 그러면 박광수 꼴 날 테니까.

박수무당은 그가 사라지자 카악, 침을 뱉었다. 옆에서 일하던 이씨가 다가와 그의 심사를 헤아려준다. 도둑놈의 새끼. 농장주의 개새끼. 박수무당은 구름 한 점 없는 하늘을 원망스럽게 바라본다. 박서방은 죽었을라나? 이씨가 누구에게랄 것도 없이 혼잣말처럼 말했다. 글쎄, 아파서 죽든 굶어서 죽든 양단간에 결단이 났겠지. 이씨가 분개하며 에네켄 잎을 힘차게 쳐낸다. 믿으라 믿으라 말은 번드르르하게 해놓고, 농장주놈, 그리고 저 도둑놈 새끼는 사람이 아프다고 그래 움막에 갖다 버리고, 그러니 누가 그 자식들 믿는 걸 따라 믿겠냔 말이야. 우리 동네 삼신할미도 그런 짓은 안 하겠네.

그날의 일이 끝나고 어두워지자 박수무당은 옥수수지짐과 양배추김치를 챙겨 몰래 농장 담을 넘었다. 그리고 병자들이 생기면 내다버리는 용도로 쓰이는 움막까지 삼십 분을 걸었다. 간신히 햇빛이나 가릴 만한 움막 안에서는 악취가 풍겨나왔다. 이봐, 박서방.

그가 안으로 들어가자 이미 눈이 퀭한 박광수 바오로가 누워 있었다. 무당은 박광수를 천천히 일으켰다. 객지 귀신이 되고 싶어? 박광수는 입맛이 없다며 고개를 젓다가 양배추김치에만 약간 손을 댔다. 저건 뭐야? 무당이 벌판에 솟은 작은 흙더미를 가리키자 박광수가 웃었다. 여기 와서 처음 한 일이 뭔지 아십니까? 박수가 눈을 가늘게 떴다. 송장을 치웠구만. 그런데 뭘로? 박광수는 제 두 손을 들어 보이며 힘없이 웃었다.

어쩔 수 없었을 것이다. 썩어가는 시체들 사이에서 잠들 수는 없었을 테니까. 박수무당은 박광수를 물끄러미 바라보았다. 아직도 여전해? 네. 그냥 아귀에 힘이 없어 아무것도 못 하겠고 온몸이 아프지 않은 데가 없는데 그렇다고 죽을병도 아니고, 그런데 밤에는 잠을 잘 수가 없어요. 너무 많은 게 보입니다. 눈을 감으면 온통 하얘요. 누가 내 뼈를 잘근잘근 씹어먹고 있는 것 같은 기분입니다.

무당은 끔찍하다는 표정으로 눈을 감았다. 그러니까 내 말 들어. 그것밖에는 수가 없어. 나도 좋아서 이러는 거 아냐. 그렇지만 방법이 없다구. 그는 고개를 저었다. 아, 그건 안 됩니다. 도대체 왜 안 된다는 거야? 무당이 다그쳤다. 그는 한참의 침묵 끝에 입을 열었다. 나는 천주교의 신부였습니다. 무당의 표정에는 별로 변화가 없었다. 그게 무슨 상관이냐는 투였다. 그게 박광수를 편안하게 했다. 아무도 몰라. 그냥 오는 거야. 안 하고는 못 배겨. 죽어나지.

받는 수밖에 없어. 오시겠다는데, 어쩔 수 없잖아?

무당은 돌아가고 박광수의 고통은 계속되었다. 밤이 되자 여자 하나가 찾아왔다. 부에나비스타 농장의 여자가 아니었다. 누구세요? 여자는 말없이 밥상을 차렸다. 하얀 쌀밥에 참조기를 구워 얹었다. 아삭거리는 배추김치와 붉은 고추장, 파란 풋고추, 그리고 굴젓과 조개젓, 꽃게찜이 옆에 놓였다. 그는 여자를 흘깃거리며 허겁지겁 밥을 먹어치웠다. 꿈에나 그리던 밥상이었다. 참조기의 살을 헤집자 김이 모락모락 나는 하얀 살이 물큰하게 젓가락에 집혔다. 여자는 밖에 나가 숭늉을 끓였다. 그는 여자를 불렀다. 엄마. 여자가 웃으며 고개를 저었다. 저 모르시겠어요? 이제 배가 부른 그는 좀더 여유 있게 여자의 얼굴을 살핀다. 여자는 숭늉을 받쳐든 쟁반을 내려놓고 살며시 그의 옆에 와서 앉았다. 그는 여자의 손목을 꼭 잡았다. 뭐라 말할 수 없이 따뜻하고 아늑한 느낌이었다. 눈을 감았다. 멀리 나무 한 그루가 보였다. 거기서 만나요. 그는 힘차게 달려간다. 새벽 안개 속에서 분명해져오는 거대한 당목에, 마치 벼락을 맞아 부러진 가지처럼 커다란 것이 매달려 덜렁거린다. 그는 그것이 무엇인지 알게 된다. 갑자기 사지를 쥐어짜는 듯한 고통이 몰려온다. 목을 맨 그녀, 스물에 청상이 되어버린, 밤마다 그의 언저리를 맴돌던 그 아릿한 여자가 거기 있다. 그는 이해가 되지 않는다. 그녀는 어느 새벽, 아무 죄도 없는 그를 안개 낀 마을의 초입으로 초대하고 자기 시체를 보여준 것이다. 고작 그걸 보여주겠다고 거미줄을 쳐놓고 기다렸단 말인가. 그 부조리에 그는 숨이 막힌다. 신이 자신을 시험하고 징벌하기 위해 마련한 함정 같았다. 유혹에 빠졌을 때 이미 심판은 내려진 것이다. 그후의 일은 그저 그때 주어진 판결에 따라 진행되는 지루한 절차일지도 모른다.

또다시 깜빡 시간이 흐르면 열두 신령들이 말을 타고 칼과 깃발을 휘두르며 자기가 머무는 움막으로 달려들기도 하였고 어느 날인가는 할아버지 한 명이 나타나 밥을 주기도 했는데 그러면 그는 그것을 받아들고 하늘로 올라가 새와 짐승 들에게 나누어주었다. 마침내 곰소나루의 그 끔찍한 무당이 나타나, 도망가봐야 별수없다, 내가 너를 찍은 것은 예뻐서가 아니라 네 몸이 필요했기 때문이었다, 이제 그것을 받으러 왔다며 크게 호통을 쳤다. 곰소나루에서 도망친 그를 구원한 팔레스타인산 종교는 이런 상황에 대한 속시원한 대답을 준비하고 있지 않았다. 마침내 그는 열매처럼 매달린 여자와 눈이 마주친다. 허연 조깃살을 발라주던 여자의 눈이다. 그는 흠칫 놀라 눈을 뜬다. 뜨고 있던 눈을 또 뜬다. 그렇게 눈을 뜨자 음습한 움막엔 아무것도 없다. 위도의 명산 참조기도, 아름다운 여자도 없다.

며칠 후 박수무당은 십여 명의 조선인들과 함께 박광수를 찾아왔다. 내림굿이 시작되었다. 최선길과 이그나시오 벨라스케스의 눈을 피해 나오느라 시간은 어느새 자정을 넘기고 있었다. 멕시코 땅에서 박수가 또다른 박수의 신내림을 주재하는 희한한 장면을 보러 부에나비스타 농장의 많은 조선인들이 위험을 감수했다. 마야인 경비원을 매수하였고 선길이 잠든 것을 확인하였다. 이그나시오가 메리다로 나가 돌아오지 않는다는 것도 미리 알아두었다. 소문을 들은 근처의 다른 농장에서도 여러 사람들이 몰려들었다. 그중에는 내시 김옥선도 있었다. 삼 년 사이 많이 여읜 그가 피리를 불겠다고 했다. 이름 모를 멕시코의 풀대궁으로 만든 그 피리는 음은 조금 높았지만 희한하게도 조선의 피리와 비슷한 소리를 냈다. 음이 높아 어떻게 들으면 태평소 소리를 연상시키기도 했다. 멕시코산 소가죽으로 얼기설기 만든 장구를 가져온 사람도 있어 굿판은 어느 정도 꼴을 갖추게 되었다.

에네켄조차 자라지 않아 버려진 황무지의 한복판, 산도 강도 없이 사방이 훤히 트인 움막의 마당에서 한밤중에 벌어진 내림굿은 다섯 시간이 넘도록 계속되었다. 악사와 박수무당은 생전 한 번도 호흡을 맞춰본 적이 없었으나 마치 원래부터 한 팀이었던 것처럼 척척 박자가 맞아들어갔다. 궁중의 악사와 인천의 강신무와 산골의 상쇠가 유카탄의 황무지에서 전직 신부를 위해 피리를 불고 춤을 추고 장구를 쳤다. 고된 노동에 지친 여자들은 혈관을 따라 흐르는 친숙한 곡조와 어깨뼈에 새겨진 장단에 몸을 맡겼다. 삽 시간에 움막 마당은 국적을 초월한 광란에 휩싸였다. 미친듯이 울고 웃으며 여자들은 다섯 시간 내내 춤을 추었고 남자들은 술을 마셨다. 박광수는 정신을 잃었다. 그는 무당이 시키는 대로 벗으라면 벗고 입으라면 입고 올라가라면 올라가고 내려가라면 내려갔다. 마지막으로 박광수를 찾아온 환상은 엉뚱하게도 백마였다. 멀리 지평선에서부터 백마 한 마리가 달려와 그를 삼켰다. 백마의 뱃속으로 들어간 그의 눈에 그 내장이 훤히 보였다. 그러다 곧 그 안에서 나와 백기와 홍기를 들고 백마를 타고 달렸다. 그러면서 외쳤다. 나는 백마장군이다.

그것은 곰소나루의 무당이 모시던 신이었다. 문득 환상과 환상 사이, 박광수의 머릿속으로 곰소나루의 무당이 비로소 죽었다는 생각이, 근거 없는 확신이, 떠올랐다 사라졌다.

57

권용준과 이연수가 베라크루스항에 다다른 것은 밤이 이슥해서였다. 둘은 기차역 근처에 여관을 잡았다. 짐이 많아 짐꾼까지 고용해야 했던 용준은 이제 지긋지긋한 멕시코 땅을 떠난다는 생각에 기분이 좋아졌다. 아직 귓불에 솜털이 보송보송한 연수를 데리고 가는 것도 유쾌한 일이었다. 그는 여관 1층의 술집에 내려가 럼주를 마셨다. 연수에게도 권했으나 그녀는 거절하였다. 옆자리의 선원들이 제 나라의 노래를 부르자 용준도 고향의 노래를 불렀다. 용준이 그들에게 술 한 병을 사자 그들이 박수를 쳤다.

그는 연수의 부축을 받으며 방으로 돌아와 곯아떨어졌다. 연수는 그의 양말과 옷을 벗겼다. 윗도리와 바지는 곱게 개어 자신의 보통이에 넣고 양말과 신발은 창밖으로 던져버렸다. 그리고 그의 바지 주머니에서 50페소가량의 돈을 챙겨넣었다. 나머지 돈은 그가 전대로 만들어 허리에 차고 있어 어찌할 수 없었다. 그래도 그 돈이면 메리다로 돌아가 아들 섭이의 몸값을 치를 수 있었다. 그녀는 조용히 문을 열고 내려와 선원들이 떠드는 식당의 옆문을 통해 밖으로 나왔다. 그리고 천천히 어두운 골목으로 들어갔다. 그녀는 부두 쪽으로 하염없이 걸었다. 용준이 언제 뒤쫓아올지 몰랐다. 그녀는 확연하게 눈에 띄는 차림이었다. 게다가 스페인어도 전혀 하지 못했다.

그녀는 거리의 벤치에 앉았다. 다리가 아파왔다. 정신도 어질어질했고 배도 고팠다. 등불을 들고 걸어가는 야경꾼들이 처음 보는 조선의 여자를 흘깃거렸다. 그녀는 아픈 몸을 이끌고 일어나 다시 부두 쪽으로 걸었다. 길가의 작은 골목 안에서 고소한 냄새가 흘러나왔다. 익숙한 냄새였다. 그녀는 고개를 돌렸다. 식당 앞에는 붉은 등이 내걸려 있었다. 등에는 너무도 익숙한 글자가 씌어 있었다. 그것은 '광동반점'이었다. 그녀는 붉은 발을 젖히고 안으로 들어갔다. 식당 안에 있던 변발의 흔적이 남아 있는 늙은 중국인이 그녀를 빤히 쳐다보았다. 그의 중국어를 연수는 알아듣지 못했다. 그녀는 한자로, 배가 고프다, 밥을 먹을 수 있겠느냐, 고 적었다.

잠시 필답이 오고갔다. 뜨거운 밥과 계란탕이 나왔다. 급히 먹고 나자 갑자기 미친듯이 피로가 몰려왔다. 그것은 도저히 저항할 수 없을 정도로 강력한 것이었다. 주인이 와서 그릇을 치우자마자 그녀의 얼굴이 탁자 위로 고꾸라졌다.

꿈결처럼 그녀는 한 남자가 자기 위에서 격렬히 움직이는 것을 보았다. 그러나 손 하나 까딱할 수 없었다. 그리고 다시 까무룩 정신을 잃었다.

용준은 아침이 되어서야 무슨 일이 벌어졌는지를 알았다. 그리고 분노에 사로잡혀 어리석은 자신을 저주했다. 그는 그녀가 야스체 농장으로 되돌아가 아들을 찾으리라 생각했다. 권용준은 여관 주인에게 돈을 주어 양복장이를 불렀다. 며칠 후 양복이 다 만들어지자 기차역으로 나가 표를 환불해달라고 요구했다. 환불은 거부되었다. 그는 잠시 망설였다. 돌아가서 그녀를 죽인다 한들 무슨 소용이 있을 것이냐. 그렇게 되면 자신은 감옥에서 인생을 보내게 될 것이었다. 그렇다고 그녀를 다시 끌고 나올 수도 없는 노릇이었다. 독한 년. 그는 그가 아는 모든 욕을 퍼부은 다음 혹시라도 아직 베라크루스에 있을지 모를 그녀를 찾아 부두와 역 근처를 샅샅이 뒤졌다. 혼자 다니는 동양 여자를 봤다는 사람은 몇 있었다. 그러나 그녀가 어디로 갔는지 아는 사람은 없었다. 며칠 후 용준은 결국 혼자 기차에 올랐다.

샌프란시스코에 도착한 그는 일주일을 그곳에 머물러야 했다. 요코하마행 배는 자주 있지 않았다. 그는 짐을 끌고 차이나타운으로 갔다. 일주일은 항구의 여인숙에서 지내기엔 너무 긴 시간이었다. 차이나타운은 그가 아버지와 형으로부터 전해듣던 중국의 시장판을 그대로 옮겨놓은 듯했다. 새점을 치는 노인, 야채와 고기를 볶는 냄새, 침술사들, 약재상에서 풍겨나오는 향긋한 감초냄새, 역한 향료, 소화전에 발이 묶인 채 종종거리는 오리, 불곰의 발바닥, 시베리아호랑이의 이빨이 거리를 가득 채우고 있었다. 권용준은 더 깊은 골목으로 들어갈수록 안온한 느낌에 사로잡혔다. 한 여자가 다가와 그의 팔을 잡아끌었다. 오래전에 맡았던 그리운 향기가 흘러나왔다. 사내들이 줄줄이 누워 나른하게 고개를 옆으로 돌린 채 물부리를 빨고 있었다. 그는 옷을 벗었다. 여자가 뜨거운 물로 그를 씻기고 침대에 뉘었다. 그리고 아편에 불을 붙여 그에게 건넸다. 그것은 정말 간단한 일이었다. 요코하마행 배가 없이도 곧장 고향에 갈 수 있었다. 아버지, 어머니도 만나고 형들도 만났다. 달아났던 아내가 어느새 돌아와 그의 몸에 감겼다. 그는 느른한 환상들 사이로 빨려들어가 끝없이 부유했다.

약발이 떨어지고 정신이 돌아오자 이빨 빠진 중국 여자가 무릎을 꿇고 차를 따르고 있었다. 이제 가실 건가요? 여자가 물었다. 그는 고개를 저었다. 그리고 주머니에서 돈을 꺼내 그녀에게 듬뿍 쥐여주었다. 다시 시작하지. 전족을 한 여자가 종종거리며 밖으로 나가 아편을 받아왔다. 그가 다시 정신을 차렸을 때에는 이미 배가 출항하고 난 다음이었다. 그러나 그는 개의치 않았다. 이런 생활이 그에겐 마치 오래된 구두처럼 편안했다. 오랜만에 철릭을 입고 있던 그 냉혹한 별감이 떠올라 권용준은 희미하게 웃었다.

연수가 깨어난 곳은 중국식당이 아니라 큰 저택이었다. 처음 보는 늙은 중국인은 종이를 꺼내 아들을 낳아줄 첩이 필요하다고 적었다. 그녀는 침착하게 자신에겐 이미 남편과 아들이 있으며 그들을 찾아가는 길이라고 적었다. 중국인은 증서를 꺼내 보여주었다. 증서에는 한 여자를 거래한 기록이 한자로 적혀 있었다. 그 여자가 바로 자신이라는 것은 바보가 아닌 이상 알 수 있었다. 늙은이는 그녀 쪽으로 비단옷을 밀어주었다. 그러나 그녀는 완강히 고개를 저었다.

늙은이는 밤마다 그녀를 덮쳤다. 그러나 한 번도 성공하지 못했다. 어떤 밤은 두 여자가 들어와 그녀의 팔과 다리를 잡았다. 그래도 늙은 중국인은 끝내 삽입에 이르지 못하고 주저앉았다. 여자들은 멍이 들 때까지 그녀를 때리고 깨어나면 차를 주었다. 차를 마시고 나면 그녀는 다시 한번 정신을 잃었다. 모든 것이 길고긴 한 편의 악몽 같았다.

그녀가 다시 깨어난 곳은 베라크루스 부둣가의 또다른 중국집이었다. 머리가 아팠다. 가지고 나온 짐은 하나도 없었다. 작고 뚱뚱한 남자가 깨어난 그녀를 보고 실쭉 웃었다. 그리고 중국 여자의 옷을 주었다. 그녀는 더이상 묻지 않았다. 뚱뚱한 남자는 이번에도 증서를 들이밀었다. 자신도 모르는 새 그녀에겐 100페소의 채무가 생겨 있었다. 도대체 이 나라에선 어찌하여 이렇게 사람을 사고파는가. 당신들도 나처럼 한때는 이 나라에 팔려왔을 것이 아니냐. 나는 억울하다, 고 그녀는 종이에 적었다. 그러자 그들은 종이를 빼앗고 다시는 그녀에게 종이와 펜을 주지 않았다. 그날부터 그녀는 하루종일 주방에서 일했다. 그리고 음식을 날랐다. 음식점은 꽤 큰 편이었다. 주인의 아들들은 그녀가 도망가지 못하도록 지켰고 밤이 되면 방문을 잠갔다.

손님은 많은 편이었다. 주로 광둥 출신의 중국인들이었는데 이들은 올 때마다 이런저런 소식들을 가져왔다. 이들을 통해서 연수는 세상 돌아가는 일을 조금씩 알게 되었다. 스페인어보다 광둥어 실력이 더 빨리 늘어갔다. 두고 온 섬이 밤마다 눈에 밟혔다. 이정의 소식도 궁금했다. 그는 어디에 있는 것일까. 농장으로 돌아가야 그를 볼 텐데, 그녀는 베라크루스에서 떠날 방법을 도저히 찾지 못하고 있었다. 권용준의 말이 맞았다. 그를 따라가는 것이 어쩌면 최선이었을지도 몰랐는데…… 후회하는 날이 많았다.

이제는 악질 통역으로 이름을 날린다는 동생도, 몇 년째 눈썹에 손을 올리고 사는 무기력한 아버지도, 우울증에 걸려 자살만 꿈꾸는 어머니도, 때론 그리웠다. 그나마 다행인 것은 주인 지엔이 그녀의 몸을 노리지는 않는다는 것이었다. 아예 처음부터 그럴 생각 없이 데려온 것 같았다. 아들을 주렁주렁 낳은 그의 본부인은 한시도 열아홉의 매력적인 조선 처녀에게서 눈을 떼지 않았다. 탈출은 번번이 실패했다. 베라크루스의 경찰은 몇 번이고 그녀를 붙잡아 지엔에게 데려다놓았다.

                              58

탈출한 이정을 기다리고 있던 것은 더위와 갈증, 그리고 또다른 아시엔다들이었다. 미국으로 가는 길은 멀었다. 멕시코 남단의 유카탄에서 북쪽의 국경까지 가는 데에는 적지 않은 돈이 들었다. 그는 곳곳의 아시엔다에서 일해서 돈을 벌고 그 돈으로 전진했다. 계약은 최소 육 개월씩이었고 조건은 유카탄보다 좋은 편이었다. 브로커들에게 지불하는 선불금이 없었기 때문이었다. 그는 치클과 사탕수수, 때로는 에네켄 아시엔다에서 일했다.

몇 년 후 그는 멕시코의 지도를 펼쳐놓고 자신이 북쪽으로 전진한 속도를 계산해보았다. 메리다에서 북쪽 국경의 시우다드후아레스까지, 사 년 동안 3400킬로미터를 이동했으니 하루에 이 킬로미터꼴로 이동한 셈이었다. 그동안 그는 수많은 멕시코인들을 만났다. 어디나 크게 다르지 않았다. 유카탄의 한인들만 고생하고 있다는 것은 착각이었다. 멕시코 전역의 소농들이 비슷한 처지였다.

그는 농장에 도착할 때마다 사람들에게 편지를 보냈다. 첸체 농장의 조장윤은 간간이 답장을 해주었다. 그의 편지를 통해 유카탄의 한인들이 어떻게 에네켄 농장에서의 삶에 적응해가는지를 알수 있었다. 그러나 연수에게선 아무 답장이 없었다. 같은 야스체 농장에 살고 있는 돌석은 글을 몰랐다. 점점 편지를 쓰기 위해 책상 앞에 앉는 시간이 줄어들었다. 그는 연수의 마음이 달라졌을지도 모른다고 생각하기 시작했다. 자신이 겪는 이 고난에 과연 일말의 의미가 있을까 회의하는 나날이 늘어갔다.

마침내 시우다드후아레스에 다다른 그는 미국으로 넘어갈 방법을 짜냈다. 그는 여권도 뭣도 없는 멕시코의 이민 노동자에 불과했다. 국경을 넘는 일은 녹록지 않았다. 만전을 기할 필요가 있었다. 언젠가 조장윤으로부터 로스앤젤레스에 있는 대한인북미총회라는 한인단체의 주소를 확보한 바 있었다. 시우다드후아레스에 도착하자마자 그는 그쪽으로 편지를 보냈다. 즉각 답장이 왔다. 멕시코 한인들의 계약만료가 다가와 그러지 않아도 두 명의 대표를 보내 법적인 문제의 해결을 도울 참이었다는 것이다. 곧 시우다드후아레스로 갈 테니 그곳에서 기다리라고 했다.

그로부터 한 달 후, 두 남자가 이정을 찾아왔다. 한 사람은 황사용이었고 다른 한 사람은 방화중이었다. 두 사람은 곱게 가르마를 갈라 기름을 바른 짧은 머리에 검은 양복을 입고 있었다. 방화중은 전도사였고 황사용은 북미총회의 일을 맡고 있었다.

계약만료가 한 달 뒤라지요? 황사용이 물었다. 이정은 어느새 세월이 그렇게 되었나 싶은 생각에 잠시 멍해졌다. 유카탄의 사정은 어떻습니까? 방화중이 물었다.

제가 그곳을 떠나온 지도 벌써 삼 년이 넘었으니 지금 사정은 잘 모르지만 처음 도착했을 때만 해도 끔찍하기 이를 데 없었습니다. 이정은 갈라터진 제 손을 펴 보여주었다. 이것이 아시엔다의 생활입니다. 이것은 유카탄만의 문제가 아닙니다. 멕시코엔 희망이 없습니다. 대농장의 주인들만 배를 불리고 나머지 국민들은 배고픔과 중노동에 시달리고 있습니다. 여기 국민들도 그럴진대 우리 같은 외국인이 어디 비집고 들어갈 틈이 있겠습니까. 우리는 엉뚱한 곳으로 와버렸습니다.

이정은 그들이 펼친 지도를 보고 조장윤이 있는 첸체 농장의 위치와 자신이 거쳐온 다른 농장들의 위치를 점으로 찍어주었다. 우선 그분을 만나시는 게 좋을 겁니다. 첸체 농장은 규모도 가장 크고 또 모든 사람들이 그를 따르니까요. 그런데 미국은 어떻습니까?

방화중이 말했다. 아마 이 정도는 아닐 겁니다. 캘리포니아엔 지금 일손이 많이 부족하여 임금이 많이 올랐습니다. 그러나 역시 날품팔이로 살아야 한다는 건 같습니다. 동포들도 작은 가게를 연 사람이 몇 있을 뿐 대동소이합니다. 정 뭐하다면 우리와 같이 다시 유카탄으로 가는 것은 어떻습니까?

아닙니다. 미국으로 한번 가봐야겠습니다. 스무 살의 이정은 다부지게 말하고 그들에게 술을 권했다. 그러나 독실한 감리교도인 그들은 술을 마시지 않았다. 그리고 다음날 일찍 멀고먼 유카탄을 향해 길을 떠났다.

59

조장윤은 일찍 해방되어 메리다로 나간 김석철, 서기중으로부터 북미총회의 대표들이 프로그레소항에 도착했다는 연락을 받았다. 그날은 마침 일요일이었다. 그는 농장의 개신교도들을 대표하여 감독에게 외출 신청을 했다. 감독은 귀환을 책임진다는 다짐을 받고 외출을 허가했다. 매주 벌어지는 일상적인 절차였다. 개신교도들은 주일마다 메리다의 가정집에 모여 예배를 보고 있었고, 많을 때는 각 농장에서 칠십, 팔십 명 가까이 참석할 때도 있었다. 물론 이그나시오 벨라스케스의 농장에선 참석자가 없었다. 이그나시오는 샤머니즘 못지않게 개신교를 미워했다. 그러나 어차피 계약만료가 코앞이었으므로 농장주들은 별다른 일이 없는 한 주일의 외출을 허락하는 편이었다.

메리다에 가보니 방화중과 황사용은 벌써 도착해 있었다. 몰려든 사람들은 반가운 마음에 그들의 손을 붙잡고 신세한탄을 했다.

멀쑥하니 양복을 빼입은 그들은 유카탄의 한인들과는 달리 힘이 있어 보였다. 그들은 마중나온 미국인 감리교 선교사와 유창한 영어로 이야기를 나누어 깊은 인상을 남겼다. 그에 비해 유카탄의 한인들은 끔찍했다. 얼굴은 너무 검어 마치 자메이카의 흑인들 같았고 손바닥은 갈라져 마치 나무토막에 톱질을 해놓은 것 같았다.

가장 시급한 것이 무엇입니까? 방화중이 장윤에게 물었다. 장윤은 서슴없이 말했다. 일단은 계약 만료시에 받기로 되어 있는 수로금 100페소를 받아내는 것입니다. 황사용이 끼어들었다. 어디 계약서 좀 봅시다. 장윤과 석철이 우선 자신들의 계약서 사본을 내밀었다. 한참이 걸려서야 깨알 같은 글씨로 100페소를 지급하겠다는 문구를 찾아낼 수 있었다. 좋소, 한번 해봅시다. 우선, 변호사를 고용해야겠소. 장윤이 난색을 표했다. 우리에겐 그럴 만한 돈이 없습니다. 황사용이 웃었다. 그 돈은 북미총회에서 냅니다. 대신 여러분들도 해방된 후엔 가입하여 회비를 내셔야 합니다. 모두의 얼굴이 밝아졌다.

방화중과 황사용은 다음날로 대성당 건너편의 시청으로 가 등록된 변호사의 명단을 확보하고 근처의 사무실에서 한 명의 변호사를 고용했다. 그 변호사와 함께 두 사람은 100페소를 지급하지 않으려는 농장주를 일일이 찾아다니며 그 문제를 교섭하였다.

그 밖에도 중요한 문제가 있소. 며칠 후 농장으로 돌아간 조장윤을 대신하여 금강역사 김석철이 말을 꺼냈다. 무엇이오? 방화중이 물었다. 석철은 그들에게 두 명의 한인을 데려왔다. 그들은 신봉권, 양군보라 하였는데 그들의 사연은 이랬다. 농장에서 만난 마야인 여자와 결혼하여 아이를 낳았는데, 제발 여자와 아이를 데리고 나올 수 있도록 도와달라는 것이었다. 그들과 비슷한 처지의 사람들이 많다고 했다. 신봉권 같은 경우는 사 년 동안 낳은 아이가 벌써 셋이나 되었다. 방화중이, 참 부지런도 하셨소, 농담을 건넸지만 그들은 웃지 않았다. 방화중과 황사용은 애당초 그 문제를 그리 심각하게 생각하지 않았었다. 설마 자식과 아내도 못 데리고 나가랴 싶었던 것이다. 그들은 농장주들을 만나 해결하기로 마음을 먹었다. 처음으로 누가 좋겠습니까? 유카탄 사정을 잘 아는 사람들이 첸체 농장의 돈 카를로스 메넴을 추천하였다. 그들은 첸체 농장으로 갔다.

그러나 돈 카를로스 메넴은 뜻밖에도 그 문제에 대해 완강했다. 아니, 완강했다기보다 오히려 굳이 말할 필요도 없다는 듯한 태도였다. 그는 그냥 껄껄 웃었다. 이보시오, 농장에서 얻은 자식은 그 농장주의 것이오. 그 여자가 누구의 것이오? 농장주인 내 것이오. 그런데 그 여자가 애를 낳았소. 그럼 그건 누구의 것이오? 방화중이 말했다. 우리나라에서 아이는 아버지의 것으로 간주됩니다. 메넴이 시가에 불을 붙였다. 여기는 당신네 나라가 아니오. 그리고 그가 정말 그 아이의 아버지라는 것을 과연 당신들이 증명할 수 있겠소? 왜 세상의 모든 나라에서 아이에게 아버지의 성을 붙여주는 줄 아시오? 그래야 아버지들이 제 자식이라고 믿고 먹여주고 재워주고 키워주기 때문이오. 다시 말해 성은 아버지들의 불신에 대한 사회적 대가라는 거요. 그게 뭘 의미하는지 아시오? 남자들은 열 달 전에 저지른 어떤 일의 결과로 아이가 나온다는 것을 아직까지도, 20세기가 밝아왔는데도 여전히 잘 이해하지 못하고 있단 말이오. 오직 확실한 것은 어미가 아이를 낳았다는 사실뿐이오. 멕시코의 아시엔다에서 아버지의 존재는 불확실하고 불분명하고 심지어 불필요하오. 메리다로 돌아가 물어보시오. 법률도 나의 편이오. 법은 애매한 것을 좋아하지 않소.

메넴은 제 나름의 고급한 유머로 불청객들을 격퇴한 것에 대해 기분이 좋아졌다. 반면 메리다로 돌아온 한인들과 변호사는 그 문제에 관한 한 농장주들을 이길 수 없다는 것을 알았다. 멕시코와 유카탄의 법률은 메넴의 주장을 강력하게 지지하고 있었다. 게다가 모든 법률가가 농장주인 곳에선 송사를 벌여봐야 희망이 없었다. 게다가 농장자치법이라는 특수한 법이 따로 있어 농장 내에서 일어나는 일에 대해서는 농장주에게 폭넓은 재량권을 부여하고 있었다. 이러니 방법이 없었다. 남자들은 마야 여인과 이별하는 수밖에는 없었고 그들이 낳은 아이들은 농장에 남아 농장주의 재산이 되었다.

방화중과 황사용이 동분서주하는 가운데 5월이 되었다. 1909년 5월 12일. 마침내 한인 이민자들의 족쇄였던 계약서는 의미 없는 휴지가 되었다. 해방을 사흘 앞두고 메리다에는 대한인국민회 북미총회 산하 메리다지방회가 설립되었다. 계약은 아직 만료되지 않은 상태라 각 농장에선 칠십여 명의 대표만을 메리다로 보냈다. 이미 풀려난 사람들과 농장의 대표들은 물경 사 년 만에야 갖게 된 조직의 탄생을 눈물로 자축했다.

초대회장으로 선출된 조장윤은 연단에 올라 오랫동안 준비해온 연설을 하였다. 오랜 준비에 비하면 조금 실망스러운 연설이었다. 너무나 감격에 겨웠던 나머지 몇 번이나 연설이 중단되었고 자꾸만 원고 내용을 잊어버렸다. 그의 원고를 원문에 가깝게 옮겨보면 그날의 분위기를 짐작할 수 있다.

'아, 오늘 5월 9일은 곧 대한인국민회의 한 큰 단체가 생겨 메리다지방회를 조직하는 날이라 각처 농장에서 파송한 총대들은 구름 모이듯 하는데 마치 워싱턴 국회시 각도 대의사가 모여들듯 법국(프랑스) 혁명시에 각도 의장이 모여들듯 하였다. 장하다. 메리다지방회의 설립이여. 작일에는 단체가 없는 본토종에 섞였더라도 금일에는 단체가 있는 문명국 인민이라 어찌 두 번 궐하여 치하하며 백번 춤추어 즐겨하지 아니함이오. 우리 국민회가 이같이 왕성함은 곧 우리의 조국을 속히 회복할 기회를 짓는다 하노라.'

잘 알지도 못하는 미국독립혁명과 프랑스혁명까지 거론하며 대한제국의 회복의 기회로까지 과장하는 대목을 보면 그가 얼마나 흥분했는지 알 수 있다. 마침내 조장윤의 연설이 절정에 달하자 연단 밑에서 이제나저제나 하며 초조하게 기다리던 젊은이들이 화약에 불을 붙였다. 약간 성급하게 점화된 이 불꽃들은 메리다의 하늘을 잠시 화려하게 수놓았다. 이렇게 하여 사 년에 걸친 채무노예 생활은 공식적으로는 종지부를 찍었으나 여전히 대다수는 에네켄 농장에 머물러 있었다.

60

계약은 만료되었으나 귀국자는 거의 나오지 않았다. 토지를 소유하지 못한 자들의 운명이었다. 모두들 여러 가지 이유로 귀국하지 못했다. 여비가 없어서, 마야 여인과 결혼하여, 돌아가봐야 먹고살 것이 없어, 사람들은 하나둘 유카탄에 주저앉고 있었다.

조장윤은 메리다에 군사학교를 개설하고 숭무학교라 명하였다. 십팔기 선수 조병하를 비롯한 평양 출신의 대한제국 군인들이 주축이 되었다. 이들은 대부분 감리교로 개종하였고 팔목에 잉크로 함께 문신을 하였다. 경비는 계를 통해 충당했다. 을사조약 체결 4주년이 되던 1909년 11월 17일엔 모두 모여 전통 무예시범을 벌였다. 이때 장윤은 을사5조약 무효 선언을 발표하였다.

다음날인 18일, 두 개 소대로 편성된 숭무학교 학생 백십 명은 흰 모자, 흰색 상의, 그리고 검정색 하의로 통일하고 검정색과 빨간색의 휘장을 두르고 시가행진에 나섰다. 장윤의 구령 아래 태극기와 멕시코 국기를 든 기수를 선두로 나팔수와 군악대가 뒤따랐고, 이어 반듯하게 대오를 갖춘 젊은이들이, 그뒤를 노약자들이 뒤따랐다. 행렬이 시청 앞을 지나갈 때는 유카탄 주지사가 나와 손을 흔들기도 했다. 해방의 기쁨이 이보다 더할 수는 없었다. 깨끗한 옷을 차려입고 꿈에나 그리던 메리다의 중앙대로를 행진한 것은 이들의 자부심을 드높여주었다.

이어서 연극도 공연되었다. 각자의 농장으로 돌아갈 날을 하루 앞두고 작둔 농장과 쏘실 농장의 젊은이들이 각기 조선군과 일본군으로 분장하여 야외 가상 결투극을 벌였다. 나팔과 포성까지 흉내내며 벌어진 이 전쟁 촌극에서 조선군은 일본군 전원을 생포, 억지로 강화조약을 맺은 다음 배상금까지 받아냈다. 전투에서 이긴 가짜 조선군들은 만세를 부르며, 이겼다, 이겼다, 함성을 질렀다. 잠시 일본군이 되는 바람에 기분이 나빴던 쏘실 농장의 청년들도 그에 질세라 더 크게, 대한 만세, 대한 만세, 를 외치며 자신들의 예정된 패배를 자축했다.

61

1910년 8월 16일, 식물처럼 연명하던 대한제국은 역사 속으로 사라졌다. 일본은 대한제국을 합병하고 데라우치를 조선 총독에 임명하였다. 합병에 반대하는 자살이 유행처럼 번지며 전국을 휩쓸었다. 황현, 이근주, 이만도, 김도현, 장태수 등이 다양한 방법으로 목숨을 끊었다.

고국의 물정을 잘 모르던 멕시코 이민자들은 돌아갈 나라가 아예 사라져버렸다는 사실에 충격을 받았다. 그들은 소중하게 간직해오던 작은 종이쪽지를 꺼내들었다. 유카탄의 건조한 기후와 오랜 유랑생활로 이미 누렇게 변색되어버린, 그들을 한 달이나 제물포 항구에 붙들어놓았던, 대한제국 정부가 발행한 조악한 여권들은 이로써 무용지물이 되어버렸다.

62

1910년 1월이 되자 유카탄반도에는 돌림병이 창궐하였다. 신생아 두 명을 포함하여 다섯 명이 쓰러져 죽었다. 방화중과 황사용은 메리다를 떠나 미국으로 돌아갔다. 황사용은 돌아가자마자 미주대한인국민회 총회장에 피선되었다. 그는 좀더 책임감을 가지고 멕시코 이민자 문제를 일거에 해결할 수 있는 방법을 모색하기 시작했다.

황사용은 9월에 하와이로 떠났다. 그는 아홉 달이나 하와이 제도에 체류하면서 여러 섬을 전전하였다. 그는 유카탄의 끔찍한 상황을 상대적으로 상황이 나은 하와이의 한인들에게 알렸다. 황사용과 하와이의 한인들은 유카탄의 한인들 전체를 하와이로 집단이주시키는 대담한 프로젝트에 착수했다. 그들은 사탕수수 농장주협회를 만나 의사를 타진했고 노동력 부족에 시달리던 농장주들은 흔쾌히 동의했다. 그들은 자진해서 연방정부에 노동자 추가고용에 대한 수용허가와 입국허가를 청원하였다. 농장주와 한인들은 입국허가가 나오는 대로 한 번에 백 명씩 이주시키기로 계획을 짰다. 문제는 경비였다. 이 부분에서 하와이와 본토의 한인들은 놀라운 희생정신을 발휘한다. 모든 경비를 자신들이 부담하기로 하고 즉각 모금에 들어간 것이다. 하와이에서만 5441달러, 본토에서 536달러가 걷혔다. 이 밖에 미리 약정한 후원금도 5000달러에 달했다.

준비가 어느 정도 끝나자 미주대한인국민회는 메리다지방회로 편지를 보내 대표 네 명을 하와이로 초청하였다. 조장윤과 김석철, 그리고 다른 두 명이 샌프란시스코로 향했다. 말로만 듣던 미국 땅을 밟아본다는 사실에 네 명은 적잖이 들떠 있었다. 얼마 전 기독교로 개종한 김석철은 자꾸만 모세 얘기를 꺼냈다. 그들의 여정은 유태민족을 이끌고 이집트를 탈출한 '출애굽'에 비유되었다. 성서에 묘사된 더운 기후, 사막, 고된 노동, 돌림병, 핍박과 고통에서 그들은 강한 동병상련의 정을 느꼈다. 동시에 그들은 신이 마침내 자신들의 죄를 용서하고 구원의 대역사를 시작하였다고 믿었다. 방화중과 황사용은 성서의 예언자에 비견되었다. 그들에겐 하와이가 젖과 꿀이 흐르는 약속의 땅이었다. 황사용에 의하면 그곳의 기후는 온화하며 물이 풍부하여 목마를 일이 없으며 임금도 높은데다 도시가 잘 발달하여 교육의 기회도 많다고 하였다.

63

돈 카를로스 메넴은 여행가방을 가지고 기차에서 내려 푸에블라 역 구내로 걸어들어갔다. 호세가 가방을 들고 그뒤를 따랐다. 경찰관 하나가 다가와 메넴에게 경례를 붙이고는 곤봉으로 호세가 들고 있는 소가죽 가방을 툭 쳤다. 좀 봅시다. 호세가 메넴의 지시를 기다렸다. 메넴이 고개를 끄덕이자 호세는 책상 위에 가방을 올려놓고 열어 보였다. 가방 속에는 곱게 개어진 메넴의 옷가지와 책 등이 있었다. 무슨 책입니까? 경찰이 흘깃 책장을 넘겼다. 메넴이 콧수염을 만지며 대답했다. 헤로도토스와 루소요. 경찰이 고개를 끄덕이며 뒤로 물러섰다. 협조해주셔서 고맙습니다.

태연한 메넴에 비해 호세는 조금 긴장하고 있었다. 역 구내엔 승객보다 경찰이 더 많아 보였다. 역을 벗어나 걸어가며 호세는 조심스럽게 메넴에게 말했다. 아무래도 저쪽에서 눈치를 챈 것 같습니다. 위험할 것 같은데요. 메넴은 대꾸하지 않고 역 앞에 서서 그를 마중나오기로 한 세르단 집안의 사람들을 기다렸다. 초조한 시간이 흘러갔지만 아무도 나타나지 않았다. 어떻게 할까요? 호세가 다시 물어왔다. 메넴은 회중시계를 꺼내보았다. 벌써 삼십 분. 이럴 수는 없었다. 역전에 가서 깨끗한 호텔이 있나 알아보고 있으면 짐꾼을 데리고 오거라. 호세가 달려갔다.

메넴이 아킬레스 세르단의 메모를 받은 것은 일주일 전이었다. 1910년 10월 25일 마데로가 미국의 샌안토니오에서 무장봉기를 촉구한 때로부터 보름이 지났을 무렵이었고, 그가 봉기일로 명시한 11월 20일을 일주일 앞둔 때였다. 열렬한 마데로 지지자이자 메넴의 친구인 아킬레스 세르단은 몰래 본거지인 푸에블라로 들어와 봉기를 준비하며 메넴에게 메모를 보내 거사에 합류할 것을 권했다. 메모에는 물경 오백 명의 자유주의자들이 자신의 집으로 몰려들 것이라 적혀 있었다. 그러나 역전에는 아무도 나와 있질 않았다.

잠시 후, 호세가 늙고 허리가 굽은 짐꾼을 데리고 달려왔다. 짐꾼은 가방 하나는 들쳐메고 나머지 하나는 한 손으로 든 채 호텔로 성큼성큼 걸어갔다. 호세가 하나를 들어주겠다고 했으나 끝내 거절했다. 호텔은 작고 아담했다. 로비의 주인은 메넴의 화려한 행색에 놀라는 눈치였다. 손님, 멀리서 오신 모양입니다. 메넴은 고개를 끄덕이며 슬쩍 주인에게 물었다. 여기 무슨 일이 있었소? 역에

경찰이 쫙 깔렸던데. 주인은 말도 말라는 듯 손을 저으며 이야기를 시작했다. 모르셨습니까? 오늘 아침 경찰서장 가브리엘이 세르단의 집으로 쳐들어갔습니다. 둘은 원래 철천지 원수였지요. 수색영장을 들이미니까 세르단이 그대로 쏴버렸지요. 어쨌거나 세르단이 좀 성급했습니다. 바보라면 모를까, 사람들은 몰려들죠, 대문만 열렸다 하면 무기들이 들어가죠. 듣자 하니 과부로 변장해서 돌아왔다는데, 하도 변장을 못해서 모르는 사람이 없었답니다. 다들 모른 척해줬을 뿐이죠. 귀족이고 부자니까.

메넴은 열쇠를 받아들며 짐짓 무관심한 척 물었다. 그래서 어떻게 됐소? 주인은 고개를 저었다. 말도 마십시오. 경찰하고 주정부군이 쳐들어가서 다 쏴 죽였습니다. 세르단의 동생 막시모를 비롯해서 가족 모두가 몰살당하고 창고에 쌓여 있던 무기들도 몽땅 압수당했습니다. 미리 와 있던 자유주의자들도 마찬가지였죠. 저, 근데 식사는 어떻게 하시겠습니까? 메넴은 손을 내저었다. 별로 식욕이 없소. 그냥 올라가서 좀 쉬겠소.

메넴은 정말 아무것도 먹지 않았다. 다음날 아침 신문에는 세르단 저택의 학살이 짧게 보도되어 있었다. 메넴은 모골이 송연했다. 그는 하인 호세를 불러 짐을 챙기라고 말하고 서둘러 푸에블라를 떠났다. 어디로 가십니까, 주인님? 호세가 물었다. 샌안토니오로 간다. 호세가 파랗게 질린 얼굴로 다시 물었다. 거긴 왜 가십니까? 거긴 마데로가 있는 곳이 아닙니까? 내일이면 멕시코의 역사가 바뀌는데, 한가하게 유카탄 촌구석에 처박혀 있을 수야 없지 않느냐. 싫으면 너는 농장으로 돌아가거라. 호세는 울상을 지었지만 돌아가지는 않았다. 둘은 멕시코시티행 기차표를 끊었다. 샌안토니오로 가려면 거기에서 기차를 갈아타야 했다.

그들이 이틀간의 심란한 여정을 거쳐 샌안토니오에 거의 다다랐을 때, 갑자기 기차가 멈추어섰다. 멀리서 총소리가 들렸다. 얼마 되지 않는 무장병력이 언덕을 넘어 내려오다가 그들을 기다리고 있던 군복 입은 군대의 반격을 받고 있었다. 주인 어른, 웃기는 부대가 다 있네요. 아이고, 금세 꽁무니를 뺍니다. 호세가 창밖으로 얼굴을 내밀고 떠들어댔다. 메넴도 그들을 보았다. 마침내 봉기의 날이었다. 어쩌면 그들은 국경을 넘어온 마데로의 부대일 수도 있었다. 고개 집어넣어라, 총알 맞을라. 메넴이 호세의 목덜미를 채어 안으로 끌어들였다. 지나가던 역무원이 메넴에게, 지금 마데로의 부대가 연방군에게 패해 도주하고 있다고 상황을 확인해주었다. 마침내 봉기의 날이 왔건만, 그래서 이렇게 찾아왔건만, 마데로의 군대는 실망스럽기 그지없었다. 메넴은 그만 돌아가버릴까도 생각했지만 지금까지 온 것이 아까워 자리에 주저앉았다. 마침내 기차는 샌안토니오에 멈추었다.

마데로는 초조한 얼굴로 허친슨호텔에서 사람들과 작전을 숙의하고 있었다. 메넴은 멀찍이 떨어져 그를 바라보았다. 그에겐 고결한 자에게서만 풍기는 어떤 분위기가 있었다. 메넴은 마데로가 회의를 마치고 차를 마시기 위해 로비로 나오자 다가가 인사를 했다. 전에 뵌 적이 있습니다, 마데로 각하. 메리다의 돈 카를로스 메넴입니다. 마데로가 손을 내저었다. 나는 각하가 아니오. 그런데 미안하지만 기억이 잘 나질 않소. 메넴은 돌아서려는 마데로를 붙잡았다. 아킬레스 세르단의 친구입니다. 지금 푸에블라에서 달려오는 길입니다. 마데로의 표정이 달라졌다. 메넴 씨, 멀리서 오셨는데 차나 한잔하시죠. 메넴은 자리에 앉으며 오다가 기차에서 본 전투 얘기를 꺼냈다. 마데로는 대수롭지 않다는 듯 웃었다. 삼촌의 부대가 멕시코 쪽에서 오기로 했는데 오질 않았소. 그래서 돌아온 거요. 하지만 다른 곳은 지금 분위기가 대단하오. 특히 치와와는 들불처럼 혁명의 불길이 타오르고 있소. 두고 보시오. 우리는 세르단의 죽음을 잊지 않을 것이오. 우리도 그 소식을 들었소. 정말 끔찍했지. 그래, 그곳은 어땠소?

원래는 사실대로 말할 생각이었다. 그러나 이 프랑스 사기꾼 후예의 입에선 전혀 다른 얘기가 튀어나왔다. 그는 눈물을 흘리며 저택에서 벌어진 대학살극을 마치 눈앞에서 본 것처럼 마데로에게 전해주었다. 메넴 자신도 영웅적으로 싸웠으나 비열한 경찰서장 가브리엘이 파놓은 함정 때문에 동지들 대부분이 장렬히 전사했노라고 말했다. 특히 아킬레스 세르단과 그의 동생 막시모가 죽는 장면에선 너무도 격렬히 흐느끼는 바람에 마데로가 그의 어깨를 다독여주어야만 했다. 어느새 메넴의 주변에는 마데로의 참모들과 지지자들이 몰려들어 세르단 저택의 대학살 이야기를 듣고 있었다. 메넴은 점점 더 고양되어 끝도 없이 일인극을 계속했다.

그만하시오. 마데로가 비통한 음성으로 그의 말을 잘랐다. 마데로는 사람들을 물렸다. 그리고 메넴에게 조용히 말했다. 당신은 혹시 텔레파시를 믿으시오? 뜬금없는 질문에 메넴은 잠시 멈칫했다. 글쎄요, 들어는 봤습니다만. 대통령 후보 마데로는 홀연 허공을 보며 말했다. 나는 믿고 있소. 마데로가 텔레파시를 믿는다는 얘기는 금시초문이었다. 그러나 마데로는 진지했다. 신은 텔레파시를 통해 인간에게 그 메시지를 전하오. 모세를 비롯한 예언자들이 받은 계시도 모두 그것이었소. 미국의 그레이엄 벨이 얼마 전 전화를 발명했지만 그것은 너무도 제한적인 통신수단이오. 그것은 오직 두 사람 사이의 소통에 불과하오. 그러나 텔레파시는 다르오. 과학적으로도 서서히 증명되고 있소. 우리가 무언가를 강렬히 원하면 그것을 누군가에게, 때론 아주 많은 이들에게 전할 수 있다는 얘기요. 믿지 않겠지만, 나는 어제 세르단이 내게 보내온 텔레파시를 분명히 읽었소. 마데로는 자기 가슴에 손을 얹었다. 그건 너무 가슴 아픈 일이었소. 어렸을 적 나는 한 점쟁이에게서 멕시코의 대통령이 되리라는 계시를 받았소. 그리고 지금껏 한 번도 그걸 의심해본 적이 없소. 그리고 지금 그 계시가 텔레파시가 되어 멕시코 전역으로 퍼져가고 있소. 이게 바로 혁명이 아니고 무엇이겠소.

베르사유와 파리에서 오 년 동안 공부한 것도 모자라 또 미국의 버클리에서 농업을 전공하고 귀국한 유학파 지식인이 텔레파시를 믿는다? 그 순간 메넴의 가슴속에 혁명의 진로에 대한 어떤 의구심이 강하게 피어올랐다. 메넴은 다음날 날이 밝는 대로 서둘러 유카탄으로 돌아왔다.

64

치와와주에서 은거하던 김이정은 방화중과 황사용이 가르쳐준 경로를 따라 국경을 넘으려다 정부군과 미국 국경경비대의 총격을 받았다. 가벼운 상처를 입은 그는 월경을 잠시 포기하고 멕시코 내에 머물렀다. 얼마 안 되던 돈마저 다 떨어져가고 있었다. 그는 멕시코에 혁명의 정세가 전개되고 있다는 사실도 알지 못했다. 그러나 총을 들고 능선을 따라 데모사칙으로 진군해가는 카스툴로 에레라 부대와 조우하자 멕시코에 어떤 일이 벌어지고 있는지 단박에 이해하게 되었다. 이정은 혁명군들로부터 함께 가지 않겠느냐는 부드러운 권유를 받았다. 그들은 이정이 팔에 입은 상처도 치료해주었다. 혁명의 열정으로 들뜬 그들은 혁명 초기의 덕성인 우애와 연대의 정신을 실천하고 있었다. 혁명군의 구성원들은 정말 다양했다. 아시엔다의 노동자, 대학생, 가게의 점원, 수리공, 노새 상인, 거지, 광산 노동자, 카우보이, 탈영병, 법률가, 미국의 용병

등이 뒤섞여 있었다.

그러나 이정은 그들의 권유를 완곡하게 거절했다. 미국에 가는 것이 급선무였다. 이정은 치와와에서 돈을 벌어 다시 미국행을 시도할 생각이었다. 그는 혁명군들과 헤어져 기차를 기다렸다. 그러나 기차는 도착하지 않았다. 치와와 전역이 혁명의 열기로 들끓고 있었다. 그는 노새와 마차를 번갈아 타며 치와와로 향했다. 그러나 그마저도 또다른 혁명군에 의해 저지당했다. 혁명군들은 기차를 징발하여 무기와 병력을 수송하기 시작했다.

그가 마주친 새로운 혁명군 지도자는 파스쿠알 오로스코였다. 그는 서부 치와와에서 나귀를 몰고 광물을 운반하던 장사꾼이었다. 그의 가장 큰 적은 자기 화물을 노리는 치와와의 산적들이었다. 산적들과 싸우며 성장해온 그에게 전투는 생활이었다. 그는 디아스를 크게 미워하지도 않았고 마데로를 좋아하지도 않았다. 그는 다만 치와와의 권력자 테라사스 가문의 횡포에 분개하고 있었다. 그는 철도교통의 요충지인 게레로시를 함락시켰고 판초 비야 등 혁명군 지도자들을 영입하면서 점점 세력을 키워 삽시간에 멕시코 북부 최대의 세력으로 부상하였다.

이정은 혁명군 캠프에 며칠 동안 머물렀다. 농민 출신들은 에네켄 농장의 삶을 손바닥 들여다보듯 잘 이해하고 있었다. 사탕수수든 면화든 다 똑같아. 농장주의 수염 길이만 다를 뿐이지. 그들은 냉소적으로 말했다. 미국으로 가겠다고? 거기 가봐도 달라질 건

없어. 부자들은 떵떵거리고 이민자들은 사탕수수나 오렌지 농장에서 목뼈가 부러질 때까지 일한다고. 그러나 이정은 미국으로 가려는 꿈을 버리지 않았다.

며칠 후 연방군이 오로스코군을 공격해왔다. 중화기로 무장한 연방군은 오합지졸 혁명군을 쉴새없이 두들겨댔다. 이정은 혁명군과 함께 8부 능선을 타고 달아났다. 한 혁명군이 그에게 총을 쥐여주었고, 이정은 난생처음으로 총을 쏘아보았다. 요시다의 주방에서 칼을 잡았을 때와 기분이 비슷했다. 차갑고 기능적인 금속에서 풍기는 부드러운 흥분이 혈관을 따라 빠르게 온몸으로 퍼져갔다. 총알을 장전하고 방아쇠를 당길 때면 마치 몸속에 침전돼 있던 묵은 응어리들이 한 방에 날아가는 느낌이었다. 그의 총알이 연방군의 허벅지를 관통하고 땅에 박혀 흙먼지를 일으켰다. 붉은 피가 흙먼지와 뒤섞였다.

전투는 끝나고 오로스코군은 꽤 많은 사망자를 냈다. 그러나 이정은 부대를 떠나지 않았다. 밤이면 총을 안고 잠이 들었다. 며칠 후, 이정의 부대에 명령이 떨어졌다. 돌아가는 연방군의 대부대를 기습하라는 것이었다. 그것은 먼 훗날 멕시코 혁명사에 길이 남을 말파소계곡 전투였다. 그날 혁명군은 마르틴 루이스 구스만 대령이 이끄는 대부대를 기습, 엄청난 전리품을 챙겼다.

이정은 달아나는 정부군 병사 한 명을 사로잡았다. 그의 주머니에서 썩은 옥수수가 나왔다. 그는 살려달라고 빌었다. 그는 잘 알아듣지 못했다. 이정이 그를 데리고 돌아오자 혁명군들이 정부군의 옷을 죄 벗긴 다음 노래를 시켰다. 성기가 오그라든 정부군 병사는 목이 터져라 노래를 불렀다. 혁명군들은 그를 풀어주었다. 그때까지만 해도 혁명에는 아직 유머가 남아 있었다.

말파소계곡의 승리 소식은 전국의 반 디아스 혁명군을 흥분시켰다. 처음 경험한 전투의 승리는 이정의 이성을 마비시켰다. 그는 미국도, 연수도 잊었다. 무수한 아시엔다에서의 멸시와 고난도 모두 잊었다. 전투의 승리에는 순정한 기쁨이 있었다. 그리고 혁명군 내부의 분위기도 마음에 들었다. 그것은 요시다의 주방에서 맛본 것과 비슷했다. 남자들만의 세계. 세상의 모든 의무로부터 면제된 세계. 그들은 더럽고 지저분하고 시끄러웠지만 그 안에는 어떤 편안함이 있었다.

늙고 거친 농민군들은 이정에게 떠나온 나라에 대해 물었다.

물론 거기에도 당신 같은 사람들이 있어요. 혁명군들이 물었다. 그들은 누구와 싸우지? 일본의 군대와 싸웁니다. 왜 싸우지? 그들이 모든 것을 빼앗아가니까요. 얼마 전에는 아예 나라가 없어져버렸습니다. 일본이 아예 합병해버렸거든요. 멕시코의 혁명군들은 뉴멕시코와 텍사스 등 멕시코 북부를 삼켜버린 미국을 생각하며 함께 분개해주었다. 그러나 알지 못하는 동양의 먼 나라, 그나마도 지금은 사라진 나라 얘기엔 곧 흥미를 잃었다.

65

1911년 5월 21일 저녁 열시, 마침내 디아스는 손을 들었다. 마데로의 혁명군과 정부군 사이에 조인된 평화협정의 골자는 이렇다. 디아스는 5월 안에 하야한다. 혁명으로 인해 발생한 손해는 정부가 보상한다. 새로이 대통령 선거를 실시한다. 5월 24일, 흥분한 군중들이 대통령궁으로 몰려들었다. 지붕에 설치된 기관총이 불을 뿜었다. 지치고 병든 늙은 독재자는 5월 26일 새벽 두시 삼십분, 베라크루스행 특별열차를 타고 수십 년간 머물렀던 대통령궁을 떠났다. 베라크루스에서 독일 군함 이피랑가호에 승선한 그는 자신을 전송하러 나온 충복 우에르타 장군에게 멕시코혁명 기간 내내 회자될 유명한 말을 남겼다.

"마데로는 호랑이를 풀어놓은 거야. 그가 그 호랑이를 어떻게 다룰지 한번 보자고. 결국 모진 고생 끝에 알게 될 거야. 이 나라를 다스리는 방법은 오직 내 방식밖에 없다는 것을."

66

조장윤 일행은 샌프란시스코항에 도착하였다. 부교를 따라 항구에 들어선 이들은 입국 심사관으로부터 간단한 질문을 받았다.

무슨 일로 미국에 오셨습니까? 얼굴이 검게 그을리고 기골이 장대한 장윤의 모습에 조금 긴장한 기색이었다. 장윤은 당당하게 대한인국민회의 주선으로 하와이에 이민 가는 길이라고 말했다. 스페인어를 사용하는 입국심사관은 스페인어로 다시 확인했다. 장윤은 자신들은 이민자의 대표이며 하와이 이민을 위해 입국하려 한다고 밝혔다. 심사관은 장윤과 나머지 세 명의 얼굴을 힐끗 보고는 사무실 안으로 들어갔다 다시 나왔다. 관리는 네 명을 텅 빈 방으로 데리고 가 자리에 앉혔다. 그들은 거기에서 여섯 시간을 머물렀다. 관리는 정부에 그들의 입국 목적을 알리고 지시를 기다렸다. 이민국은 노동 목적의 입국은 허용할 수 없다고 결론을 내렸다. 조장윤의 짐작과는 달리 하와이 농장주협회는 미처 연방이민국의 허가를 받아내지 못했던 것이다.

조장윤 일행은 이민국 보호시설에 43일간 갇혀 있다 럭키마운틴호에 실려 강제로 추방되었다. 그사이에도 하와이 농장주협회와 북미총회는 이들의 입국을 초조하게 기다리며 관계당국에 입국허가를 끈질기게 요청했다. 메리다의 한인들도 사건의 귀추를 주목하고 있었다. 그러나 별다른 진전이 없이 결국 추방으로 끝나자 20세기의 출애굽으로 불릴 뻔했던 이 대담한 프로젝트는 허공으로 날아가버렸다. 조장윤 일행 덕분에 이민국은 멕시코에 있는 한인 이민자들이 대거 미국으로 몰려든다고 생각하게 되었다. 가뜩이나 중국계와 백인 노동자들 사이의 마찰로 골치가 아팠던 참이었다.

이들의 체류비용과 뱃삯으로 총 547달러 82센트가 지불되었다. 동포들의 돈을 헛되이 써버린데다 모든 일을 그르치고 말았다는 자책감으로 대표단 일행은 조용히 메리다로 돌아왔다. 그러나 메리다는 조용하지 않았다. 메리다에도 혁명의 바람이 몰아치고 있었다.

67

일 년이 지났다. 마데로는 대통령이 되었다. 미국은 마데로를 좋아하지 않았고, 정국은 혼란스러웠다. 쿠데타가 발생했지만 마데로에겐 그걸 통제할 능력이 없었다. 순진하기 이를 데 없는 그는 디아스를 마지막까지 따랐던 우에르타 장군에게 쿠데타 진압을 맡겼다. 우에르타는 유능한 장군들은 엉뚱한 데다 배치하고 무능한 장군들에게는 무모한 돌격을 감행시켜 쓸데없는 인명 피해를 냈다. 그리고 외교 공관들이 밀집해 있는 주택가에 포격을 해 오천 명이 넘는 민간인을 죽였다. 유효탄은 단 두 발이었는데 한 발은 쿠데타군이 은신하고 있는 시우다델라 요새의 문을 맞혔고 또 한 발은 대통령궁의 대문 하나를 맞혔다. 멕시코시티는 생지옥이 되었다. 곳곳에 시체가 널려 있었다. 간신히 끌어모은 시체들은 공원에 모아놓고 석유를 부은 다음 불을 질렀다. 역겨운 냄새와 연기가 온 시가지를 뒤덮었다. 반란군보다 다섯 배는 많은 병력을 가지고도 우에르타는 시간을 끌었다. 우유부단한 마데로에 대한 원성이 드높아지기를 기다린 것이다. 우에르타는 마데로의 동생이자 심복인 구스타보를 불러 코냑을 권했다. 그리고 전화를 한 통 받더니, 아, 깜빡 잊고 권총을 놓고 왔다며 잠시 권총을 좀 빌려달라고 하였다. 구스타보는 순진하게도 허리에 차고 있던 권총을 건네주었다. 우에르타가 떠나자 일단의 병력이 몰려들어와 구스타보를 체포하였다. 비슷한 시각, 각료 회의장에는 리베랄 중령이 병력을 이끌고 들어와 마데로 대통령에게 우에르타 장군의 명령에 의해 체포한다고 말했다. 전광석화 같은 우에르타의 쿠데타는 대통령 마데로를 총살하는 것으로 첫번째 막을 내렸다. 디아스의 말대로 호랑이가 날뛰고 있었고, 당분간은 그것을 길들일 자가 없어 보였다.

68

혁명의 불길은 계속 타올랐다. 코아우일라 주지사 카란사가 우에르타를 몰아냈고 산적 출신의 혁명군 지도자 판초 비야는 정부군을 연파하며 이미 하나의 신화가 되어가고 있었다. 서른 살의 에밀리아노 사파타도 게릴라전을 통해 멕시코시티의 코앞을 교란하며 정부군의 발목을 붙잡고 있었다. 훗날 멕시코혁명의 흐름을 바꾸고 대통령 자리에까지 오르는 오브레곤 역시 자신의 마요 인디언 부대를 이끌고 연전연승하며 상승장군으로 불리고 있었다. 멕시코판 전국시대를 맞아 기다렸다는 듯 영웅들이 출현하여 힘을 겨루었다. 산업과 경제는 브레이크 없는 자동차처럼 내리막길을 치닫고 있었다.

1914년 8월 15일, 마침내 오브레곤의 군대가 멕시코시티에 입성하였다. 용맹스러운 야키 인디언 부대가 북을 울리며 대열의 선두에서 자랑스럽게 진군했다. 그러나 판초 비야는 카란사를 인정하지 않았고, 에밀리아노 사파타 역시 대지주 계급인 카란사의 정권 획득을 용인하지 않았다. 카란사와 오브레곤은 멕시코혁명의 두 스타플레이어의 협공에 부담을 느끼고 베라크루스로 퇴각했다. 영리하고 주도면밀한 오브레곤은 철수하면서 주요 민간인들도 모두 데리고 갔다. 철도와 통신망 유지에 필요한 인원들이 우선이었다. 특히 그는 최대한 많은 성직자들을 데리고 갔다. 그들이 좋아서가 아니라 멕시코의 호화로운 대성당에서 끌어내 민중들의 참상을 목도하게 하기 위해서였다. 그는 출발에 앞서 성직자들에 대한 신체검사를 실시했다. 백팔십 명의 사제들 중 이십칠 퍼센트인 마흔아홉 명이 성병에 걸려 있었다.

사파타의 농민군 선발대가 11월 26일에 멕시코시티로 진입하였다. 승리의 나팔소리도, 요란한 행진도 없는 조용한 입성이었다. 사파타군은 별다른 말썽 없이 경찰서를 비롯한 질서유지기관을 접수하였다. 북쪽에서부터 진군해온 판초 비야도 12월 4일, 멕시코시티에 입성했다. 문맹에 가까울 정도로 교육받은 적이 거의 없다는 점, 그러나 게릴라식 군사작전의 귀재라는 점, 민중들에게 인기가 드높다는 점에서 공통점이 많았던 전직 산적과 전직 농민은 서로에 대한 존경심으로 말을 더듬으며 첫 만남을 시작하였다. 수줍음이 많았던 이 두 촌놈 지도자는 카란사의 교활함을 비난하며 서로의 공적을 치하했다. 북부군과 남부군은 이틀 후 대규모 합동 개선행진을 벌였다.

레포르마 대로를 행진하는 북부군 중에는 동양인이 한 명 있어 군중들의 눈길을 끌었다. 바로 김이정이었다. 승승장구하는 판초 비야의 북부군에 소속된 이정은 마침내 멕시코의 중심으로 진입한 것이다. 삼 년간의 혁명을 거치며 그는 스물일곱 살이 되었다. 판초 비야의 군대는 어디에서나 민중들의 사랑과 환영을 한몸에 받았고 이정 역시 그의 일원으로서 비슷한 대접을 받았다. 그런 혁명군이라면 나쁠 일이 없었다. 사선을 넘나드는 삶이었다. 가끔 연수를 떠올렸지만 일단 혁명군에 들어온 이상 마음대로 움직일 수가 없었다.

판초 비야는 에밀리아노 사파타와는 달리 멕시코시티에 들어오자마자 공포정치를 시작했다. 미리 작성된 명단에 따라 검거와 처형이 진행되자 수도는 급격히 혼란에 빠져들었다. 피가 피를 부르기 시작했다. 망설임 없이 살인하는 법을 익혀야 했다. 저항하지 못하는 자의 뒤통수에 대고 방아쇠를 당기는 일이 날마다 계속되었다. 그것은 마치 나무토막에 사람의 얼굴을 그려놓고 하는 사격 연습 같았다. 이정은 무심히 방아쇠를 당겼다. 그때마다 그의 마음속에서 뭔가가 조금씩 무너져내렸다. 지주들은 죽어야 한다, 고 그는 생각했다. 대지주만 배불리는 아시엔다 제도도 당장에 폐지되어야 한다고 믿었다. 사람을 돈으로 사고파는 더러운 노예제도도 마찬가지였다. 그러나 이상하게 저 지배계급들은 잘 잡히질 않았다. 쏘고 보면 자신과 다를 바 없는 소농이었고 빈민이었다. 그들은 이해관계와 상관없이 때로는 우에르타에게, 때로는 비야에게, 때로는 오브레곤에게 징집되어 참전했다. 이정은 그들의 눈을 가리고 머리에 총알을 박아넣었다. 명령은 명령이었다.

그러나 이정은 비야를 사랑했다. 농장에서 여동생을 겁탈하는 마름을 때려죽이고 달아나 산적이 된 비야. 그는 사파타처럼 문맹이었고 매사에 충동적이었다. 천성적으로 국가나 제도, 법률을 싫어했다. 그는 무정부주의자는 아니었지만 결과적으로 그렇게 행동했다. 그는 국가를 건설하는 일에는 관심이 없었다. 그게 바로 비야의 매력이었다. 그는 지주와 배운 자들을 증오했고 그것을 실천에 옮겼다. 도가 지나쳐 수백 명의 중국인을 이유 없이 죽인 적도 있었지만 민중들은 그래도 즉흥적이고 기분파인 그를 사랑했다.

이정은 가끔 일기에다 이렇게 썼다. 국가가 영원히 사라질 수 있을까? 그렇게 된다면 어떻게 될까? 혁명이 시작되고부터 이미 멕시코엔 국가가 없는 것이나 마찬가지다. 모두가 각자의 화폐를 찍고 다른 돈을 쓰는 자는 죽인다. 살육이 살육을 부른다. 힘을 가진 자들은 모두 멕시코시티로 진격한다. 그것이 곧 이 길고긴 혁명의 시작과 끝이다. 벌써 수십만이 죽었다. 이것은 국가 때문에 벌어진 일인가 아니면 국가가 없기 때문에 벌어진 일인가. 대한제국이 있었지만 우리는 행복하지 않았다. 그리고 지금의 멕시코도 마찬가지다. 어디에서나 피비린내가 진동한다. 더 센 국가가, 일본이, 그리고 미국이, 약한 나라를 지배하기 위해 전쟁을 일으키고 내전을 지원한다.

이정과 가까이 지내던 미겔이라는 멕시코 병사는 무정부주의자였다. 항상 싸구려 시가를 껌처럼 질겅질겅 씹고 다니는 그는 언젠가 이렇게 말했다. 국가야말로 만악의 근원이다. 그런데 국가는 사라지지 않는다. 우리가 대지주들, 저 카우디요들을 몰아내고 혁명을 완수하면 또다른 카우디요들이 정권을 잡을 것이다. 그럼 어떻게 하느냐? 쏘아 죽이는 수밖에 없다. 혁명을 지속하려면 그 수밖에 없다. 영원한 혁명, 바로 그것이다.

그럼 비야가 대통령이 된다면 그를 쏠 건가? 이정의 질문에 미겔은 씩 웃었다. 그건 내 신념이다. 정치는 신념과는 다르다. 사파타의 휘하에 젊은 마르크시스트들이 대거 포진해 참모 노릇을 하고 있던 것과는 대조적으로 비야의 휘하엔 상대적으로 다종다기한 인물들이 뒤섞여 있었다. 그중에는 러시아, 스페인에서 건너온 무정부주의자들도 있었고 독일 출신의 낭만적 트로츠키주의자도 있었다. 그는 혼란스러웠다. 그러나 분명한 것은 그가 거쳐온 그 어떤 나라도, 심지어 비야의 진영마저도, 이정이 바라는 궁극의 정체는 아니었다는 것이다.

어느 날 판초 비야와 에밀리아노 사파타는 대통령궁으로 외교관들을 초대하였다. 미국과 독일, 영국과 프랑스를 비롯한 열강들이 혁명 지도자들의 부름을 받았다. 개중에는 병이나 휴가를 핑계로 참석하지 않은 자들도 많았다. 이정은 궁 밖에서 다른 병사들과 함께 경계를 섰다. 혁명군들은 수도의 화려함에 조금 주눅이 들어 있었다. 거대한 소칼로광장 때문에 낡은 군복을 입은 게릴라들은 더욱 초라해 보였다. 외교관들이 탄 승용차들이 대통령궁으로 속속 들어오기 시작했다. 이정은 무심한 얼굴로 그들을 바라보고 있었다. 잠시 후, 차 한 대가 멈추어섰다. 포드의 신형 승용차였다. 앞문이 열리고 한 사내가 내렸다. 차는 그를 내려놓은 뒤 대통령궁 안으로 들어갔다.

요시다였다. 격식에 맞춰 연미복을 입은 사내는 쭈뼛쭈뼛 다가와 이정에게 악수를 청했다. 이정은 오른손에 쥐고 있던 총을 왼손으로 옮기고 악수를 했다. 오랜만이야. 여기서 만날 줄은 정말 몰랐군. 요시다가 말했다. 그러게 말입니다. 그는 이정의 복장과 부대원들을 힐끗 살폈다. 비야군이군. 부대원들은 일본어로 이야기를 나누는 이정을 신기한 눈으로 쳐다보았다. 비야가 토레온에서 이백 명이나 되는 중국인을 아무 이유 없이 살해한 걸 알고 있나? 이정은 고개를 끄덕였다. 그렇다면 대단하군. 그런데도 비야군에 있다니. 이정이 스페인어로 말했다. 비야에 대한 이야기를 일본말로 할 수는 없었다. 그 사람, 가끔, 확 돌아버릴 때가 있습니다. 그리고 비야가 중국인을 싫어하는 데는 이유가 없습니다. 원래 즉흥적이고, 그게 그 사람 매력이지요. 그런데 여긴 웬일입니까?

일본 영사관을 찾아가 자수를 했지. 영사가, 미안하지만 당신을 잡아서 압송할 방법이 없다, 고 하더군. 그러니 같이 일하는 게 어떠냐고 권하길래, 그대로 주저앉았지. 요시다가 팔을 벌리며 웃었다. 어때? 괜찮지 않나? 그리고 그는 소리를 죽여 말했다. 우리는 비야와 사파타가 오래갈 거라 생각하지 않아. 잘 생각해보라고.

이정은 무표정하게 고개를 끄덕였다. 저랑은 상관없는 이야기입니다. 어차피 저는 이방인이니까요. 요시다가 물었다. 용병이란 뜻인가? 이정은 고개를 저었다. 자원했지만 처지는 다를 바가 없지요. 어쨌든 반갑습니다. 요시다의 얼굴에 살짝 그늘이 드리워졌다. 이제, 다시 볼 수는 없겠지? 이정이 왼손에 들었던 총을 다시 오른손으로 옮겨잡았다. 교대병력이 오고 있었다. 이정은 부하들에게 철수하라는 손짓을 했다. 아마 그렇겠지만, 또 모르지요, 사람 일이라는 것은. 요시다가 돌아서는 이정을 잡았다. 참, 이제 너도 일본인이야. 그러니까 너의 행적도 우리로서는 모두 보고 사항이야. 알고 있겠지만 멕시코에 사는 모든 한인들은 1910년부터 모두 일본인으로 국적이 바뀌었어. 그러니까 필요한 게 있으면, 예를 들어 여권이 필요하다든지, 억울한 일을 당했다든지 하면, 일본 영사관으로 찾아오라고. 재외국민을 보호하는 게 공관의 임무니까.

그건 몰랐군요. 그렇지만 나는 일본인이 되겠다고 한 적이 없습니다. 이정의 말에 요시다가 웃었다. 언제부터 개인이 나라를 선택했지? 미안하지만 국가가 우리를 선택하는 거야. 요시다는 이정의 어깨를 툭 치고는 대통령궁으로 걸어들어갔다.

69

이그나시오 벨라스케스는 꿈을 꾸었다. 저 하늘에서 날개 달린 새하얀 말이 구름 사이로 달려내려왔다. 천마는 눈부시게 아름다워 신의 소유물처럼 보였다. 그 위에는 천사로 짐작되는 청년이 올라타고 있었는데 그를 향해 미소 짓고 있었다. 엎드려 빌고 있는 그에게 천사가 물었다. 너는 주님을 위해 네 목숨을 바칠 수 있느냐? 그는 감격에 겨워 고개를 조아렸다. 물론입니다. 주께서 원하신다면 어찌 이 한 목숨을 아끼리까. 명령만 내리소서. 주의 군대가 진군할 것입니다.

꿈에서 깨어나니 시트가 땀으로 흠뻑 젖어 있었다. 예사롭지 않은 꿈이었다. 그는 기도실로 나아가 무릎을 꿇었다. 주여, 말씀만 하소서. 이 몸을 기꺼이 바치오리다. 그는 농장의 상황을 점검하고 감독이 가져온 신문을 읽었다. 멕시코의 정세가 심상치 않았다. 포르피리오 디아스가 축출된 이후, 정세는 한 치 앞을 내다볼 수 없는 상황으로 내달리고 있었다. 한심한 무신론자들! 이그나시오는 이를 갈았다. 이들은 지도자를 갈아치우는 데에서 그치지 않고 멕시코의 지주계급과 교회, 성직자들을 공격하는 쪽으로 방향을 틀고 있었다. 그는 농장의 사병들을 불러모았다. 그중에는 멋진 가죽 장화를 신은 최선길도 있었다. 그는 결전의 순간이 다가오고 있다고 말했다. 그러나 감독이나 십장 들 모두가 주인에게 동조하는 것은 아니었다. 어떤 이들은 벌써 혁명군 쪽으로 기울고 있었다. 지주계급과 교회를 때려부수는 게 뭐가 나쁘단 말인가? 그러나 그는 이들의 충성심을 철석같이 믿고 있었다. 적어도 한 명은 그의 기대에 충실히 부응할 것이었다. 바로 최선길이었다. 제물포 도둑 최선길은 어느새 그의 가장 광신적인 충복으로 변모해 있었다. 최선길이 농장에 나타나면 모든 노동자들이 긴장했다. 별명이 사형집행관이었다. 그는 제사상을 뒤집어엎었고 감리교 예배에 나가는 자들에게 채찍을 휘둘렀다.

부에나비스타 농장에는 이제 한인들이 거의 남아 있지 않았다. 계약이 만료되어 떠나갔던 이들 중 대다수가 일자리를 찾지 못하고 에네켄 농장으로 되돌아왔지만 부에나비스타는 아니었다. 이그나시오와 최선길이 버티고 있어 자유 신분의 노동자들은 모두 그곳을 기피하였다. 일부는 쿠바의 사탕수수 농장으로 떠났다. 멕시코시티나 베라크루스, 코아트사코알코스 같은 대도시로 떠난 이들도 있었다. 최춘택과 포항의 고래잡이 어부들은 코아트사코알코스 근처의 어촌에 자리를 잡았다. 이들은 그물과 배를 빌려 고기를 잡았고 여자들은 잡아온 고기를 시장에 내다팔았다.

베라크루스로 떠난 사람 중에는 돌부처 박정훈도 섞여 있었다. 그는 자유 신분이 되어서도 삼 년 동안 농장에 남아 돈을 모았다. 조장윤이 함께 메리다에 남아 지방회 일을 하자고 권했지만 그는 혼자 있는 쪽을 택했다. 나는 여럿과 함께 지내는 기질이 아니었던 것 같아. 그는 베라크루스에 도착하자마자 부둣가 근처에 자리잡은 이발소에 들어갔다. 늙은 흑인 이발사가 고개를 갸웃거렸다. 어디에서 오셨소? 메리다에서 왔습니다. 이발을 해본 적이 있소? 없습니다. 그러나 칼과 가위를 잘 씁니다. 흑인 이발사는 그의 손을 펴 자세히 들여다보았다. 아시엔다에서 험한 일을 하셨구만. 그런데 왜 이발을 배우려고 하시오? 박정훈에게는 나름의 이유가 있었다. 이발은 말없이 할 수 있는 일이었다. 조용히 사각거리며 가위질을 하고 집으로 돌아가 저녁을 먹고 잠드는 것이 그가 꿈꾸는 삶이었다. 그는, 보수는 별로 필요가 없으며 그저 일을 배우고 싶을 뿐이라고 말했다. 쿠바 출신의 늙은 흑인은 흔쾌히 그를 받아들였다. 그때부터 박정훈의 이발사생활이 시작되었다. 석 달 만에 흑인 이발사의 모든 기술을 익혔다. 특히 면도를 잘해 항구에는 단골도 생겼다. 항구의 사람들 사이에서 벙어리 중국인으로 통했다. 그는 이발소에서 먹고 자며 청소와 잔심부름을 도맡았다.

첫 월급을 타던 날은 그가 일을 시작한 지 다섯 달째 되는 날이었다. 그는 일이 끝나자 거리로 걸어나갔다. 그러고는 평소에 눈여겨보아두었던 중국음식점의 발을 젖히고 들어가 자리에 앉았다. 한 여자가 다가와 주문을 받았다. 서툰 중국말이었는데 말보다 냄새가 먼저 다가왔다. 박정훈은 고개를 들어 여자를 보았다. 낯이 익었다. 여자는 박정훈을 알아보지 못했다. 그러나 그의 눈길에서 뭔가를 알아차렸다. 그는 귀티가 흐르는 그녀의 귓불에서, 보송보송한 솜털에서 그녀가 누군지 기억해냈다. 아주 오래 전, 일포드호의 한구석에 고요히 앉아 있던 소녀를.

먼저 말을 건 것은 연수였다. 혹시 메리다에서? 박정훈이 고개를 끄덕였다. 연수는 고개를 돌려 슬쩍 주인 쪽을 돌아다보고 말했다. 어디에 계세요? 그는 자신이 일하고 있는 이발소의 위치를 일러주었다. 그녀는 목소리를 낮추어 물었다. 메리다 소식 아세요? 난 1913년까지 계속 농장에서 일했소. 그리고 몇 달 전 이리로 왔소. 그게 전부요. 하와이로 모두 떠난다는 얘기가 있었지만 없던 일이 되었고 그뒤로 모두들 뿔뿔이 흩어졌소. 연수가 얼굴을 붉히며 괜히 행주로 식탁을 훔쳤다. 그러면서도 계속 주인 쪽을 흘깃거렸다. 그는 그녀가 말을 하기에 편치 않은 상황이라는 것을 눈치챘다. 연수가 목소리를 낮춰 물었다. 혹시 김이정이라는 사람을 아십니까? 일포드호에선 주방에서 일을 했었고 그후론 야스체 농장에 잠시 머물렀는데…… 조장윤이 이름을 지어준 그 소년을 그는 물론 기억하고 있었다. 기억나지요. 내가 있던 첸체 농장으로 팔려왔다가 함께 파업을 벌이기도 했지요. 파업이 끝나던 날 내 친구 조장윤에게 돈을 받아 북쪽으로 달아났습니다. 우리들도 가끔 그의 소식을 궁금해했습니다. 아, 그러고 보니 미국에서 온 방화중과 황사용, 두 대표가 그를 치와와주에서 보았다고 했던 것 같습니다. 곧 국경을 넘을 거라 했다던데, 그러니 지금은 아마 미국에 있겠지요. 연수의 얼굴이 어두워졌다. 부끄럽습니다만, 혹시 종자 도자 쓰시는 제 아버지께서는…… 그는 고개를 저었다. 저는 잘 모르겠습니다. 아, 남동생이 있었지요? 남동생은 잘 있다고 들었습니다. 통역을 하다가 요즘은 주무를 맡아 농장에 노동자를 소개하고 구전을 챙긴다고 들었습니다. 아마 계속 유카탄에 있을 겁니다.

　박정훈은 요리를 시키고 그녀에게도 권했다. 그녀가 주인 쪽을 돌아보았다. 뚱뚱한 주인이 고개를 끄덕였다. 그녀가 오래 앉아 있을 수 있도록 그는 둘이 먹기엔 부담스러울 정도로 많은 요리를 시켰다. 연수는 이 남자가 조용하고 사려 깊다는 것을 알았다. 그리고 천천히 그에게 마음이 끌렸다. 아니야, 이것은. 너무 오랜만에 만난 조선 사람이어서 반가웠던 거야. 그녀는 자리에서 일어나 주방으로 갔다. 그는 혼자 앉아 오리고기를 안주 삼아 수수로 빚은 중국의 술 한 병을 다 비웠다. 그리고 평생 한 번도 하지 않았던 일을 저질렀다. 화장실을 가는 척하며 주방에서 나오는 연수를 막아섰다. 좁은 복도였다. 혹시 여기에 묶여 있는 신세요? 연수가 고개를 끄덕였다. 에네켄 농장에서 나온 지 얼마 안 되는 그는 모든 상황을 단박에 이해했다. 그가 말했다. 아내를 병으로 잃은 이후 나는 어떤 여자도 넘본 일이 없소. 그렇지만 당신을 보니 그 모든 결심이 부질없다는 생각이 드오. 당신과 함께 살고 싶소. 나는 이발을 꽤 잘하게 되었으니 당신 하나는 벌어먹일 수 있소.

그녀는, 너무나 사랑하지만 돌아올 가능성이 거의 없는 젊은 남자와 바로 앞에 서 있는 점잖은 제대군인 사이에서 잠시 갈등했다. 옆에는 어느새 중국인 주인이 와서 서 있었다. 그는 조선말을 알아듣지는 못했지만 장사꾼의 직감으로 금세 상황을 파악했다. 주인은 연수의 팔을 잡아채 안으로 들어갔다.

70

카란사 대통령과 오브레곤 장군을 지지하던 유카탄 주지사 알바라도는 판초 비야와 사파타 군대가 에네켄 밭을 점령하여 군비에 충당하려 한다는 정보를 입수했다. 여러 종류의 화폐가 중구난방으로 통용되는 곳에서 에네켄은 그야말로 녹색의 금이었고 동시에 달러 현찰이었다. 프로그레소항으로 가져가기만 하면 미국의 수입회사들이 즉시 현찰로 대금을 지불해주었다. 주지사는 주저 없이 메리다와 프로그레소 인근의 에네켄 밭에 불을 놓으라고 명령했다. 이그나시오 벨라스케스의 부에나비스타 농장에도 지방군이 찾아와 석유를 뿌리고 불을 질렀다. 불은 서풍을 타고 온 농장으로 번졌다. 이로써 박수무당의 첫번째 예언이 완성되었다. 서쪽에서 바람이 불면 대낮에도 해를 가린다. 예언대로 에네켄 밭에서 올라오는 검은 연기로 대낮인데도 사위는 컴컴하게 변하여 태양이 붉었다. 수백 개의 에네켄 밭이 검은 재로 변했고 노동자들은 실업자가 되었다.

졸지에 아시엔다와 전 재산을 잃은 미국인 농장주와 에네켄 수입회사 들은 워싱턴에 멕시코혁명 개입을 청원했다. 베라크루스 주변에 미국함대가 증파되었다.

71

한 달 후, 박정훈은 흑인 이발사 호세로부터 몇 달 치의 월급을 선불로 받았다. 그리고 연수의 중국집으로 걸어들어가 주인과 담판을 지었다. 그의 얼굴을 보자 주인은 그가 진지하다는 것을 알았

다. 뿐만 아니라 그 진지함을 무시하면 무슨 일이 벌어질지 모른다
는 것을 직감했다. 그는 실리에 살고 실리에 죽는 화교 상인이었
다. 박정훈은 150페소를 건네고 그녀를 넘겨받았다. 믿어지지 않
아요. 그녀는 울먹였다. 당신이 오지 않았다면 나는 어떻게 되었을
까요.

그것으로 이연수의 새로운 생활이 시작되었다. 그녀는 이발소
로 짐을 옮겼다. 호세는 기타를 치며 두 사람의 새로운 출발을 축
하해주었다. 멀쩡하던 사람도 흐물흐물해질 열정적인 음악이었
다. 이발소의 단골들도 몰려들어 술을 마시며 노래를 부르고 춤을
추었다. 연수는 그날 처음으로 만취하여 박정훈의 품에 안겼다.

그러나 너무 오래 사용하지 않은 것들은 퇴화하게 마련이다. 박
정훈의 몸은 그의 정신보다 무뎠다. 그의 몸은 여성의 육체에 전혀
반응하지 않았다. 결국 첫날밤은 그대로 지나갔고 박정훈은 상처
를 받았다. 그러나 연수는 그를 책하지 않았다. 어쩌면 잘된 일인
지도 모른다고 생각했다. 몸속에서 끓어오르는 그 무엇이 없는 것
은 아니었으나 아직 그렇게까지 절박하지는 않았다. 전 괜찮아요.
연수가 박정훈의 몸을 끌어안으며 위로했다. 아마 술 때문일 테
지. 왕년의 명사수는 독주를 마시고 잠들었다.

그들은 행복하게 살았다. 그전의 생활들이 너무도 끔찍했으므
로 일상적인 모든 것이 그녀에겐 즐거움이었다. 마음껏 돌아다닐
수 있는 자유가 좋았고 그와 함께하는 저녁 산책이 그랬다. 그러나

여전히 그녀에겐 해결해야 할 문제가 있었다. 그녀는 벼르고 벼르다 어느 날 입을 열었다. 아이를 데려와도 될까요?

참, 아이가 있었다고 했지? 있으면 데려와야지. 하지만 돈을 내고 데려와야 할걸. 그녀는 입술을 꼭 깨물었다. 걱정하지 마. 두 달만 지나면 월급을 받을 수 있으니까. 그때 메리다에 다녀오자고. 박정훈은 담담하게 말했다.

얼마 후, 군복을 입은 한 남자가 이발소로 들어와 빈 의자에 털썩 앉았다. 그뒤를 부하로 보이는 군인들이 따라들어왔다. 검은 콧수염을 멋지게 기른 그 남자는 머리를 깎고 면도를 하고 싶다고 말했다. 박정훈이 보자기를 목에 둘러 씌웠다. 그리고 침착하게 가위를 들고 그의 머리를 자르기 시작했다. 머리를 다 다듬고 면도까지 깔끔하게 마친 박정훈은 공손하게 머리를 숙였다. 거울을 보던 오브레곤 장군은 흐뭇한 미소를 띠었다. 머리가 아주 마음에 든다고 했다. 그의 부하들이 돈을 치렀다. 장군이 나간 후, 흑인 이발사 호세가 그에게 다가와 눈을 크게 떴다. 저 사람이 바로 오브레곤 장군이라네. 카란사 대통령의 오른팔이지. 지금은 베라크루스에 쫓겨와 있지만 두고 보라고. 곧 다시 멕시코시티로 들어갈 테니까. 판초 비야 같은 도둑놈은 오브레곤을 이기지 못하지.

그때부터 박정훈은 오브레곤의 전속 이발사가 되었다. 오브레곤은 카란사 정부가 발행한 혁명 화폐를 듬뿍듬뿍 집어주었다. 멕시코에는 각 혁명군들이 발행한 각기 다른 종류의 화폐들이 중구난방으로 통용되고 있었다. 그들이 자신의 점령지에서 다른 사람들이 발행한 화폐의 사용을 금지하였기 때문에 사람들은 여러 종류의 화폐를 잔뜩 가지고도 물건 하나 제대로 살 수 없었다. 살인적인 인플레이션이 계속되었다. 그러나 그는 혁명 화폐를 착실히 모아놓았다. 그리고 연수를 감금하고 있던 중국집으로 가 혁명 화폐를 지불하고 이전에 냈던 150페소를 돌려받았다. 장군의 이발사에게 중국집 주인은 저항하지 않았다. 오히려 돈을 받지 않아도 된다며 극구 사양했다. 그러나 박정훈은 조용히 150페소를 중국집 주인의 손에 쥐여주고 이발소로 돌아왔다.

어느 날 오브레곤은 사격장을 지나다가 박정훈에게 물었다. 원래는 군인이었다고 했던가? 그렇다고 답하자 대뜸 옆에 있는 병사의 미제 장총을 집어 던져주었다. 한번 쏴보게. 총을 잡아본 지 오래되었다며 사양했지만 오브레곤은 계속 권했다. 박정훈은 엎드려쏴 자세로 열 발을 쏘아 백 미터 앞에 있는 표적에 여덟 발을 명중시켰다. 오브레곤의 지시에 따라 다시 열 발을 지급하자 그는 열 발 모두를 표적 중앙에 몰아넣었다. 오브레곤이 그를 일으켜세웠다. 이제 이발사 걱정은 안 해도 되겠군. 오브레곤은 과묵한데다 사격 솜씨까지 좋은 이 동양인이 마음에 들었다. 야키 인디언을 비롯한 토착민들과도 늘 돈독한 관계를 유지해온 그였기에 이발사의 국적은 문제가 아니었다. 게다가 멕시코에 이해관계가 없으니 배신할 우려도 적었고, 좀 어려운 대화는 잘 알아듣지도 못하니 그것도 좋았다. 박정훈은 오브레곤에게 말했다. 어린 아내가 있어서 전장을 수행하기는 곤란합니다. 오브레곤은 웃으며 말했다. 오래 걸리지 않을 거야. 비야나 사파타 모두 전쟁에는 아마추어들이야. 지금은 멕시코시티에서 웃고들 있겠지만 오래가진 못해. 자네는 곧 돌아와 어린 아내와 함께 중국음식을 먹으러 갈 수 있을 거야.

72

최선길과 이그나시오는 메리다 대성당 입구에서 무릎을 꿇고 성수를 찍어 성호를 그었다. 성당 안에는 이그나시오의 동지들과 예수회의 사제들, 학생들이 모여 있었다. 무기를 든 이들의 표정은 우스꽝스러울 정도로 비장했다. 메리다의 주교가 이들을 축복하였다. 주교는 이들을 일컬어 무신론자들과 맞서 싸우는 십자군이라 불렀다. 그러나 미사는 무엇에 쫓기기라도 하듯 성급하게 진행되었다. 아멘, 아멘, 아멘. 팽팽한 긴장이 대성당 안을 감싸고 있었다. 미사를 집전한 주교는, 돌아가 복음을 전하라, 고 말하자마자 제의실로 퇴장하여 뒷문을 통해 달아났다.

총안을 통해 바깥의 동정을 살피던 사람들이 긴장에 지쳐 하품을 하고 있을 때 멀리서 횃불들이 하나둘 나타나기 시작했다. 횃불은 시청과 공원을 지나면서 갑자기 많아지고 빨라졌다. 놈들이 온다! 성당에는 고함소리가 성가대의 찬송처럼 메아리쳤다. 총탄을 재는 소리, 긴 의자를 들어 바리케이드를 쌓는 소리로 성당 안은 장바닥처럼 시끄러워졌다. 최선길은 종탑으로 올라가 밖을 내다보았다. 성당 앞 광장은 횃불의 바다였다. 벌써 총소리가 들리기 시작했다. 지주들을 처단하라. 교회의 재산을 몰수하라. 구호와 함께 횃불들이 밀려들어오기 시작했다. 이그나시오 벨라스케스의 총이 불을 뿜었다. 마야의 신전을 부수고 바로 그 자리에 세운, 요새에 가까운 성당은 쉽게 함락되지 않았다.

그제야 비로소 최선길은 이그나시오와 같은 자들이 소수라는 사실을 깨달았다. 부에나비스타 농장에서만 살아왔기 때문에 그는 은연중에 멕시코인 대부분을 이그나시오와 같은 광신도로 생각해왔던 것이다. 그러나 아니었다. 그들은 수세에 몰려 있었다.

최선길은 종탑에서 내려와 제단 위의 십자가를 보았다. 그 위에 매달린 예수는 잔뜩 찡그린 채 메마른 몸을 겨우 지탱하고 있었다. 그동안에도 이그나시오는 뜨거워진 총신을 물에 적신 수건으로 식히며 장총을 쏘아대고 있었다. 산전수전 다 겪은 그의 예감으로 보아 총 아니라 그 무엇이라도 몰려드는 저 횃불들을 막아낼 수는 없을 것이 분명했다. 그는 지하묘지로 내려갔다. 천장과 벽이 만나는 곳에 비스듬히 뚫린 구멍으로 빛과 공기가 통하고 있었다. 사람 하나가 겨우 들어갈 만한 그 환풍구에 그는 제 몸을 밀어넣었다. 굼벵이처럼 전진한 끝에 그가 만난 것은 강철 창살이었다. 흔들어보았지만 열리지 않았다. 밖에선 여전히 총소리가 요란했다. 그는 들어간 곳으로 겨우 다시 기어나왔다.

　성당 바깥의 함성은 점점 더 높아갔다. 그는 다시 성당으로 돌아왔다. 모래주머니로 쌓은 진지 뒤에서 이그나시오 벨라스케스는 기도를 올리고 있었다. 최선길도 그의 옆에 앉았다. 머릿속이 복잡했다. 이리로 들어올 때만 해도 이렇게 심각한 상황이 펼쳐지리라곤 전혀 생각하지 않았던 것이다. 이곳은 폭도들로 완전히 포위되었다. 도망갈 곳도 없었다. 제물포의 도둑은 총을 잡았다. 그리고 이그나시오를 내려다보았다. 그의 신은, 끝내 이해할 수는 없었지만, 그러나 그의 어깨 위에 걸터앉아 있다는 영감탱이를 무찔렀다. 그는 신은 믿지 않아도 영험은 믿는 편이었다. 그의 간질 발작은 신기하게도 이그나시오를 만나면서 사라졌다. 툭하면 나타나 그의 목을 조르고 되지 않을 말을 중얼거리고 엉뚱한 데로 데려다놓는 '죽일 놈의 영감탱이'는 저 뚱뚱한 이그나시오와 비루먹은 신부의 성수 몇 방울에 꼬리를 감춘 것이었다.

　최선길은 총안을 통해 성당 밖에 몰려든 횃불의 바다를 다시 내려다보았다. 나갈 길은 없었다. 그는 개머리판을 움켜쥐었다. 그리고 그의 일생에서 가장 행복한 순간을 파괴하기 위해 몰려든 자들을 향해 방아쇠를 당겼다. 그 순간 그는 가죽 조끼를 입은 감독님이었고 주님의 군사였고 광신도 농장주의 양자였다. 채찍과 장화와 솜브레로를 준 것은 이그나시오와 예수이지 저 폭도들이 아닌 것이다. 이그나시오가 기도를 마치고 최선길에게 다가와 탄약대를 건네주었다. 겁쟁이들, 몇 발만 안겨주면 성모님, 예수님을 외쳐대며 달아날 놈들이야. 걱정하지 마. 성당문을 뚫고 들어오면 무조건 쏘라고.

처음으로 최선길은 진지하게 기도를 올렸다. 예수여, 사실 내 당신을 모르오. 그렇지만 당신 때문에 벌어진 일이니 도와주시오.

쿵, 와아아아. 성당의 정문이 파벽추를 대신한 통나무의 공격으로 박살나면서 사람들이 밀려들어오기 시작했다. 둑이 무너지듯 수백 수천의 인파가 교회 안을 덮쳤다. 지주들의 십자군은 일제히 방아쇠를 당겼다. 그러나 뒤에서는 앞에서 벌어지는 살육을 알지 못하고 계속 밀어붙였다. 아무리 쏘아 거꾸러뜨려도 소용이 없었다. 군중들은 시체를 넘어 성당 안으로 밀려들어왔다. 갈색 피부의 십자군들은 제단, 성가대 등 좀더 높은 곳으로 퇴각하며 총을 쏘았다. 그러나 달려드는 군중들은 훨씬 빨랐다.

바리케이드가 무너지자 약탈이 시작되었다. 성물과 보물, 촛대와 제의가 사람들의 손에 들려나갔다. 성당을 지키던 사수파들이 끌려나오고 있었다. 폭도들은 몽둥이로 머리통을 날렸다. 최선길의 총이 세 명을 더 쓰러뜨렸지만 무의미했다. 총에서 노리쇠뭉치가 튀어 날아갔다. 그는 총을 버리고 종탑을 향해 달아났다. 그리고 그 위로 허겁지겁 올라가기 시작했다. 그러나 종탑 상단에는 이미 폭도들이 사다리를 타고 진입한 상태였다. 그들은 나선형의 계단을 타고 올라오는 최선길의 가슴팍을 차 굴러떨어뜨렸다. 최선길은 그대로 정신을 잃었다.

시간이 흘렀다. 아주 오래 전에 잊어버린, 그 격심한 고통과 환각이 그를 찾아왔다. 형체 없는 어둠이 말했다. 나는 너를 대신하여 죽은 자다. 그는 손을 저었다. 아니야, 누가 누구를 대신하여 죽는단 말이야. 도대체 당신은 누구야? 누구냔 말이야? 형체는 그의 목을 졸랐다. 나는 네가 죽인 자들의 예수다. 최선길은 발버둥을 쳤다. 내가 무슨 죄를 지었소? 그들은 죽일 만하니까 죽였소. 그리고 내가 그들을 죽이기 전부터, 저 일포드호에서부터 당신은 내 목을 졸랐소. 아, 제발 그 손 좀 치우시오. 숨막혀 죽겠소. 형체는 말했다. 나의 시간은 너의 시간과 다르다. 죄는 먼저와 나중이 없다. 죄를 모르는 것이 바로 너의 죄다.

그는 눈을 떴다. 어느새 광장이었다. 어깻죽지가 뽑힐 듯이 아파왔다. 발등은 누군가 인두로 지지는 것 같았다. 그는 주변을 둘러보았다. 놀라워라. 그는 공중에 떠 있었다. 벌써 죽은 것일까? 그러나 아니었다. 아래쪽에서 사람들이 그를 올려다보고 있었다. 옆을 보니 이그나시오 벨라스케스가 십자가에 묶인 채 광장 바닥에 누워 있었다. 대머리 사내가 히죽거리며 망치로 벨라스케스의 손바닥에 못을 박고 있었다. 그제야 최선길은 왜 어깻죽지가 이토록 아픈지를 알았다. 그는 양팔을 벌린 채 십자가에 매달려 있었다. 중력 때문에 몸은 자꾸 아래로 처져내렸다. 손바닥에서 흘러내린 피가 겨드랑이를 적셨다. 대못에 관통당한 발등은 그악스런 다족류가 파고들어 먹어치우기라도 하는 것처럼 아팠다. 최선길은 다급히 외쳤다. 이것들 보시오. 나는 예수도 믿지 않고 멕시코 사람도 아닙니다. 나는 조선인입니다. 나는 구경꾼이오. 살려주시오, 제발! 한 사람이 다가와 손가락으로 그를 가리키며 분명히 말했다. 너는 우리를 때리고 강간하고 죽였다. 너는 죽어야 한다. 땀이 눈으로 흘러들었다. 최선길은 그를 알아볼 수 있었다. 그는 부에나비스타 농장의 마야인 노동자였다.

요란한 소리와 함께 못질을 끝낸 이그나시오의 십자가를 똑바로 세우기 위해 수십 명이 로프로 끌어당겼다. 그러나 격앙된 폭도들이 균형을 잃는 바람에 이그나시오는 몇 번이나 바닥에 처박혀야 했다. 그는 짐승처럼 소리를 지르며 울었다. 악을 쓰며 성모송도 외웠다. 그러나 아무도 그걸 알아들을 수 없었다.

최선길은 그런 이그나시오를 보며 정신을 잃고 있었던 것에 대해 신께 감사했다. 멀리서 총소리가 요란했다. 알바라도 주지사의 지원군이 북쪽에서부터 광장으로 진입하고 있었다. 약탈과 처형을 마친 폭도들은 복잡한 골목이 있는 남쪽의 시장으로 달아나기 시작했다. 누군가가 최선길에게 다가와 그의 머리에 총을 겨누었다. 그는 눈을 감았다. 어서, 어서! 그는 애원했다. 결말은 생각보다 길지 않았다. 쾅, 소리와 함께 모든 것이 끝났다. 평생 처음 느끼는 편안함에 기분이 좋아졌다. 고통도 분노도 없었다. 그저 길고 지루한 여행이 이제야 끝났다는 느낌이었다. 어느새 하늘 높이 떠오른 그의 영혼이 대성당 앞 광장의 난장판을 내려다보고 있었다. 이그나시오 벨라스케스의 마지막도 선명하게 보였다. 누군가가 십자가에 못박힌 채 땅에 처박혀 있는 그에게 칼을 휘둘렀다. 그는 도마 위의 생선처럼 난도질당하고 있었다.

이로써 박수무당의 두번째 예언이 성취되었다. 불이 움직이고 벼락치는 소리 들리면 급살이다. 급살!

73

판초 비야는 닭고기를 뜯으며 뚫어져라 지도를 바라보고 있었다. 참모들이 모두 모여 머리를 맞댔다. 그는 베라크루스로 쫓겨갔던 오브레곤의 군대가 멕시코시티를 우회하여 케레타로로 진출한 것이 영 께름칙했다. 과달라하라를 포함한 할리스코 지역은 비야의 북부군과 사파타의 남부군을 잇는 전략적 요충이었다. 오브레곤의 의도는 명확했다. 허리를 자르려는 것이었다. 비야는 군단 사령부를 할리스코 접경의 이라푸아토시에 설치했다. 이정도 비야의 명령에 따라 멕시코시티에서의 살육을 마치고 군단 사령부로 이동했다. 비야군과 오브레곤군은 백십 킬로미터 정도의 거리를 사이에 두고 대치했다.

판초 비야는 기마부대를 이용한 폭풍 같은 돌격전으로 적을 혼비백산케 하는 전술을 좋아했고 그의 성정에도 잘 맞았다. 그러기 위해선 적을 평원으로 유인할 필요가 있었는데, 멍청한 적장 오브레곤이 제 발로 알아서 평원으로 기어내려온 것이다. 비야의 자신감은 하늘을 찔렀고 군의 사기도 높았다. 반면 오브레곤은 대포와 기관총을 마련하는 데 총력을 기울였다. 오브레곤은 비야와는 달리 이미 얼마 전 유럽에서 발발한 세계대전의 교훈을 잘 알고 있었다. 유럽의 교훈에 따라 참호를 깊게 파고 그 앞에 철조망을 부설하고 그뒤에서 기관총을 갈겨댄다면 비야의 장기인 기마대의 돌격을 무력화시킬 수 있을 것이었다. 비야가 자신에게 유리하다고 생각한 셀라야 벌판은 오브레곤의 구상에도 딱 맞았다. 평평한 들판 위에는 밀농사를 위한 관개용 도랑들이 좌우로 길게 펼쳐져 있어 바닥을 조금만 더 파고 방벽을 높이면 군사용 참호로 손색이 없었다. 오브레곤은 만오천 명의 병력을 동원해 참호를 파고 열다섯 문의 대포, 그리고 약 백 정의 최신식 기관총을 마련해 결전을 대비했다.

참모들은 대결을 말렸다. 오브레곤은 우리를 유인하고 있습니다. 그의 보급을 차단하면서 시간을 끌기만 해도 그는 무릎을 꿇을 것입니다. 그쪽은 지금 보급선이 길어져 있습니다. 사파타군과 함께 보급을 차단하고 때를 기다리는 것이 유리합니다. 속전속결을 원하는 것은 저쪽입니다. 참모들의 말은 결과적으로 맞았지만 비야 같은 인물을 설득하기엔 부족했다. 산적 출신의 비야는 뼛속까지 건달이었다. 건달의 세계에선 비겁을 죽기보다 싫어한다. 그러니 그런 나약한 충고는 비야의 객기를 북돋웠을 뿐이었다. 그는 고작 여덟 명의 건달을 이끌고 리오그란데강을 건너 마침내 수만 명의 병력을 이끄는 장군이 된 사람이었다. 그런데 여덟 명 데리고도 안 하던 짓을 이제 와서 하라니? 그리고 비야는 사파타군이 정규전에는 별다른 재능이 없는 오합지졸에 불과하다는 것도 잘 알고 있었다. 사파타군에게 베라크루스 공략을 맡겨놓았지만 그는 한 발짝도 못 나가고 있었다. 그는 오직 자신만이 멕시코혁명의 흐름을 되돌려놓을 유일한 사람이라고 생각했다.

　1915년 4월 6일, 이정은 병사들과 함께 총을 손질하고 있었다. 미겔이 다가와 궐련을 권했다. 이정은 궐련에 불을 붙였다. 비야가 곧 공격 명령을 내릴 것 같지? 미겔이 고개를 끄덕였다. 기병대가 안장을 올리는 걸 봤어. 이정은 연기를 내뿜으며 미겔에게 물었다. 정말 영원한 혁명이 가능하다고 생각해? 미겔은 이정의 의도를 파악하기 위해 한참을 쳐다보다가 말했다. 이봐, 정치는 모두 꿈이야. 민주주의든 공산주의든 무정부주의든 다 마찬가지야. 서로 총질을 해대기 위해 만들어낸 거란 말씀이지. 미겔은 총을 들어 보였다. 이게 먼저고 말은 나중에 오는 거야. 물론 나는 그걸 믿어. 믿지 않는다 해도 그것 말고는 할 게 없어. 처음으로 사람을 죽였을 때가 열일곱이었어. 그때 나는 사파타의 군대에 있었지. 그리고 지금은 비야의 휘하에 있고. 그런데 내겐 달라진 게 없어.

동이 트자 비야는 보병부대에게 전진하라는 명령을 내렸다. 장기인 기병을 운용하지 않은 것은 비야가 오브레곤 진영에 길게 늘어선 참호와 철조망, 그리고 번뜩이는 기관총의 총신들을 보았기 때문이었다. 비야도 그게 뭘 의미하는지는 알고 있었다. 기관총은 소총보다 사정거리가 짧고 정확도가 떨어지기 때문에 초반전은 비야군의 우세였다. 비야군은 셀라야시에서 오브레곤군을 밀어내 중심부까지 진출하였다. 이정의 부대도 선두권을 형성하고 있었다. 마침내 이정의 부대원 중 하나가 셀라야시의 성당 종탑을 장악하고 올라가서 신나게 종을 울렸다. 낭랑한 종소리가 전장에 울려 퍼지자 비야군의 사기가 높아졌다.

그러나 그 엉뚱한 종소리는 이정의 리듬을 심하게 교란했다. 그것은 그의 내면에 잔잔하게 가라앉아 있던 어떤 침전물을 휘저어 놓는 듯했다. 그제야 그는 깨달았다. 그의 고요함, 무심함은 역설적으로 전쟁으로부터 빚진 것이었다. 전쟁 덕분에 그는 내면의 모든 욕망과 갈등을 감추고 억누를 수 있었던 것이었다. 사격과 기동, 지휘가 요구하는 엄격한 긴장 덕분에 그는 떠나온 과거로부터 자유로웠다. 그런 그를 누구도 비난하지 않는 곳, 그곳이 바로 전장이었다. 그런데 갑자기 영롱한 셀라야의 종소리가 그를 흔들어 놓은 것이다. 총탄이 오가는 종탑 아래에서 그는 춘추쿠밀 농장의 불꽃 모양 아치와 연수와의 뜨거웠던 밀회들을 떠올렸다. 첫번째 살인과 두번째 살인, 방아쇠를 당기던 손의 떨림도 기억해냈다. 미겔이 다가와 건드리지 않았다면 한동안 그렇게 서서 상념에 잠겨 있었을지도 몰랐다. 미겔이 말했다. 이봐, 김. 조짐이 이상해. 오브레곤이 곧 반격할 것 같아. 너무 빨리 퇴각했거든.

박정훈은 오브레곤 옆에서 전황을 함께 바라보고 있었다. 그 역시 오브레곤과 함께 셀라야의 종소리를 들었다. 오브레곤은 별로 놀라지 않고 병력을 증강하여 밀어붙일 것을 명령했다. 기관총 사수들을 전면에 배치하여 비야의 소총수들을 압박했다. 병력도 오브레곤이 우세했다. 박정훈이 포함된 오브레곤의 직속부대도 전투에 참가하여 비야군을 향해 총탄을 퍼부었다. 그로서는 오랜만에 참가하는 전투다운 전투였다. 약소국의, 그것도 일본이나 러시아의 지휘를 번갈아가며 받던 이상한 군대의 군인으로서 제 나라의 백성들을 향해 총구를 겨누었던 것에 비하면 이것은 훨씬 마음 편한 것이었다. 그는 오브레곤이든 비야든 아무 상관이 없었다. 그러나 오브레곤의 인품으로 볼 때 그가 멕시코의 지도자가 된다면 나쁘지 않을 것이라고는 생각했다. 용병들에게만 나타나는 기묘한 달관의 자세로 그는 침착하게 전투에 참가했다. 박정훈의 부대는 셀라야의 종탑까지 진격했다. 그는 침착하게 셀라야의 종탑 위에서 정찰중이던 비야군 병사를 겨냥했다. 사기를 좌지우지하는 자였으므로 빨리 거꾸러뜨려야 했다. 그의 총알은 종탑 안의 종을 맞혔다. 탱, 날카로운 마찰음이 종탑 안을 울렸다. 병사가 납작 엎드렸다. 병사가 적정을 살피기 위해 고개를 드는 순간 두번째 총알이 날아가 그의 이마를 관통했다. 피가 종탑의 흰 회벽에 튀었다. 그것을 기점으로 이정의 부대는 종탑을 버리고 퇴각했다. 박정훈은 셀라야 시내의 한 건물 3층으로 올라가 퇴각하는 비야군 대열을 향해 총을 겨누었다. 그의 시야에 아주 낯익은 자의 모습이 눈에 들어왔다. 수염이 덥수룩하였지만 분명 조선인의 얼굴을 한 그는 바로 이정이었다. 소년은 어느새 청년이 되어 있었다. 박정훈은 방아쇠를 당기지 않고 그 부대가 지나가기를 기다렸다.

오브레곤군과 비야군의 공방전은 밤이 새도록 이어졌다. 셀라야 시를 벗어나 계속된 전투는 다음날인 7일 저녁에야 끝났다. 비야군은 본부가 설치된 이라푸아토시까지 퇴각하여 병력을 재정비하였다. 비야에겐 치욕의 날이었다. 그렇지만 오브레곤은 기뻐하지 않았다. 그의 목표는 비야군의 궤멸이었지 승리가 아니었다. 이번에 숨통을 끊어놓지 않으면 게릴라전과 정규전 모두에 능한 비야는 두고두고 골치를 썩일 것이 분명했다.

비야는 지지부진한 전황을 타개하기 위해 결국 자신의 장기인 기마 돌격전으로 적을 쓸어버리기로 결심했다. 할리스코와 미초아칸에서 지원병력까지 도착하여 비야의 총병력은 3만 명에 육박하게 되었다. 기병이 온전한데다 병력은 두 배였다. 철조망은 우회하면 그만이라고 생각했다. 4월 13일, 판초 비야는 기병대에게 돌격 명령을 내렸다. 멕시코혁명사의 전설이었던 북부군의 기병대는 나팔소리와 함께 일제히 달려나갔다. 그러나 말들은 철조망 앞에서 멈칫거렸고, 그 순간 오브레곤군의 기관총이 불을 뿜었다. 후미에 자리잡은 박정훈의 소총도 적의 가슴을 향해 쉴새없이 격발하였다. 기수를 잃은 말과 말을 잃은 기수들이 철조망 앞에서 우왕좌왕하는 사이 오브레곤군은 침착하게 적을 도살했다. 반면 비야는 기다리고 있던 2진, 3진에게 계속하여 돌격 명령을 내리는 오기를 부렸다. 오브레곤군은 철조망과 참호 뒤에서 꿈쩍도 하지 않은 채 비야의 자랑을 거꾸러뜨렸다. 이 무모한 돌격전은 하루종일 계속되었다. 삼천에서 삼천오백에 달하는 기병들이 무의미하게 희생되었다.

15일이 되자 오브레곤은 가장 불리한 순간에도 쓰지 않고 아껴두었던 세사레오 카스트로 장군의 기병 칠천 명으로 비야의 허를 찔렀다. 남아 있던 비야의 보병은 폭풍처럼 달려드는 카스트로의 기병에게 허무하게 무너져내렸다. 이정은 칠천 명의 기병이 달려오면 어떤 소리가 나는지를 처음 들었다. 그 굉음과 땅의 흔들림으로 이미 대부분의 보병들은 전의를 상실하고 달아나기 시작했다. 기병들은 마치 천상의 군대처럼 저 높은 곳에서 보병들의 머리와 어깻죽지를 칼로 내리치며 전장을 휘저었다. 이정은 비야의 본부가 있는 쪽으로 달렸다. 그쪽이 가장 오래도록 버틸 곳이라 생각했기 때문이었다. 그의 판단은 옳았다. 충성심이 높은 병사들은 목숨을 걸고 비야를 지키고 있었다. 이정은 마침내 남쪽으로 달아나는 비야의 대열에 합류할 수 있었다.

무패의 신화를 자랑하던 비야군은 되레 자신의 장기인 기병전술에 의해 궤멸적 타격을 입었다. 비야는 후퇴에 후퇴를 거듭했다. 오브레곤은 끝까지 비야를 추격하였다. 비야의 영토는 하나둘 오브레곤의 수중에 떨어졌다. 비야는 6월 3일의 전투에서 오브레곤의 팔 하나를 빼앗았지만 그 대가로 모든 것을 잃었다. 북부군 사령관 비야는 다시 산적으로 돌아가는 중이었다.

베라크루스로 돌아가고 싶습니다. 중국음식을 먹을 때가 된 것 같습니다. 박정훈의 말에 오브레곤은 호탕하게 웃으며 고개를 끄덕였다. 그리고 부관을 시켜 뭔가를 가져오게 했다. 부관이 상자를 열었다. 그 안에는 카란사 대통령의 얼굴이 새겨진 조악한 지폐가 가득했다. 이걸 가져가게. 아내가 좋아할 거야. 박정훈은 사양했지만 오브레곤은 완강했다. 베라크루스에 오시면 머리를 공짜로 깎아드리겠습니다. 오브레곤은 웃었다. 혹시 군인이 되고 싶거든 찾아오게. 정훈의 가위가 움직이자 오브레곤의 어깨 위로 머리카락이 우수수 떨어졌다.

박정훈은 거액의 지폐가 담긴 상자를 가지고 베라크루스의 집으로 돌아왔다. 흑인 이발사는 여전히 느긋하게 사람들의 머리를 깎고 있었다. 그가 두 팔을 벌려 박을 껴안았다. 박정훈은 힐끗 이발소 안채를 쳐다보았다. 인기척이 없었다. 아내는 어디에 갔습니까? 흑인 이발사는 심각한 표정으로 고개를 저었다. 그녀는 없네.

박정훈이 침울하게 물었다. 누가 찾아왔습니까? 늙은 흑인은 활짝 웃었다. 놀라기는. 시장에 갔으니 금방 올 거야. 마음이 놓인 그는 안채로 들어가 짐을 풀었다. 그는 그대로 쓰러져 잠이 들었다.

다음날 아침 눈을 뜨자 연수가 그를 내려다보고 있었다. 며칠 후 둘은 여장을 챙겨 메리다로 떠났다. 호세는 도시락을 챙겨주 었다.

74

박정훈과 이연수는 야스체 농장의 아치형 입구에 도착했다. 그들은 안으로 걸어들어갔다. 농장의 경비가 그들을 막았다. 낯선 얼굴이었다. 연수는 그에게 농장에 한인들이 있느냐고 물었다. 경비는 그렇다고 했다. 그들을 만나러 왔다고 하자 경비는 잠깐 따라오라고 했다. 두 사람은 경비를 따라 회계원들이 일하는 창고 옆 사무실로 갔다. 낯익은 곳이었다. 회계원 중 하나가 어렴풋이 그녀를 기억하고 있었다. 한인들은 몇 명만 남고 거의 다 떠났다고 했다. 회계원은 시간이 좀 흐르자 일을 전혀 하지 않은 채 끝까지 버티던 그녀의 고고한 아버지와 무기력한 어머니도 기억해냈다.

이종도는 계약이 만료되던 날 아들이 데려와 함께 나갔는데, 어디로 갔는지는 모른다고 했다. 연수는 조심스럽게 그의 부인은 어

떻게 되었느냐고 물었다. 회계원은 감독 한 명과 얘기를 나누곤 장
부 비슷한 공책을 뒤적이더니 머리를 긁으며 멋쩍게 웃었다. 왜 그
러세요? 연수는 손에 쥔 손수건을 꼭 쥐었다. 그가 말했다. 그동안
농장주가 바뀌었습니다. 다행히 여기는 불을 놓지 않아서 아직 에
네켄 농사를 지을 수 있고 또 혁명 때문에 에네켄 값이 많이 올라
서 사려는 사람이 좀 있었지요. 그는 장부를 슬쩍 들춰보고 다시
말했다. 음, 통역이 당신의 몸값을 대신 지불했군요. 그녀는 물었
다. 어머니는 어떻게 되셨나요? 회계원이 씩 웃었다. 잘 있습니다.
그러니까 당신들 계약이 끝나기 얼마 전에, 믿지 않으시겠지만, 마
야인 감독과 결혼을 했습니다. 지금은 근처 다른 농장에 살고 있는
데, 연락을 해드릴까요? 아니, 됐어요. 그녀가 손을 들어 막았다.
아주 행복하게 잘살고 있어요. 감독이 말했다. 통역의 첩이 된 자
신과는 말도 섞지 않던 어머니가 아니었던가. 어머니를 이해하지
못하는 것은 아니었다. 충분히 그럴 수 있었다. 어쩌면 잘한 일인
지도 몰라. 돌아갈 희망은 없고 남편은 무능하고 딸은 타락하고 아
들은 떠나갔다. 문득 이 오랜 세월이 누군가의 짓궂은 거짓말처럼
느껴졌다.

　그녀는 비로소 찾아온 용건을 꺼냈다. 마리아라는 여자가 있
었어요. 남자는 인상을 찌푸렸다. 마리아라는 여자가 워낙 많아
서…… 권용준이라는 통역과 살던 여잡니다. 애를 데리고 있을 거
예요. 다른 감독 하나가 끼어들어 마리아는 일을 하러 나갔다고 말

했다. 몇 시간 지나면 돌아올 거라고 했다. 혹시, 마리아의 집에 좀 가봐도 될까요? 그들은 고개를 저었다. 그건 곤란하다고 했다. 새 농장주가 그런 것을 싫어한다고 했다. 그녀는 그 자리에 앉아 박 정훈과 함께 그들이 권하는 차를 마셨다. 아이는 얼마나 컸을까. 1906년에 태어났으니 벌써 열 살이 되었을 텐데. 왜 목숨을 걸고서라도 그 중국인에게서 탈출하지 못했단 말인가. 하긴 그렇게 왔다 해도 데리고 나갈 돈이 없었을 테니. 자책과 충격으로 그녀의 마음은 어지러웠다.

그렇게 몇 시간이 지나자 멀리서 사람의 소리가 들렸다. 한눈에 봐도 이정을 쏙 빼닮은 잘생긴 사내아이가 자기 키만한 마야 여인의 뒤를 따라오고 있었다. 주름살이 늘긴 했지만 그녀는 분명 마리아였다. 사내아이는 부끄럼을 타며 뒤에서 쭈뼛거리고 있었다. 마리아는 두 팔을 넓게 벌렸다. 두 여인은 서로 껴안은 채 눈물을 흘렸다. 마리아가 아이를 가리켰다. 아이가 마리아의 치맛자락을 잡고 투정을 부렸다. 그것은 스페인어도 조선말도 아닌 마야어였다. 연수는 처음에는 조선말로 다음에는 스페인 말로 아이에게 말을 건넸지만 아이가 알아들은 말은 마마, 뿐이었다. 아이는 자꾸 마리아의 치마폭 뒤에 숨었다. 마리아는 어쩔 수 없었다는 듯 설레설레 고개를 저었다. 잘못한 것은 마리아가 아니라 자신이었지만 그녀는 서러운 마음에 눈물을 참을 수가 없었다. 그 서러움의 불똥은 마야인과 결혼하여 농장을 떠난 어머니에게로 튀어 분노가 되었다. 평생 용서하지 않을 거야. 어머니가 맡아주기만 했어도 이렇게 말이 통하지 않는 일은 없었을 것을!

감독이 지나가던 마야인 경비원 하나를 데려왔다. 스페인어와 마야어를 다 하는 그가 중간에서 통역을 맡았다. 마리아는, 왜 이제야 왔느냐고 물었다. 연수는 어쩔 수 없었다고 말했다. 그리고 고맙다고 했다. 그리고 아이를 데려가도 되겠느냐고 물었다. 마리아는 묘한 표정이 되었다. 마리아가 아이에게 마야말로 뭐라고 하자 아이는 자기 집 쪽으로 달아났다. 마리아는 통역을 맡은 감독에게 한참을 뭐라고 말했다. 통역은 고개를 끄덕거리며 타 듣고는 연수에게 그 말을 전해주었다. 저 아이는 자기 아이랍니다. 연수는 귀를 의심했다. 그녀는 마리아의 팔을 붙잡았다. 마리아는 그녀를 외면했다. 연수는 소리를 질렀다. 그럴 리가 없어요. 연수는 감독에게 따졌다. 감독은 장부를 뒤적거렸다. 그가 말했다. 여기엔 마리아의 아이로 나와 있습니다. 아이가 다시 뛰어와 마리아의 치마를 끌어다 제 몸에 휘감았다. 마리아는 입술을 꾹 다물고 있었다. 눈가엔 물기가 비쳤다. 이해를 못할 것도 아니었다. 그러나······

그동안 조용히 뒤에 물러서 있던 박정훈이 나섰다. 그는 공황상태에 빠져 있는 연수에게 다가가 귓속말로 속삭였다. 그녀는 그제야 정신이 드는 듯 눈을 번쩍 떴다. 마리아는 그런 연수에게서 불길한 예감을 받고 몇 발자국 뒤로 물러서며 아이를 꼭 껴안았다. 그녀는 감독에게 다가가 말했다.

얼마입니까?

감독은 마리아를 힐끗 보더니 연수에게 손가락 열 개를 펴 보였
다. 인플레이션 때문에…… 그가 머리를 긁적거렸다. 박정훈은 카
란사의 얼굴이 새겨진 50페소짜리 화폐 두 장을 꺼내 감독에게 건
넸다. 바로 그때 마리아가 아이를 안고 달아나기 시작했다. 말을
탄 감독이 그대로 달려가 채찍으로 마리아를 후려갈겼다. 연수는
외쳤다. 안 돼, 그러지 말아요. 마리아는 쓰러지고 아이는 감독의
손에 들려 박정훈에게 건네졌다. 그녀는 마리아에게 달려가 쓰러
진 그녀를 일으켰다. 마리아는 그녀의 팔을 뿌리치고 땅바닥에 주
저앉아 하늘로 손을 쳐들며 마야어로 저주를 퍼부었다. 박정훈이
다가가 100페소를 더 꺼내 마리아에게 건네자 마리아는 넋이 나
간 듯 씩 웃었다. 그러고는 지폐를 구겨 입에 처넣었다. 감독들이
달려들었지만 마리아의 입은 열리지 않았다. 그녀는 집요하게 우
물거리더니 지폐를 삼켜버렸다. 화가 난 감독이 마리아를 발로 차
자 박정훈은 곧장 주먹으로 그의 얼굴을 갈기고는 주머니에서 권
총을 꺼내 그들을 겨누었다. 감독과 회계원이 손을 들었다. 박정훈
은 아이와 연수를 데리고 농장을 떠났다.

그들은 메리다로 나왔다. 아이는 처음 보는 과묵한 남자를 아버
지라 생각했다. 아이는 그 근엄한 아버지가 마음에 들어 살갑게 굴
었다. 그들은 대성당 근처의 화려한 그랑호텔에서 잠을 잤다. 아
이와는 말이 전혀 통하지 않았다. 그러나 박정훈이 보여준 따뜻함

에 아이는 금세 매료되었다. 게다가 아이의 눈에 박정훈은 대단한
부자로 보였다. 메리다의 최고급 호텔과 식당에서 밥을 먹는 사람
이었다. 한 번도 야스체 농장을 벗어나지 못했던 아이는 화려한 메
리다의 밤거리가 좋아 잠을 자지 않았다. 그리고 배가 터질 때까지
음식을 쑤셔넣었다. 그러나 연수는 아무것도 먹지 않았다.

박정훈은 여자와 아이를 호텔에 두고 오백 미터쯤 떨어진 메리
다 지방회로 가 조장윤과 김석철, 서기중 등 군대의 동기들을 만났
다. 자기를 반기는 사람들과 함께 그는 오랜만에 통음하고 대취하
였다. 그리고 자신에게 일어났던 그 모든 일들을 모국어로 털어놓
았다. 그리고 새벽이 되자 호텔로 돌아와 잠이 들었다. 그리고 아
침에 아이와 여자를 데리고 베라크루스로 떠났다.

75

프로그레소항은 변한 것이 없었다. 해수욕장을 연상시키는 희
고 고운 모래밭, 바다를 향해 길게 뻗은 잔교. 멀리 떠 있는 커다란
배와 부두를 오가는 작은 배들. 이정은 처음 그곳에 도착하던 십
년 전을 생각했다. 그동안 자신은 비야군의 일원이 되었고 셀 수
없이 많은 사람을 죽였다. 말수가 줄었고 상처가 늘었다. 그는 손
을 들어보았다. 에네켄 밭에서보다는 부드러워졌지만 그러나 총

을 잡는 오른손에는 굳은살이 단단히 박여 있었다.

그는 십 년 전의 그날처럼 프로그레소역에서 기차를 탔다. 기차는 불타버린 검은 에네켄 밭들을 가로질러 삼십 분 만에 메리다에 그를 내려놓았다. 알바라도 주지사의 방화 탓에 메리다의 분위기는 썰렁했다. 그는 그곳에서 다시 야스체 농장으로 가는 차를 탔다. 생각했던 것과는 달리 막상 농장 앞에 서자 어떤 감흥도 느낄 수 없었다. 그저 담담하였다. 막연하게라도 그녀가 있으리라고는 생각하지 않았기 때문일지도 몰랐다. 그는 농장으로 걸어들어갔다. 사무실에는 예의 회계원이 앉아 있다가 그를 보고 웃었다. 또 무슨 일이오? 이정이 되물었다. 또라니요? 요즘 들어 한인들이 하루 걸러 한 명씩 찾아오니까 그렇지요. 당신도 아이를 데리러 왔소? 이정은 고개를 저었다. 아이라니요? 아닙니다. 나는 여자를 찾으러 왔습니다. 이정은 연수에 대해 묘사했다. 나이, 용모, 가족 관계 등등. 회계원은 신기한 동물이라도 보듯 이정을 들여다보더니 어깨를 으쓱거렸다.

그 여자는 지난주에 다녀갔소. 어떤 남자와 함께 찾아와 아이를 데리고 갔소. 이정은 생각을 집중하기 위해 미간을 찌푸렸다. 도대체 무슨 말이오? 회계원은 더이상은 말해주지 않았다. 더 해줄 말도 없었다. 이정은 메리다로 돌아가 칠 년 만에 조장윤을 만났다. 조장윤은 늠름한 청년으로 변한 이정을 놀랍다는 듯이 바라보았다. 그를 껴안고 머리를 쓰다듬었다. 살아 있었구나. 우리는 자네가 미국으로 갔다고 생각하고 있었는데. 이정이 턱수염을 쓰다듬었다. 갈 뻔했었지요.

조장윤과 김이정은 밤을 새워 그간의 일들을 이야기했다. 베라크루스, 박정훈, 이연수, 아이의 이야기를 들었다. 이정이 무릎에 고개를 파묻었다. 정말 많은 일이 있었군요. 베라크루스에 가서 여자를 한번 봐야겠어요.

조장윤이 말했다. 가지 말게. 그 사람은 믿어도 돼. 듣자 하니 오브레곤의 이발사가 되었다더군. 그게 아니어도 처자식을 굶길 사람은 아니야. 낯도 모르는 아이는 잊게. 박정훈이 잘 키울 거야.

76

이정은 며칠 동안 메리다에 머물렀다. 베라크루스에 가는 것은 조장윤의 말대로 좋은 생각이 아닌 것 같았다. 그러나 셀라야의 종소리를 들은 후로 이상하게 눈만 감으면 연수의 얼굴이 떠올랐다. 전쟁과 혁명에 지친 영육을 보듬어줄 그 어떤 존재가 그리웠는지도 모른다. 그것은 조장윤 등에게서 절대로 얻을 수 없는 것이었다. 그는 박정훈의 행운이 부러웠다.

보기만 하자. 그녀가 자신을 반기리라는 확신도 없이 그는 베라크루스행 배에 올랐다. 조장윤에게서 받은 주소로 찾아가니 이발소가 있었다. 그는 그 앞에서 한참을 서성였다. 손님들이 드나들고 먹을 것을 파는 장사치들도 광주리를 인 채 들락거렸다. 사람들은 머리를 깎고 면도를 하고 토르티야를 먹었다. 연수는 물론 박정훈도 보이지 않았다. 멀리서 성당의 종소리가 들렸다. 성당 부설의 학교가 파했는지 아이들이 재잘거리며 몰려나오는 소리가 왁자했다. 잠시 후, 어린아이 하나가 이발소의 발을 젖히고 들어갔다. 동양인의 얼굴이었다. 아이는 이발소에 이어진 중정으로 들어가 물을 첨벙거리며 놀았다. 잠시 후, 그림자가 길어지자 한 여자가 이발소 밖으로 나왔다. 느릿느릿한 몸놀림으로 시장을 향해 걸어가는 여자를, 이정은 잘 알고 있었다. 멕시코 여자의 옷차림을 하고 있었지만 걸음걸이가 영락없는 연수였다. 볼의 젖살이 빠지고 턱선이 날카로워지긴 했으나 분명 그녀였다. 아이가 따라나와 치마폭을 붙잡고 늘어지자 여인이 엄한 얼굴로 나무랐다. 연수는 조선말을 쓰고 있었다. 섭아! 엄마가 그러면 안 된다고 그랬지. 아이는 마야어로 무언가 칭얼거리더니 다시 이발소로 들어갔다. 비록 아이를 꾸짖고 있었지만 연수의 얼굴은 행복감으로 조용히 밝아지고 있었다.

연수의 그림자가 사라지자 이정은 이발소 안으로 천천히 들어갔다. 호세가 손님의 머리를 깎고 있다가 인사를 했다. 낯선 얼굴의 출현에 살짝 긴장하는 기색이었다. 전쟁을 거치며 의미 없는 살인을 저지른 사내의 얼굴엔 그 어떤 돌이킬 수 없는 어둠이 깃든다는 것을 이정 자신만 모르고 있었다. 이정은 이발용 의자에 앉았다. 면도용 물을 끓이는 난로에 조개탄을 밀어넣던 남자가 장갑을 벗고 손을 털며 이정에게로 다가왔다. 그는 습관적으로 보자기를 씌우고 나서야 거울 속의 이정과 눈이 마주쳤다. 박정훈이 스페인어로 물었다.

어떻게 깎아드릴까요? 이발에 관한 한 그는 조선말을 써본 적이 없었다. 배울 때부터 스페인어를 썼기 때문이었다. 이정도 스페인어로 말했다. 짧게 깎아주십시오. 박정훈은 물을 약간 뿌리고 말없이 가위질을 시작했다. 아이가 중정에서 달려와 아버지 하는 양을 올려다보다 곧 흥미를 잃고 다시 꽃밭으로 가버렸다. 이정은 아무말도 하지 않았다. 박정훈도 마찬가지였다. 호세만이 두 동양인 사이에서 벌어지는 기이한 침묵을 곁눈질로 살피고 있었다. 팽팽한 긴장이 둘 사이에 감돌고 있었다. 이정은 이발소에 걸려 있는 오브레곤의 초상을 보았다. 이정이 스페인어로 운을 뗐다. 혁명도 거의 끝나가는 모양입니다.

그렇다더군요. 오브레곤 장군, 대단하지요?

그러자 늙은 호세가 끼어들었다. 그는 오브레곤 장군의 이발사였지요. 셀라야 전투에도 참가했었는걸요.

이정이 눈을 감았다. 아, 그래요? 저도 거기에 있었습니다.

가위가 허공을 잘랐다. 호세가 슬쩍 박정훈의 가위를 쳐다보았다. 노련한 이발사의 눈매였다. 그러자 갑자기 박정훈이 조선말로 물었다.

어느 쪽이었소?

비야 쪽이었습니다.

많이도 죽었지.

전쟁이 다 그렇지요.

요즘 비야 쪽 사람들에 대한 사냥이 벌어지고 있다던데.

정세야 언제 바뀔지 모르는 노릇이지요. 그런데 왜 오브레곤 쪽
에 계셨습니까?

그가 여기에 왔고 나를 데리고 갔소.

그것뿐입니까?

박정훈이 가위질을 멈추었다. 그리고 이정의 얼굴에 거품을 발
랐다.

나는 그런 일엔 아무 관심도 없소. 그저 여기서 아내와 애를 데
리고 조용하게 살고 싶을 뿐이오. 그러는 당신은? 정말 비야를 좋
아해서 따라나선 거요?

그랬습니다. 피가 뜨거웠으니까요.

박정훈이 이정의 왼뺨에 면도날을 대고 위로 훑어올렸다.

지금은 어떻소?

이정은 잠시 망설였다.

사실은 지금도 그렇습니다.

박정훈은 뛰어노는 사내아이를 가리켰다.

당신 아들이오. 그렇지만 괜찮다면, 아니 괜찮지 않다고 해도 어쩔 수 없지만, 아이는 내가 키우고 싶소. 당신 피가 식을 때까지.

면도날이 그의 귀밑을 지났다.

……데려가지 않겠습니다. 아이를 키울 형편이 못 됩니다.

만약 안 데려갈 거라면 지금 떠나는 게 좋을 것 같소.

……?

곧 아이 어미가 돌아올 테니까.

박정훈은 가위질을 멈추고 이정의 목에 묻은 머리카락을 털어냈다. 이정이 돈을 치르려 했지만 오브레곤의 이발사는 받지 않았다.

아이는 잘 키우겠소. 그리고 몸조심하시오. 이러니저러니 해봐야 이건 남의 나라 혁명이오. 죽이 되든 밥이 되든 그들에게 맡기는 게 순리요.

이정은 밖으로 나왔다. 아직 사위는 훤했지만 태양은 보이지 않았다. 박정훈이 이발소 입구에서 마치 딴청을 피우는 사냥개처럼 부드럽게 경계하고 있었다. 그의 눈은 웃고 있었지만 태도는 잔뜩 긴장돼 있었다. 이정은 부두를 향해 발걸음을 옮겼다. 멀리 시장에서 돌아오는 연수의 모습이 보였다. 박정훈이 무뚝뚝한 얼굴로 그녀를 데리고 이발소 안으로 들어갔다.

이정은 숙소로 돌아왔지만 잠을 이룰 수 없었다. 박정훈의 이발소로 다시 돌아가 그를 죽이고 연수와 아이를 데려올 생각도 했다. 하지만 그게 최선일까? 그는 스스로조차 설득할 수 없어 괴로 웠다. 불면의 밤이 지나고 그는 짐을 챙겨 호텔 로비로 내려갔다. 박정훈이 이연수와 아이를 데리고 거기 서 있었다. 정훈이 먼저 이 정에게 다가와 말했다.

어제 내 기색이 심상치 않았는지 아내가 자꾸만 캐물었소. 다녀 간 것까지 숨기는 것은 두고두고 마음이 안 좋을 것 같아 아내에게 털어놓았소. 어찌하겠는가 물어보니 한번 만나는 보겠다고 하길 래 데리고 왔소.

정훈은 호텔 밖으로 나가 손님을 기다리는 마부들과 담배를 피 웠다. 오브레곤의 도시에서 정훈은 마음만 먹으면 뭐든 할 수 있었 다. 그는 이정이 어디 머무는지도 금세 알아냈고, 이제 이정이 확 실히 도시를 떠났는지도 확인할 수 있었다. 어쩌면 쥐도 새도 모르 게 죽여버릴 수도 있었다. 대신 정훈은 아내와 이정에게 재회의 기 회를 주었다. 관용의 시간은 길지 않을 것이며, 한계가 명확하다는 것을 이정도, 연수도 모두 분명히 느끼고 있었다. 둘은 광장으로 열 린 호텔의 카페에 마주앉았다. 손을 잡지도 않았고, 서로의 몸을 끌 어안지도 않았다. 그러나 시선만큼은 탐욕스럽게 서로의 눈에서 떠 나지 않았다. 이정은 연수의 안부를 먼저 물었다. 그녀는 정훈을 만 나기 전에는 괴로운 나날이 있었지만 이제는 안정되어 몸과 마음 이 많이 편해졌다고 말했다. 이정은 너무 늦게 돌아온 것에 대해 사 과했고 연수는 이해한다고 말했다. 늘 지는 쪽에 있었다고 이정이 변명처럼 말하자 연수는 그래도 선택이라는 것을 할 수 있었던 운명이었으면 좋겠다고, 조금은 책망처럼 말했다. 너무 늦게 왔지만, 그래서 정말 미안하지만, 혹시라도 자신을 따라나서겠다고만 한다면, 정훈과 한번 이야기를 해보겠다고 이정은 말했다. 그러나 연수는 단호하게 고개를 가로저었다. 당신이 조금 일찍 왔다면 그보다 기쁜 일이 없었을 것이고, 어쩌면 우리는 지금쯤 어디선가 함께 살 수도 있었겠지만, 지금의 나는 내 아이를 되찾아준 사람에게 운명을 이미 의탁하였으며, 그를 버리고 떠난다는 것은 상상할 수 없다. 당신은 혼자서도 어떻게든 살아갈 인간이지만, 저이는 내가 없으면 생을 버릴 것이다. 그런 말을 한 적은 없지만 나와 섭이가 그의 마지막 희망이라는 것을 그의 품에 안길 때마다 느낀다.

이정은 그녀의 마음을 바꿀 수 없다는 것을 알았다. 그녀가 처음으로 선택한 운명이었고, 그렇다면 다복한 미래를 빌어주는 게 최선이었다. 이정은 섭이의 머리를 한 번 쓰다듬어주고 자리에서 일어났다. 이정이 카페 밖으로 나갈 때까지 연수는 고개를 숙인 채 아름답게 장식한 의자의 손잡이만 어루만졌다. 호텔 밖에서 이정을 배웅한 것은 정훈이었다. 안녕히 가시오. 메리다의 동포들에게 안부도 전해주시고. 이정의 귓전에 다시 셀라야의 종소리가 울리고 있었다.

제3부

77

　어느 날 메리다지방회로 한 사나이가 무리를 이끌고 찾아왔다. 마야 원주민인 그는 자기 이름을 그저 마리오라고 했다. 풍모가 심상치 않았다. 눈매가 날카롭고 매서웠지만 표정은 부드러웠다. 마리오는 조장윤과 김석철에게 흥미로운 제안을 했다.

　유카탄반도의 남쪽은 과테말라 북부로, 광활한 밀림지대가 펼쳐져 있다. 이 원시림 곳곳엔 일찍이 마야 문명이 꽃피었으나 다 옛날 이야기다.

　마리오는 과테말라의 북부 정글에서 마누엘 에스트라다 카브레라 대통령의 독재 정권과 싸우고 있는 마야인들의 지도자였다. 카브레라 대통령은 1898년에 집권한 독재자로 자기와 어머니의 생일을 국경일로 지정하는 등의 어처구니없는 행동을 저지르면서 오직 미국의 농산물 대기업을 위해 과테말라 전체를 절대빈곤의 수렁으로 몰아넣었다. 한마디로 재고의 여지가 없는 과테말라 인민의 공적이었다. 뿐만 아니라 카브레라의 과테말라는 메스티소 중심의 멕시코와 달리 백인 중심의 지배체제에 의존하고 있었다. 이는 혼혈과 마야 원주민에 대한 가혹한 탄압을 의미했다. 인구의 절대다수를 차지하는 마야 원주민들은 카브레라 정권에 의한 혹독한 탄압과 차별에 직면해 있었고 이는 자연스럽게 마야인들의 전국적 항거로 이어졌다.

특히 마리오가 있는 과테말라 북부의 티칼 지역은 수도 과테말라시티로부터 가장 멀리 떨어져 있는데다 도로나 항만, 공항 등 접근 가능한 교통시설이 전무했기 때문에 게릴라전을 수행하기에는 그만이었다. 그러나 문제는 병력이었다.

유카탄의 한인들 중에 군인 출신이 많다고 들었습니다. 우리는 전투 경험이 풍부하고 무기를 다룰 수 있는 장정들이 필요합니다. 마리오가 말했다. 대신 미화 300만 달러를 지불하겠습니다. 카브레라 정권은 엄청난 돈을 은닉하고 있어 혁명이 성공하기만 하면 막대한 돈이 혁명군의 손에 떨어지게 됩니다. 게다가 카브레라 정권에 대한 분노와 민심의 이반이 상당합니다. 절대 오래 못 버팁니다.

300만 달러라는 거액에 모두의 입이 벌어졌다. 300만 페소도 아니고 300만 달러였다. 그 정도면 전쟁에 참여하는 모든 이가 팔

자를 고치고도 남을 액수였다. 숭무학교와 한글학교의 운영기금
뿐 아니라 해외 독립운동에도 보낼 수 있었다. 하와이 집단 이주
계획에 소요될 돈이 총 5000달러였던 것을 생각해보면 300만 달
러는 그들로선 거의 실감이 나질 않는 액수였다. 조장윤은 그에게
일단 몇십 명이 먼저 가고 나중에 사람을 추가로 모아 파견해도 되
겠느냐고 물었다. 마리오는 좋다고 했다.

조장윤은 메리다한인회를 긴급 소집했다. 에네켄 농장이 불타
면서 일자리를 잃은 젊은 한인들은 모두 흥미를 보였다. 유카탄 역
시 혁명의 불길이 휩쓸고 간 탓에 젊은이들은 이미 무제한의 폭력
에 매혹되어 있었고, 비야군의 일원으로 복무하고 온 이정에 대한
소문도 그들을 자극했다. 이정의 이야기는 실제 이상으로 부풀려
져, 한인들 사이에서는 하나의 전설이 되어가고 있었다. 그러나 이
정은 대체로 담담하고 무심하게 지냈다. 과테말라에서 벌어지고
있다는 또다른 내란에도 관심을 보이지 않았다. 조장윤은 이정을
설득했다.

자네는 꼭 가야 돼. 전투 경험도 풍부하고 서반아말도 잘하니까.

이번엔 가고 싶지 않습니다. 어차피 남의 나라 혁명이잖습니까?

그거야 그렇지. 하지만 300만 달러면 우리의 재정은 물론이거
니와 해외 독립운동의 자금으로도 크게 쓰일 수 있으니 꼭 남의 일
이라고만 볼 수는 없지.

혁명이니 운동이니 하는 일에 전 별 관심이 없습니다.

이정은 완강하게 조장윤과 김석철의 제의를 거절했다. 이러니저러니 해봐야 남의 나라 혁명일 뿐이라는 박정훈의 말에 그 역시 동감이었던 것이다. 마침내 조장윤이 벌컥 화를 냈다. 도대체 어떻게 자신만 생각하고 사는가? 빈둥거리며 회관의 밥이나 축낼 셈인가.

자기 이름을 지어준 사람이었다. 이정은 마침내 뜻을 꺾었다. 남의 나라 혁명전쟁에는 더이상 관여하고 싶지 않았으나 어쩔 수 없었다. 당장은 먹고살 것도 없었다. 그는 메리다로 나가 과테말라 상황에 대한 정보를 수집했다. 마리오의 말은 틀린 바가 없었다. 과테말라는 거의 무정부상태라고 보아도 좋았다. 권위도 정당성도 없는 카브레라 정권이 언제 무너질지가 멕시코와 미국 모두의 관심사였다. 단 300만 달러라는 액수는 다소 미심쩍었다.

그러나 메리다지방회는 참전을 결의했다. 숭무학교 학생들을 중심으로 마흔두 명의 남자들이 용병 1진으로 지원했다. 그중에는 물론 조장윤과 김석철, 김이정이 포함되어 있었고 떠나올 때는 어린아이였으나 지금은 십대 후반에 이른 젊은이들도 다수 끼어 있었다. 이정이 가장 반가워했던 사람은 돌석이었다. 그는 칠 년 만에 만난 이정을 보고 깜짝 놀라며 얼굴을 어루만졌다. 완전히 다른 사람이 되었구나! 그는 마야 여자와 농장에서 결혼했지만 여자와 아이를 데리고 나오지 못했다. 그래서 농장을 찾아가 행패를 부리다가 감옥에 갇혔고, 황사용과 방화중이 왔을 때 겨우 풀려났지만 그후로도 계속 감옥을 드나들었다 했다. 왜? 이정이 물었다. 그가 자기 손을 들어올리며 말했다. 손버릇이 나빴어.

조장윤의 동기이면서 조선으로 돌아가 땅을 사는 것이 소망이었던 서기중도 메리다로 돌아왔다. 그는 캄페체주를 떠돌며 철물장사를 했지만 결국 실패하였다. 마지막으로 도착한 사람은 내시 김옥선이었다. 사십대 후반의 그는 지원자 중에 가장 고령이었다. 인생의 마지막 기회라며 간절히 매달리는 그를 사람들은 막지 못했다. 그의 꿈은 과테말라에서 돌아온 후 메리다에 여관과 식당을 여는 것이었다. 그리고 자기 식당에서 최근에 익힌 기타 연주를 손님들에게 들려주는 것이었다. 그는 기타라는 악기를 유카탄에서 처음 만졌지만 아악부의 내시답게 금세 익혀 곧 자기만의 독특한 음률을 선보였다. 그는 평균율에서 아주 미세하게 다른 음으로 조율하여 연주했는데 그 기묘한 불협화음이 듣는 이를 더욱 애잔하게 했다. 서양의 단조도 아니고 조선의 계면조도 아닌 김옥선만의 독특한 음조의 반주에 맞추어 부르는 유카탄과 조선의 민요는 과연 절창이었다.

이정은 그를 말렸다. 그곳은 밀림이고 벌레와 맹수 들로 가득합니다. 전투는 당신처럼 손이 고운 사람이 하는 것이 아닙니다. 그리고 당신은 총을 쏘아본 일도 없습니다. 그러나 김옥선은 완강했다. 내가 멕시코에 오겠다고 했을 때도 모두가 말렸지. 그러나 지금은 보라고, 그 험한 에네켄 밭에서도 거뜬히 살아남았고 혁명의 와중에도 먹고살았어. 제발, 같이 데려가주게. 이번에 못 가면 멕시코에선 더이상 큰돈을 벌 기회가 없어. 에네켄 경기도 끝났잖아.

　며칠 후 과테말라 혁명군에서 파견한 이들이 도착하여 계약서를 작성했다. 계약서에는 항상 지휘관의 명령에 복종하고 카브레라 정권이 무너지는 그날까지 헌신적으로 복무한다는 내용이 죽 서술되어 있었고, 혁명군이 과테말라시티에 입성하여 독재자를 제거하는 즉시 300만 달러를 지급한다는 내용이 명시되어 있었다. 마흔 네 명 모두 각각 계약서를 작성하였고, 혁명군 사령관과 메리다 한인회장이 사인한 별도의 계약서도 만들어 조장윤과 마리오가 서명하였다. 서명이 끝나고 그들이 마침내 장도에 오르려는 순간 또 한 명이 도착했다. 박광수였다. 그는 냄비의 밑바닥을 때우는 일을 하며 생계를 유지하고 있었는데, 간혹 메리다에 나와 사람들의 점을 보아주고 드물게 굿도 치러주기도 했다. 바싹 마르기는 했지만 얼굴은 좋아 보였다. 누군가 그에게 농장주 이그나시오가 대성당에서 십자가에 못박혀 죽었다고 말하자 그는 알고 있었다고 대답했다. 박수무당도 죽었다면서? 또 한 사람이 아는 체를 했다.

　전직 군인, 내시, 도둑, 게릴라, 노동자, 고아, 파계신부로 이루어진 총 마흔다섯 명의 한인 용병은 1916년 7월, 과테말라 혁명군의 길잡이를 따라 유카탄주의 경계를 넘어 캄페체주를 지나 멕시코-과테말라 국경을 통과했다. 밀림지대엔 국경을 나타내는 어떤 표지도 없어 이들은 한동안 자신들이 과테말라에 이미 들어와 있다는 사실도 모르고 있었다. 메리다에서 그들의 목적지인 티칼 지역까지는 직선거리로는 사백 킬로미터 정도밖에 되지 않았으나 가는 길은 험난했다.

밀림에서의 첫 야영은 앞으로 그들이 겪어야 할 길이 얼마나 험난할지 암시해주고 있었다. 그곳은 유카탄과 모든 것이 달랐다. 습기가 대단했고 달려드는 곤충들도 유카탄과는 비교할 수 없이 지독했다. 엄지손가락만한 거머리들이 달려들어 피를 빨았고 모기들은 옷을 뚫고 들어왔다. 떼어내도 모가지만 남아 살을 파고들어가는 벌레도 있었다. 마야인 안내인들은 능숙하게 마체테를 휘둘러 야영지를 만들었다. 여기서도 한인들은 모든 것을 새로 배워야 했다.

안내인은 높다랗게 자란 어떤 나무를 가리켰다. 우리는 저 나무로 신과 소통합니다. 그 나무의 이름은 세이바였다. 기둥줄기는 흰색이었고 구름과 경쟁할 만큼 높게 솟은 가지는 신들의 거처처럼 비현실적으로 붉었다. 세이바나무 앞에서 그는 짧은 기도를 올렸다. 그리고 주변의 덩굴을 끊어내어 아마카를 매달 끈을 만들었다. 밀림에는 그곳만의 생활방식이 따로 있었다. 거대한 뱀이 그들의 머리 위에서 태연히 자고 있는 경우도 있었고 원숭이들의 팔매질 공격을 받을 때도 있었다.

마침내 그들은 혁명군의 본거지가 있는 페텐 지역의 티칼에 이르렀다. 티칼은 과테말라에서 가장 웅대한 마야문명의 유적지가 있는 지역이었지만 그들이 도착했던 당시엔 거대한 피라미드를

비롯한 모든 것이 생명력 강한 나무와 흙으로 뒤덮여 있어 마치 평
원에 우뚝 솟은 작은 동산처럼 보였다. 천신만고 끝에 그곳에 도착
한 한인 중 누구도 처음엔 그곳이 유서 깊은 마야문명의 유적지라
는 것을 알지 못했다. 간혹 밀림 여기저기에 굴러다니는 이상한 석
축과 머리 잘린 석상 들을 이상하게 생각한 사람은 있었지만 더이
상 생각을 발전시켜나가지는 않았다. 김이정과 조장윤은 즉시 그
곳이 방어에 용이한 지형임을 깨달았다. 천 년 전에 지어진 몇 기
의 피라미드는 천연의 요새로 반경 수십 킬로미터를 굽어볼 수 있
는 망루이자 요새였다. 피라미드의 꼭대기에는 이집트와는 달리
제사장들이 기거하며 제사를 올리는 제당이 있었는데, 벙커로 쓸
수 있을 만큼 견고했다.

　오래 자란 나무들은 태양을 찌를 듯이 솟아 있었고 그 사이로
밝은 색조의 앵무새들이 꽥꽥 요란한 소리를 지르며 날아다녔다.
밀림은 대낮에도 불을 켜야 할 만큼 어두웠다. 밀림은 고요하지 않
았다. 개구리들이 사방에서 울어대면 밤잠을 설칠 지경이었다. 그
런 밤엔 뱀이 뱀을 삼켰고 개구리가 개구리를 먹었다.

　티칼에 도착한 날, 조장윤은 모두를 모아놓고 들뜬 목소리로 말
했다. 여기까지 아무 제지도 없이 도착한 것으로 보아 이곳은 무주
공산임이 확실하다. 내가 오래전부터 생각해온 일이 있다. 이곳에
나라를 세우는 것이다. 저들에게 돈을 받으면 돌아갈 자들은 돌아
가고 남을 자들은 남아 이곳에 나라를 세우자. 국호는 신대한新大韓

으로 하고 미국처럼 대통령을 뽑는 것이다. 그리고 이것을 일본과 미국, 조선에 알려 나라가 아직 살아 있음을 만방에 선포하자. 오면서도 보았겠지만 이곳은 벌레와 짐승이 많으나 나무와 열매가 풍부하고 기름진 땅에 물도 풍부하니 우리같이 근면한 민족이 살기에는 으뜸이다. 그의 머릿속엔 실패한 출애굽의 기억이 들러붙어 있었다. 여기가 하와이보다 못할 것이 없지 않으냐. 어차피 하와이로 간다 해도 역시 사탕수수 농장의 노동자로 남의 부림을 받아야 하나 이곳은 자유다. 독립된 나라에서 당당하게 살 수 있는 것이다. 미국과 멕시코에 흩어진 동포들도 모두 불러들여 농사짓고 장사하며 사는 것이다. 발해가 따로 있느냐. 이곳이 바로 발해지.

그러나 그의 주장은 별다른 공감을 불러일으키지 못했다. 모두들 의례적으로 고개만 끄덕이면서 돈을 받으면 유카탄으로 돌아가리라 마음먹고 있었다. 그러나 조장윤의 원대한 구상은 계속되었다. 새로운 나라는 모두가 평등하며 정체는 공화국이 될 것이다. 원하는 마야인들은 들어와 살 수 있으나 우리의 지배를 받는다.

어째서? 김이정이 물었으나 장윤은, 그런 당연한 것을 왜 묻느냐는 투로 반문했다. 그럼 우리가 그들의 지배를 받으란 말인가? 이정은 지지 않고 따졌다. 어째서 반드시 한쪽이 다른 한쪽을 다스려야 한다고 생각하십니까? 잠자코 있던 박광수가 힘없이 말했다. 왜냐고? 우리가 사라질까봐 그러는 거야. 우리는 소수고 마야인들은 셀 수 없이 많지. 그들과 섞여 종내는 모두 흔적도 없이 사라질

까봐 그러는 거야. 그렇지만 우린 어차피 모두 죽어.

누군가가 침을 뱉으며 박광수의 말을 잘랐다. 무당놈의 자식이 재수없는 소리를 하고 지랄이야.

장윤은 나라의 꼴을 만들기 위해 부지런히 움직였다. 김이정은 군사의 책임을 맡았다. 그는 무기를 점검하고 마야인 사령관 마리오와 근처의 지형을 탐사했다. 훈련이 안 된 병사들에게 사격과 대형을 가르쳤다.

얼마 후 산발적인 전투가 벌어졌다. 마야 게릴라들이 페텐호수의 정부군 기지를 공격했다. 반격에 나선 정부군은 호수를 우회하여 바로 티칼 외곽의 게릴라 캠프를 타격했다. 한인들도 대부분 그들을 따라 전투에 나섰는데 생각보다 정부군의 기세가 만만치 않았다. 그러나 김이정은 판초 비야의 휘하에서 배운 게릴라 전술로 정부군의 배후를 공격했고, 그러자 퇴로가 끊길 것을 우려한 정부군은 페텐호수로 퇴각하였다. 그 와중에 정부군의 일부가 조장윤 등이 머물고 있던 작은 피라미드 주변을 지나가다 총탄을 퍼부어 댔다.

장윤은 날아오는 총탄의 기세에 기가 질렸다. 피라미드의 상단에는 정부군의 총알로 벌집처럼 자국이 생겼다. 다행히 정부군은 퇴각했지만 그는 이 게릴라전이 마리오의 말대로 그렇게 쉽게 끝날 것은 아니라는 예감을 받았다. 그리고 이정을 제외한 나머지 젊은이는 전투 경험이 전혀 없는 철부지였고 김석철과 서기중은 총을 잡은 지 십 년이 넘은 퇴물이었다. 게다가 대한제국의 군대는 밀림에서의 게릴라전을 위해 창설된 군대가 아니었다. 몇 차례의 전투를 더 거치며 조장윤은 자신과 함께 싸워나갈 한인 용병들이 오합지졸에 불과하다는 것을 인정하지 않을 수 없었다. 게다가 마야 원주민으로부터 받기로 한 300만 달러도 현실성이 없다는 생각이 들었다.

다음날 아침 이정은 자리에서 일어나 문득 사위가 너무 조용하다는 것을 깨달았다. 캠프에는 뭔가가 빠져 있었다. 그는 밖으로 나가 조용히 사람들을 하나하나 세어보았다. 그는 지나가는 돌석을 불러 장윤과 석철의 행방을 물었다. 돌석도 모르고 있었다. 종이 울리고 대원들이 소집되었다. 역시 둘의 행방이 묘연했다. 뒤져보니 짐도 없었다. 이정은 캠프 주변의 발자국을 찾았다. 두 명의 발자국이 진흙길을 따라 밀림 쪽으로 이어지고 있었다.

장윤은 전날 밤 조용히 캠프를 빠져나갔다. 여기에서 죽을 수는 없었다. 우선은 살아남는 것이 중요했다. 내가 여기서 개죽음을 당하면 본토 진공은 누가 준비하고 해외 독립운동은 또 어찌한단 말인가? 밀림 속의 임시정부는 아무리 생각해도 허황한 꿈이었다. 이곳에 정말 나라를 세운다 해도 과연 누가 알아줄 것인가? 그는 석철에게 은밀히 속내를 털어놓았다. 석철도 호응해왔다. 철부지 같은 짓이었네. 여기는 멀쩡한 사람도 잡아먹을 밀림인데, 정부군이 작심하고 몰려들기라도 하면 우린 몰살일세. 장윤이 가슴을 치며 말했다. 정말 안타깝네. 그럼 모두를 설득해 다시 돌아가는 게 어떤가? 석철이 고개를 저었다. 미리 받은 돈은 어쩌고? 혁명군들이 메리다에 와서 우릴 모두 쏴 죽일 것이네. 일단 우리가 돌아가이 사실을 한인회에 알리고 지시를 받아 다시 오기로 하세. 여기서다 죽는 것은 그야말로 바보짓일세.

그들은 날이 밝기 직전 캠프를 떠났다. 발각되면 계약서에 따라마야 혁명군들에게 총살당할지도 모른다는 생각에 그들의 발걸음은 더더욱 조심스러웠다. 모두를 정글로 끌고 들어온 이 두 명의주동자는 그날 밤, 북쪽을 향해 무조건 내달렸다.

이정은 씁쓸한 마음으로 궐련을 피워물었다. 어떤 운명이 씩웃으며 천천히 다가오는 것 같았다. 오냐, 오너라. 이정은 궐련을힘차게 빨았다. 남겨진 자들의 분노는 대단했다. 지도자들이라고믿었는데, 우리만 이 사지로 밀어넣고 달아나다니! 지금이라도추적하여 쏘아 죽이자. 누군가가 외쳤다. 그러나 그 누구도 이정만큼 큰 충격을 받은 사람은 없었다. 비야가 패주한 후, 굳이 메리다로 돌아온 것도, 이 사지로 기어들어온 것도, 모두 조장윤 때문이었다.

이정은 차분히 그들을 달랬다. 마야인들과의 계약은 내가 책임진다. 그들이 떠난 것은 불쾌하지만 어쩌면 잘된 것인지도 모른다. 이제 300만 달러를 받으면 그것은 고스란히 우리 것이다. 메리다지방회니 북미총회니 하는 명망가들의 정치놀음은 잊어라. 그 돈은 여기 남은 마흔세 명의 것이다. 살아남은 자가 모든 것을 갖는다. 모두가 고개를 끄덕였다. 이정이 말했다. 만약 이것에 동의한다면 모두 지장을 찍자. 그리고 지금부터 배신자는 처단한다. 그래야 모두가 살아 돌아갈 수 있다. 앞다투어 흰 종이에 자기 이름을 적고 지장을 찍었다. 그리고 그 아래에 이정이 손가락에서 피를 내어 '도망자는 죽인다'고 적었다.

그러나 그날 밤에도 이탈자가 나왔다. 이정은 보초가 소리를 치자 자리에서 일어나 그대로 총을 뽑아들고 밀림으로 내달렸다. 도망자는 두 명이었다. 혼자서는 밀림을 통과하기 어렵기 때문이었을 것이다. 추격전 끝에 두 사람은 모두 붙잡혀 캠프로 끌려왔다. 잡혀온 사람 중 하나는 조장윤의 동기생인 서기중이었다. 또 한 명은 열여덟 살의 박범석이었다. 서기중은 이정을 보고 비굴하게 웃었다. 달아나려는 것이 아니었네. 잠시 다녀오려는 것이었지. 반면에 박범석은 벌벌 떨고 있었다. 눈물 콧물이 범벅이 되어 무릎 꿇고 고개를 조아렸다.

이정은 주머니에서 붉은 지장이 찍힌 문서를 꺼내 두 사람에게 보여주었다. 그리고 피라미드 바깥에 있는 저수지로 데려갔다. 저수지 옆에는 웅덩이들이 많았다. 그때까지만 해도 모두들 군기를 잡으려는 엄포 정도로 생각하는 사람들이 많았다. 그러나 이정은 서기중의 뒤통수에 대고 정확히 조준하여 권총을 쏘았다. 마지막 순간에 죽음을 예감하고 발버둥치던 서기중은 단 한 방에 거꾸러졌다. 열여덟 살 박범석도 똑같은 운명을 맞았다. 그러나 그는 서기중보다 침착했다. 절이라고는 근처에도 가볼 일이 없었을 그는 홀연 이런 말을 남기고 눈을 감았다. 그저 윤회의 업이 끝나기만을 빌 뿐입니다. 이정은 이번에도 가차없이 방아쇠를 당겼다.

그날 이후 더는 이탈자가 나오지 않았다. 가려면 이정을 죽이고 가야 했다. 전투도 뜸해졌다. 정부군은 마야 혁명군의 협공을 받아 남쪽의 고원지대로 퇴각했다. 이정의 부대도 지형지물을 잘 아는 마야 지휘관의 지휘를 받으며 퇴각하는 정부군을 매복 공격하여 약간의 전과를 올렸다.

석 달이 지났다. 열병에 걸려 죽은 스무 살의 청년을 제외하고는 단 한 명의 사망자도 나오지 않은 평온한 날들이 지났다. 이정은 작은 쌍둥이 피라미드의 꼭대기에 앉아 골똘히 생각에 잠겨 있었다. 어쩌면 조장윤의 구상이 전혀 엉터리는 아니었는지도 몰랐다. 판초 비야는 별거였나? 마름을 때려죽이고 산적이 되어 혁명의 시기를 틈타 장군이 되었고 끝내는 멕시코시티에 입성했지. 물론 오브레곤에게 쫓겨났지만 그런 오브레곤조차 애초엔 별것 아닌 애송이였다. 그런데 이 과테말라는 멕시코보다도 훨씬 심한 무정부상태에 빠져 있지 않은가. 이 정도라면 정말 이 티칼에 작은 나라 하나쯤 세우는 것도 그리 어려운 일은 아니리라. 마야인들은 마야인의 나라를 세우고 우리들은 여기, 이 티칼을 중심으로 하는, 자급과 자족이 가능한, 작지만 강한 나라 하나만 있으면 되는 것이 아니냐. 어차피 우리는 이방인이다. 오브레곤처럼 커나갈 가능성은 애초에 없다.

이정은 다음 전투에서 마야 혁명군 지휘관에게 넌지시 이 구상을 비쳤다. 만약 카브레라를 축출한다면 너희들은 백인들을 몰아내고 너희들 나라를 세울 테지? 지휘관은 그렇다고 말했다. 그럼 너희들도, 영원한 봄의 나라라는, 저 살기 좋은 고원지대, 안티과나 과테말라시티로 가겠지? 그 역시 그렇다고 했다. 그럼 우리가 티칼을 중심으로 작은 나라를 세워도 크게 문제가 되지는 않겠지? 그는 호탕하게 웃으며 좀더 큰 나라를 세워도 좋다고 했다. 그는 과테말라 북쪽의 벨리즈를 거론하며 그곳은 아프리카 출신의 흑인 노예들이 세운 나라라고 했다. 너희랑 비슷한 처지지, 안 그래? 이정은 말했다. 태평양 너머에 있는 우리나라가 사라졌기 때문에 이것은 우리에겐 매우 중요한 문제다. 혁명군 지휘관은 대수롭지 않다는 듯 고개를 끄덕였다. 고작 마흔 명이 뭘 하겠다는 거냐는 생각이 그의 표정에 그대로 나타나 있었다.

그러면서 그는 짐짓 엄한 얼굴로 토를 달았다. 단, 티칼은 곤란해. 우리를 돕기 위해 잠시 머물 수는 있어. 하지만 그곳은 신성한 땅이야. 그 남쪽의 페텐호숫가라든지 더 북쪽의 밀림지대라면 괜찮지만 티칼은 안 돼.

돌아온 이정은 남아 있는 서른아홉 명을 불러모아 자신의 구상을 전했다. 반대하는 자들도 있었다. 비웃는 자들도 물론 있었다.

아무도 선뜻 이정의 의견에 동의하지 않았다.

　우리는 그저 용병에 지나지 않아. 저들의 혁명이 성공하면 돈 받아서 돌아가면 그뿐이라구. 돌아가다니? 어디로? 우리가 돌아갈 곳이 있나? 어쨌든 이 밀림 속에서 살 수는 없어. 왜 없지? 여기는 농장주도 없고 주지사도 없고 오직 우리와 마야인들뿐인데. 마야인들이 지금은 우리를 필요로 하지만 혁명이 성공하면 우리를 쫓아낼 거야. 여기는 그들의 성지잖아. 꼭 여기가 아니어도 돼. 과테말라 북부 쪽에도 좋은 곳이 많다니까. 좋아, 그렇다고 쳐. 나라가 있든 없든 그게 우리하고 무슨 상관이지?

　이정은 잠시 뭔가 생각하는 듯했다. 그리고 말했다. 그렇다면 하나쯤 만들어도 되지 않을까?

　잠시 침묵이 흘렀다. 어쩌면 우리 모두 당장 내일 죽을 수도 있어. 왜놈이나 되놈으로 죽고 싶은 사람 있어? 나는 그러고 싶지 않아. 이정이 단호하게 말했다. 그럼 차라리 무국적은 어때? 돌석이 말했다. 이정은 고개를 저었다. 죽은 자는 무국적을 선택할 수 없어. 우리는 모두 어떤 국가의 국민으로 죽는 거야. 그러니 우리만의 나라가 필요해. 우리가 만든 나라의 국민으로 죽을 수는 없다 해도 적어도 일본인이나 중국인으로 죽지 않을 수는 있어.

　이정의 논리는 어려웠다. 그들을 설득한 건 논리가 아니라 열정이었다. 그리고 그 열정은 기묘한 것이었다. 그것은 무엇이 되고자 하는 것이 아니라 되지 않고자 하는 것이었다.

그리고 한 달 후, 이들은 신전 광장에 티칼 역사상 가장 작은 나라를 세웠다. 국호는 신대한이었다. 그들이 알고 있는 국호는 대한과 조선뿐이었으므로 별로 선택의 여지가 없었다. 마야 혁명군 지휘관이 붉은 황소를 보내왔다. 이정은 그에게 감사 인사를 전하며, 이곳에서 시작하기는 하였으나 곧 페텐호수 쪽으로 옮겨갈 작정이라고 안심시켰다. 박광수는 무당으로서 새로운 국가의 출현을 축하하는 고사를 고요하고 겸손하게 올렸고 김옥선이 가장 높은 곳에 올라가 피리를 불었다. 고사가 끝나자 이정이 말했다. 이 나라는 반상과 귀천의 구별이 없는 새로운 나라이다. 지금 이곳의 우리가 그 운명에 책임을 진다. 멕시코와 조선에도 알려 그들로 하여금 새로운 나라의 건설에 동참토록 하자. 그러나 이 건국 선언을 진지하게 생각한 사람은 거의 없었다.

이들의 나라는 그로부터 일 년이 넘도록 티칼의 밀림에서 살아남았다. 신대한은 탈영과 도둑질을 가장 먼저 금했다. 한 달 만에 마야의 처녀들과 결혼하는 병사들이 생겨났다. 나라는 또한 조선의 악습이었던 조혼과 축첩을 금했다. 몇 달이 지나자 마야인들과의 혼인이 늘어났다. 마야 게릴라들은 개의치 않았다. 결혼식은 마야식과 조선식을 절충하여 열렸다. 남자는 결혼식 이틀 전날 마야인들의 마을로 말을 타고 들어가 그들의 방식대로 결혼 전의 의례를 치렀다. 그들은 남자의 머리에 진흙을 바르고 노래를 불렀다. 짐짓 진지하게 남자를 죽이겠다고 협박하기도 하고 이상한 약을 먹여 환각에 취하게 하기도 하였다. 그러나 막상 결혼식 날이 되면 신부와 신랑을 축하하며 두 사람이 티칼로 떠나갈 때 북을 치며 환송해주었다. 여자는 티칼에 도착하면 거기에서 간략하게 조선식으로 혼례를 치렀다. 화려한 족두리도, 발이 묶인 수탉도 없었지만 둘은 서로 마주보고 절하고 술을 함께 나누어 마시고 새로 마련된 파하에 들어 첫날밤을 보냈다.

돌석도 짝을 찾았다. 부모를 모두 정부군에게 잃은 열여섯의 소녀였다. 둘은 말이 통하지 않았다. 그러나 행복한 모습이었다. 한 번 잠자리에 들면 아침이 될 때까지 밖으로 감창甘唱소리가 새어나왔다. 파하에선 비밀이 없었다.

이정은 짝을 찾지 않았다. 모범을 보이라는 사람들의 말도 있었지만 이정은 대체로 티칼 일대를 정찰하고 나아갈 곳과 물러설 곳을 생각하면서 시간을 보냈다. 이정은 스페인어를 할 줄 아는 마야인 안내인과 더불어 티칼 곳곳을 돌아다니며 비로소 이곳이 범상치 않은 곳임을 깨달았다. 안내인은 말했다. 이곳은 신성한 땅이다. 보라. 그가 손가락으로 가리키는 곳마다 돌무덤들이 보였다. 그는 손으로 덩굴을 잡아챘다. 그러자 우수수 흙더미가 무너지며 석조건물들이 모습을 드러냈다. 그에 의하면, 서양인들의 계산법으로는 서기 700년 무렵에 새로운 왕, 아카카우가 등장했다. 별명이 '초콜릿의 왕'이었던 이 강력한 권력자는 이곳에 거대한 건축물들을 세우기 시작했다. 그는 제1신전에 묻혔다. 서기 900년, 알 수 없는 이유로 근처의 마야 제국들이 무너지기 시작할 때까지도 티칼은 전성기를 누렸다. 그 이전에도 수많은 도래인들이 티칼에 왕국을 세웠다. 그런 일은 기원전 700년경부터 반복되었고 6세기엔 인구가 십만에 이르렀다고 전한다. 그만큼 티칼은 비록 밀림에 덮여 있지만 치자들은 그 전략적 가치를 금세 알아볼 수 있었던 것이다.

쌍봉낙타의 혹처럼 나란히 높이 솟은 제1신전과 제2신전은 서로 마주보고 있어 그곳을 선점한다면 적이 그 아래를 통과하는 데 부담을 느낄 것으로 보였다. 그리고 그곳을 중심으로 많은 언덕(사실은 묻혀버린 유적)들이 산재해 있어 매복과 퇴각에 용이했다. 제1신전과 제2신전을 지나면 왼쪽으로는 작은 저수지가 있고, 그곳을 따라 지나가면 제3신전이 다시 또하나의 가파른 언덕을 이루며 방어선의 기능을 수행했다. 만약 거기서 적들을 물리치지 못한다면 그곳에서 이백 미터쯤 떨어진 제4신전으로 퇴각하여 마지막 결전을 벌이다 북동쪽으로 난 소로를 따라 달아날 수 있었다.

미니 국가의 치세는 의외로 길었다. 카브레라 대통령은 수도 근방에서 벌어지는 문제를 처리하느라 정신이 없어 북부의 밀림까지 신경을 쓸 겨를이 없었던 것이다. 이정은 물자의 보급과 법을 담당하는 자를 정했다. 전투는 자신이 지휘하면 되니 따로 임명하지 않았다. 평온한 나날이 이어졌다. 새해가 밝았다. 마야인들과 신대한인들은 에네켄을 꼬아 만든 줄로 마을 마당에서 줄다리기를 했다. 처음엔 이정들이 이겼지만 마지막엔 마야인들이 이겼다. 그들은 축제를 벌이며 나날을 즐겼다. 그들은 기마전도 벌였다. 세 명이 말이 되어 위에 한 명을 얹어놓고 편을 갈라 싸웠다. 이것은 이정들이 이겼다. 여자들은 양쪽으로 나뉘어 남자들을 응원했다. 옻을 만들어 사람을 말 삼아 놀기도 했고 마야식 씨름시합이 열리기도 했다.

마리오는, 현재 중부지방의 마야-메스티소 연합혁명군이 수도를 위협하고 있는 중이라고 말했다. 카브레라의 운명이 경각에 달했다고 기뻐했다. 페텐호숫가에 포진하고 있는 정부군은 목책을 높이 쌓아 방어에 주력하고 있었다. 당분간 치열한 전투가 벌어질 가능성은 적어 보였다. 이정이 마리오에게 물었다. 우리는 왜 남쪽으로 진격하지 않지? 그러라고 우리를 고용한 것 아닌가? 마리오가 말했다. 여기는 최후의 본거지이기 때문에 여기를 비워놓으면 곤란하다. 그리고 이곳은 신성한 땅이기 때문에 이곳을 지키지 않으면 마야인들이 무너진다.

이정은 어느 밤, 고심 끝에 박정훈에게 편지를 썼다. 저와 삼십여 명의 동족들은 지금 과테말라의 티칼에 있습니다. 우리는 이곳에 작은 나라를 세웠습니다. 국호는 '신대한'입니다. 이곳 밀림엔 물산이 풍부하고 부족한 것이 없습니다. 유카탄보다 덥지만 비가 많이 옵니다. 여기선 누구도 다른 이를 착취하지 않습니다. 우리는 총을 안고 잠들지만 마음이 편합니다. 부인에게 전해주십시오. 저는 잘 있다고. 그리고 건강하다고. 그리고 부디 어른과 함께 잘살 아가기를 진심으로 바라고 있노라고, 꼭 전해주십시오.

그는 주소까지 다 적어놓고도 편지를 부치지 않았다. 그러나 다음날 마리오를 만나기 위해 움막을 떠나자 편지를 모아 보내는 일을 맡은 이가 그의 편지를 무심히 집어 캄페체로 떠나는 마야인들의 노새 행렬에 실어보냈다. 이정은 돌아와 편지가 보내진 것을 알았지만 크게 당황하거나 하지는 않았다. 연수가 본다고 해도 그녀는 이리로 오지도, 박정훈과 아이를 버리지도 않을 것이었다.

그는 내친김에 멕시코시티 일본 영사관의 요시다에게도 편지를 썼다. 편지의 골자는 이랬다. 이 편지를 대사에게 전해주십시오. 일본이 대한제국을 강점한 이래 조선 민족에겐 나라가 없었으나 1916년 9월, 지구의 반대편에 있는 과테말라의 티칼에 비로소 새로운 나라를 세웠습니다. 본국의 정부에 이것을 알려주시기를 바랍니다. 멕시코의 혁명정부를 인정하였듯이 우리의 작은 나라도 곧 인정하여주기를 기대하고 있습니다.

이정은 이 편지를 글을 아는 이 모두에게 돌려 읽혔다. 그리고 소리내어 읽었다. 한글과 한자로 각기 쓰인 두 통의 편지 역시 노새에 실려 멕시코로 떠났다. 병사들은 환호했다. 그러나 이정은 차분했다. 그가 편지를 보낸 것은 정말로 국제적 인정을 바라서가 아니었다. 그것은 오히려 이 나라가 영속하기 어려울 것을 너무도 잘 알았기 때문이었다. 박광수의 말대로 더위와 습기로 가득찬 이 용광로 같은 밀림이 종내는 모든 것을 녹여버릴 것이 분명했다. 사람, 계약, 민족, 국가, 심지어 슬픔과 분노까지도. 그러므로 이들이 잠시나마 이 밀림에서 벌인 일들을 공식적으로 기록해놓을 필요가 있다고 이정은 생각했다. 그러기엔 일본의 외무성이 가장 적절했다. 그들은 자신들이 병합한 나라의 유령에 결코 초연할 수 없을 것이었다.

그러고도 반년이 지났다. 시위대와 혁명군의 협공으로부터 무난히 정권을 지킨 에스트라다 카브레라 대통령은 이제는 북부 저지대 밀림에서 준동하는 마야 게릴라들을 싹 쓸어버릴 결심을 했다. 미국도 그의 결심을 지지하며 자금과 무기를 지원했다. 수만명의 토벌군이 페텐호수 남쪽에 집결했다. 정부군은 세 부대로 나뉘어 마치 개울에서 투망으로 물고기를 잡듯 밀림 속의 게릴라들을 완전히 소탕하는 작전을 펼쳤다.

물론 마야 혁명군은 정부군의 동태를 낱낱이 알고 있었다. 곳곳에 흩어진 마야인들이 모두 혁명군의 정보원이었다. 그러나 알고 있다 해도 대규모의 정부군을 어찌해볼 수는 없었다. 몇몇 혁명군 부대가 산발적으로 정부군의 캠프를 기습했지만 정부군은 기관총으로 응사해왔다. 며칠 후, 동이 트자마자 정부군의 공격이 시작되었다. 게릴라들은 곳곳에서 저항했지만 책장을 넘기듯 차곡차곡 한 지역 한 지역을 장악해들어오는 정부군에게 당하지 못하고 계속 퇴각하였다. 이정의 부대 역시 티칼을 버릴 것이냐 아니면 이곳에서 정부군을 맞아 싸울 것이냐로 고민중이었다. 이정은 그러나 마지막 순간에 후퇴를 결심했다. 북쪽으로 간다. 마리오가 이끄는 마야인의 부대도 그쪽으로 퇴로를 잡고 있었다. 이정의 부대는 망설이느라 이미 조금 늦은 상태였고, 마야인 길잡이는 자기 부족을 따라 벌써 퇴각한 뒤였다. 이정의 부대는 캠프를 불태우고 북쪽으로 달아났다. 그러나 북쪽에는 벌써 정부군이 자리를 잡고 있었다.

그렇다면 동쪽이다. 방향을 튼 이정의 부대를 정부군 일개 대대가 바짝 뒤쫓았다. 이정은 몇 명씩을 매복시키며 물러났지만 매복조들은 적이 가까이 오기를 기다리지 않고 허겁지겁 다시 대열에 합류하였다. 다시 한번 이들이 오합지졸이라는 것이 분명해졌다. 믿을 만한 병사는 십여 명에 불과했다. 몇 번이나 퇴로를 차단당하며 세 명을 잃은 이정은 결국 처음 떠났던 티칼의 제1신전으로 돌아왔다. 몇 명을 엉뚱한 곳에 매복시켜 정부군의 주의를 흩뜨린 다음 자신은 제1신전에 부대원 스무 명과 함께 남고, 그 건너편 제2신전에 다른 부대를 배치해 그 사이로 통과하는 정부군을 매복 공격할 계획을 세웠다. 그 과정에서 이정의 부대는 두 명을 잃었다.

과테말라 정부군은 중앙광장 주변에 산재한 작은 규모의 쌍둥이 피라미드에서 총성이 들려오자 매복을 의심하고 제1신전으로 향했다. 게릴라들보다 먼저 유리한 위치를 점령하기 위하여 정부군은 신속하게 제1신전과 제2신전을 기어올랐다. 그러나 그곳엔 이미 이정의 부대가 자리잡고 있었다. 이정은 적군이 정상에 근접하는 최후의 순간까지 기다렸다가 일제 사격을 퍼부었다. 신의 영광을 드높이기 위해 애초부터 가파르게 설계된 신전은 흙으로 뒤덮여 더욱 미끄러웠다. 정부군은 대부분이 하늘에서 쏟아진 총탄에 희생됐고 나머지는 그 총탄을 피하려 황급히 움직이다 굴러떨어져 부상을 입었다. 제2신전에서도 비슷한 전과를 올렸다. 정부군은 신전 광장 주변까지 퇴각하여 전열을 정비하였다. 이정은 여덟 명만 데리고 그들을 추격하여 전의가 살아 있음을 보여주었다. 그러자 놀란 정부군은 탄약과 물자를 버리고 티칼 외곽까지 철수하였다.

그러나 며칠 후 정부군은 좀더 대담한 공격을 시도했다. 그들은 1, 2신전과 비슷한 높이의 건물들 정상에 기관총을 설치하고 총알을 퍼부어댔다. 기관총의 엄호를 받으며 보병들이 기어올랐다. 로프를 끊고 소총을 퍼부어댔지만 역부족이었다. 이정은 주변에 건물이 전혀 없는 제4신전으로의 퇴각을 결심했다. 일제히 서쪽 사면으로 굴러내려간 이정의 부대, 신대한국의 전 병력 삼십여 명은 현재 위치에서 이백 미터 떨어진 제4신전으로 내달렸다. 몇 명이 나무 위에 남아 정부군의 추격을 저지하며 탈출을 엄호했다. 땀이 쏟아져 눈 속으로 들어가고 옷은 척척하게 감겼다. 팔다리에 상처를 입어 피를 흘리는 자들도 있었다. 그 모두가 이정의 지시에 따라 제4신전의 가파른 사면을 기어올라갔다. 나이가 많은 박광수와 김옥선은 뒤에 처졌다. 동료들이 그들의 허리를 로프로 묶어 끌어올렸다. 박광수는 정상의 작은 신전에 누워 하늘을 보았다. 어이, 내시 양반. 피리나 한번 불어보시지. 뜨거운 총신에 땀이 떨어져 김이 모락모락 올라왔다. 김옥선이 웃었다. 박광수가 자기 오른쪽에 총을 내려놓았다. 김옥선이 말했다. 조금만 참읍시다. 카브레라가 거꾸러진다지 않소. 그리고 김옥선은 피리를 꺼내 불었다. 낭랑한 피리소리를 들으며 이정은 육십사 미터 높이의 제4신전의 정상에서 며칠 전 정부군으로부터 노획한 독일제 기관총을 로프에 묶어 끌어올리고 있었다. 병사들은 문득 향수에 사로잡혔다.

피라미드 정상에서 내려다보면 주변의 밀림지대가 마치 거대한 푸른 담요처럼 보였다. 741년에 지어졌다는 이 피라미드는 옆에서 보면 커다란 흰개미집을 부풀려놓은 듯한 모양이었고 사면의 경사가 지독하게 가팔랐다. 벌판 위에 횡뎅그렁하게 세워진 다른 마야의 피라미드와는 달리 티칼의 피라미드는 평평한 밀림 위로 솟구쳐올라 마치 지상과는 전혀 별개의 세계처럼 느껴졌다. 땀을 뻘뻘 흘리며 이곳으로 올라온 이들은 정부군이 제발 이곳을 그대로 지나쳐 북쪽으로 달아난 마야 혁명군 주력을 쫓아가기를 빌었다. 이정은 정부군의 주력을 북쪽 유적지대로 유인하기 위해 네 명의 병사에게 허공으로 총을 쏘며 북쪽으로 달아나라고 명령했다.

그러나 정부군은 속지 않았다. 그들 역시 또하나의 피라미드, 제4신전이 전략적 요충임을 금세 알아보았다. 주력이 들이닥쳤고 제4신전을 둘러싸고 치열한 공방전이 벌어졌다. 밤에는 싸우지 않는다는 정부군의 전술에 따라 해가 지자 정부군은 포위망을 유지한 채 물러섰다. 그러나 아침이 되면 다시 몰려와 공방전을 벌였다. 탄약이 얼마 남아 있지 않았다. 정부군은 전략을 바꿔 공성전을 펼쳤다. 이정은 구름이 많은 밤을 틈타 포위망을 뚫고 나가기로 결정하였다. 탄약도 탄약이지만 무엇보다 제4신전에는 물이 없었다. 돌아온 돌석의 분대가 돌파에 호응하여 정부군의 후미를 공격했고 이정의 부대는 북쪽 사면을 타고 미끄럼을 타듯 가파른 경사면을 굴러내려왔다. 어둠 속을 향해 정부군의 일제 사격이 이어졌다. 이정은 미친듯이 달렸다. 쉬잉, 쉬잉, 총알 날아가는 소리가 귓전을 울렸다.

마침내 그는 목적지인 저수지에 다다랐다. 다섯 명이 이미 도착해 있었다. 외곽에서 돕던 돌석과 부대원 네 명도 숨을 헐떡이며 나타났다. 피융, 피융, 총알이 사방으로 날아다녔다. 바로 그때 무언가 뜨끈한 것이 이정의 가슴팍으로 흘러내렸다. 그리고 요란한 총성이 가까워졌다.

적이다! 모두가 무릎으로 물을 철벅거리며 사방으로 산개했다. 달아나며 목을 만져보니 총알이 스치고 간 상처에서 피가 흘러내리고 있었다. 치명적인 부상은 아닌 것 같았다. 정부군은 사방으로 흩어져 그들을 쫓아왔다. 앞서가던 돌석이 모두에게 소리를 질렀다. 이쪽이다. 돌석이 가리키는 곳에는 사람 키의 세 배쯤 되는 작은 언덕이 있었다. 그리고 그 아래쪽으로는 작은 구멍이 입을 벌리고 있었다. 그 역시 아주 오래 전에는 마야문명의 작은 구조물이었음이 분명했다. 어쩌면 위대한 자의 무덤일 수도 있었다. 살아남은 열한 명이 차례차례 그 안으로 들어가고 마지막 남은 사람이 덤불로 입구를 위장했다. 땀냄새와 피냄새가 강렬하게 곰팡이냄새와 섞여들었다. 그들은 입구를 중심으로 총구를 밖으로 향한 채 숨을 죽이고 정부군이 지나가기를 기다렸다.

잠시 후, 뒤늦게 탈출한 김옥선이 헉헉거리며 총을 질질 끌고 그들 앞에 나타났다. 뛰쳐나가려는 돌석을 이정이 말렸다. 바로 그 순간, 김옥선의 심장을 정부군의 총알이 관통하고 지나갔다. 뒤따라오던 과테말라 정부군은 쓰러진 김옥선의 머리를 겨냥해 다시 몇 발의 총알을 침착하게 쏘아넣었다. 대한제국 아악부의 내시 김옥선은 그렇게 생을 마쳤다. 정부군은 김옥선의 시체를 버려둔 채 분대대형을 유지하고 그대로 앞으로 전진했다. 정부군이 떠나자마자 독수리 세 마리가 날갯짓도 요란하게 퍼드득거리며 그의 몸 위에 내려앉았다. 한 마리가 먼저 가슴팍을 쪼았다. 피가 솟구쳐올라 부리를 적셨다.

이정은 한 명의 보초를 남겨둔 채 모두에게 무너진 건물의 지하로 내려갈 것을 명했다. 다른 출구가 있을지도 몰랐다. 아래로 내려가자 의외로 넓은 곳이 나타났다. 그러나 그곳은 막다른 곳이었다. 다들 침울한 얼굴로 그곳에서 조금 편안한 자세로 휴식을 취했다. 우린 모두 죽겠죠? 어린 용병이 말했다. 이정은 목에서 흘러내리는 피가 자꾸만 신경이 쓰였다. 돌석이 지니고 있던 광목천을 끊어 이정의 목에 붕대처럼 감아주었다. 지혈이 되긴 했지만 몹시 쓰라렸다. 그곳에서 이정은 재규어를 닮은 의자 모양의 조각을 발견했다. 재규어의 등이 의자의 상판을 이루고 머리가 팔걸이를 대신하는 형태였다. 그것뿐 아니라 그곳은 온통 마야의 귀중한 석조 조각과 음각된 상형문자들로 가득했다. 그러나 이들에겐 아무 의미 없는 돌조각에 불과했다. 이정은 이곳 티칼에 세워졌던 수많은 왕조들을 떠올렸다. 그러자 금세 우울해졌다. 그들은 모두 멸망했던 것이다.

이정은 침착하게 밤이 되기를 기다렸다. 마침내 밀림에 어둠이 내리자 밖으로 나와 적정을 살폈다. 목이 너무 말랐다. 정부군의 기척은 느껴지지 않았다. 매복은 적들의 장기가 아니었으므로 그런 가능성은 조심스럽게 배제하였다. 그들은 동쪽으로 일단 방향을 잡고 조용하게 한 발 한 발 전진했다. 그렇게 일 킬로미터쯤 전진하자 서서히 긴장이 풀리기 시작했다. 역시 정부군은 숙영지로 퇴각한 것이 틀림없다고 생각했다. 이정이 몇 차례나 주의를 주었지만 거의 죽었다 살아난 젊은이들의 흥분을 완전히 가라앉힐 수는 없었다. 갑자기 원숭이들이 깍깍거리며 나무 사이를 건너다녔다. 뭔가 있었다. 원숭이들은 이정의 오른쪽에서 왼쪽으로 뛰어 달아났다. 밀림생활에 익숙해질 만큼 익숙해진 이정의 부대원들도 모두 원숭이가 달아나는 방향으로 뛰었다. 픽, 픽. 총알은 소리보다 빨리 날아와 병사들을 거꾸러뜨렸다. 이어 콩을 볶는 듯한 총소리가 들려왔다. 이정은 하루 만에 은신처를 나온 자신의 경솔함을 탓했다. 넝쿨들이 달려가는 그의 얼굴을 사정없이 할퀴었다. 목에 감았던 붕대는 벗어던졌다. 귓전을 스치는 총소리는 끝이 없었다. 북쪽의 나지막한 쌍둥이 피라미드까지 달아났을 때, 옆에는 세 명밖에 없었다. 숨을 몰아쉬며 이정은 총알을 장전했다. 그러나 그들은 미처 전열을 정비하기도 전에 쌍둥이 피라미드에서 내려온 정부군 병사들에게 완전히 포위되었다.

이정은 총을 버리고 손을 들었다. 정부군 장교가 병사들에게 세 명을 포박하라고 명령했다. 그리고 그들을 앞세워 걸었다. 마침내 늪에 다다르자 멈추라고 말했다. 등뒤에서 정부군의 총은 마치 즐기기라도 하듯 차례차례 발사되었다. 이정은 제일 마지막으로 거꾸러졌다. 그의 무릎과 얼굴과 배가 차례차례 늪에 처박혔다.

박광수는 애초부터 제4신전에서 탈출하지 않았다. 그는 처음부터 그곳이 좋았다. 그곳에서 그는 석양이 지는 것을 보았다. 북쪽 사면과 저수지 쪽에서 콩 볶는 듯한 총소리가 멈추고 정부군이 전과를 확인하는 시간, 몇 명의 병사가 로프를 설치하고 제4신전의 정상으로 올라왔다. 그들은 멀쩡히 앉아 있는 박광수를 보고 깜짝 놀랐다. 그는 마치 석상처럼 고요히 앉아 있었던 것이다. 그러나 그가 자신들을 공격할 의사가 전혀 없다는 것을 깨닫고는 앉아 있는 그의 몸을 군화발로 툭 밀었다. 박광수는 비틀거리며 양손을 든 채로 자리에서 일어나 밝게 웃었다. 정부군 병사도 웃으며 그의 머리를 향해 방아쇠를 당겼다. 신전 속으로 그의 시체가 떨어졌다. 병사들이 죽은 자의 품을 뒤졌다. 그의 품에서는 손만 대면 찢어질 것 같은 낡고 바랜 증명서 한 장이 발견되었다. 그 문서엔 '전라도 위도생 28세 박광수'라는 한자와 대한제국의 관인이 희미하게 번들거리고 있었다. 그러나 그 문자를 해독할 수 있는 사람은 아무도 없었다.

에필로그

티칼에서 탈출하는 데 가까스로 성공한 십여 명의 용병들은 일
단 메리다로 돌아갔다가 곧 멕시코 전역으로 흩어졌다.

조장윤과 김석철은 메리다로 돌아와 한인들에게 과테말라 원정
의 경과를 설명했다. 그들은 마야 원주민들에게 속았다고 주장했
다. 조장윤은 계속 메리다에 남아 한인들의 지도자로 살았다. 김석
철은 칸쿤 근처 치첸이트사에서 벌어진 마야 유적 발굴과 복원작
업에 인부로 참가하기도 하였다.

권용준은 샌프란시스코 일대에 머무르며 아편 중독자로 살았
다. 돈이 떨어진 후엔 일용노동자로 전락했다. 일본이 진주만을 공
격하자 일본인으로 오인되어 체포되었고 수용소에서 폐병에 걸려

죽었다.

돈 카를로스 메넴은 혁명의 와중에 에네켄 아시엔다를 비롯해 많은 재산을 잃었다. 그는 여러 번 유카탄 주지사에 출마했으나 알바라도 주지사에게 패했다. 말년에는 과달라하라 지역의 수도원으로 들어가 종교에 귀의했고, 얼마 남지 않은 전 재산을 교회에 헌납했다.

이종도는 1919년 조선에서 고종이 승하한 후 거국적인 만세 운동이 벌어졌다는 소식을 전해듣고는 엉뚱하게도 왕조의 복귀가 멀지 않았다고 생각했다. 그는 피를 쏟으며 집필에 박차를 가하였다. 그러나 원고의 완성을 채 보지 못하고 뇌졸중으로 사망했다. 이진우는 아버지의 유품을 모두 불태웠다.

이진우는 1920년대 말까지 유카탄의 농장에서 주무와 통역으로 일했다. 결혼하여 두 명의 아이를 두었다. 에네켄 경기가 시들해지자 쿠바로 건너가 사탕수수 농장에서 비슷한 일을 하여 많은 돈을 모아 의류사업에 진출했다. 아바나에 대저택을 두고 몇 개의 기업체를 거느리기도 하였으나 바티스타 정권이 무너지고 카스트로와 체 게바라의 쿠바혁명이 성공하자 손수건 한 장 못 챙긴 채 플로리다로 탈출해 거기에서 생을 마쳤다.

과테말라의 독재자 마누엘 에스트라다 카브레라 대통령은 1920년의 혁명으로 실각하고 외국으로 달아났다. 마리오는 그 직전에 밀림에서 다른 게릴라의 총에 맞아 죽었다.

멕시코로 가려던 윤치호의 뜻을 꺾었던 대한제국 고문 스티븐스는 1908년 3월 '일본이 대한제국 백성을 다스리는 법이 미국이 필리핀을 다스리는 것과 같고 농민들은 일본인을 환영한다'는 인터뷰를 샌프란시스코 크로니클과 한 직후, 이에 분노한 미국 교민 전명운, 장인환의 총에 맞아 죽었다.

1917년 가을 박정훈은 캄페체주 소인이 찍힌 편지를 받았다. 일 년 전에 부친 이정의 편지였다. 그리고 거의 동시에 멕시코시티에 있는 감리교 전도사 김정선의 방문을 받았다. 김정선은 이정과 서른네 명의 소식을 전했다. 그가 돌아가자 정훈은 아내를 데리고 부두로 나갔다. 통나무 벤치에 걸터앉아 정훈이 말했다.

소식이 왔어. 그 친구, 과테말라에서 죽었다는군.

정훈이 편지를 전했다. 연수는 처음에는 입을 꾹 다물고 있다가 편지를 읽고 나선 조금 울었다.

정훈은 삼 년 후, 이발을 하다 심장마비를 일으켜 급사했다. 연수는 남편이 남긴 돈으로 고리대금업을 시작했다. 몇 년 만에 그녀는 베라크루스에서 아무도 넘볼 수 없는 큰손이 되었다. 그녀는 곧 멕시코시티로 올라가 극장을 겸한 술집 몇 개를 사들이고 무희들을 고용했다. 그녀는 유흥가의 거물로 성장해 어떤 자선사업도 벌이지 않고, 어떤 종교에도 의탁하지 않고, 오직 갈퀴처럼 돈을 긁어들이는 일에만 전념했다. 그녀는 멕시코시티에서 일흔다섯 살의 나이로 죽었다. 모든 유산은 그녀의 아들 박섭이 물려받았고 의류업으로 부를 일구었다. 서울의 동대문시장에서 봉제공들의 손에서 만들어진 저가의 의류들이 박섭의 유통망을 통해 멕시코와 중남미 나라들로 팔려나갔다.

현재 유카탄반도의 주력산업은 관광이다. 곳곳의 마야 유적지들엔 해마다 수백만의 관광객이 몰려든다. 에네켄 농장은 거의 사라져 황무지로 변했고 몇몇 농장은 박물관으로 변신해 관광객을 맞이하고 있다.

1956년이 되어서야 밀림으로 뒤덮인 티칼의 마야 유적지에 대한 본격적인 연구와 탐사가 시작됐다. 펜실베니아대학과 과테말라 정부는 고고학적 연구와 복원작업을 시작하였다. 1991년 과테말라와 스페인 정부는 흙과 나무뿌리로 뒤덮인 제1신전과 제4신전을 원래의 형태대로 복원하기로 결정하였다. 연구팀들은 신전의 정상과 주변에서 몇 구의 유골과 녹슨 총기들을 발견하였고 이

를 박물관으로 보냈다. 그러나 그곳을 거쳐간 일단의 용병들과 그
들이 세운 작고 초라한 나라의 흔적은 전혀 발굴되지 않았다.

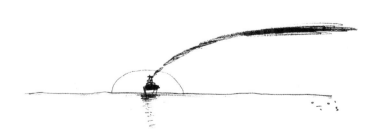

| 도움받은 책들 |

『내 기억 속의 조선, 조선 사람들』, 퍼시벌 로웰 지음, 조경철 옮김, 예담, 2001.

『대한제국멸망사』, 호머 헐버트 지음, 신복룡 옮김, 집문당, 1999.

『대한 제국사 연구』, 이화여대 한국문화연구원 지음, 백산자료원, 1999.

『대한제국의 군사제도』, 서인한 지음, 혜안, 2000.

『대한제국의 비극』, F.A. 매켄지 지음, 신복룡 옮김, 집문당, 1999.

『라틴 아메리카의 역사』, 카를로스 푸엔테스 지음, 서성철 옮김, 까치, 1997.

『명성황후와 대한제국』, 한영우 지음, 효형출판, 2001.

『멕시코 혁명사』, 백종국 지음, 한길사, 2000.

『미국이민사』, 이길용 지음, 미래엔, 1992.

『배를 타고 아바나를 떠날 때』, 이성형 지음, 창작과비평사, 2001.

『수탈된 대지』, 에두아르도 갈레아노 지음, 박광순 옮김, 범우사, 2009.

『이민 1』, 김용성 지음, 밀알, 1998.

『이방인이 본 조선 다시 읽기』, 신복룡 지음, 풀빛, 2002.

『이조어 사전』, 유창돈 지음, 연세대학교출판부, 1985.

『조선의 모습, 한국의 아동생활』, E.G. 켐프 지음, 신복룡 옮김, 집문당, 1999.

『프랑스 외교관이 본 개화기 조선』, 끌라르 보티에, 이뽀리트 프랑뎅 지음, 김상희, 김성언 옮김, 태학사, 2002.

『한국과 그 이웃 나라들』, 이사벨라 버드 비숍 지음, 이인화 옮김, 살림, 1994.

『한국인 멕시코 이민사』, 이자경 지음, 지식산업사, 1998.

『호주 사진가의 눈을 통해 본 한국 1904』, 조지 로스 지음, 교보문고(교재), 2004.

유랑하는 인간,
세계의 개인

서희원(문학평론가)

1. '검은 꽃' 혹은 시간의 유령들

1905년 4월 4일 제물포항에서 영국 상선 일포드호를 타고 멕시코로 떠난 1033명의 사람들이 있었다. 그들의 대부분은 일반 농민과 노동자 들이지만 그중에는 대한제국의 퇴역군인 200여 명과 몰락한 양반계급(유길준의 삼촌인 유진태 등), 무당, 신부, 내시, 대륙식민회사에서 반강제적으로 승선시킨 도둑, 걸인, 부랑아 등도 상당수 포함되어 있었다. 그들은 멕시코의 에네켄 농장주들과 사년 계약을 맺었지만, 사전에 고지받은 계약의 조건은 대부분 거짓이었고 그들은 노예와 다를 바 없는 삶을 살아가게 되었다. 계약이 만료된 후에도 그들은 고국으로 돌아오지 못했다. 고향은 너무 멀고, 여비는 감당할 수 없게 비싸고, 돌아가봐야 별다른 대안이 있는 것도 아니었다. 결정적으로 그들이 그리워하던 나라는 식민지가 되어 역사에서 사라져버렸던 것이다. 멕시코에서 노동자로 살아가던 그들 중 누군가는 멕시코혁명의 소용돌이에 휘말려 혁명군이 되었고, 1916년 과테말라 혁명군에 용병으로 팔려가 무정부 상태의 밀림에서 신조선을 건국하고는 사라졌다. 1921년 멕시코에 살고 있던 한인들 중 288명은 설탕무역의 호경기를 맞아 노동자를 모집하고 있던 쿠바로 떠나게 되었다. 그들 중 누군가는 카스트로, 체 게바라와 함께 혁명에 참가해 성공했고 누군가는 혁명을 피해 미국으로 탈출했다. 그리고 그들은 아직도 그곳에 살고 있다.

20세기 한국인의 다수가 겪었던 수난과 인생유전人生流轉의 삶을 상징적으로 보여주는 이 멕시코 이민에 얽힌 이야기는 많은 작가들을 강렬하게 매혹시켰다. 김삼열의 희곡 「애니깽」(1988), 김선영의 여섯 권짜리 장편 『애니깽』(1990), 김호선의 영화 〈애니깽〉(1997), 그리고 가장 최근에 제작된 송일곤의 영화 〈시간의 춤〉(2009) 등이 그렇다. 이 가운데 지금부터 이 글에서 다루고자 하는 김영하의 『검은 꽃』(2003)이 있다. 이 이야기의 무엇이 이들을 사로잡아 백 년도 지난 아득한 시간의 퇴적층을 더듬게 하였을까? 김영하에 한정지어 말하자면, 이렇다. "먼 곳으로 떠나 종적 없이 사라져버린 사람들의 이야기에 나는 언제나 매료되었다. 이번에도 예외는 아니었다. 1905년에 제물포를 떠나 지구 반대편의 마야 유적지, 밀림에서 증발해버린 일군의 사람들, 그들은 시종일

관 나를 사로잡았다. 나는 자료를 뒤지기 시작했다."(「작가의 말」, 『검은 꽃』, 2003) 하지만 김영하의 언급에는 자세히 들여다보지 않으면 읽히지 않는 결절이 존재한다. 조금 과장되게 비유하자면 마치 "편지가 도착된 시간은 여덟시 사십분이었다. 그리고 내가 그 편지를 읽으라고 설득하다 지쳐서 그 서재를 나왔을 때는 여덟시 오십분이었다"라는 두 문장 사이에, 그 짧은 시간과 드러낸 인과 사이에 살인을 은닉한 『애크로이드 살인사건』의 화자 제임스 세퍼드의 문장처럼.[1] 아무리 부지런한 소설가라고 해도 자신이 매료된 모든 것을 소설로 쓰지는 않는다. 미혹은 순간이지만 소설을 쓴다는 것은, 특히 장편을 쓴다는 것은 일정 기간 지속되는 정신의 집중이며 생활의 노동이기 때문이다. 여기에는 매혹과 글쓰기 사이의 길항하는 여백을, 사라진 과거에 대한 순간적 상념과 노동을 통해 지속되는 현재를 연결하는 하나의 단계가 필요하다. 김영하가 쉼표 하나 없이 생략했다고 실망할 필요는 없다. 이런 물음에 대한 현명한 답을 해줄 대가가 문학사의 어느 곳에는 있기 때문이다. 프루스트 말이다.

프루스트에게 과거는 의미에 대해 물어오는 누구에게나 비밀스런 삶의 이야기 한 자락을 들려주는 무료한 노인 같은 대상이 아니다. 과거는 오직 과거에 자기 초월적인 노력과 정신적 집중을 쏟아

1) 애거사 크리스티, 『애크로이드 살인사건』, 유명우 옮김, 해문출판사, 2002, 50쪽.

내는 사람들에게만 스스로의 말을 내어주며, 그것이 현재와 맺고 있는 관계를 알려준다. 프루스트의 소설 『잃어버린 시간을 찾아서』에는 이러한 생각을 잘 보여주는 장면이 있다. 마차를 타고 달리던 프루스트는 친숙한 패턴으로 서 있는 세 그루의 나무를 보고 "콩브레 이후 그다지 느끼지 못했던 깊은 행복감, 특히 마르탱빌의 종탑이 주었던 것과 비슷한 어떤 행복한 느낌"에 휩싸인다. 그는 이 나무들이 망각된 자신의 유아기나 어디선가 읽었던 소설의 장면, 혹은 지난밤의 꿈에서 나왔다는 생각에 빠지지만 쉽게 그 실체를 찾아내지 못한다. 이 기시감과 함께 그는 "과거의 환영, 나의 어릴 적 친한 친구, 사라져간 친구 들"이 자기를 부르고 있다는 것을 감지한다. 그는 "망령처럼 나무 세 그루가 나에게 저희들을 데리고 가달라, 생명을 돌려달라고 청하는 듯"한 목소리를 듣는다. 이 "신비스러운 유령의 출현"이 그의 몸을 빌려 전하려고 하는 말은 무엇일까? 그는 나무들이 전한 메시지를 이렇게 듣는다. "나는 나무가 죽을힘을 다해 팔을 흔들면서 멀어져가는 걸 보았는데, 나한테 이렇게 말하고 있는 듯싶었다. 네가 오늘 우리에게서 배우지 않은 것, 그것을 너는 영영 모르고 말리라. 이 길의 구석에서 네 몸까지 뻗어오르며 애쓰고 있는 곳에 우리를 그대로 뿌리치고 가면 우리가 네게 가져다준 너 자신의 일부는 영영 허무에 빠지리라고." 프루스트는 이 나무들이 필사적으로 전달하려고 했던 메시지가 자신의 어떤 어두운 기억 속에서 출몰했는지, 그리고 이것이 어떻게 그의 현재의 자아와 연결되어 있는지 분명한 대답을 하진 않는다. 하지만 그는 과거를 향한 "정신의 노력"이 주는 기쁨이 얼마나 소중한지 그리고 "이 기쁨의 유일한 실물에 집착하면 마침내 참다운 삶을 시작할 수 있으리라"는 사실만은 분명히 말한다.[2] 마치 데리다가 시간의 어긋난 이음새에서 출몰하는 유령들에 주목하며 이들이 알려주는 바를 "다르게, 더 낫게 살기. 아니 더 낫게 살기가 아니라 더 정의롭게 살기. 그러나 그들과 함께"[3] 살기라고 말하고 있는 것처럼 프루스트는 과거의 유령들을 이에 대한 감지와 정신적 탐구를 통해 촉발되는 현재의 진정한 삶과 연결시킨다.

김영하에게도 과거와 현재를 연결하는, 현재의 자아와 삶의 진실에 손을 뻗는 시간의 형상은 유령들처럼 출몰하며 그를 매혹시켰던 것 같다. 김영하가 자신이 쓴 소설에 붙인 제목은 이러한 사실을 분명하게 알려준다. 자연계에서는 존재할 수 없는 '검은 꽃'이라는 말은 비유하자면 '산송장'이라는 단어처럼 의미들의 상상적 조합일 뿐 실제에서는 가능하지 않은 결합이다. '검은 꽃'은 상징적으로는 존재하지만 실제적으로는 존재할 수 없는 형상, 즉 유령들의 다른 이름이다.

『검은 꽃』은 죽어가는 김이정의 감긴 눈으로 쏟아져들어오는 기

---

2) 마르셀 프루스트, 『잃어버린 시간을 찾아서 I』, 민희식 옮김, 동서문화사, 2010, 803~806쪽.

3) 자크 데리다, 『마르크스의 유령들』, 진태원 옮김, 이제이북스, 2007, 12쪽.

억의 형상들, 비가시적인 것들의 현현, 그렇기 때문에 환영이라고
또는 유령이라고 부를 수 있는 것들의 풍경을 보여주며 시작된다.
"오래전에 잊었다고 생각한 제물포의 풍경이었다. 사라진 것은 없
었다. 피리 부는 내시와 도망중인 신부, 옥니박이 박수무당, 몰락
한 황족 소녀와 굶주린 제대군인, 혁명가의 이발사까지, 모든 이들
이 환한 얼굴로 제물포 언덕의 일본식 건물 앞에 모여 이정을 기다
리고 있었다./눈을 감았는데 어떻게 이 모든 것들이 이토록 선명
할까. 이정은 의아해하며 눈을 떴다. 그러자 모든 것이 사라졌다."
이 풍경은 김이정이 사진처럼 기억하고 있는 과거의 한 장면이 아
니다. 여기엔 산 자와 죽은 자, 사라진 자들이 뒤섞여 있고, 서로
다른 시간대에서 추출한 형상—굶주린 제대군인과 혁명가의 이발
사와 같은—이 공존하고 있다. 어쩌면 이것은 김영하를 매혹시켜
시간에의 치열한 탐구를 이끌어낸 원초적 이미지일지도 모른다.
『검은 꽃』은 잊었다고 생각했지만, 사라진 것은 없었고, 눈을 뜨자
다시 모든 것이 사라지는 과거와 현재의 연관에 대한 이야기이며,
죽어가는 찰나에 모든 것이 떠오르고 잡으려 하면 다시 망각되는
기억의 유령들이 다양한 인물의 몸을 빌려 말해주는 현재의 이야
기이다.

2. 역사와 현재가 뒤엉키는 '리얼리티'

이동성, 항구적 불안과 역동성 흔히 모더니티를 정의할 때 사용하는 이 용어들이 알려주는 것처럼 현대인에게 현재는 불안하고 예측할 수 없는 시간들의 연속과 같다. 종교에 기탁해서 앞날을 생각하지 않으면 미래는 어떤 아늑함도 주지 않으며 도래할지조차 알 수 없는 어둠처럼 보인다. 이에 비하면 과거는 분명하고 확실하다. 어떤 사람들은 과거란 고정되어 있으며 바뀔 수도 결코 지워질 수도 없는 사초史草와 같다고 생각한다. 게다가 과거의 삶은 지금과는 상이한 존재방식과 믿음에 기초해 있기 때문에 그때의 사람들은 멀리서 바라본 풍경 속의 인물들처럼 익숙하지만 낯설다. 널리 사용되는 말처럼 과거는 낯선 나라와 같다. 지나간 시대의 영화나 음악, 의상 등이 유행 상품이 되고, 익숙한 역사적 사실에 로맨스나 판타지에서 추출한 인물이나 서사를 결합한 팩션faction 소설이나 드라마에 대중이 열광하는 것은 어쩌면 당연한 일이다. 불안한 현대인들에게 이와 같은 역사의 가공품들은 카페인이 없는 커피나 중독성이 없는 마약처럼 고통이 소거된 기억을 제공한다. 과거에 대한 향수를 기획하고 판매하는 시간 사업자들은 정성 들여 물건에 시간의 흔적을 새기고, 오래된 옷을 입힌 배우들에게 옛말을 가르쳐 그들이 마치 그때 그 장소에 있었던 것처럼 치장한다. 이런 점에서 역사소설을 읽는 것은 독자들에게 낯선 외국으로 떠나는 여행의 감각을 제공한다.

　김영하는 『검은 꽃』의 첫 장면에서 죽어가는 김이정의 망막에 오래된 필름처럼 빛바래고 아련한 장면을 영사한다. 피리 부는 사나이의 음률에 홀려 어딘가로 걸음을 옮기는 아이처럼 독자는 김영하가 들려주는 "피리 부는 내시"의 애잔한 곡조를 따라 1905년의 제물포로 여행을 시작한다. 하지만 부드러운 모피에 박힌 날카로운 가시 같은 하나의 단어가 독자들을 찌르며 몰입을 방해한다. "그의 폐 속으로 더러운 물과 플랑크톤이 밀려들어왔다." 플랑크톤은 모든 자연의 물에 존재하지만 눈으로는 볼 수 없는 생명체이며, 과학적 기술이 존재를 알려준 미생물이다. 김이정의 폐로 플랑크톤이 밀려들어왔다는 것을 알 수 있는 것은 김이정 자신은 분명히 아니며 군홧발로 그의 목덜미를 누르고 있는 과테말라의 정부군도 아니다. 오로지 서술자만이 알려줄 수 있는 사실이다. 하지만 플랑크톤은 서술자가 공들여 고른 "내시" "옹니박이"와 같은 단어가 만들어내고 있는 아련하고 아늑한 과거의 분위기를 한순간에 박살낸다. 마치 가야금의 애잔한 음색이 은근하게 흐르는, 잘 조성된 민속촌의 체험 코스에서 울리는 휴대전화의 기계음처럼 이 단어는 독자들의 몰입을 방해하며 그들에게 이 소설을 읽는 시간과 장소가 어디인지를 분명하게 인식하게 한다. 이것은 주의 깊지 못한 소설가의 실수가 아니라 역사를 다루는 소설가의 분명한 의도를 알려주는 계획된 노출이다. 흔히 역사소설의 서술자는 그가 살고 있는 현대의 어휘나 어법보다는 서사의 배경이 되는 시대의 어휘나 어법을 사용하며, 소설을 읽어가는 독자의 시점에 맞춰 진행될 사건의 결과나 인물들이 맞이할 운명을 짐짓 모르는 척 가장한다. 그리고 이를 통해 독서의 흥미와 몰입을 발생시킨다. 하지만 김영하의 태도는 이와는 전혀 다르다. 김영하는 서사의 핵심적인 요소가 되는 몇몇 인물의 미래만을 감출 뿐 대부분의 사건과 장면에 개입하고 설명하고 논평을 단다. 그는 독자들을 과거의 어느 순간으로 데려가려 하는 것이 아니라 정반대로 과거를 현재에 연결시키고 있다. 『검은 꽃』에서 중요한 것은 아득한 시간의 저편에서 비틀거리며 필사적으로 손을 흔드는 형상에 육체와 이야기를 부여하고 이를 생생하게 감각하는 것이 아니다. 보다 정신을 집중해야 하는 일은 이것이 현재의 자아에게 '삶'에 대해 가르쳐주고 있는 목소리를 듣는 것이며, 이 메아리를 현실의 '삶'이 요구하는 사유와 행동에 연결하는 것이다.

그때부터 장윤은 스스로 정립한 숭무崇武의 사상을 주변에 전파하기 시작했다. 그가 유카탄의 한 농장에서 상상해낸 새로운 국가의 모습은 다음과 같았다. 나라는 강력한 카리스마를 가진 군인 또는 전직 군인에 의해 통치되고, 자주적 군사력을 기르는 데 온 힘을 쏟는다. 개병제 아래에서 국민은 모두 국방의 의무를 진다. 언론(그는 상소나 올리는 백면서생들을 떠올리고 있었다)은 적절한 제한

을 받아야 한다. (……) 혹시 미국과 일본이 전쟁을 벌일 수도 있
는 거 아닙니까? 러시아와도 붙은 일본이 미국이라고 못 붙으리란
법이 없지요. 그렇게만 된다면 미국에서 우리에게 무기를 줄 것이
요. 저 함경과 평안의 산과 강을 우리보다 더 잘 아는 사람이 어디
있습니까? 우리는 미국 군대의 일원으로 당당하게 고향으로 돌아
가 일본놈들을 무찌르게 될 겁니다.(270~271쪽)

멕시코로 이주한 대한제국의 공병하사 이근영의 주도로 실제
1909년에 설립된 숭무학교는 소설에서 조장윤이란 가공의 인물에
의해 세워진다. 김영하는 이 학교의 구상에서 망국인 조장윤이 상
상한 국가의 모습을 대략적으로 서술한다. 그리고 이 서술은 『검
은 꽃』이 출간된 이후 이를 읽었던 현재의 독자들이 경험했거나
역사적으로 체험한 한국의 근현대사, 아니 다수의 제3세계 국가
에서 진행된 피비린내나는 군사정권의 득세를 떠올리게 한다. 게
다가 소설 후반부에 300만 달러라는 거액에 홀려 과테말라 밀림
으로 김이정 일행을 이끌어 그들을 죽게 만들지만 정작 본인은 탈
영에 성공해 한평생 "한인들의 지도자"로 살아간 조장윤의 모습
은 미국의 경제 원조를 대가로 베트남에 한국군을 파병했던 박정
희의 역사적 결정을 연상하게 만든다. 또한 미국 군대의 일원으로
고향으로 돌아가 일본군과 독립전쟁을 수행할지도 모른다는 상상
은 일제 말기 중국의 광복군이나 재미 한인 들을 훈련시켜 한반도

에 투입하려 했으나 미완에 그친 미국의 독수리작전Eagle Project이
나 냅코작전NAPKO project을 떠올리게 한다. 소설 후반부에 조장윤
이 과테말라의 밀림에 "신대한新大韓"을 건국하며, "새로운 나라는
모두가 평등하며 정체는 공화국이 될 것이다. 원하는 마야인들은
들어와 살 수 있으나 우리의 지배를 받는다"고 선포할 때, 이 "평
등"과 "지배"의 아이러니는 독자가 서브텍스트적인 맥락에서 상
기하는 근현대사와 겹쳐지며 흐릿하지만 괴기스런 형체를 드러낸
다. 제국주의에 의한 이산이나 식민의 경험을 통해 탄생한 국가가
억압이나 고통의 경험을 반영하지 않고 지배와 착취의 희열을 추
구하는 형태가 되는, 결국 식민지를 통치했던 근대국가의 또다른
쌍생아가 되는, 세계사의 패턴이 여기서 회귀한다.

　김영하는 기존의 역사소설과 비교할 때 낯선 것이 분명한 자신
의 서술방식을 "베르톨트 브레히트의 소외 효과와는 좀 다른" 소
설의 작가와 인물과 독자의 "거리에 관한 제 나름의 실험"이라고
부른다. 그는 허구인 것이 분명한 이야기에 독자들의 몰입을 유도
하는 작법을 "낡은, 가짜 리얼리티"라고 하며 예민한 독자들의 사
유와 의문을 도출시키는 "리얼리티와 감정이입에 대한" 자신의
"창작관"을 담은 새로운 문체가 필요했다고 말한다. 또한 "백 년
전의 이야기, 십여 년에 걸쳐 벌어진 수십 명의 이야기, 현재의 독
자들이 쉽게 이해하기 어려울 그 시대 상황들을 단 한 권의 소설에
담아 전달하려"는 "기술적 문제"를 해결하기 위한 방책으로 "판

소리의 창자唱者 같은 역할"을 하는 서술자를 고안했다고 밝힌다.[4]

자신의 "다른 단편이나 장편에서도" "실험이 이루어져오고 있었"다는 김영하의 "창작관"은 『검은 꽃』의 소설 형식, 그리고 이후의 소설에서도 보다 완성된 형태로 관찰되는 중요한 특성 중 하나이기에 좀더 세밀하게 볼 필요가 있다. 『검은 꽃』의 서술자는 멕시코 이민사가 가진 역사적 선후나 정치적 맥락뿐만 아니라 인물들이 경험하는 사건이 놓인 세계사적 의미와 인물들의 장거리 이동을 견인한 근대 세계체제의 시스템 등에 대한 대단히 박식한 지식을 가지고 있다. 그는 멕시코의 대농장을 하와이나 쿠바의 "자본주의적 대량생산의 정신에 따라 설계된 흑인 노예 중심의 플랜테이션"과 다른 다분히 "봉건적"인 형태임을 독자에게 알려주고, 멕시코혁명의 발단과 전개에 대한 일목요연한 설명도 덧붙인다. 그는 일포드호를 "신화 속 괴물의 내장 같은 선실"이라고 표현하며 요동치는 태평양 위에서 한국인들이 경험하게 되는 전통적 질서의 붕괴와 새로운 근대적 질서의 탄생을 상징적으로 표현한다. 여기서 말하는 "신화"가 한국인의 민족사에 자리잡은 단군의 신화 같은 것이 아님은 명백하다. 또한 신분과 성별이 다른 사람들, 환자의 오염된 피와 씻지 못한 육체에서 흘러나온 땀과 임산부의 양수, 장소의 구분 없이 넘쳐나는 배설물, 십자가에 수음하는 도

---

4) 황종연·김영하 대담, 「고난 속에 벌어지는 카니발, 그 쾌활한 지옥도」, 『문학동네』 2003년 겨울호, 227~229쪽.

둑과 근친에 대한 욕망을 자제하지 못하는 정욕 등이 마구 뒤엉킨 선실에서 탄생하는 육체적이며 관능적인 비루한 신인新人을 "육체의 명백한 동물성"으로 설명하는 방식이 상기시키는 푸코를 위시한 현대 철학의 영향들. 전염병과 망망대해의 선실이라는 폐쇄된 공간이 주는 "죽음의 공포에 사로잡힌 군중들"이 박수무당의 목소리와 내시의 "피리 가락"을 좇아 몸을 흔들고 통곡하고 울고 웃고 노래하는 장면을 설명하는 "카니발적 열기"라는 미하일 바흐친의 어휘. 곰소의 무당에게 납치되어 강신을 강요받았던 신부 박광수의 회상에 등장하는 "신의 분노" 같은 조어나 농장에서 벌어지는 굿판을 보고 분노하는 농장주 이그나시오와 그의 폭력에 쓰러지는 박광수의 입에서 동시에 터져나오는 "그들은 자기가 하는 일을 모르고 있습니다" 같은 문장에서 연상되는 다양한 텍스트들. 마카로니 웨스턴에 등장하는 인물처럼 "싸구려 시가를 껌처럼 질겅질겅 씹"으며 "국가야말로 만악의 근원이다" "혁명을 지속하려면" "영원한 혁명"밖에 없다고 김이정에게 자신의 신념을 피력하는 "무정부주의자" 미겔 같은 인물의 도상.

김영하의 『검은 꽃』은 멕시코 이민자들의 수난이 애잔한 정조를 자아내는 민족의 범위에 한정된 교양뿐만 아니라 지금까지의 인류가 생산한 역사, 시, 소설, 영화, 문학이론, 음악 등과 같은 문화적 고안품들에 대한 지식과 이해가 가득하다. 아니 좀더 다르게 말하자면 이러한 지식과 이해를 바탕으로 창안된 서사, 장면, 인물이 따

분한 전형성에서 벗어난 이채로운 장면과 예외적인 인물, 돌발적인
사건과 개성적인 서사를 만든다. 김영하는 이러한 방식으로 독자들
에게 "마치 자신이 주인공이 된 것처럼 경험하고 슬퍼하는" "낡은,
가짜 리얼리티" 대신 허구와 현실에 대한, 소설의 형식과 문체에
대한 그리고 궁극적으로는 우리가 살고 있는 지극히 넓은 동시에
놀라울 정도로 압축된 현재의 삶에 대한 새로운 "리얼리티"를 제공
한다. 그것은 우리가 살고 있는 동시대가 공간적인 측면뿐만 아니
라 시간적인 측면에서도 엄청나게 확장되고 있으며, 집약된 지식과
욕망, 생산과 소비의 변증법적 도가니에서 끊임없이 분출하며 이동
하고 있다는 사실을 알려준다. 일찍이 마르크스는 자본주의적 세계
시스템이 창출해낼 텍스트의 성격을 강조하며 이를 "세계문학"—
오해가 없도록 미리 말하자면 마르크스가 말한 "세계문학"은 텍스
트의 가치를 평가하는 단어가 아니라 그것에 담긴 욕망과 지식, 그
것이 유통되는 시장의 범위를 가리킨다—이라고 지칭했다.

낡은 지방적 및 민족적 자급자족과 고립 대신에 민족들 상호간
의 전면적 교류와 전면적 의존이 등장한다. 그리고 이는 물질적 생
산에서나 정신적 생산에서나 마찬가지이다. 개별 민족들의 정신적
창작물은 공동재산이 된다. 민족적 일면성과 제한성은 더욱더 불가
능하게 되고, 많은 민족적, 지방적 문학들로부터 하나의 세계문학

이 형성된다.[5]

　어떤 돌발적인 사건이나 형상을 마주쳤을 때 과거의 사물들과 시간들은 그 순간을 향해 한꺼번에 몰려드는 것처럼 느껴진다. 현재의 순간은 자기보다 앞선 모든 시간을 포함하고 있다. 그렇다면 진실로 현재 속에 살아가고 현재를 형성한 초국가적이며 초시간적인 텍스트들과 더불어 사유하는 사람만이 과거 삶의 핵심에 도달할 수 있을 것이다. 김영하에게 역사의 '리얼리티'는 과거의 사라진 순간을 그대로 재현하는 것에 있지 않다. 그는 과거를 끊임없이 현재의 순간과 장면에 연결시킨다. 지나간 시간의 서로 무관해 보이는 경향들, 정념들, 활동들은 과거를 몰입하며 바라보는 그 현재의 순간으로 모여 새로운 인간과 세계에 대한 감각, 지식, 이해, 서사가 된다. 진정한 현재적 사유는 과거라는 토양에서 돌연 피어나는 어지러운 꽃들과 같다.

3. 유랑하는 인간의 쓸쓸함, 한낱의 인간個人

　1905년 4월 4일 제물포에서 출항한 일포드호는 5월 15일 멕시

---

5) 카를 마르크스, 「공산주의당 선언」, 『칼 맑스 프리드리히 엥겔스 저작 선집 1』, 박종철출판사 편집부 옮김, 박종철출판사, 1997, 404쪽.

코 남부의 항구 살리나크루스에 도착한다. 태평양의 파도 위에서 끊임없이 요동하는 선박이 의미하는 것처럼 선실에 탑승하고 있는 한 무리의 한인들은 그들을 단단하게 규정하고 있던 정체성의 속박에서 조금씩 벗어난다. 민족적, 신분적, 문화적, 종교적 예속과 질서는 흔들리는 항해의 과정에서 온통 뒤엉키고 기묘한 덩어리로 뭉쳐져 결국에는 휘발된다. 독일인과 영국인 선원과 일본인 요리사, 한국인 승객이 함께 있는 일포드호는 20세기 한국이 편입한 근대의 열국체제이며 작가의 말처럼 "하나의 세계"이다. 신분과 성별에 따른 귀천이 사라진 용광로와 같은 선실에서 한인들은 자신이 가진 "육체의 명백한 동물성"을 인식하며 새로운 인간으로 탄생한다. 작가는 이곳을 "신화 속 괴물의 내장 같은 선실"이라고 지칭했지만 정확히 말하자면 그곳은 한인을 멕시코로 실어나르는 배船이며, 사라진 가치 위로 육체적 욕망이 착상되는 배胚이고, 온몸에 피와 땀, 양수와 배설물을 묻힌 새로운 근대적 인간이 탄생하는 여성의 배腹 즉 자궁이다.[6]

모든 열망과 바람, 삶의 의미를 알려주던 가치는 뒤섞이고 전복된다. 제물포를 떠나 멕시코에 도착한 사람들은 그 이전의 자신 혹은 그가 되고 싶었던 사람이 아닌 다른 사람이 되어 살아간다. 자영농이 되고자 했던 한인들의 최초의 기대는 노예와 다를 바 없는

6) 이러한 사실은 2003년 『검은 꽃』의 해설을 쓴 비평가 남진우도 지적한 바 있다.(남진우, 「무無를 향한 긴 여정」, 『검은 꽃』, 문학동네, 2003, 331쪽)

삶으로 전락한다. 새로운 권세를 찾아 멕시코로 떠난 황족은 망국亡國의 몽상가가 된다. 신부 박광수는 무당이 되고, 통역 권용준은 아편 중독자가 된다. 십자가를 훔친 도둑 최선길은 가톨릭 광신도 농장주의 조력자가 되어 십자가 위에서 처참한 죽음을 맞는다. 포수 출신의 명사수 박정훈은 멕시코 장군의 이발사가 된다. 그리고 천민 고아 김이정과 황족 규수 이연수가 있다. 『검은 꽃』을 채우고 있는 무수한 서사의 선들이 김이정과 이연수를 연결하거나 이들을 중심으로 교차되고 있다는 사실은 김영하가 이 소설을 통해 현재로 견인하고자 했던 인생유전의 핵심이 이들에게 있다는 것을 알려준다.

조실부모하고 보부상의 손에서 장쇠란 이름으로 자라난 소년은 일포드호에서 만난 제대군인 조장윤에게 김이정이라는 새로운 이름을 받는다. 그에게 멕시코는 "이름과 돈을 갖고 돌아와 땅을 사고 거기에 벼를 심"으려는 희망의 목적지 미국으로 가기 위한 일종의 경유지이다. 일포드호에서 그는 자신의 단순한 바람보다 훨씬 근원적이고 강렬한 육체의 열망을 경험한다. 하나는 이연수와의 만남을 통해 알게 된 "여자에 대한 갈망"과 기묘한 활기로 선실의 주방을 채우고 있는 남자들만의 세계, 즉 "날카로운 쇠붙이의 원초적 매력"이다. 멕시코 농장에 도착한 김이정은 무엇이 되거나 어떤 의미를 삶에서 구현하고 싶다는 생각보다는 그의 육체를 뜨겁게 순환하게 하는 세 개의 지향점을 향해 농장을 탈출하고 이동한다. 문명을 향한 이상, 이성을 향한 정념, 남자들만의 세계가 알려준 "순정한 기쁨", 이 세 가지의 지향 속에서 김이정의 여정은 끝없이 길항한다. 우여곡절 끝에 이연수를 만나 짧은 해후를 나눈 김이정은 다시 다른 농장으로 팔려가고, 농장을 탈출해 미국으로 향한다. 월경을 시도하다 미국 국경경비대의 총격에 상처를 입은 김이정은 우연히 멕시코 혁명군의 일원이 된다. 그곳에서 김이정은 난생처음으로 총을 잡고 그것이 주는 흥분에 중독된다. "그것은 요시다의 주방에서 맛본 것과 비슷했다. 남자들만의 세계. 세상의 모든 의무로부터 면제된 세계. 그들은 더럽고 지저분하고 시끄러웠지만 그 안에는 어떤 편안함이 있었다." 그는 혁명이 타깃으로 하고 있는 지배계급이 아닌 "자신과 다를 바 없는 소농"이나 "빈민"에게 무심히 방아쇠를 당기는 "용병"이자 "이방인"이 되어 살아간다. 그는 혁명의 혼돈이 결국 국가에서 발생한 것이라 생각하며 "국가가 영원히 사라질 수 있을까? 그렇게 된다면 어떻게 될까?" 상상하지만 정치의 도살장에서 벗어나지 못한다. 김이정을 국가와 정체正體가 끊임없이 쟁투하는 일종의 "꿈"에서 깨어나게 한 것은 셀라야 시의 성당에서 울리는 종소리였다.

    그 엉뚱한 종소리는 이정의 리듬을 심하게 교란했다. 그것은 그의 내면에 잔잔하게 가라앉아 있던 어떤 침전물을 휘저어놓는 듯했다. 그제야 그는 깨달았다. 그의 고요함, 무심함은 역설적으로 전쟁으로부터 빚진 것이었다. 전쟁 덕분에 그는 내면의 모든 욕망과 갈등을 감추고 억누를 수 있었던 것이었다. 사격과 기동, 지휘가 요구하는 엄격한 긴장 덕분에 그는 떠나온 과거로부터 자유로웠다. 그런 그를 누구도 비난하지 않는 곳, 그곳이 바로 전장이었다. 그런데 갑자기 영롱한 셀라야의 종소리가 그를 흔들어놓은 것이다. 총탄이 오가는 종탑 아래에서 그는 춘추쿠밀 농장의 불꽃 모양 아치와 연수와의 뜨거웠던 밀회들을 떠올렸다.(334쪽)

김이정은 이연수가 자신의 아이와 함께 박정훈과 살고 있다는 조장윤의 말을 듣고 베라크루스의 이발소로 찾아가지만 이연수의 마음을 바꿀 수 없다는 것을 알고 돌아온다. 그리고 김이정은 용병이 되어 과테말라의 밀림으로 들어가고 그곳에서 죽음을 맞는다. 그는 죽기 전 티칼의 신전에서 "신대한"을 건국하지만 그에게 나라를 세우는 행위는 새로운 삶의 기틀을 만들기 위한 필수적 과정이 아니라 죽음으로 뛰어들기 전 들리는 마지막 안식처와 다르지 않다. 그에게 국적은 그저 묘비명 이상의 의미를 갖지 않는다. "우리는 모두 어떤 국가의 국민으로 죽는 거야. 그러니 우리만의 나라가 필요해." 김이정과 한인 용병들은 "신대한"의 성지에서 환각에 빠져 마야인과 섹스를 하거나 아이들처럼 놀이를 하며 최후의 전투를 기다린다. 그리고 김이정은 "모든 것을 녹여버릴 것이 분명"한 "용광로 같은 밀림"에서 정부군과 전투를 벌이고 자신의 육체가 원했던 단 하나의 열망처럼 뜨거운 피를 대지에 분출하며 죽는다.

　고종 황제의 조카인 이연수는 미국과 근접한 멕시코에 "어느 정도는 발전된 문명"이 있을 것이고, 이를 배워 자신을 제약하고 있는 신분과 여성의 "굴레"에서 벗어날 것을 희망하며 일포드호에 승선한다. 하지만 "나는 나 자신을 위해 산다"는 고백하지 못한 내면을 중심으로 맴돌던 삶에 대한 "관념적이고 추상적인" 이연수의 사유는 "먹고 마시고 배설하는" 육체의 절박한 요구 앞에서 무너진다. 씻지 못한 그녀의 몸에서는 "누구라도 분간할 수 있는 특이한 체취"가 발산된다. "그녀가 지나가면 잠든 사람들이 일어났고 아이들이 울음을 그쳤다. 수년 동안 발기하지 못했던 남자는 몽정을 했고 어린 사내들은 밤잠을 설쳤다." 몸의 체취가 알려주는 여성의 요구에 따라 이연수는 김이정과 관계를 맺는다. 멕시코의 농장에서 다시 김이정과 재회한 이연수는 그의 아이를 갖게 되고 이를 지키기 위해 통역 권용준의 첩이 되는 치욕을 스스로 선택한다. 그녀는 이 과정에서 여자의 삶을 의미 있는 것으로 만들어준다고 믿어왔던 재래의 가치를 버리게 되고 가정과 공동체에서 축출된다. 가족과 동족에게서 받는 노골적인 경멸을 견디며 이연수는 마야인 마리아와 함께 권용준의 여인으로 살아간다. 이러한 치욕적인 생활 속에서 그녀는 삶에 대한 새로운 진실을 알게 된다.

용준이 평온한 표정을 지으며 사정하였다. 그의 성기가 빠져나가고 질을 통해 정액이 흘러내리는 순간 그녀는 지난 몇 년간의 모든 것이 자기 육체의 구멍을 통해 그대로 쏟아져내리가는 것 같았다. 환상이 그녀를 방심케 하였고 그 순간 그녀는 자신도 모르게 너무도 큰 소리로 방귀를 뀌었다. 이 의외의 소동에 둘 다 놀랐다. 용준이 킬킬거리며 침대에 쓰러졌고, 그녀도 그런 용준 위에 엎드려 얼굴을 가렸다. 그가 손으로 연수의 엉덩이를 때렸다. 그러자 그녀가 다시 한번 방귀를 뀌었다. 그것은 그녀를 기이한 편안함으로 몰고 갔다. 지긋지긋했던 그와의 인연이 마치 한 편의 소극처럼 느껴졌다. 그녀의 내부에서 끊어질 듯 팽팽하게 조여 있던 무언가가 풀려버렸던 것이다. 그녀는 처음으로 낄낄거리며 제 육체의 희극성을 마음껏 누렸다.(266쪽)

아름답고 고상하며 윤리적인 이상적 가치에서 이연수를 해방시킨 카니발적 육체의 경험은 웃음으로 터져나오고, 이것은 그녀에게 삶에 대한 새로운 활기와 행동력을 준다. 그녀는 가족과 절연하고 권용준을 따라 농장을 벗어난다. 샌프란시스코로 떠나는 베라크루스 항에서 그녀는 술에 취한 권용준의 돈과 의복을 훔쳐 달아나지만 중국 상인의 노예가 되어 박정훈이 그녀를 구출할 때까지 음식점의 점원으로 살아간다. 박정훈의 도움으로 아들 섭이를 농장에서 데려온 이연수는 김이정의 마지막을 알리는 편지가 도착할 때까지 이발사의 아내로 살아간다. 김이정의 죽음을 알게 된 이후 이연수의 삶은 이렇다. "연수는 처음에는 입을 꾹 다물고 있다가 편지를 읽고 나선 조금 울었다. 정훈은 삼 년 후, 이발을 하다 심장마비를 일으켜 급사했다. 연수는 남편이 남긴 돈으로 고리대금업을 시작했다. 몇 년 만에 그녀는 베라크루스에서 아무도 넘볼 수 없는 큰손이 되었다. 그녀는 곧 멕시코시티로 올라가 극장을 겸한 술집 몇 개를 사들이고 무희들을 고용했다. 그녀는 유흥가의 거물로 성장해 어떤 자선사업도 벌이지 않고, 어떤 종교에도 의탁하지 않고, 오직 갈퀴처럼 돈을 긁어들이는 일에만 전념했다. 그녀는 멕시코시티에서 일흔다섯 살의 나이로 죽었다. 모든 유산은 그녀의 아들 박섭이 물려받았고 의류업으로 부를 일구었다."

김영하는 일체의 감정도 느껴지지 않는 하드보일드한 문체로 그녀의 남은 일생을 기술한다. 그리고 이연수는 그런 문체에 어울리는 건조한 모래와 같은 삶을 살아간다. 이연수는 웃지도, 울지도 않고, 타인에 대한 일말의 동정도 없이, 영혼이나 죽음 이후에 대한 약간의 머뭇거림도 없이, 고리대금업자로 유흥가의 거물로 살아간다. 그녀가 상실한 어떤 것도 되돌려주지 않지만 더이상 그녀가 가진 것을 빼앗기지 않게 하는 돈에 대한 아귀와 같은 열망, 그리고 모성이라는 최소한의 동물적 감정을 가진 인간. 자연계에서 이와 같은 습성을 가진 동물은 근대 세계체제에서 태어난 자본주의적 인간이 유일하다. 어떤 공동체에 대한 소속감도, 감정도, 종교도, 교우도 없이 그렇게 이연수는 세계라는 공간의 절대적 개인個人으로 쓸쓸하게 살다 죽는다. 한배船/腹에서 나온 김이정과 이연수의 인생유전이 말해주는 것은 무엇일까.

  몇 년 후 그는 멕시코의 지도를 펼쳐놓고 자신이 북쪽으로 전진한 속도를 계산해보았다. 메리다에서 북쪽 국경의 시우다드후아레스까지, 사 년 동안 3400킬로미터를 이동했으니 하루에 이 킬로미터꼴로 이동한 셈이었다.
  (……)
  멕시코엔 희망이 없습니다. 대농장의 주인들만 배를 불리고 나머지 국민들은 배고픔과 중노동에 시달리고 있습니다. 여기 국민들도 그럴진대 우리 같은 외국인이 어디 비집고 들어갈 틈이 있겠습니까. 우리는 엉뚱한 곳으로 와버렸습니다.(283~285쪽)

에네켄 농장을 탈출한 김이정은 미국으로 향하던 와중에 자신이 이동한 거리에 기간을 나눠 속도를 계산한다. 이곳저곳의 농장에서 최소 육 개월 이상은 머물며 미국으로 조금씩 움직이고 있다고 생각한 그는 사실 매일 약 "이 킬로미터"씩 이동하는 경이로운 삶을 살고 있었던 것이다. 혁명군의 일원이 된 후 그의 속도는 더욱 빨라졌을 것이다. 이연수의 삶도 이와 다르지 않다. 경성에서 제물포로 멕시코의 살리나크루스로 다시 유카탄 반도를 거쳐 베라크루스로 그리고 마지막 멕시코시티로, 그녀는 자신이 원하는 곳을 향해 출발했으나 그 사이에서 길을 잃고 알 수 없는 곳으로 흘러간다. 김이정의 약 "이 킬로미터"라는 하루의 속도가 알려주는 인생유전의 삶은 그만의 것도 그리고 이연수만의 것도 아니다. 그것은 제물포에서 멕시코로 떠난 1033명이 약간의 차이는 있지만 공통으로 경험한 표류의 속도이며, 21세기를 살아가는 모든 인간이 아찔하게 경험하고 있는 삶의 속도이다. 현대를 살아가는 인간은 자신의 이상, 정념, 육체의 욕망이 가리키는 방향 사이에서 길항하며 흘러가고, 번져 퍼지며, 맴돌고, 쓸쓸히 살아간다. 이 와중에 인간은 문득 자신이 잘못되었다는 것을 깨닫지만, 그것은 하나의 고독한 대답만을 줄 뿐이다. "우리는 엉뚱한 곳으로 와버렸습니다." 인생유전은 모든 가치가 사라진 이 시대의 인간에게 남은 유일한 삶의 진실이다.

4. 오르페우스의 우울

김영하는 「작가의 말」에 소설을 끝낸 후 자신을 사로잡았던 하나의 감정을 "우울"이란 말로 표현했다. "이 글(「작가의 말」—인용자)을 쓰기 바로 직전에 소설의 제목을 정했다. 그러고 나니 갑자기 우울했다. 어떤 것도 돌이킬 수 없게 되었고 이 모든 과정이 비로소 끝난 것이다. 이제 다음 소설을 생각해야 한다." 이 문장은 내게 오래된 신화의 한 구절을 떠올리게 했다. 아내를 잃고 그녀를 찾아 저승으로 내려간 노래 부르는 시인에 대한 이야기의 한 대목 말이다. 오르페우스의 아내 에우리디케는 혼례식을 마친 직후 들판을 거닐다가 뱀에 발목을 물려 죽었다. 죽은 아내를 도로 데려오기 위해 오르페우스는 저승으로 내려가 자신의 사연을 노래로 불렀다. 슬픈 음악을 들은 하데스는 오르페우스에게 아내를 이승으로 데려가는 것을 허락했다. 단, 에우리디케가 저승을 다 벗어나기 전까지 뒤를 돌아봐서는 안 된다는 조건을 걸었다. 에우리디케는 오르페우스의 리라 소리를 따라 뱀에 물린 다리를 절룩거리며 심연의 오르막길을 올랐다. 오르페우스는 이승의 공기와 햇빛에 안착한 그 순간 오래 참았던 조바심으로 그녀의 안위를 확인하기 위해 고개를 돌렸다. 그리고 그녀를 영원히 잃었다. 로마의 시인 오비디우스는 이 장면을 이렇게 노래했다. "두번째로 죽어가면서도 에우리디케는 남편에게 불평 한마디 하지 않았다. 하기야 그같이 극진한 사랑을 받았는데 불평할 까닭이 어디에 있었겠는가? 에우리디케는 남편에게 작별 인사를 했지만 그 소리는 오르페우스의 귀에 들리지 않았다. (……) 오르페우스는 다시 한번 저 저승의 강 스튁스를 건너려 했으나 허사였다."[7]

---

7) 오비디우스, 『변신 이야기 2』, 이윤기 옮김, 민음사, 1998, 67~68쪽.

죽은 존재들을 되살리기를 바라는 시인은 오르페우스처럼 시간의 흐름을 멈추고 과거의 것들로 가득찬 삶의 피안으로 길을 나서야 한다. 그곳에서 그는 저승의 모든 유령들에게 전력을 쏟아 자신의 목소리를 들려주며 그들을 이끌어야 한다. 하지만 시간의 유령들이 시인의 초혼가招魂歌를 따라 다리를 절룩거리며 갈 수 있는 곳은 이승과 저승의 경계점, 과거에 대한 정신의 집중이 멈추는 바로 그 지점까지이다. 다 왔다고 생각하며 시인이 현실의 문턱에서 고개를 돌릴 때 죽은 존재들은 그의 손을 놓고 다시 어두운 망각으로 사라진다. 다시는 그들을 볼 수도 목소리를 들을 수도 없다. 프루스트는 시간의 여행자라면 누구나 체험하게 되는 이 깊은 우울과 절망을 "나는 이제 막 나의 벗을 잃었거나, 나 자신이 죽었거나, 어느 주검을 모르는 이라고 말하거나, 어느 신령을 노하게 한 것처럼 침울했다"고 표현했다.[8] 김영하가 솔직하게 토로한 "우울"은 소설을 준비하고 쓰면서 "지금 이 순간 나는 1905년생이다"라고 느꼈던 자아의 한 부분이 사라졌다는 사실과 그 슬픔에도 불구하고 그 순간으로 다시 돌아갈 수 없다는 것을 알려준다.

개인적으로 『검은 꽃』에서 가장 아름답다고 여기는 장면은 김이정과 박광수의 비참한 죽음으로 끝나는 결말이 소설에 등장한 대다수의 인물의 남은 삶을 간략하게 설명하는 「에필로그」와 이어

---

8) 프루스트, 같은 책, 806쪽.

지는 순간이다. 「에필로그」에서 사람들은 그 흔적조차 찾을 수 없는 망각의 어둠으로 빨려들어가고 과거의 모든 삶의 공간으로 뿌려진다. 티칼에서 가까스로 탈출한 십여 명의 용병들은 멕시코 전역으로 흩어진다. 조장윤은 마야인에게 속았다고 말하며 한인들의 지도자로 살아간다. 함께 탈영한 김석철은 마야의 유적을 발굴하는 작업에 참가한다. 권용준은 아편 중독자가 되어 미국에서 행려병자로 죽는다. 농장주 메넴은 각종 정치활동에 투신했으나 실패만 맛보고 결국 종교에 귀의한다. 황족 이종도는 왕조의 복귀를 꿈꾸다 뇌졸중으로 사망한다. 이연수의 동생 이진우는 쿠바로 건너가 많은 돈을 모으나 쿠바혁명을 피해 플로리다로 탈출해 그곳에서 죽는다. 과테말라의 독재자는 실각하고 혁명군 마리오는 다른 게릴라의 총에 죽는다. 박정훈은 심장마비로 이발을 하다 급사를 하고, 이연수는 고리대금업자로, 사업가로 살다가 쓸쓸하게 죽는다. 1033명의 한인들이 일을 하던 유카탄 반도는 관광지가 되었고, 김이정이 죽은 티칼의 유적지는 발굴과 복원의 과정을 거쳐 박물관이 된다. 그리고 흔적은 풍화되고 결국 사라진다.

어떤 소설가도 자신이 매료된 유령들에 대한 정신적 집중을 평생 지속할 수는 없다. 그것이 중단되는 순간, 힘들게 이끌어오던 서사의 마지막 끝이 잘려지는 순간, 모든 것들은 어두운 망각의 저편으로 흩어진다. 마치 『검은 꽃』의 모든 인물들이 「에필로그」에서 그들이 살았던 그곳으로 싸늘한 바람에 실려 사라지는 것처럼 말이다. 김영하는 노력을 다해 『검은 꽃』을 피워냈지만 꽃은 어쩔 수 없이 시들고 결국엔 죽는다. 그리고 씨방에 남은 씨앗들은 바람에 실려 시간의 대지에 다시 흩뿌려진다. 언젠가 다른 시인에 의해 꽃을 피울 때까지 땅속에 묻혀 있을 것이다. 과거에서 그들을 견인하던 정신의 역사는 자연의 역사가 되어버린다.[9] 역설적이지만 소설가가 시간의 유령들을 처음 소유하게 되는 때는 고개를 돌려 그들이 영원히 떠나는 것을 처연히 바라보는 이 순간이 아닐까. 비록 작별의 인사도 들을 수 없고 다시 그곳으로 돌아갈 수도 없지만 말이다. 인간의 형이상학이 자연의 유물론으로 돌아가는 이 우울하지만 멋진 순간을 어떠한 어휘로 표현할 수 있을까. 다윈이라면 기꺼이 이 순간을 진화evolution라고 지칭했을 것이다. 다윈은 『종의 기원』(1856)에서 진화라는 단어를 변이를 수반한 유전descent with modification이라는 말로 대체하고 있으며 그 책의 결말에 가서야 단 한 번 사용했다. 이것은 이미 '진화'라는 어휘가 당대에 점진적인 발전의 개념을 함축하고 있는 일상어로 사용되고 있었으며, 역사철학적인 인간의 발전 내러티브를 설명하는 학술용어, 즉 '진보'의 동의어로 활용되고 있었다는 사실 때문이었다. 다윈은 개체

---

9) 국가를 벗어나기 위해 어쩔 수 없이 국가의 범위 내에서 사유할 수밖에 없는 아이러니의 문체로 『검은 꽃』을 분석하고 이를 통해 산출되는 자연사로서의 인간사에 주목한 글로는 서영채, 「질주하는 아이러니」(『문학의 윤리』, 문학동네, 2005)가 있다. 특히 204~208쪽.

의 생식과 번식, 종의 변이와 자연의 생존경쟁에 대한 자신의 연구를 담은 책의 마지막 결말을 이렇게 쓴다. "이 혹성이 확고한 중력의 법칙에 의해 회전하는 동안에 그토록 단순한 발단에서 극히 아름답고 이와 같이 가장 경탄할 만한 무한의 형태가 생겨나고 또한 진화되고 있다는 이 견해 속에는 장엄함이 깃들어 있다."[10] 다윈의 표현처럼 『검은 꽃』에 담긴 인물들의 덧없고 쓸쓸한 인생유전에는, 그 먼 곳으로 떠나 흔적도 없이 사라진 사람들의 이야기에는, 그것이 현재의 삶에 던져주는 어떤 장엄함이 담겨 있다. 자연사로서의 역사가 알려주는 것처럼 진화란 진보가 아니라 다양성의 증가이기 때문이고, 『검은 꽃』에는 역사에서 우연히 피어난 예외적 인물들의 삶이 서사를 따라 다채롭게 펼쳐져 있기 때문이다.

이제 한 가지의 질문만이 남았다. 모든 것이 끝난 후 우울 속에 남겨진 소설가는 어떻게 될까? 오르페우스처럼 깊은 상실과 절망에 빠져 죽음을 맞게 될까. 글쎄 아직은 알 수 없다. 알 수 있는 것은 1905년으로 내려갔다 2003년으로 올라오는 그의 여행이 단순한 왕복의 의미만을 갖지는 않았다는 점이다. 그 의미에 대해서 이 글은 김영하의 소설과 동시적으로 작성된 것이 아니라 십 년의 격차를 두고 쓰였기 때문에 "김영하의 여행이 그의 영혼에 남긴 짙은 흔적에 대해서라면 앞으로의 소설이 말해줄 수 있을 것이다"라

---

10) 찰스 다윈, 『종의 기원』, 홍성표 옮김, 홍신문화사, 1988, 500쪽.

고 에둘러 말할 수는 없다. 하지만 이렇게는 쓸 수가 있다. 『빛의 제국』(2006), 『살인자의 기억법』(2013)에서 우리들이 읽은 것이 바로 그 여정의 후일담이라고. 긴 여행을 마치고 돌아온 자의 새로운 여행은 더욱 넓어지고 깊어지는 법이다. 다시 여행을 떠나는 자의 배낭은 전보다 작아지지만 더욱 단단해진다. 거기에는 긴요한 것만이 담기기 때문이다.

한국문학의 '새로운 20년'을 향하여

　문학동네가 창립 20주년을 맞아 '문학동네 한국문학전집'을 발간한다. 1993년 12월 출판사 간판을 내건 문학동네는 이듬해 창간한 계간 『문학동네』와 함께 지난 20년간 한국문학의 또다른 플랫폼이고자 했다. 특정 이념이나 편협한 논리를 넘어 다양한 문학적 입장들이 서로 소통하는 열린 공간이고자 했다. 특히 세기말 세기초에 출현하는 젊은 문학의 도전과 열정을 폭넓게 수용해 한국문학의 활력을 높이는 데 이바지하고자 했다.

　돌아보면 세기말은 안팎으로 대전환기였다. 탈이념화를 중심으로 디지털 기반 정보화와 신자유주의 세계화가 서로 뒤엉켰다. 포스트 시대의 복잡성은 광범위하고 급격했다. 오래된 편견과 억압이 무너지는가 싶더니 도처에 새로운 차이와 경계가 생겨났다. 개인과 사회를 하나의 개념으로 묶어내기 힘든 형국이었다. 많은 시대가 겹쳐 있었고, 많은 사회가 명멸했다. 과잉과 결핍이 롤러코스터를 타고 전 지구적 일극 체제를 강화했다.

지난 20년간 문학을 둘러싼 환경은 호의적이지 않았다. 새삼스럽지만, 문학의 위기, 문학의 죽음은 언제나 현재진행형이다. 그래서 문학의 황금기는 언제나 과거에 존재한다. 시간의 주름을 펼치고 그 속에서 불멸의 성좌를 찾아내야 한다. 과거를 지금-여기로 호출하지 않고서는 현재에 대한 의미부여, 미래에 대한 상상은 불가능하다. 한 선각이 말했듯이, 미래 전망은 기억을 예언으로 승화하는 일이다. 과거를 재발견, 재정의하지 않고서는 더 나은 세상을 꿈꿀 수 없다. 문학동네가 한국문학전집을 새로 엮어내는 이유가 여기에 있다.

이번 전집은 몇 가지 특징을 갖는다. 먼저, 한글세대가 펴내는 한국문학전집이라는 것이다. 문학동네는 전후 한글세대를 중심으로 1990년대 이후 한국문학의 주요 생태계를 형성해왔다. 이번 전집은 지난 20년간 문학동네를 통해 독자와 만나온 한국문학의 빛나는 성취를 우선적으로 선정했다. 하지만 앞으로 세대와 장르 등 범위를 확대하면서 21세기 한국문학의 정전을 완성해나가고자 한다.

문학동네 한국문학전집의 두번째 특징은 이번 문학전집이 1990년대 이후 크게 달라진 문학 환경에 적극 대응해온 결과물이라는 것이다. 문학동네는 계간 『문학동네』의 풍성한 지면과 작가상, 소설상, 신인상, 대학소설상, 청소년문학상, 어린이문학상 등 다양한 발굴 채널을 통해 새로운 문학적 징후와 가능성을 실시간대로 포착하면서 문학의 영토를 확장하는 데 기여해왔다. 그래서 이번 전집을 21세기 한국문학의 집대성을 위한 의미 있는 출발이라고 해도 좋을 것이다.

셋째, 이번 전집에는 듬직한 동반자가 있다는 것이다. 김승옥, 박완서, 최인호, 김소진 등 작가별 문학전(선)집과 세계문학전집, 그리고 한국고전문학전집이 그것이다. 문학동네는 창립 초기부터 한국문학의 해외 진출을 위해 지속적인 노력을 기울여왔다. 문학동네 한국문학전집은 통상적으로 펴내는 작품집과 작가별 전(선)집과 함께 한국문학의 특수성을 세계문학의 보편성과 접목시키는 매개 역할을 수행해나갈 것이다.

새로운 한국문학전집을 펴내면서 '문학동네 20년'이 문학동네 자신의 역량만으로 이루어졌다고 자부하려는 것은 아니다. 문인, 문단, 출판계, 독서계의 성원과 격려가 없었다면 문학동네의 오늘은 불가능했을 것이다. 그러므로 오늘, 문학동네 성년식의 진정한 주인공은 문학인과 독자 여러분이어야 한다. 이 자리를 빌려 거듭 감사드린다. 창립 20주년을 맞아, 문학동네는 한국문학의 더 나은 미래를 위해 한국문학전집 1차분 20권을 선보인다. 문학동네는 해를 거듭할수록 그 가치를 더해갈 한국문학전집과 함께, 그리고 문학인과 독자 여러분과 함께 '새로운 20년'을 향해 한 걸음 한 걸음 나아가고자 한다. 많은 관심과 성원을 부탁드린다.

문학동네 한국문학전집 편집위원
권희철 김홍중 남진우 류보선 서영채 신수정 신형철 이문재 차미령 황종연

김영하

1995년 계간 『리뷰』에 「거울에 대한 명상」을 발표하며 작품활동을 시작했다. 장편으로
『작별인사』『살인자의 기억법』『너의 목소리가 들려』『퀴즈쇼』『빛의 제국』『검은 꽃』
『아랑은 왜』『나는 나를 파괴할 권리가 있다』, 소설집으로 『오직 두 사람』『무슨 일이
일어났는지는 아무도』『오빠가 돌아왔다』『엘리베이터에 낀 그 남자는 어떻게 되었나』
『호출』이 있다. 여행에 관한 사유를 담은 산문 『여행의 이유』와 시칠리아 여행기 『오래
준비해온 대답』을 냈고 산문집으로 '보다' '말하다' '읽다' 인사이트 삼부작 『다다다』
등이 있다. F. 스콧 피츠제럴드의 『위대한 개츠비』를 번역하기도 했다. 서울에서 아내
와 함께 살며 여행, 요리, 그림 그리기와 정원 일을 좋아한다.

문학동네 한국문학전집 017

검은 꽃
ⓒ 김영하 2014

1판 1쇄 2014년 1월 15일
2판 6쇄 2024년 2월 8일

지은이 김영하
펴낸곳 (주)문학동네 | 펴낸이 김소영
출판등록 1993년 10월 22일 제2003-000045호
주소 10881 경기도 파주시 회동길 210
전자우편 editor@munhak.com | 대표전화 031) 955-8888 | 팩스 031) 955-8855
문의전화 031) 955-3576(마케팅) 031) 955-2678(편집)
문학동네카페 http://cafe.naver.com/mhdn
인스타그램 @munhakdongne | 트위터 @munhakdongne
북클럽문학동네 http://bookclubmunhak.com

ISBN 978-89-546-7532-1 04810
      978-89-546-2322-3 (세트)

www.munhak.com